Island of Damned Souls

Stolen Hearts

Kim Kristin Josephs

Impressum

Island of Damned Souls · Stolen Hearts

Düster heiße Gay Romance für eine Leserschaft ab 18 Jahren.

Taschenbuch-Ausgabe inklusive Leseproben

1. Auflage, November 2023

Covergestaltung: Artur Franik (artur@arturfranik.de) und KiM Kristin Josephs unter Verwendung von Fotos von
217827057_The Cheroke via AdobeStock, tasso-mitsarakis-7912532 via Pexels, sergey-vinogradov-9oh0tzvUyKU via Unsplash, thunderbolt-1905603_1920_Abel Escobar via Pixabay, gloomy_rundown_prison_on_an_island_dark_clouds_KiMKJ via Leonardo;
sowie der Schriftarten Cinzel (www.ndiscovered.com) und Prevalent Minor
Kapitelzierden/Bilder im Buch: by KiM Kristin Josephs (erstellt mit Canva) sowie by Artur Franik
Lektorat: Brunhilde Witthaut (switthaut@t-online.de)

KiM Kristin Josephs®
c/o RA Schwohnke
Hagener Str. 13
58239 Schwerte
kim-kristin-josephs@gmx.de
www.kim-kristin-josephs.de
Instagram: @kim_kristin_josephs Facebook: KiM Kristin Josephs

Für Pakete bitte gesondert via E-Mail anfragen.

Über dieses Buch

Eine Insel im karibischen Meer, umsäumt von Palmen und türkisfarbenem Wasser, ein Ort, aus dem die Träume sind. Denkst du …?

Nicht dieser Ort … Dieser steht für Alpträume und das Gesetz des Stärkeren – die Island of Damned Souls!

Verdammt, er ist doch bloß ein geschickter Dieb, kein Mörder! Trotzdem landet der clevere, attraktive und heteroflexible Caiden Byrne mit den dunklen Locken im härtesten illegalen Knast der Welt - auf der Island of Damned Souls. Jeden Tag muss er dort um sein Leben und seine Würde fürchten, weil ihm die Natur ein äußerst ansehnliches Äußeres beschert hat. Doch der hünenhafte, vernarbte und ungekrönte König der Insel, Slag, verspricht Sicherheit und … einiges mehr. Aber wie soll Caiden ihn von sich überzeugen?

Der gefürchtete Auftragskiller, Zane Neville alias Slag(ter), behauptet sich schon seit zehn Jahren erfolgreich gegen alle Widrigkeiten auf der Island of Damned Souls. Doch als ihm der attraktive Dieb Caiden vor die Nase gesetzt wird, weiß er sofort, dass Caidens Aussehen nichts als Ärger bedeutet - nicht nur für sich selbst. Denn, obwohl er hetero ist, spricht Caiden ihn auf eine Weise an, die ihn nicht kalt lässt. Auch wenn er sich vehement sowohl gegen die Anziehung als auch die Verantwortung wehrt, die Caiden bedeutet, kann er ihn nicht komplett ignorieren.

Ein Auftragskiller, ein smarter Dieb, zwei Kartellkönige, Geheimnisse, Verrat und ungewollte Gefühle vermischen sich zu einer explosiven Gay Romance.

Vorwort

Bevor mein übliches Vorwort und Hinweise in einer Special Content Note kommen, möchte ich eine Information loswerden, die vermutlich untergeht, wenn ich sie lediglich als Fußnote verfasse. Es geht um die Maßeinheit Tesla, die ursprünglich nichts mit der Firma/Marke bzw. den Fahrzeugen zu tun hatte. Tesla ist eine Maßeinheit, mit der die Stärke von Magneten gemessen wird, benannt nach Nikola Tesla (1856 – 1943), einem Physiker, Elektronikingenieur und Erfinder. Beispielsweise hat ein Kühlschrankmagnet in der Regel 5 mT (Millitesla), also 0,005 Tesla. In meiner Geschichte ist an einer Stelle von Tesla die Rede, gemeint ist die Maßeinheit.

Randnotiz: E. Musk wollte mit der Markenbezeichnung für seine Autos wiederum den oben erwähnten Physiker ehren.

Dies ist ein fiktiver Roman mit frei erfundenen Personen in direkter Sprache, der explizite, gewaltbeschreibende, aber auch erotische Szenen und sogenannte „Kraftausdrücke“ enthält und somit erst für eine **Leserschaft ab 18 Jahren** geeignet ist. (Ich bitte darum, bereits diesen Satz ernst zu nehmen, trotzdem habe ich nachfolgend noch zusätzlich eine Content Note aufgeführt, weil ich feststellen musste, dass er offenbar nicht immer ausreicht.) Ähnlichkeiten zu jedweden real existierenden Personen oder Institutionen sind nicht beabsichtigt und rein zufällig.

Die in dieser Geschichte genannten Marken oder Titel werden lediglich zum Zweck der Beschreibung aufgeführt. Die Rechte daran obliegen ausschließlich den Markeninhabern bzw. Markenbetreibern sowie den Rechteinhabern der Titel. Auch die Erwähnung von Berühmtheiten, Firmen- oder Straßennamen dienen lediglich der Beschreibung, sollen niemanden verunglimpfen und insbesondere Eigenschaften und Örtlichkeiten sind von der Autorin teilweise frei erfunden.

Im Anschluss an die Hauptgeschichte warten am Ende dieser Taschenbuch-Ausgabe **Leseproben** aus anderen Romanen der Autorin auf die interessierte Leserschaft.

ACHTUNG: SPECIAL CONTENT NOTE!

a) Die Protagonisten sind nicht immer sympathisch und handeln erst recht nicht gesetzeskonform. Es kommen Gewalt (auch sexuelle) sowie Entführung vor. Somit können Handlungen beschrieben werden, die zartbesaitete Menschen oder Menschen mit Traumaerfahrung verstören könnten.

b) Die insbesondere im Epilog und Outtake enthaltenen spicy Scenes sind unter Umständen nicht für jede*n geeignet. Wer nicht allzu tief ins DARK von Dark (Gay)Romance oder in bestimmte erotische Praktiken eintauchen möchte, sollte Epilog und Outtake weglassen. Diese sind nicht notwendig für das Happy End der Geschichte.

Alle, die gern dominante, extrem heiße Szenen lesen möchten, lade ich ein, am Ende auch noch den Epilog und gegebenenfalls das Outtake zu lesen.

Und noch eine riesige Bitte:

Wenn du diese Geschichte zu Ende gelesen hast, nimm dir nur einen kleinen Moment Zeit, sei so lieb und gib mir ein Feedback. Am schönsten wäre eine Rezension, aber es reicht auch schon eine **Bewertung** (für dich ist es nur ein kleiner Klick auf die Sternchen, für mich bedeutet es viel).

Bedenke, dass in so einer Geschichte neben viel Herzblut und Leidenschaft auch viel Arbeit steckt. Deshalb freue ich mich über eine Rückmeldung, damit ich weiß, ob es dir gefallen hat oder was ich verbessern könnte. Feedback/Rezensionen/Bewertungen sind für uns Autor*innen (erst recht als Selfpublisher) wirklich wichtig. Du würdest mir eine sehr große Freude machen.

Prolog

Zehn Jahre zuvor

Vor ihm ragte eine riesige Toranlage in die Höhe, die von mehreren Spulen Nato-Draht gekrönt war. Er schätzte das gewaltige Bauwerk auf sechzig Meter. Damit überragte es um etwa zehn Meter die Felswände links und rechts von ihm, die an dieser Stelle die niedrigste Höhe hatten. Man hatte ihm gesagt, dass die steil aufragenden Klippen mit den senkrechten, fast glatten Wänden an vielen Stellen bis auf eine Höhe von fast zweihundert Metern anstiegen. Kein Mensch konnte hier lebend runterspringen oder klettern - er erst recht nicht, er hasste HOHE Klippen. Falls es doch ein Verrückter versuchen sollte, gab es unten auf dem schmalen Strand noch fünf Reihen Zäune, zwischen denen Wachen mit Hunden patrouillierten.

Okay, eine Flucht erschien auf den ersten Blick unmöglich. Zane rieb sich über den kurz geschorenen, blonden Schädel. Fuck! Damit musste er El Demonio dann wohl tatsächlich zu Grabe tragen.

Apropos. Das Leben hatte ihn bei seinem letzten Hit-Job richtig ins Knie gefickt, trotz nahezu perfekter Planung. Zuerst war alles optimal verlaufen. Er war in die heiligen Hallen der angeblich uneinnehmbaren Festung des Gonzalez-Kartells eingedrungen und hatte dem König, Esteban, im Schlaf mit dessen eigenem Messer die Kehle durchgeschnitten – ohne auch nur eine Spur zu hinterlassen. Danach hatte er sich unbemerkt wieder aus dem Staub gemacht. Zunächst zwei Kilometer zu Fuß. Dann mit der unauffälligen Limousine, die er bar und natürlich auf fremden Namen gemietet hatte. Alles war gut gegangen, wie auch bei den letzten knapp sechzig Hits. Doch ab da war es bergab gegangen. Nicht nur die Straße.

Seine normalerweise präzise ausgearbeitete Planung war zerstoben wie Asche im Wind, als ein beschissener Transporter in den Serpentinen einen ätzend langen Truck überholen musste. Sein Ausweichmanöver hatte ihn in die Leitplanke befördert und leider darüber hinaus gegen einen Baum. Das Nächste, an was er sich erinnerte, war, dass er relativ unverletzt in einem Polizeikrankenhaus in Bogotá aufgewacht war und sie wussten, dass er El Demonio[1] war. Woher, war ein Rätsel. Niemandem war bekannt, dass er dieser Hitman war. Es gab nie Beweise, denn er hinterließ keine Spuren. Hatte er gedacht …

Doch nun stand er hier. Vor ihm öffnete sich eine kleine Tür im mächtigen Bollwerk. Mit dem unsanften Stoß eines Gewehrlaufs in die Nieren wurde er *höflich* aufgefordert, einzutreten. Nach drei Schleusen betrat er einen Fahrstuhl, in den gerade mal eine Person passte: er. Dieser beförderte ihn circa fünfzig Meter in die Höhe.

Als die Türen aufglitten, schien ihm die Sonne heiß ins Gesicht. Er blinzelte. Viele Augenpaare musterten ihn misstrauisch. Abschätzend. Er hob den Blick und stierte jedem so lange in die Augen, bis derjenige wegschaute, achtunddreißig Mal. Nach und nach trollten sich die Typen.

Ab jetzt war er auf sich gestellt. Keine Sau interessierte sich dafür, wie es den Insassen hier erging. Dies war das härteste Gefängnis der Welt. Jeder war sich selbst überlassen. Nach Ablauf der Haftzeit hatte man ein Zeitfenster von einem Tag, um in die Freiheit zu kommen, verpasste man das: persönliches Pech! Doch ihm konnte das scheißegal sein, er kam hier nie wieder weg, schließlich war er zu mehrfach lebenslänglich verknackt worden.

~~~

1 Spanisch für „Dämon, Teufel, böser Geist“
~~~

Fünf Tage später

Zane befand sich auf dem Rückweg von dem kleinen See. Er hatte sich in einem armseligen Zimmer in der Gefängnisbaracke einquartiert – anders konnte er seine Behausung nicht bezeichnen: eine dreckige Matratze auf einem dreckigen Boden und ein Loch in der Ecke als Klo. Aber es war seins. Bisher hatte er von verkackten Bananen gelebt. Sie hingen ihm zum Hals raus. So viele gab es gar nicht, dass er davon dauerhaft satt werden konnte. Doch heute hatte er endlich drei Fische gefangen. Dafür hatte er einen Speer gebastelt. Sein Vorteil: Er war verteufelt schnell. Zum ersten Mal seit seiner Verhaftung durchströmte ihn ein positives Gefühl.

Kurz bevor er sein Zimmer erreichte, umzingelten ihn fünf große Kerle. Drei weitere hielten sich im Hintergrund.

„Na, Frischling. Nicht so schnell." Der Typ spuckte Zane vor die Füße. „So ein hübsches Bürschchen wie du ..."

Beinahe hätte Zane laut aufgelacht. Frischling? Hübsch? Bürschchen? In Anbetracht der Tatsache, dass er 1,98 Meter groß und hundertdreißig Kilo schwere, pure Muskelkraft war, wären ihm doch andere Attribute zu sich eingefallen.

„... Du hast noch keine Miete für dein Zimmer gezahlt. Gib uns deinen Fisch, dann legst du dich da drüben über den Stamm und streckst uns brav deinen Arsch entgegen", fuhr der Rädelsführer fort. Die anderen feixten.

Seelenruhig legte Zane die Fische auf einen Felsen. Dann blickte er auf, nahm unauffällig einen schulterbreiten, festen Stand ein.

Die fünf Hünen gingen gleichzeitig auf ihn los.

Aber er war der geborene Killer, niemand war in der Lage, ihm das Wasser zu reichen. Nicht umsonst hatte er von der Unterwelt den Namen *El Demonio* erhalten, auch wenn der jetzt Geschichte war. Wie der Teufel fuhr Zane unter sie. Dem ersten neben sich schlug er den Kehlkopf mit einer Handkante ein, dem Zweiten zertrümmerte er gleichzeitig mit einem einzigen wuchtigen Tritt den Schädel. Das Ganze hatte nur fünf Sekunden gedauert.

Die anderen begriffen, dass er keine leichte Beute war. Sie zogen Macheten, Kampf- oder Sichelmesser und gingen erneut auf ihn los. Die drei aus dem Hintergrund beteiligten sich jetzt an der Partie.

Mit bloßen Händen verteidigte er sich. Zwei der sechs Verbliebenen hatte er in kürzester Zeit mit Genickbruch zur Strecke gebracht. Allerdings konnte er nicht verhindern, dass ihm seine Gegner immer wieder oberflächliche Schnitte zufügten. Plötzlich blitzte es in seinem Augenwinkel auf. Zane fuhr herum und duckte sich. Sein Glück, sonst hätte ihm die Machete wohl den Kopf vom Hals getrennt, so durchschnitt sie bloß seine rechte Wange. Der Schmerz explodierte in seinem Kopf, er achtete jedoch nicht darauf. Stattdessen sprang er vor, als der Kerl mit dem Ding erneut ausholte, grub seinen Daumen und die Finger in dessen Hals und riss ihm den Kehlkopf heraus.

Ungläubig starrte der Typ ihn an. Wie eine Fontäne schoss das Blut aus der Halswunde. Dann sackte er in die Knie.

Zane entriss ihm die Machete und hieb ihm den Kopf ab. Dann schritt er zum nächsten und tat das gleiche, bis er alle Angreifer enthauptet hatte.

Plötzlich vernahm er ein Gurgeln. Als er aufsah, starrte ihn eine Horde Männer an, einer übergab sich gerade.

Blutig und verletzt stand er wie ein Rachegott über seinen Peinigern. „Will noch einer?", fragte er blutspuckend. Reden mit aufgeschlitzter Backe war gar nicht so einfach.

Einhelliges Kopfschütteln.

„Gut, keiner rührt sie an."

„Wat het jy in die voorkant van dit slagter?", brummte ein großer dunkelhäutiger Mann mit Afrofrisur und blauen Augen. Dann wechselte er die Sprache. „Was hast du damit vor, Schlächter?"

Zane zuckte die Achseln. „Die Klippen runterwerfen."

Der Afro-Mann[2] schüttelte den Kopf. „Wir können sie gebrauchen."

Blinzelnd starrte Zane ihn an. Wollte er wissen, wofür? Doch letzten Endes war es ihm egal. „Macht damit, was ihr wollt. Aber die Köpfe gehören mir."

„Was willst du damit?", fragte der Afro-Mann.

„Aufspießen! Als Mahnung für euch alle! Wer sich mit mir anlegt, ist tot! Ich mache keine halben Sachen. Lasst mich in Ruhe, dann lass ich euch in Ruhe. Wer mir allerdings ans Bein pisst, reiht sich daneben ein." Er deutete auf den nächsten Kopf am Boden.

„Okay, Slagter ..."

Hm, an den Namen könnte er sich gewöhnen. Neue Umgebung, neuer Ruf.

„... Du siehst übrigens ziemlich gruselig aus. Komm mit, ich helfe dir."

Argwöhnisch betrachtete Zane sein Gegenüber. „Wer bist du? Was willst du für deine Hilfe?"

Ein Grinsen trat in das Gesicht des Dunkelhäutigen. „Rouven, aber hier nennen mich alle Gif, von Gif Mengar: Giftmischer." Das Grinsen wurde noch dreckiger. „Du kannst mir vertrauen. Und als Bezahlung hätte ich gerne einen von deinen Fischen." Er nickte in Richtung Felsen, wo Zane die Fische hingelegt hatte.

~~~

Drei Wochen später

Der Aufzug fuhr das fünfte Mal nach unten. Ob noch wer kam? Vier grobschlächtige Ärsche mit Glatzen standen schon hier. Einer hatte ein Hakenkreuz auf der Stirn.

Zane stand gemeinsam mit Gif und den anderen da, um zu sehen, welche Neuzugänge der Fahrstuhl so ausspuckte. Seine

---

[2] Die Bezeichnung „Afro-Mann" bezieht sich AUSSCHLIEßLICH auf dessen Frisur und dient in dieser Geschichte lediglich zur Beschreibung/Auseinanderhaltung der verschiedenen, handelnden Protagonisten, nicht anders als Lockenkopf oder Wikinger. Sie ist in keiner Weise anmaßend oder abwertend gemeint.
~~~

Wange war wieder zusammengewachsen. Aus dem klaffenden Riss war ein dicker Wulst geworden, allerdings noch verkrustet. Jeden Tag ging er zu Gif und ließ sich von ihm irgendeine Kräuterpampe aus irgendwelchem Zeugs draufstreichen. Auch die übrigen kleineren Schnittwunden hatte Gif behandelt. Sie waren bereits komplett verheilt. Nur durch Gifs Eingreifen hatte er keine Entzündung bekommen. Erst im Nachhinein war ihm aufgegangen, wie gefährlich hier schwere, tiefe Verletzungen werden konnten – ohne jede medizinische Versorgung.

Sie hatten ein Abkommen getroffen: Gif half ihm mit der Verletzung und er versorgte ihn mit Fischen, Vögeln, Schildkröten, Leguanen oder Affen, wenn er denn etwas fand und fing. Gif war der Einzige, den er halbwegs ertragen konnte. Mit dem Kerl konnte er etwas anfangen, denn er war als einer der wenigen nicht dumm wie hundert Meter Feldweg. Nicht dass sie sich viel unterhielten. Alle anderen hielten sich nach der Schädelaktion von ihm fern. Sie fürchteten ihn. Gut so! Im Gegensatz zu ihm hatte Gif jedoch von Beginn an mit einigen Leuten hier Allianzen gebildet. Wie lange sie andauerten, hing immer ganz davon ab. Zum Beispiel, ob jemand von Nutzen oder wie lange er hier war. Gif hatte ihm erzählt, dass manche hier nach kurzer Zeit Selbstmord begingen; manche kamen frei, andere fanden den Tod. Und manche verschwanden einfach. Neue kamen.

Neben ihm seufzte Gif. „Die Scheißkerle von der Direktion wollen wohl mal wieder ein bisschen Stimmung in die Bude bringen."

„Nigger", knurrte prompt die Glatze mit dem Hakenkreuz, als er Gif entdeckte. „Du bist tot!"

Gif drehte sich um und grinste ihn an. „Huh, jetzt habe ich aber Angst."

Praktisch sofort stürzte sich die Glatze auf Gif und es entbrannte ein harter Kampf.

Als sich auch die anderen ins Getümmel stürzen wollten und plötzlich Messer aufblitzten, entschied Zane, dass er einschreiten sollte. Erstens hatte er nicht vor, seine erst vor kurzem errungene Herrschaft abzutreten. Die Penner hatten sich ja noch nicht mal *vorgestellt*. Zweitens brauchte er Gif noch. Der Bursche war der Einzige, der hier Verletzungen heilen konnte. Das Risiko, dass dem Quacksalber etwas passierte, war ihm zu groß.

Kurzerhand zog er die Machete aus dem Rückenholster und schlug der Glatze, die ihm als erstes zu nahekam, mit einem schnellen Hieb den Kopf ab.

Jede Bewegung fror ein, als hätte Harry Potter den Zauberstab geschwungen und Immobilus gerufen. Stille legte sich über den Platz. Ungläubig drehten sich alle Köpfe in Zeitlupe zu ihm.

Die Machete ruhte über seiner Schulter. Blut tropfte von der Spitze. „Gestatten, Slagter. Und ihr seid?"

Im selben Moment hatte der Fahrstuhl die Plattform zum fünften Mal erreicht und ein mittelblonder, großer, schlanker Mann war herausgetreten, der aussah wie Großmutters Traum: Rasiert und frisiert mit Schmalzlocke. Doch unter dem Saum der Ärmel des T-Shirts lächelten ihm Hakenkreuze entgegen. Ein arischer Wichser, wie er im Buche stand. „Tristan!", beantwortete er Zanes Frage. „Das sind Brant, Tom, Jay und …" Er winkte ab. „Der zählt nicht mehr."

„Okay, Arier", sagte Zane zu dem blonden Schwiegermuttertraum. „Wenn ihr nicht auch ein Portrait von euch in der Ahnengalerie wollt …" Er wies mit dem Kinn zu der Schädelparade auf Pfählen, die er vor drei Wochen *eröffnet* hatte, als er sich am Tag nach der *Auseinandersetzung* die Mühe gemacht hatte, Stöcke mit der Machete anzuspitzen, so dass er sie in die Erde rammen und die Köpfe aufspießen konnte. „Dann verpisst euch. Gif ist tabu."

Der Arier musterte erst die Galerie, dann ihn eingehend. Schließlich hob er beschwichtigend die Hände. „Alles klar, Regel verstanden."

Zane wusste, dass der Typ Ärger bedeutete. Er stank bis zum Himmel danach.

Die Versammlung löste sich auf.

Kopfschüttelnd schaute Gif auf den abgetrennten Schädel. „Jy is regtig 'n slagter. Du bist wirklich ein Schlächter. Danke, aber ich hätte das auch allein geschafft.“

„Ich weiß! Aber ich wollte kein Risiko eingehen, dass dir ein Finger abgehackt wird. Wer flickt dann meine Wange zusammen?“

„Ich steh in deiner Schuld.“

Zane schüttelte knapp den Kopf. „Bereits erledigt!“ Er zeigte auf sein Gesicht. Dann wandte er sich um. Es war Zeit für einen neuen Pfahl in der Ahnengalerie.

Teil I

Eins

Heute

SLAG

Das Summen des Aufzugs kündigte Frischfleisch an.

In diesen Momenten erinnerte er sich, dass er mal ein anderes Leben geführt und einen anderen Namen gehabt hatte. Gedankenverloren rieb er sich über die rechte Wange und spürte die Narbe unter den Fingern. Gif und die anderen nannten ihn immer noch Slagter – Schlächter. Dabei war der schwarze Hüne nicht viel besser als er. Für einen Moment standen ihm die Ereignisse seiner ersten Tage hier wieder vor Augen. Damals hatten die anderen die Leichen weggeschafft und alles weitere hatte ihn nicht interessiert - bis heute nicht. Er aß kein Menschenfleisch. Dafür war er ein sehr geschickter Jäger und Fischer geworden.

Für einen Moment wanderte sein Blick zu dem illustren Schädelspalier, das er vor zehn Jahren begonnen hatte zu errichten und das die Leute direkt herzlich willkommen hieß. Im Laufe der ersten drei Jahre waren noch einige dazugekommen. Mittlerweile versuchte niemand mehr, ihm seinen Rang streitig zu machen. Die meisten ließen ihn in Ruhe. Das war alles, was er wollte.

Damals hatte er sich aus den Quartieren der acht Wichser, die ihn angegriffen hatten, das Beste ausgesucht. Ein großes, helles Zimmer mit einfachem Bett, Tisch, vier Stühlen, einem Schrank und einem eigenen separaten kleinen Bad mit Dusche, die allerdings seit Beginn an defekt war. Es gab sogar eine Kochzeile mit Kühlschrank und Spüle und totaler Luxus: eine abgenutzte Couch. Selbst die Eingangstür ließ sich verriegeln. An einer Wand hatte er alle Waffen aufgehängt, die er sich im Laufe der Zeit erkämpft hatte. Knüppel, Messer, Macheten, Speere, Äxte.

Manchmal hatte er das Gefühl, die Wärter, die irgendwo hinter irgendwelchen Monitoren saßen, ließen diese Waffen mit Absicht einen Weg in den Knast finden, damit sie einen kostenlosen Actionfilm oder gar ein Snuffvideo bekamen, ähnlich wie mit den Pornos. Die eine Hälfte der Insel beherbergte den Frauenknast und es gab einen extra gesicherten Bereich, den man durch mehrere Schleusen erreichte, in den auch die Frauen gelangen konnten. Es durften immer nur je ein Mann und eine Frau rein, vereinzelt gab es mal Ausnahmen. Jedenfalls war es die einzige Möglichkeit, um seine Triebe auszuleben, wenn man nicht gerade scharf auf andere Schwänze war, und das war er definitiv nicht. Natürlich war alles kameraüberwacht.

Apropos: Heute war sein Tag und gleich das Zeitfenster, in welchem er in die Pornobox konnte, wie sie den Raum nannten. Leider konnte er sich seine Partnerin nicht aussuchen, auch die Frauen hatten feste Zeiten. Immerhin war seine ganz passabel. Andersherum fand sie das wahrscheinlich nicht – so, wie er mittlerweile aussah. Aber sie sagte, sie mochte seinen Körper, seinen Schwanz und die Art, wie er sie vögelte, das Gesicht wäre ihr egal und O-Ton: „Nach fünf Jahren ohne Sex ist man nicht mehr wählerisch.“ Slag zuckte die Achseln und stiefelte los. Er wollte seine Zeit nicht verpassen. Außerdem konnte er auch vom Fickraum aus verfolgen, wer Neues kam, denn der lag direkt beim Aufzug und war eher ein Zwinger als ein Zimmer, da die Seiten nur aus Gittern bestanden.

„Alter, gehst du einen wegstecken?“, rief ihm Gif nach.

„Halt die Fresse, Kurpfuscher." Slag hob den Mittelfinger über seine Schulter und stapfte davon, ohne sich noch einmal umzudrehen. Gifs schmutziges Lachen begleitete ihn.

♦♦♦

CAIDEN

Er stolperte hinaus, als das Sonnenlicht ihn unvermittelt blendete. Das erste, was er vernahm, war ein Keuchen. Unwillkürlich fuhr sein Kopf herum und er sah in einem Käfig einen riesenhaften Kerl mit nacktem Oberkörper hinter einem Tisch stehen, auf dem bäuchlings eine Brünette lag, deren Kopf er am Zopf in den Nacken zog, während er sie von hinten vögelte.

Äh ... interessant. Handelte es sich nicht um einen Hochsicherheitsknast? Trotzdem war das hier erlaubt ...?

Der Hüne erinnert ihn an einen Wikinger, beziehungsweise an Thor, bloß als weniger attraktive Version. Die langen, dicken Haare waren zu einem komplizierten Zopf geflochten, durch den sich Lederriemen zogen, die Seiten waren freirasiert. Ein Drei-Tage-Bart bedeckte das Gesicht, abgesehen von einer roten wulstigen Narbe, die sich von seinem rechten Mundwinkel bis zum Kiefergelenk unterm Ohr zog. Das verlieh ihm einen grimmigen Zug. Der Typ sah nicht aus, als wäre mit ihm gut Kirschen essen. Am Kinn trug er einen langen Bartzopf, der mit zwei Lederriemen direkt nach dem Kinn und kurz vorm Ende zusammengehalten wurde. Der muskelbepackte Oberkörper, mit dem er locker *The Rock* Konkurrenz machen konnte, war über und über mit Narben bedeckt.

Mit einem Mal hob der Kerl den Kopf und bohrte den Blick der irritierend hellen Augen in seinen, ohne dabei das Stoßen zu unterbrechen. Der Riese starrte ihn so lange an, bis Caiden wegschaute und hastig weiterging.

Caidens Puls beschleunigte sich. Zwei Dinge wurden ihm klar. Der Typ war absolut finster und er musste ihm aus dem Weg gehen.

Rasch eilte er auf das Gebäude zu. Unterwegs kam er an einem Spalier aus über zwanzig Schädeln, die auf Pfählen steckten, vorbei. Eiskalt rann es ihm den Rücken hinab und er lief schnurstracks hindurch, ohne näher hinzusehen.

Am Gebäude empfing ihn ein dunkelhäutiger Typ mit wilder Afrofrisur und sehr blauen Augen. Das war so außergewöhnlich, dass Caiden einen Moment vergaß, sich zu fürchten.

„Hey groenhoring welkom by die Vier Seisoene!"

Die Fragezeichen in seinen Augen veranlassten sein Gegenüber die Worte zu übersetzen. „Hey, Greenhorn, willkommen im Four-Seasons." Der Kerl grinste feist, breitete die Arme aus und drehte sich langsam um die eigene Achse. „Wenn du mir folgen würdest."

Da er nicht die geringste Ahnung hatte, was ihn erwartete, folgte er dem Mann tatsächlich, der ihn an so etwas wie einer ehemaligen Mensa vorbeiführte, die rechts von ihnen lag und größtenteils verwüstet war.

„Die hat leider dauerhaft geschlossen. Der Koch war zu schlecht und wurde *gefeuert*." Der Typ lächelte grimmig und fuhr sich mit dem Finger die Kehle entlang.

Caiden schluckte trocken.

„Spaß!" Der Dunkle zwinkerte ihm zu. „Oder auch nicht. Der jetzige ‚*Koch*'" – er formte Anführungszeichen in der Luft - „serviert nur Hakenkreuzgrütze, wenn du verstehst … Hier kocht jedenfalls keiner für dich. Ums Essen musst du dich selbst kümmern."

Er blieb auf der Hut und folgte dem Mann weiter, der sich nach links wandte und direkt gegenüber der Mensa durch eine intakte Glastür trat, über der ein menschlicher Schädel hing. Das Entsetzen, das sich seiner bemächtigt hatte, seit er einen Fuß auf diese Insel gesetzt hatte, betäubte ihn mittlerweile dermaßen, dass er kaum noch Furcht über den Totenkopf, der wie eine Mahnung über dem Durchgang hing, aufbringen konnte.

Direkt hinter der Glastür gab es einen Treppenaufgang, doch den ließen sie links liegen und gingen einen langen Flur entlang. In einem muffigen Loch ein paar Räume weiter blieben sie schließlich stehen.

„Dein Zimmer, bis du dir etwas Besseres verdienst." Jedes Lächeln war aus dem Gesicht des Schwarzen[3] verschwunden. Dann legte er den Kopf schief und musterte ihn wie ein Stück Fleisch. Schließlich tippte sich der Afro-Mann mit dem Zeigefinger nachdenklich an die perlweißen Schneidezähne. „Pass auf den Arier auf, der steht auf so schöne Bürschchen wie dich in mehrerlei Hinsicht. Ach ja, und Slag solltest du auch nicht verärgern, sonst findet sich dein hübsches Köpfchen draußen in unserer Ahnengalerie wieder." Damit drehte der Kerl sich um, um zu gehen. „Ich bin übrigens Gif", sagte er über die Schulter, bevor er verschwand.

„Cai... Caiden", stammelte er völlig überfordert. Scheiße, wie hatte er hier landen können? Mehrmals musste er tief durchatmen, um angesichts seiner Lage nicht völlig die Fassung zu verlieren. Vier Jahre musste er hierbleiben. Vier verdammt lange Jahre.

Ein weiteres Mal prasselten die Bilder auf ihn ein und dröhnten die Fetzen des Richterspruchs durch seine Hirnwindungen. *„Schuldig! Vier Jahre ohne Bewährung!"* Und das auf dieser verfluchten Knastinsel.

Er war nicht in der Lage gewesen, sich zu bewegen, nachdem das Strafmaß verkündet worden war. Wie eingefroren hatte er immer noch dagestanden, obwohl sich der Gerichtssaal längst geleert hatte. In seinen Grundfesten erschüttert, hatte er immer noch geglaubt, gehofft, sich verhört zu haben. Denn das konnte einfach nicht sein. Aber egal, wie oft er sich das gesagt hatte, es hatte nichts geändert. Nach wie vor hallten die Worte

---

[3] Die Bezeichnung „Schwarzer" sowie alle Formen davon dienen in dieser Geschichte ebenfalls AUSSCHLIEßLICH zur Beschreibung/Auseinanderhaltung der verschiedenen, handelnden Protagonisten. Sie ist in keiner Weise anmaßend oder abwertend gemeint.

des Richters in ihm wider. Und nach wie vor begriff er nicht, wie es dazu hatte kommen können. Er war doch nur ein Dieb - ja, sogar ein äußerst geschickter. Hatte doch nur ein paar Dokumente geklaut. Und war zum ersten Mal verhaftet worden. Wieso zur Hölle war er also auf diese Insel verbannt worden, die doch nur echten Schwerverbrechern vorbehalten war: Massenmördern, Serienkillern ...

Plötzlich war überall Polizei gewesen. Er war aufs Dach des Hochhauses geflohen und von da aus die Fassade runtergeklettert. Ein übereifriger Bulle war ihm gefolgt, hatte den Halt verloren und war abgestürzt. Das hatten sie ihm auch angelastet. Wo waren die ganzen Bullen plötzlich hergekommen? Wieso kein normaler Knast? Wieso diese gottverdammte Insel?

Er hatte eine Ahnung, wer seine Finger im Spiel haben könnte. Immerhin hatte die Person ihm eine Aufgabe übertragen …

Oh Gott, vier höllisch lange Jahre. Eiskalt lief es ihm den Rücken runter.

Dadurch war er zwar vorerst sowohl seinem Bruder als auch dem Gonzalez-Kartell entkommen, aber das hier war schlimmer. Verzweifelt und hoffnungslos drehte er sich langsam einmal im Kreis. Das Zimmer war ein Loch, nur eine alte Matratze und ein Loch im Boden, sonst nichts, nicht einmal eine Tür. Mutlos sank er auf die Matratze. Wenigstens war Lori in Sicherheit. Das war sein einziger Trost.

♦♦♦

SLAG

„Heilige Scheiße“, grollte Gif, als Slag vom Ficken mit June zurückkam. „Hast du das Bürschchen gesehen? Da wird sich der Arier die Finger nach lecken.“

Sofort war ihm klar, wen Gif meinte. Der junge Bursche war schätzungsweise Anfang Zwanzig, etwas über 1,80 Meter groß, schlank und hatte ein Gesicht wie von Michelangelo gemeißelt.

Slag argwöhnte, dass die Wärter ihm die dunkle Lockenpracht mit Absicht nicht abrasiert hatten. Wahrscheinlich wollten sie endlich mal wieder Action – entweder auf dem Porno- oder auf dem Actionkanal oder auf beiden. Jedenfalls war klar, dass der attraktive Kerl das Aufsehen einiger Kandidaten auf der Insel erregen würde. Der Arier wäre in zweierlei Hinsicht interessiert: Die Schönheit würde ihn einerseits anmachen, denn der Arier stand auch auf Jungs. Der Jüngling sah aus wie ein Modell und tat ihm jetzt schon leid. Andererseits war in dem Blut des Typen definitiv etwas Südländisches enthalten, was den Arier, nachdem er den Frischling gefickt hätte, verleiten könnte, ihm die nichtarische Haut abzuziehen.

Aber das war nicht seine Baustelle. Slag zuckte die Achseln. „Pech für den Schönling."

„Jepp, großes Pech." Gif tippte sich gegen die Schneidezähne. „Vielleicht sollten wir ..."

„Bist du bescheuert?", fuhr er den Kumpel an. „Nichts tun wir."

„Manchmal frage ich mich, wo der Schlächter hin ist", stichelte Gif.

„Der hält Dornröschenschlaf, bis jemand entweder deinen Arsch oder meinen aufreißen will. Fremde interessieren mich einen Scheiß. Und jetzt halt die Klappe. Ich will meine Ruhe."

Zwei

CAIDEN

Sein Magen knurrte laut und vernehmlich. So laut, dass er schon befürchtete, das Geräusch würde die anderen Mitbewohner dieses Gebäudes wecken. Der Hunger nagte an ihm. Seit drei Tagen war er jetzt hier und hatte so gut wie nichts gegessen, weil er es nicht wagte, diesen stinkenden Raum zu verlassen. Er hatte sich nicht gewaschen, geschweige denn geduscht.

Gif war immerhin so nett gewesen und hatte ihm am ersten Tag noch eine kleine Taschenlampe, zwei Flaschen Wasser und ein paar Bananen geschenkt – und es Welcome-Präsent genannt. Doch zwei Bananen am Tag machten nicht satt und auch das Wasser teilte er sich ein. Er hatte noch eine halbe Flasche. Spätestens morgen musste er sich etwas besorgen. Oder Gif bitten, ihm zu helfen. Er könnte auch etwas stehlen. Doch das wagte er nicht. Nicht hier, nicht bei diesen Mithäftlingen. Erst gestern hatte er furchtbare Schreie vernommen und wollte gar nicht wissen, was geschehen war oder wer da geschrien hatte und wer für diese Qualen verantwortlich war. Prompt blitzte das Bild des graublonden, riesigen Wikingers, den Gif Slag rief, vor seinen Augen auf. Es würde ihn nicht wundern, wenn der Typ jemanden abgeschlachtet hätte. Oder der Arier, wie Gif den mittelblonden, eigentlich fast sympathisch aussehenden Mann nannte. Allerdings hatte Caiden die Hakenkreuze, die auf dem Oberarm unter dem kurzärmligen Hemd hervorlugten, bemerkt. Der Typ sah zwar nicht gefährlich aus, doch Caiden zweifelte keine Sekunde, dass er das war. Zumal er einige große, brutal wirkende Männer um sich geschart hatte, die ihn auf Schritt und Tritt begleiteten.

Am besten war es wahrscheinlich, wenn er sich JETZT neues Wasser holte. Es musste etwa gegen halb vier Uhr morgens sein, vielleicht sogar noch etwas früher. Noch war es dunkel. Er hoffte, dass die Leitungen in der Küche funktionierten und nicht allzu viel Lärm verursachten, wenn man den Hahn aufdrehte. Sollte er nämlich jemand anderen als Gif wecken, war die Wahrscheinlichkeit, dass ihm Übles drohte, sehr hoch. Denn er hatte hier niemanden, der ihm helfen würde. Er wusste nicht mal sicher, wo Gif hauste. Irgendwo über ihm. Allerdings blieb ihm nichts anderes übrig, als es zu versuchen. Er brauchte das Wasser … und eigentlich auch Nahrung.

Leise erhob er sich und steckte sich eine leere Flasche in die Tasche der weiten Hose mit Gummizug, die an eine Jogginghose mit Außentaschen erinnerte, um beide Hände benutzen zu können. Außerdem schnappte er sich die Taschenlampe und schlich aus dem Zimmer. Es war stockduster. Er legte die Handfläche vorne auf die Lampe und umklammerte sie mit den Fingern, dann schaltete er sie ein. Durch seine Hand gedämpft gelangte nur sehr wenig Licht, doch es reichte, dass er sich orientieren konnte. Langsam schlich er vorwärts. Die nächsten zwei Räume hatten wie seiner keine Tür und waren genauso eklig dreckige Löcher. Er kam an einem weiteren mit Tür vorüber. Immer wieder lauschte er, ob er etwas vernahm. Allerdings erschwerte ihm sein eigener, donnernder Atem die Situation. Normalerweise war er ein Meister im lautlosen Bewegen, doch jetzt war so viel Adrenalin in seinem Körper, so viel Furcht vor dem Entdeckt werden durch irgendwelche Typen, dass er es nicht schaffte, die Atmung ruhig und gleichmäßig zu halten.

Caiden zwang sich, an der nächsten Ecke stehenzubleiben und bewusst ein- und auszuatmen, vier Sekunden ein und sieben wieder aus. Und wieder von vorn. Er verlor sicherlich eine kostbare Minute. Doch er musste sich unbedingt beruhigen, um über das Blutrauschen in seinen Ohren hinaus etwas oder jemanden hören zu können. Langsam schaffte er es, sich auf sein Können zu besinnen. Er war ein Dieb, ein Meister seines

Metiers. Er konnte sich beinahe lautlos bewegen, war wendig, flink und verdammt schnell, konnte ohne jede Sicherung selbst die steilsten und beinahe glatte Wände hochklettern. Hatte üblicherweise Nerven wie Drahtseile, jedenfalls in der normalen Welt. Hier jedoch, unter diesen Massenmördern, hatte er das vergessen. STOPP! Seine Gedanken galoppierten erneut davon, aber er durfte nicht wieder an die grauenhafte Situation denken, in der er steckte, sondern musste sich auf das, was er beherrschte, konzentrieren.

Nachdem er sich gefasst hatte, schlich er weiter durch die Glastür bis zur Küche. Kurz schaute er sich um, um sich zu orientieren. Damit er im Notfall fliehen konnte. Es gab in einer Höhe von knapp vier Metern einen über die gesamte Wand reichenden Auslass, in dem zerbrochene Scheiben ihre letzten Tage fristeten. Ein Fenster war bereits fast komplett aus dem Rahmen gebrochen. Dort sollte er im Notfall halbwegs verletzungsfrei rauskönnen. Er checkte die Möglichkeiten, wie er dort hoch gelangen konnte. Ein Stück unter dem Fenster befand sich ein dicker Haken in der Wand. Mit Anlauf und einem festen Sprung würde er drankommen. Das reichte ihm, um den Fensterrahmen zu erreichen, sich hochzuziehen und hindurchzuschwingen.

Caiden ging weiter zur Spüle, wo er die Taschenlampe ablegte und sich das Shirt über den Kopf zog, um die Lampe abzudecken, damit sie nicht so hell strahlte. Nun kam es drauf an. Vorsichtig drehte er den Hahn ein wenig auf. Das Wasser plätscherte leise heraus und die Leitungen surrten wie ein gut geöltes Getriebe. Erstaunlich. Kein Knallen oder Spucken in den Rohren. Anscheinend wurden sie regelmäßig benutzt. Umso besser, dann brauchte er sich keine Sorgen um Legionellen oder Ähnliches zu machen – hoffte er zumindest.

Er füllte die Flasche unter dem Kran[4] und stellte sie ab. Schließlich hielt er den Mund an den Strahl und trank gierig

[4] Kran ist in meiner Region ein anderes (westmitteldeutsches) Wort für Wasserhahn. Daher rührt auch der Begriff „Kraneberger" für Leitungswasser.

Wasser. So lange, bis ihm fast schlecht wurde. Dann tauchte er die Hände ins kühle Nass. Der Drang, sich wenigstens etwas zu waschen, überwältigte ihn. Er senkte Kopf und Hals unter das laufende Wasser. Zügig wusch er sich die Arme, die Achseln, den Oberkörper, Hals, Gesicht und Haare so gut es ging. Als sein Blick auf eine Rolle Küchentücher fiel, entschied er, zumindest auch den Genitalbereich zu reinigen.

Nachdem er fertig war, verstaute er die volle Flasche wieder in der äußeren Hosentasche. Das schwere Ding zog ihm beinahe den Stoff von den Hüften, so dass er den Kordelzug enger schnürte. Er fühlte sich erfrischt und gleich nicht mehr ganz so verzweifelt. Mit dem T-Shirt hatte er seine mittellangen Haare notdürftig trocken gerubbelt, bevor er es wieder übergezogen hatte. Mut erfasste ihn und er schlich zu einem Monstrum von Kühlschrank. Behutsam zog er die Tür auf. Das Ding war außer Betrieb und leer. Wäre ja auch zu schön gewesen. Er begann die Schränke zu durchsuchen, bis er in einem auf drei Jahre abgelaufene Reiswaffeln stieß. Egal. Beinahe ehrfürchtig nahm er den kostbaren Fund an sich und schob ihn in die andere Hosentasche.

Im selben Moment vernahm er leise Schritte mehrerer Personen.

SCHEIßE! Hastig schloss Caiden die Schranktür, steckte die ausgeschaltete Lampe in die oberste Hosentasche und schlich zunächst Richtung Ausgang, um Anlauf zu nehmen. Das dünne Licht, das durch die Fenster fiel, reichte ihm. Er hatte sich vorher gut orientiert. Dann sprintete er los – natürlich nicht mehr leise -, sprang hoch, machte mit einem Fuß so etwas wie einen Laufschritt auf der senkrechten Wand, reckte sich, erwischte den Haken mit zwei Fingern und zog sich aus der Kraft des Armes hinauf, nutzte den Aufwärtsschwung, riss den anderen Arm über den Kopf und erwischte die Fensterkante. Natürlich bohrten sich Scherben in seine Handfläche, aber das ignorierte er. Fest packte er zu, zog sich weiter hoch, nutzte den kompletten Schwung, schwang die Beine seitlich durch die Öffnung und ließ sich nach einem millisekundenschnellen Blick auf der anderen Seite runterfallen.

Genau in dem Moment trafen mehrere Lichtkegel starker Taschenlampen den Fensterdurchlass. „Ich dachte, ich hätte etwas gehört.“

„Wie du siehst, ist hier niemand. Du hörst schon die Flöhe husten.“

Caiden hatte das Gefühl, blau anzulaufen, weil er den Atem angehalten hatte. Vorsichtig entließ er ihn, um dann tief einzuatmen – bewusst langsam und leise. Damit niemand, der möglicherweise hier draußen umherirrte, sein Schnaufen hörte. Sein Herz hämmerte wild in der Brust. Nicht wegen der Anstrengung. Das war keine für ihn. Sondern weil es so knapp gewesen war. Wegen der Angst, dass ihn wer weiß wer erwischen könnte.

Einen Moment lehnte er sich gegen die Steinwand und gönnte sich die kleine Verschnaufpause. Er hob die verletzte Hand und betrachtete die Innenfläche. Selbst in der Dunkelheit, allerdings war es hier draußen doch einiges heller als in den finsteren Räumlichkeiten, konnte er den Schnitt als dunklen Riss quer über die gesamte Breite verlaufen sehen. Mist! Außerdem war ihm klar, dass da noch Scherben drinsteckten. Nicht zu ändern. Zuerst musste er wieder in sein Zimmer kommen. Behutsam schloss er die Faust.

Schließlich rappelte er sich hoch und drückte sich vorsichtig an der Wand entlang ums Haus herum. Dabei betete er, dass ihn keiner entdeckte. Doch hier draußen war niemand unterwegs. Als er vor dem gähnenden Loch stand, das mal das große Haupteingangstor gewesen war, lauschte er einen Moment, dann schlüpfte er nach innen. Dort wurde er abrupt von einer dunklen Wand gestoppt, die vorher nicht da gewesen war. Sein Herz blieb stehen.

Prompt wurde er an der Schulter gepackt. „Caiden?“

Gif! Ihm fiel der ganze Mount Everest vom Herzen. „Ja!“, raunte er.

„Herrgott, was machst du hier?“ Gif zerrte ihn mit sich, durch die Glastür, die Treppe hinauf und in sein Zimmer.

Sobald der Mann mit der Afrofrisur eine Öllampe angezündet hatte, erkannte er, dass dieser Raum gegen Caidens Loch wie ein Palast wirkte. „Setz dich!“

Er folgte der Aufforderung und hockte sich auf einen Stuhl an den einfachen Holztisch.

„Also?“

„Ich war in der Küche.“ Zur Bestätigung knurrte sein Magen laut.

Gif musterte ihn eine Ewigkeit mit zusammengekniffenen Lidern. Vielleicht lag es auch am Licht oder an schlechten Augen … Trotzdem fühlte Caiden sich zunehmend unwohl.

„Hm! Was hast du bisher gegessen?“, brummte Gif.

„Die Bananen von dir!“

„Sonst nichts?“

Er schüttelte den Kopf.

„Lass mich raten: Und das bisschen Wasser getrunken!?“

Er nickte.

„Kein Wunder, dass es dich in die Küche treibt. Aber das ist verdammt gefährlich. Hast du was gefunden?“

„Abgelaufene Reiswaffeln und Leitungswasser abgefüllt.“

„Caiden, die Küche kontrolliert der Arier. Wenn die dich erwischt hätten …“

„Du brauchst es nicht weiter ausführen. Haben sie ja nicht.“

„Aber es war verdammt knapp, oder?“ Gif wies mit dem Kinn zu Caidens geballter Faust, die er auf dem Tisch abgelegt hatte. Erst jetzt registrierte er, dass Blut auf die Platte tropfte. Er zuckte die Achseln. „Glasscherben.“

„Zeig her! Wie bist du entkommen?“

Caiden legte die geöffnete Handfläche auf den Tisch. Ups, das sah nicht optimal aus.

Gif schnaufte wie ein wütender Stier. „Verletzungen sind hier saugefährlich. Du bist echt ein Idiot!“

„Dann verrate mir doch mal, wie ich an Essen und Trinken kommen kann, ohne Gefahr zu laufen, dem Arier oder sonst einem der kranken Typen hier in die Arme zu laufen.“

Wieder sah Gif ihn lange an.

Caiden konnte die Zahnrädchen förmlich rattern hören.

Anscheinend kam Gif zu einem Entschluss, denn die harten Züge wurden plötzlich weicher. „Du erinnerst mich an jemanden, der mir mal wichtig war." Gifs Stimme klang kehlig. Dann drehte er sich um, trat an einen kleinen Schrank heran und kramte darin. „Also, wie bist du weggekommen?"

Caiden erzählte es ihm. „Und was hast du da mitten in der Nacht gemacht?"

„Ich sammle Informationen", antwortete Gif barsch.

„Nachts?"

„Ja!"

„Aha!"

Doch weiter ließ sich Gif nicht aus. Schließlich trug er einen offenen Kasten an den Tisch, den er mit einem Tiegel, einer Pinzette und sauberen Baumwolltüchern bestückt hatte. Außerdem schaltete er eine starke Bautaschenlampe ein, die einen Standfuß hatte, und richtete sie auf Caidens Hand. Anschließend befüllte er eine Flasche und eine kleine Schale mit Wasser, wusch sich die Hände und setzte sich zu Caiden, griff nach seiner Hand und spülte zuerst mit der Flasche das Blut ab, um besser sehen zu können. Mit der Pinzette zog er vorsichtig die Glasscherben heraus. Immer wieder spülte er nach. Zupfen, spülen, zupfen, spülen. Als Gif sicher war, alle Splitter entdeckt zu haben, befeuchtete er ein Tuch in der Schale, tupfte die Wunde erneut sauber. Dann öffnete er den Tiegel und verteilte die Paste mit einem Löffel auf der Wunde. Abschließend wickelte er ein sauberes Baumwolltuch darum und knotete es auf dem Handrücken fest. „Mehr kann ich im Moment nicht für dich tun. Komm morgen wieder, dann schaue ich es mir nochmal an."

„Danke, Gif! Wie kann ich das wieder gut machen?"

„Gib mir welche von deinen Reiswaffeln."

„Oookay! Wie viele willst du?" Zwei oder drei konnte er ruhig erübrigen. Immerhin hatte Gif ihm geholfen und womöglich bewahrte er ihn vor einer Infektion.

Ein weiterer prüfender Blick legte sich lange auf sein Gesicht. „Wie viele bist du bereit abzugeben?"

Äh … aber dann ging Caiden auf, dass seine Gesundheit wohl mehr wert war. Auch wenn er nicht wusste, wann er das nächste Mal etwas Essbares fand oder bekam, verhungerte er noch nicht. Die Betonung lag auf NOCH. Er seufzte schwer. „Du kannst alle haben - aber vielleicht bist du so nett und lässt mir zwei übrig?"

Ein Lächeln legte sich auf Gifs Gesicht, eines, das sogar die blauen Augen erreichte. Er grunzte wohlwollend. „Ich nehme die Hälfte." Dann wurde er ernst. „Du solltest nie alles abgeben, Caiden. Du brauchst auch Essen für dich."

„Danke für den Hinweis. Sorry, dass ich die Knastetikette verletzt habe, aber weißt du, ich war noch nie im Gefängnis. Deshalb habe ich keinen blassen Schimmer von den Gepflogenheiten." Caiden konnte nicht verhindern, zynisch zu klingen. Dabei war Gif der Letzte, an dem er seine Verbitterung auslassen sollte. Immerhin war der bisher freundlich und hilfsbereit zu ihm. Er atmete tief durch, öffnete die Packung, zählte die Menge ab und legte Gif die Reiswaffeln auf den Tisch. Eine weitere aß er direkt mit Heißhunger. Mhm! Verdammt, in diesem Moment schmeckten die abgelaufenen, pappigen Reiswaffeln ohne jedes Topping trotzdem wie ein Zwei-Sterne-Menü.

Gif schwieg und futterte auch eine. Schien ihm seine bissige Bemerkung nicht übel zu nehmen. Ihr Schweigen fühlte sich einträchtig an.

Die restliche Packung verstaute Caiden und erhob sich, um zu gehen.

„Hey, Caiden!"

Er blieb stehen und blickte über die Schulter zurück.

„Halt dich von der Küche fern!"

„Aber woher soll ich Wasser bekommen?"

„Komm zu mir, du kannst dir immer bei mir welches holen. Ich stelle dir täglich zwei Flaschen vor die Tür. Komm morgens um 03:15 Uhr. Dann ist es am sichersten. Bring die leeren Flaschen wieder mit."

Er wandte sich Gif noch einmal zu. Wusste nicht, was er sagen sollte. Das war … nett. Mehr als das. „Wieso bist du so freundlich zu mir? So anders als der Rest hier."

Gif zuckte die Achseln. „Wie gesagt, du weckst Erinnerungen in mir. Äußerst gute. Außerdem denke ich, dass du Potenzial hast. Es lohnt sich, in dich zu investieren, in die Zukunft." Er zwinkerte ihm zu. „Essen kann ich dir allerdings kaum abgeben. Wir haben hier alle nur das Nötigste. Ich habe das Glück, dass Slag häufig Fische oder Reptilien, Vögel oder Affen fängt, die er mit mir teilt."

Caiden war klar, dass der Koloss das niemals für ihn tun würde.

„… Ansonsten kommt alle Jubelwochen mal ein Schiff mit zu wenigen und abgelaufenen Lebensmitteln, um die sich die Geier reißen. Da wirst du wenig Chancen haben. Aber ich kann dir zeigen, wo hier Bananen wachsen und anderes Obst. Manchmal fallen Kokosnüsse von den Bäumen. Außerdem Kräuter und so etwas wie Salat und Knollen, die man wie Kartoffeln zubereiten kann und die nahrhaft sind. Wenn du willst, zeige ich es dir morgen."

Erleichterung rann wie entspannendes, warmes Wasser durch seinen Körper. „Ich danke dir! Vielleicht kann ich mich bei den Kokosnüssen revanchieren."

Gif nickte. „Geh jetzt. Sei vorsichtig!"

Als Caiden die Tür öffnete, prallte er gegen eine betonharte Brust, die den Türrahmen ausfüllte, und setzte automatisch einen Schritt zurück.

Ein Knurren erklang und der Blick aus stechend silbergrauen Augen traf ihn, bevor er sich auf Gif richtete. „Ich dachte schon, du führst Selbstgespräche."

„Haben wir dich aus deinem Schönheitsschlaf geweckt, Prinzessin? So laut waren wir doch gar nicht."

„Laut genug!"

Zur Hölle, hatte der Wikinger wirklich so einen leichten Schlaf? Oder war er auch hier rumgeschlichen?

„Was hast du da?"

Ehe Caiden reagieren konnte, hatte sich der Hüne seine verbundene Hand geschnappt und die Innenfläche wenig sanft nach oben gedreht. Fragend sah der Koloss zu Gif rüber.

Das Ding in Caidens Brust pumpte hektischer.

„Er ist in der letzten Sekunde dem Arier und seinem Gefolge entkommen."

Kurz zuckte Slags Blick zu ihm zurück. Dann konzentrierte der sich wieder auf Gif. „Wo?"

„In der Küche! Durchs Fenster!"

„Kannst es wohl gar nicht erwarten, dass der dich in die Finger kriegt?"

„Ich brauchte Wasser und Nahrung."

„Du lernst besser ganz schnell, hier klarzukommen. Sonst müssen wir nachher noch deine Überreste aus dem Dreck kratzen, *Kleiner*!" Das letzte Wort betonte der Wikinger, als wäre Caiden ein begriffsstutziges Kleinkind.

So ein Arsch! Doch er sprach das natürlich nicht laut aus. Ihm war schon bewusst, dass Slag ihn für einen Lappen hielt, und auch, dass er dem Koloss nichts entgegensetzen konnte, trotz seiner Erfahrung. Der Gigant war nicht umsonst auf dieser Insel. Der war hier, weil er wie beinahe alle anderen hierher gehörte. „Dem Typen bin ich doch sowieso ausgeliefert. Ich meine, ich lebe in einem Zimmer ohne Tür", murmelte er. Das war seine größte Angst, dass sie ihn nachts im Schlaf holten. Deshalb schlief er auch so gut wie nicht.

Slag schnalzte mit der Zunge. „Wenn du Glück hast, nicht." Der Hüne grinste böse.

„Der Arier kommt nicht in diesen Trakt", mischte sich Gif ein. „Jedenfalls nicht, solange er dich nicht in seiner Mensa erwischt."

„Was hält ihn ab? Die nicht abschließbare Glastür?", rutschte es Caiden raus. Er schaffte es nicht, den Sarkasmus zurückzuhalten.

Slag bohrte erneut den laserschwertscharfen Blick in seinen. „Der Kopf über der Tür!"

Ihn entsetzte und wunderte hier kaum noch etwas. Deshalb nickte Caiden und sah den großen, überheblichen Blödmann an. Die Dunkelheit warf bedrohliche Schatten auf das harte, kantige Gesicht, das nicht die geringste Regung zeigte. Durch die vernarbte Wange wirkte er noch gefährlicher.

Caiden straffte die Schultern. „Lässt du mich durch?"

Der Hüne musterte ihn wie einen Fettfleck auf der Jeans, trat dann jedoch wortlos einen Schritt zur Seite.

Caiden schlüpfte hinaus. Froh, dem gruseligen Kerl zu entkommen.

♦♦♦

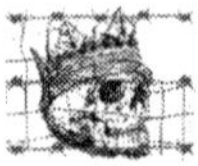

SLAG

„Wie zur Hölle ist der Bursche aus dem Fenster geklettert? Die liegen doch fast vier Meter hoch und sind zersplittert."

Gif zuckte die Achseln. „Eines wohl nicht ganz so schlimm. Scheint für ihn kein Problem zu sein. Ich zeige ihm morgen, wie er an Nahrung kommt."

„Wieso hilfst du ihm, verflucht?" Slag verstand nicht, warum sich sein Kumpel über die Jahre immer mal wieder neuer Gefangener annahm, ihn eingeschlossen.

Als Gif ihn breit angrinste, lachten ihm die strahlend weißen Zähne aus dem dunklen Gesicht entgegen. „Ich habe halt ein großes Herz. Deiner Person habe ich mich ja auch angenommen."

„Hm."

„Slag, es schadet nie, jemanden auf seine Seite zu ziehen, bevor es andere tun und du ihn als Gegner hast."

„Ich brauche keine anderen." Dann schob er hinterher: „Außer dich, Quacksalber."

„Ja, weil du alles andere allein kannst. Aber wie ich dir schon immer predige, es ist nicht verkehrt, Allianzen zu bilden. Außerdem hast du dann einen Gegner weniger."

„Der ist kein Gegner für mich."

Gif seufzte. „Du weißt nichts über ihn. Nur weil er tendenziell eher schlank ist und im Moment etwas verängstigt, heißt das nicht, dass er nicht kämpfen oder mit einer Waffe umgehen kann. Vielleicht kann er hervorragend Messer oder Speere werfen. Außerdem kommt er dir nur so schlank vor, weil du so ein Koloss bist. Im Vergleich zu vielen anderen hier, ist er normal groß und breit. Lass dich nicht täuschen. Ich glaube, dass in dem Kerl einiges steckt, wenn er sich erstmal akklimatisiert hat. Mut hat er jedenfalls, auch wenn er das derzeit selbst noch nicht registriert hat. Ich meine, er ist in die Küche vom Arier eingedrungen … Und er ist kein Dreckschwein, sondern ein guter Kerl.“ Gif berichtete ihm von den Reiswaffeln. „Kommst du mit?“

Er brauchte einen Moment, um zu begreifen, was Gif meinte: die Unterweisung zur Nahrungssuche. Was Besseres hatte er sowieso nicht vor. Sie hatten ausreichend Essbares für drei Tage und sonst gab es nichts zu tun. Vielleicht hatte der Kurpfuscher recht und er sollte sich ein Bild von den Fähigkeiten des Burschen machen. Konnte nicht schaden. „Meinetwegen.“

Drei

SLAG

Seit drei Stunden latschten sie nun schon durch die Vegetation. Caiden hing an Gifs Lippen, als dieser Pflanzen in seinen Beutel steckte und dem Kerl die verschiedenen Gewächse zeigte und erklärte. Genieß- oder brauchbare wie Orangen, Wassermelonen, Baumaloe, Bananen, Kokospalmen und noch einiges mehr. Nicht, dass die nicht jeder erkennen könnte. Aber eben auch die giftigen wie die Bechertragende Wolfsmilch, Traubenbeere oder den indischen Korallenbaum.

Slag kannte das alles schon. Deshalb beschränkte er sich auf die Beobachtung des Frischlings, den er aufmerksam musterte. Caiden war in der Tat nicht so ein Schmalhans, wie er es sich in seinem Kopf zurechtgelegt hatte. Er war sehnig und hatte einen geschmeidigen, leichtfüßigen Schritt, wirkte flink und wendig. Die auffallend hellen braungrünen Augen scannten unablässig die Gegend. Er hatte das Gefühl, dass der Kerl sich nicht nur jedes von Gif erläuterte Gewächs, sondern auch jeden verfluchten Zentimeter des Areals einprägte, das sie durchschritten, während er gleichzeitig Gifs Ausführungen lauschte. Wahrscheinlich konnte er anschließend blind eine Karte von dem Gebiet zeichnen.

Slag konnte nicht umhin, ein bisschen positiv überrascht zu sein, selbst wenn er das nicht sein wollte.

Gif führte sie bis zum See, in dem Slag regelmäßig fischte. „Hier kannst du theoretisch schwimmen, aber Achtung, es gibt Krokodile, wenn auch nur kleine, und Schlangen. Ansonsten fischt der ein oder andere hier. Der Arier kommt eher selten her. Vor dem bist du hier wahrscheinlich recht sicher. Allerdings sind auch einige der anderen nicht zu unterschätzen. Die meisten hier werden dich testen wollen oder -" Gif machte eine bedeutungsschwere Pause. „Sind auf dein durchaus ansehnliches Gesicht, deine Lockenpracht und deinen definierten Körper scharf."

Dem war nichts hinzuzufügen. Aber immer noch nicht seine Baustelle. Slag rieb sich mit dem Unterarm den Schweiß von der Stirn.

Endlich machten sie sich wieder auf den Rückweg, diesmal durch den Palmenwald. Gif schaute nach oben. „Du wolltest dich doch revanchieren. Eine Kokosnuss wäre jetzt nicht schlecht."

Der Schönling sah ebenfalls hinauf und runzelte die Stirn. Der Blick scannte den Stamm. Mit einem Schlag strahlte er übers ganze Gesicht, so dermaßen, dass die Augen wie Fünfhundert-Watt-Birnen leuchteten. „Sehr gern!"

Etwas perplex blickte Gif zu dem Greenhorn. Dann warf er Slag einen ungläubigen Blick zu, der so viel sagte wie: *Ist das sein Ernst?*

„Gib mir deine Machete", forderte Caiden Slag enthusiastisch auf und vergaß dabei offenbar, Angst vor ihm zu haben.

„Nur über meine Leiche!"

Einen Moment blinzelte der Neuling irritiert.

„Nimm das hier." Gif hielt dem Neuen das lange Messer hin, das zuvor in der Scheide an seinem Gürtel gesteckt hatte.

Caiden nahm es, ging zum Baum und lief an der sich im Halbbogen nach unten biegenden Palme hoch wie ein Wiesel. Er hielt sich nicht mal fest. Tänzelte förmlich, bis er in etwa sieben Metern Höhe an die Früchte gelangte.

Slag schluckte. Er hasste Höhe! Aber dem Burschen machte sie nicht das Geringste aus. Im Gegenteil, er bewegte sich, als würde er über eine Avenue tanzen wie in der verkackten Filmszene *I'm singing in the rain*. Es nervte ihn, dass der kleine Scheißer das so gut konnte.

Mit mehreren Messerhieben hackte der Lockenkopf drei Kokosnüsse ab, die nach unten fielen.

Ah, kein geübter Messerschwinger. Denn dabei stellte der Kerl sich nicht sonderlich geschickt an, eher so mittelmäßig. Slag hätte die Früchte mit einem Hieb abgetrennt – alle drei auf einmal.

Caiden kam den Baum in einer affenartigen Geschwindigkeit wieder zur Hälfte hinab, bis er schließlich aus einer Höhe von vier Metern einfach runtersprang. Er sammelte die Kokosnüsse auf, hielt sie ihnen hin und grinste dabei wie ein verdammtes Honigkuchenpferd.

Sie nahmen jeder eine.

„Wieso zum Teufel grinst du so dämlich, *Kleiner*?“, fuhr Slag ihn an. „Dazu gibt es keinen Grund. Um hier zu überleben, braucht es mehr.“ Aus irgendeinem Grund reizte ihn der kleine Mistkerl wie eine scheiß lästige Laus im Pelz, an die man nicht rankam, um sich zu kratzen. Slag konnte nicht mal sagen, woran das lag. Mit Genugtuung sah er, wie das freudige Strahlen erlosch.

Stattdessen blitzte es in den Augen. „Das weiß ich auch, du Bas …“ In der letzten Sekunde biss sich der Kerl auf die Zunge.

Gerade noch rechtzeitig, um seine Extremitäten zu behalten. Er starrte auf den Kerl herab.

Nach kurzer Zeit wendete der Lockenkopf den Blick ab, um sich der Kokosnuss zu widmen und sie mit Gifs Messer zu öffnen. Dabei brach er sich allerdings einen Zacken aus der Krone.

Slag atmete geräuschvoll aus und verdrehte die Augen. „Halt still!“ Ehe der Neuling sich versah, hatte Slag in einer einzigen fließenden Bewegung die Machete gezogen und mit einem sauberen Schlag die Nuss geköpft. Dabei war die Spitze der Klinge ziemlich nah an Caidens gerader Nase vorbeigerauscht. Ganz ohne Absicht natürlich.

Der Bursche blinzelte mehrmals, bis ihm anscheinend klar wurde, was da eben passiert war. „Bist du verrückt?“, keuchte er erschrocken.

Slag zuckte die Achseln. „Gif!“

Der Angesprochene hielt ihm seelenruhig die Kokosnuss hin. Er kannte das bereits von Slag.

Nachdem der Frischling sich gefangen hatte, tranken sie im Schatten der Palme das Kokoswasser aus der Frucht. Es war köstlich. Eine willkommene Abwechslung.

„Wirklich nicht schlecht", kommentierte Gif die Aktion. „Das ist nützlich. Lass uns einen Deal machen. Du besorgst regelmäßig für uns drei Essbares, das an Bäumen wächst, dafür geben Slag und ich dir etwas von unseren Vorräten ab."

So, tat er das? Er sah seinen Freund an und hob eine Braue. „Ohne mich!"

„Komm schon, Alter", drängte ihn Gif.

„Vergiss es." Er wollte keine Allianz mit dem gutaussehenden Bürschchen eingehen. Dann musste er sich noch verantwortlich fühlen. Ihm war bereits jetzt absolut glasklar, dass der Kerl nur Ärger verursachte, wenn auch unabsichtlich. Allein durch sein Aussehen war vorprogrammiert, dass ihm ungefähr zwanzig der noch sechsunddreißig Insassen an den Arsch wollten – im wahrsten Sinne des Wortes. Dann wäre Slag rund um die Uhr beschäftigt und hätte keine einzige Minute seiner heiligen Ruhe mehr. Also nope, null Interesse.

Gif seufzte. „Du bist ein Arsch, Slag."

„Erzähl mir was Neues!"

Gif sah Caiden an. „Okay, vergiss den Penner. Zwischen uns beiden gilt der Deal. Komm nachher vorbei. Ich gebe dir etwas ab und versorge deine Wunde."

Vier

CAIDEN

Der Beutel, der quer vor seiner Brust hing, war voll mit Früchten. Er stand unter dem Orangenbaum, auf dem er zuvor in den oberen Ästen die Tasche gefüllt hatte. Nun schob er den prallen Sack auf den Rücken. Zur sicheren Zeit, um 03:15 Uhr, hatte er sein Zimmer verlassen und war hierhergekommen. Da er sich tags zuvor alles eingeprägt hatte, schaltete er nur ganz vereinzelt die Taschenlampe verdeckt ein, um zu überprüfen, ob nichts Neues auf dem Weg lag, über das er stolpern konnte. Als er am Baum angekommen war, war er hochgeklettert, um dort auf die Dämmerung zu warten und dann die Früchte ernten zu können. Bisher hatte alles geklappt und er war unbehelligt geblieben. Jetzt kam der schwierigste Teil, der Rückweg. Denn es war kurz vor Sonnenaufgang und somit hell genug, dass er gesehen werden konnte.

Die übliche Angst, ein mittlerweile vertrauter Begleiter, erfasste ihn, als er vorsichtig zurückging. Immer wieder hielt er an, um die Atmung unter Kontrolle zu bringen und die Umgebung aufmerksam zu mustern. Er versuchte, keinerlei Geräusche zu verursachen.

Den Urwald hatte er hinter sich gelassen und befand sich auf dem letzten offenen Stück schräg hinter seiner Baracke. Er hatte diesen Weg gewählt, weil er vom Gebäude aus kaum einsehbar war, solange sich alle im Inneren befanden. Er war kurz vorm Ziel, hatte fast das Haus erreicht, als eine Gruppe von sechs Typen um die Ecke bog und genau wie er mitten im Schritt versteinerte.

Sie musterten sich gegenseitig.

Das Herz schlug ihm bis zur Kehle. FUCK! Waren die Kerle freundlich? Was sollte er tun?

Die Männer erwachten aus ihrer Starre. Der eine stieß den anderen an. Einer pfiff. Sie setzten sich in Bewegung, fächerten auf. „Hey, Hübscher, stehst du auf Schwänze?“

Damit war eindeutig, was sie von ihm wollten. Er schüttelte den Kopf, während er sich gleichzeitig hektisch umsah. Scheiße, wohin? „N-Nein!“ Shit, seine Stimme klang dünn wie Pergament und sein Körper bebte.

Sie feixten. „Wenn wir mit dir fertig sind, weißt du sie zu schätzen.“

Caiden wich einen Schritt zurück.

„Hey, hey, du willst doch wohl nicht weglaufen.“ Sie begannen ihn einzukesseln.

Das konnte er nicht zulassen. Er wirbelte herum und raste los. Sie pfiffen und lachten. Setzten sich in Bewegung - hinter ihm her. Er rannte schneller, zurück zum Wald. Noch hundert Meter.

Noch fünfzig.

Noch dreißig.

Er war viel schneller als die anderen. Trotzdem grölten sie hinter ihm und ergingen sich in Fantasien, was sie mit ihm vorhatten.

Noch fünfzehn Meter.

Noch fünf bis zu einem schätzungsweise zwanzig Meter hohen Baum am Rand des Waldes.

Er nutzte den Stamm als Sprungbrett. Sprang ab, lief dann praktisch zwei Schritte senkrecht hinauf und bekam den untersten Ast in etwa vier Metern Höhe zu fassen, zog sich hoch und kletterte pfeilschnell in obere Gefilde. Auf einer Höhe von zwölf Metern drehte er sich um und blickte nach unten.

Die Männer kamen am Baum an und schauten zu ihm hoch. „Hey, kleiner Arsch, komm da runter. Wir kümmern uns um dich!“ Sie verhöhnten ihn und grölten. Zwei versuchten sogar, zu ihm raufzuklettern, bildeten zunächst eine Räuberleiter, gaben jedoch ungefähr vier Meter unter ihm auf. Da entstand nämlich eine große Lücke im Geäst, die man nur überwinden konnte, wenn man sich am senkrechten Stamm hochhangelte.

Das Gejohle wurde bösartiger. Mittlerweile drohten sie ihm, Körperteile abzuschneiden, wenn er nicht zu ihnen nach unten kletterte. Es schienen keine Leute des Ariers zu sein. Allerdings beruhigte ihn das nicht wirklich.

„Irgendwann musst du da runterkommen, Hübscher."

Sie setzten sich unter den Baum.

Tja, und nun? Caiden suchte nach einem Ausweg. Da es sich um Urwald handelte, standen die Bäume dicht an dicht. Okay, es gab Möglichkeiten. Erstmal würde er jedoch abwarten, ob den Kerlen da unten nicht langweilig wurde und sie sich trollten.

♦♦♦

SLAG

Er hatte die Szene beobachtet.

Das Bürschchen war wirklich verflucht schnell gewesen, trotz des gut gefüllten Beutels auf dem Rücken. Was war da wohl drin? Zufällig hatte er ihn gerade aus dem Dschungel kommen und über die Fläche gehen sehen, bis ihm der Kannibale und seine Kumpels den Weg versperrt hatten. Der Kannibale trug zwar diesen Namen, doch tötete er nicht des Essens wegen. Aber wenn schon mal eine Leiche da war, nahmen er und sein Gefolge sich ihrer an. Slag schüttelte sich.

Ärger kroch in ihm hoch. Er hatte es gewusst, verdammt! Der Schönling bedeutete nichts als Scherereien, brachte sich schneller in Gefahr, als er *hier* schreien konnte. Wenn Gif das mitbekam, nervte er ihn wahrscheinlich wieder damit, dass er auf den Kerl aufpassen sollte. Was war er? Eine verdammte Nanny für dunkelgelockte Bengel, die in ein Gehege voll gieriger Hyänen geworfen wurden? Darauf hatte er absolut keinen Bock. Und jetzt hockte der Frischling wie ein verdammter Affe oben im Baum. Konnte der eigentlich noch etwas anderes, als auf beschissen hohe Bäume zu klettern? Er. Hasste. Höhe! Na ja, immerhin kamen die anderen nicht an ihn heran. Dafür warfen sie ihm allerdings immer wildere Drohungen zu. Doch Slag machte sich keine weiteren Sorgen. Der Mistkerl saß hoch genug. Da bekam ihn keiner weg, er eingeschlossen. Wieder schlug diese seltsame Verärgerung, die ihn gepackt hatte und die er nicht einordnen konnte, eine neue Welle. Mal sehen, wie lange der Kerl es da oben aushielt, sobald die Sonne unerbittlich sein Hirn grillte. Blieb nur zu hoffen, dass der Bursche ein bisschen was aushalten konnte. Denn er würde trotz der Hitze eine gewisse Zeit da oben bleiben müssen. So leicht gab der Kannibale nicht nach. Und Slag hatte nicht vor, sich einzumischen. Er wandte sich ab und kümmerte sich um seinen Kram.

Als er zwei Stunden später nachsah, brütete der Bastard tatsächlich noch im Geäst. Sollte ihm das jetzt imponieren? Nein, der Frischling hatte sich selbst in diese dämliche Situation gebracht. Wie konnte er nur so naiv sein und morgens bei Sonnenaufgang draußen rumlaufen, als wäre er auf einem verfluchten Boulevard?!

Unten am Baum tat sich etwas. Bis auf zwei zogen die Mistkerle ab. Wahrscheinlich war es ihnen zu langweilig und vor allem zu heiß geworden.

Slag verdrehte die Augen. Gut, dass Gif noch nichts mitbekommen hatte, sonst würde er sich jetzt Sorgen machen, ob der Lockenkopf einen Sonnenstich bekam. Aber ganz so schlimm war es nicht. Der Bursche hockte halbwegs im Schatten. Außerdem sah er tatsächlich aus, als könnte er ausgiebige Sonnenbäder ganz gut wegstecken, besser als viele andere hier, wenn man von seinem südländischen Äußeren schloss.

♦♦♦

CAIDEN

Mittlerweile stand die Sonne heiß am Himmel. Er hatte verdammt starken Durst, auch wenn ihn die dichten Blätter des Waldes schützten. Aber eine Dehydrierung war nicht zu unterschätzen. Er musste zeitnah hier weg.

Seine Bewacher waren nur noch zu zweit und dösten vor sich hin. Das war sein Moment. Also kletterte er bis zur äußersten Spitze des Astes. Das Ding war biegsam, hielt ihn aber genau deshalb. Er konnte den Ast des Nachbarbaumes fassen, hangelte vorsichtig hinüber und schaute zurück.

Niemand hatte etwas mitbekommen.

Caiden setzte seinen Weg fort, bis er mehrere Bäume weiter und ein ganzes Stück weg war. Dann kletterte er den Stamm hinab und lief tiefer in den Wald. Hier würde er bis heute Nacht ausharren und sich dann auf den Rückweg machen. Zum Glück hatte er einige Orangen im Beutel. Von denen konnte er ein wenig zehren und trinken. Er betrachtete die verletzte Hand und schob den Verband ein wenig zur Seite. Die Wunde hatte sich gottseidank nicht verschlimmert. Bei allen Kletteraktionen hatte er die Innenfläche kaum belastet und verstärkt die Fingerkuppen oder die andere Hand eingesetzt.

Er hasste diese Insel schon jetzt. Nach den wenigen Tagen.

♦♦♦

SLAG

Weitere Stunden waren vergangen. Als er dieses Mal nachschaute, war der Jüngling weg, die Typen unterm Baum auch.

Sie hatten ihn doch wohl nicht erwischt? Schon hörte er Stimmen.

„Er ist einfach verschwunden.“

„Wie kann das sein?“

„Keine Ahnung, weg war er. Wir haben ihn gesucht, aber nicht gefunden."

Dann war etwas Unverständliches zu vernehmen und dann die Stimme des Kannibalen. „So wichtig ist der Neue nicht. Wir wollten lediglich ein bisschen Spaß haben. Wir suchen uns mit was anderem Zerstreuung. Seinen kleinen, geilen Arsch können wir uns auch ein anderes Mal holen."

Na also! Dem Neuling war bis jetzt nichts geschehen, dann ließ Gif ihn hoffentlich in Ruhe und würde ihn nicht weiter nerven, auf den Frischling aufzupassen.

♦♦♦

CAIDEN

Vorsichtig machte er sich auf den Rückweg. Er vermutete, dass es die übliche Zeit mitten in der Nacht war.

Als seine Bewacher zwei Stunden nach seinem Abgang gemerkt hatten, dass er weg war, hatten sie halbherzig nach ihm gesucht, während er sich tiefer unter die dichten, breiten Blätter einer noch nicht so hoch gewachsenen Bananenpflanze geduckt hatte. Nach kurzer Zeit waren sie abgezogen. Trotzdem hatte er den gesamten Tag dort ausgeharrt.

Sobald er es sicher ins Haus geschafft hatte, würde er Gif die Orangen bringen, und zwar zwei Drittel seiner Ausbeute. Ob der dem Wikinger dann ein Drittel abgab oder nicht, war ihm egal. Er wollte nur auf keinen Fall in der Schuld des vernarbten Hünen stehen. Er würde seine Essens- und Flaschenration an sich nehmen, alles in sein Zimmer bringen und sich ins Duschhaus wagen. Nachdem er sich zwei weitere Tage nicht gewaschen, außerdem noch immer nicht geduscht und heute in dem Baum wie ein Schwein geschwitzt hatte, brauchte er dringend eine Dusche. Zum Waschen in die Küche traute er sich nicht mehr. Er roch sich selbst, stank wie ein Iltis. Es würde ihn nicht wundern, wenn jemand schon allein durch seinen Gestank auf ihn aufmerksam wurde.

Caiden machte Schritt um Schritt und seufzte. Einen Mann wie den Wikinger hätte er als Verbündeten gut an seiner Seite gebrauchen können. Natürlich hatte der Riese kein Interesse, ihn zu unterstützen. Seine Abneigung war offenkundig, er brauchte sie noch nicht einmal zu äußern.

♦♦♦

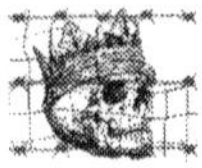

SLAG

Er hörte die verflucht leisen Schritte auf dem Flur, die an seiner Tür vorbei bis zu Gifs zwei Räume weiter führten. Dann ein Rumoren. An seinem leichten Schlaf hatte sich all die Jahre nichts geändert, zumal man hier wie ein Luchs auf der Hut sein musste, damit sie einem nachts nicht die Kehle durchschnitten. Allerdings musste er zugeben, dass diese unbekannte Schrittabfolge extrem leise war. Wenn er nicht wach gelegen hätte, hätte er sie eventuell gar nicht vernommen. Er vermutete, dass es der Neuzugang war. Sie klangen noch fremd: federnd, leicht. Aus irgendeinem Grund hatte er nicht geschlafen und die ganze Zeit genau darauf gewartet. Warum? Er hatte keine Ahnung. Jetzt raubte ihm der blöde Bastard noch den Schlaf. Der war wirklich eine überaus lästige Nervensäge.

Lautlos schlich er zur Tür und öffnete sie einen winzigen Spalt. Im Licht der kaputten Scheiben konnten er eine schlanke Silhouette mit dunklen Locken entdecken. „Was machst du da?“, herrschte er den Burschen an.

Der erschrak dermaßen, dass ihm fast alle Früchte aus der Tasche kullerten, bevor er das Zugband wieder zuziehen konnte. Hörbar atmete der Jüngling ein. „Sch-Scheiße! Hast du mich erschreckt! Ich habe Orangen geholt. Für Gif.“

Kein Wort über seine gestrigen Erlebnisse. Okay, er wirkte auch nicht, als ginge es ihm schlecht. Slag gab einen knurrenden Laut von sich und schloss seine Zimmertür.

Fünf

CAIDEN

Nachdem er Gif eine weitere Ration Obst, dieses Mal Bananen, vor die Tür gelegt hatte, schlich er zum Duschhaus. Es war spät. Eigentlich müssten alle schlafen. Nach der Baumflucht hatte er entschieden, sich ausschließlich nachts ins Duschhaus zu schleichen. Bereits gestern hatte er sich etwa um diese Zeit hierhergewagt: 03:19 Uhr. Heute war erst Tag Sechs und es blieb ein Spießrutenlauf.

Wie sollte er das vier Jahre aushalten? Dem Arier ging er so gut wie möglich aus dem Weg, bisher erfolgreich. Den Kannibalen hatte er nicht nochmal zu Gesicht bekommen, worüber er sehr froh war. Und den Wikinger mied er seit der Palmenaktion auch. Zwar hatte der ihn gestern Nacht vor Gifs Tür übel erschreckt, sich aber dann zum Glück verdrückt. Trotzdem hatte er das Gefühl, dass ihn überall Augen verfolgten. Mehrmals hatte er die Kerle ertappt, wie sie ihn anstarrten. Der Wikinger abschätzig, der Arier unverhohlen lüstern. Er verfluchte sein Aussehen. Die Attraktivität seines Gesichts war hier sein größtes Problem.

Erleichtert sah er, dass das Duschhaus dunkel, einsam und verlassen war. Caiden legte die Taschenlampe auf den Wandvorsprung neben der Tür, zog sich aus und stellte sich unter die Dusche. Für einen Moment genoss er das heiße Wasser und vergaß fast, wo er war. Er hielt das Gesicht unter den Strahl und schloss die Lider.

Plötzlich flammte das Licht auf.

Caiden riss die Augen auf und wirbelte herum.

Vor ihm standen der Arier und drei seiner Leute. „Mhmmm, Süßer, du bist wirklich ein Sahneschnittchen.“ Der Blick des

Ariers wanderte seinen Körper hinab, bis zu seinem Schwanz. „Und so gut bestückt. Das hätte ich gar nicht vermutet. Ach, und schön, dass du schon ausgezogen bist. Kannst es wohl gar nicht erwarten, was?" Der Kerl grinste dreckig und nickte einmal.

Sofort wurde Caiden von zweien an den Armen gepackt, der Dritte trat ihm die Beine weg und er krachte schmerzhaft auf die Knie.

Der Arier öffnete die Hose und hielt ihm den Schwanz vor die Nase. „Mach deinen schönen Mund weit auf. Erst wirst du mir einen blasen, dann werde ich dich ficken."

♦♦♦

SLAG

Er hörte wieder die Schritte eines Einzelnen: federnd, leicht. Slag blickte auf die Uhr, etwa viertel nach drei – wie gestern. Vermutlich der Neuzugang. Jetzt erklangen weitere Schritte. Erst die federnden, die sich entfernten, dann andere einmal hin und zurück. Der Rhythmus dieser Schritt war ihm bekannt. Gif geisterte auch mal wieder durch die Nacht, wie meistens. Allerdings weniger zielstrebig als sonst. Slag rollte sich auf die andere Seite. Das ging ihn nichts an.

Plötzlich pochte es an seine Tür.

Fuck, es ging ja schlimmer zu als auf einem Bahnhof.

„Slag, mach auf. Sie haben ihn." Gif!

„Ja und?", knurrte er.

„Das können wir nicht zulassen."

„Was hast du nur auf einmal mit diesem Burschen?"

„Das Greenhorn tut mir irgendwie leid."

„Dann kümmere dich um ihn."

„Das mache ich, nachdem du ihn rausgeholt hast. Er wird wohl eine Behandlung brauchen, vor allem, wenn du weiter Opern quatschst, statt deinen fetten Arsch aus dem Bett zu bewegen."

Scheiße, Gif nervte! Jetzt war er endgültig wach. Slag erhob sich, streifte sich die Hose über die mächtigen Schenkel und riss die Tür auf. Wütend funkelte er Gif an. Doch von seinem Kumpel prallte sein Killerblick ab wie Tropfen von einem Regenschirm.

Wie befürchtet, lag ihm der Freund also mit diesem dämlichen Frischling in den Ohren. Verdammter Gif! Trotzdem knurrte Slag lediglich: „Wo?"

„Duschhaus. Beeil dich!"

Ergeben seufzte Slag, packte die Machete und setzte sich in Bewegung.

Im Duschhaus hörte er die überraschend feste Stimme des Jünglings. „Nein, eher beiße ich ihn dir ab."

Ihm bot sich eine widerwärtige Szene, als er vorsichtig um die Ecke linste - in erster Linie, weil er ungewollt den Schwanz des Ariers zu Gesicht bekam, der hocherregt von ihm abstand wie ein Handtuchhalter.

„Dann zerschneide ich dir dein hübsches Gesicht", erklärte der Arier gefährlich leise und Slag wusste, dass das keine leere Drohung war.

Der Arier nickte. Daraufhin trat der Dritte vor, legte die Hand um den Kiefer des Lockenkopfs und zwang ihn auseinander. Der Bursche zappelte in dem Griff der zwei anderen, doch sie hielten ihn unerbittlich fest. Die Augen weiteten sich entsetzt, als der Arier auf den jungen Kerl zutrat und ihm den Schwanz in den Rachen stopfte.

Die Kiefer des Schönlings schnappten zu.

Kreischend sprang der Arier zurück.

Blut klebte am Mund des Neulings. Er hatte tatsächlich zugebissen.

Slag konnte nicht umhin, über den Mut verblüfft zu sein. Allerdings war ihm sofort klar, dass das üble Konsequenzen nach sich ziehen würde. So gesehen nicht unbedingt die klügste Wahl. Aber er verstand den Kerl. Solch eine Behandlung würde wohl niemand einfach hinnehmen, der einen Hauch Mumm in den Knochen hatte, egal welche Folgen es nach sich zog.

Die Schergen des Ariers waren so perplex, dass sie zu Salzsäulen erstarrten. Das nutzte der Frischling. Er warf sich zu dem einen und biss in dessen Arm. Der ließ ihn los. Sofort wirbelte er herum und trat dem zweiten die Beine weg.

Noch eine Überraschung. Der Kerl konnte kämpfen. Slag nahm sich einen Moment Zeit, ihn genauer in Augenschein zu nehmen. Der schlanke, aber sehnige Körper bestand über und über aus feindefinierten, harten Muskeln und trug auch ein paar Narben zur Schau. Eine große kreisrunde in der Nierengegend stach besonders ins Auge. Caiden war kein verweichlichtes Bürschlein, worauf man durch sein junges, unversehrtes und gepflegtes Gesicht hätte schließen können.

In dem Moment brüllte der Arier. „Macht ihn fertig!" Sofort griffen seine Leute den Jüngling zu dritt an.

Der wehrte sich heftig, was Slag tatsächlich einen gewissen Respekt abnötigte. Allerdings rang die Übermacht der anderen ihn unter brutalen Tritten und Schlägen nieder.

„Haltet ihn, ich zerschneide ihm die elende Fresse." Der Arier zog ein Messer.

Das war der Moment, in dem er einschritt. Er sprang hinter den Arier, legte ihm den Arm um den Hals und spannte an. Mit der anderen Hand packte er die Messerhand und verdrehte sie. „Lass den Frischling in Ruhe", knurrte er in das Ohr des anderen.

Der Arier keuchte, nicht nur vor Unglauben, sondern auch vor Atemnot. „Du ...?! Was mischst du dich ein?"

„Der gehört mir. Wenn ihn einer fickt oder prügelt, dann ich." Hatte er das gerade wirklich gesagt? Fuck, damit hatte er Verantwortung übernommen. Etwas, was er doch ganz und gar nicht wollte.

„Du fickst doch gar keine Jungs."

„Stimmt. Bis jetzt. Verpisst euch!"

„Aber ..."

Es reichte! „Wichser, was verstehst du nicht an: *Er gehört mir und verpisst euch*? Du willst dich doch nicht ernsthaft mit mir anlegen, oder? Gerne schnitze ich einen neuen Pfahl."

Die Kompagnons des Ariers erbleichten.

„Weg von ihm“, grollte Slag. „Und nehmt den hier mit.“ Ein letztes Mal drückte er zu und der Arier versank in Bewusstlosigkeit. Nachdem die vier abgezogen waren, wandte er sich dem Greenhorn zu, der zusammengekrümmt auf dem nassen Boden lag. Als er ihn an der Schulter fasste, hatte er plötzlich ein Messer am Hals.

Der Bursche hatte sich trotz aller Blessuren blitzschnell bewegt und starrte ihn aus diesen ungewöhnlichen Augen, eine Mischung aus hellbraun und grün, an. „Fass ... fass mich nicht ... nicht an“, keuchte er.

♦♦♦

CAIDEN

Der graublonde Hüne zuckte mit keiner Wimper. In einer eher beiläufigen Bewegung schlug er ihm fast sanft das Messer aus der Hand, welches er zuvor im Gerangel an sich genommen hatte.

„Na, na, na“, grollte Slag mit tiefem Bass, während sich der stechende Blick der eisgrauen Augen, die eine dunkle Korona umgab, in seinen bohrte. „Keine Sorge. Erstens habe ich heute schon gefickt und zweitens stehe ich nicht auf Jungs. Verprügeln werde ich dich auch nicht, ist ja so gut wie nichts mehr übrig.“

Caiden hatte kaum noch Kraft. Die drei hatten ihn ordentlich in der Mangel gehabt. Stöhnend presste er eine Hand auf die Seite. Vermutlich hatten sie ihm die Rippen gebrochen. „Was willst du?“ Selbst in seinen Ohren klang er feindselig, aber der Wikinger kümmerte sich nicht darum.

„Dir helfen, Kleiner. Komm.“ Mühelos zog der Hüne ihn hoch und stellte ihn auf die Beine, die sofort wegknickten. Mit einem Seufzer, als wäre er sehr genervt, legte er Caiden den starken Arm um die Taille und zog sich Caidens Arm über die Schultern.

Der Schmerz, der ihm dabei plötzlich scharf in die Seite schnitt, raubte ihm beinahe die Sinne.

Am Rande hörte er noch ein geknurrtes „Fuck!“. Ehe er sich versah, legte der Schrank ihn sich im Gamstragegriff[5] über die Schultern. Dabei ging er überraschend behutsam vor. Dann wurde es endgültig schwarz um ihn.

♦♦♦

SLAG

Er trug das Bürschchen zu seinem Zimmer, wo Gif ihn schon empfing. „Wie geht es ihm? Warst du rechtzeitig da?“

„Ja, Quacksalber. Mach was fertig, was seine Schmerzen lindert. Ansonsten hat er keine nennenswerten offenen Verletzungen, die du zusammenschustern musst. Allerdings vermute ich, dass einige Rippen gebrochen sind. Er braucht Ruhe und einen ordentlichen Verband. Such deinen Kram zusammen.“

Als Gif nickend den Raum verließ, legte er den Neuen vorsichtig aufs Bett und kramte die Decke hervor, um sie über dem Burschen auszubreiten. Für seine Körpergröße war der erstaunlich gut bestückt, wie er unfreiwillig feststellen musste, kurz bevor er alles verdeckte.

---

[5] Der Gamstragegriff kommt bei Verletzten zum Einsatz, die getragen werden müssen. Der Oberkörper des Verletzten wird über beide Schultern des Trägers gelegt, so dass die Beine sich z. B. auf der rechten Schulter befinden. Der rechte Arm des Trägers greift durch die Beine des Verletzten hindurch und wird auf Höhe der Kniekehle des Verletzten nach vorn zur Brust des Trägers geführt, wo er mit der rechten Hand den rechten Arm des Verletzten umfasst. Dadurch hat der Träger noch eine Hand (die linke) frei. Diese Technik kann natürlich auch andersherum ausgeführt werden, wenn ein Rechtshänder bspw. die rechte Hand frei haben möchte bzw. muss, um sie benutzen zu können (z. B. um kampfbereit zu sein).

Sechs

CAIDEN

Am nächsten Morgen erwachte er durch ein unangenehmes Stechen in der Seite. Er schlug die Augen auf. Wo war er? Was war passiert? Dann fiel sein Blick auf den auf dem Sofa schlafenden Wikinger, der genau in diesem Moment die Augen öffnete und den unheimlichen Laserblick auf ihn richtete.

„Wo bin ich?“, krächzte er mit dem Gefühl einer Katze im Mund.

„Bei mir. Wir haben dich versorgt – Gif und ich.“ Der Große nickte zu ihm hin und Caiden bemerkte den straffen Verband um seinen Brustkorb.

Der Koloss erhob sich. „Du bist Caiden!? Weswegen bist du hier? Du ... wirkst nicht wie ein Schwerverbrecher.“ Er goss ein Glas Wasser ein, mit dem er auf Caiden zukam.

Als er ihm das Getränk hinhielt, erkannte Caiden, dass es sich bei dem Netz aus Narben, das die Arme ebenfalls übersäte, um Cuttings handelte, die ein kompliziertes Muster darstellten. Sprachlos hob er den Blick. Das hätte er lieber gelassen, der Riese taxierte ihn mit den beunruhigenden Augen. Sofort rauschte das Blut schneller durch seine Adern.

„Richtig, Caiden“, stammelte er unter dem durchdringenden Blick. Er räusperte sich. „Ich bin auch keiner oder jedenfalls war ich es nicht, bis jemand wegen mir den Tod gefunden hat. Ich habe sehr flinke und talentierte Finger und kann hervorragend klettern. Mir wurde Diebstahl vorgeworfen.“ Caiden erzählte, was geschehen war. Jedenfalls die offizielle Version und das, was er wusste. Seinen Verdacht, wer ihm diesen Knast hier eingebrockt hatte und aus welchem Grund, behielt er für sich.

„Das erklärt deine körperliche Fitness.“ Nachdenklich musterte der Riese ihn.

Er fühlte sich wie unter einer Lupe.

„Wahrscheinlich bist du hier, um endlich wieder Schwung in die Bude zu bringen.“

Verständnislos starrte Caiden seinen Gastgeber an.

„Die kurbeln hier gerne das Leben an, wahrscheinlich zum persönlichen Aufgeilen. Und du beziehungsweise deine Tat haben sich geradezu angeboten. Ich nehme mal an, dass du den lieben Officer nicht gezwungen hast, dich zu verfolgen.“

Da es eine rhetorische Frage war, verzichtete er auf die Antwort. „Du bist Slag.“

„Jepp, ist er“, erklang es von der Tür her. Gif kam herein. „Von Slagter. Das ist Afrikaans für Schlächter. Die Schädelparade draußen ist sein Werk. Aber das hast du ja schon mitbekommen. Du sitzt gerade im Bett des Schlächters von Roben Island Fünf Punkt Null.“ Vielsagend wackelte der Mann mit den Augenbrauen. „Aber keine Bange, solange du ihm nicht ans Bein pinkelst, tut er dir nichts. Dann ist er geradezu fürsorglich.“

Slag verzog keine Miene, sondern starrte ihn immer noch an, als würde er ihn zum Frühstück verspeisen wollen. Fuck, sah der Kerl finster aus! Die wulstige rote Narbe in dem gebräunten Gesicht zog seinen Mundwinkel ein wenig nach unten. Dadurch wirkte er verdammt grimmig, geradewegs furchteinflößend.

„Wie lange hast du gekriegt?“, fragte Gif.

„Vier Jahre. Und ihr?“ Betrieb man so Gefangenenkonversation?

„Lebenslänglich“, kam es von Gif. „Habe zu viel mit Kräutern experimentiert, dabei sind einige draufgegangen. Ohne Absicht natürlich.“ Ein maliziöses Grinsen stahl sich in Gifs Gesicht.

„Mehrfach lebenslänglich“, brummte Slag.

„Weshalb?“ Obwohl er es sich denken konnte, wenn er an die Schädel draußen dachte.

Slag zuckte die Achseln. „Ich war Auftragskiller.“ Das kam so gelangweilt rüber, als würde er über mathematische Gleichungen reden.

Caiden prustete das Wasser aus. Ein Gedanke zuckte durch sein Hirn, wurde aber augenblicklich von dem Schmerz, der durch seinen Oberkörper schoss, vertrieben.

„Er braucht nicht mal eine Waffe, er kann dich im Prinzip mit einem Fingerschnippen töten“, ergänzte Gif und grinste noch feister. „Fast wie Thanos.“

Caiden erbleichte. „Wie lange seid ihr schon hier?“, krächzte er, nachdem er sich wieder gefangen hatte.

„Zwölf Jahre.“ Gif zeigte auf sich, dann auf Slag. „Und er seit zehn.“

„Wart ihr so jung wie ich?“

Gif antwortete wieder, während Slag ihm mit diesem beunruhigend stechenden Laserblick Löcher in den Schädel brannte. „Das kommt darauf an, wie alt du bist, Desperado.“

Desperado – Verzweifelter oder Bandit. Das passte. Verzweifelt war er und ein Bandit im weiteren Sinn auch. Zumindest war er ein Dieb. „Siebenundzwanzig!“, antwortete er etwas verspätet.

„Oh, ich hätte dich jünger geschätzt.“

„Das tun alle“, murmelte er.

Aber Gif fuhr schon fort: „Ich war sechsundzwanzig und Slag siebenundzwanzig.“

Erstaunlich. Dann war Slag nicht älter als siebenunddreißig, obwohl er bereits einige graue Strähnen hatte. Aber wenn man genau hinsah, erkannte man, dass das Gesicht relativ faltenfrei war und sich viel Blond unter das Grau der Haare mischte. Wenn Caiden ehrlich war, war Slags Gesicht sogar auf eine markante Art attraktiv, jedenfalls die unversehrte Seite. Der Wikinger bestand aus Ecken und Kanten, so auch das Gesicht.

„Hör zu“, sagte Slag jetzt. „Du musst besser aufpassen ...“

„Lass uns ihn doch unter die Fittiche nehmen“, warf Gif ein, woraufhin Slag seinem Kumpel einen Blick zuwarf, bei dem Caiden nicht überrascht gewesen wäre, wenn Gif direkt tot umfallen würde. Vielleicht konnte Slag ja auch mit Blicken töten? Zumindest wirkte der große Mann wenig begeistert.

„Nein!“ Das Wort peitschte wie ein Schuss durch den Raum.

„Können wir draußen reden?“ Gif ließ sich nicht beeindrucken und trat schon vor die Tür.

Slag stieß tatsächlich ein Knurren wie ein tollwütiger Rottweiler aus, als er sich behände erhob, hinausstürmte und die Tür hinter sich zuwarf. Ein Wunder, dass keine Risse in der Wand entstanden. Dann ertönten laute Stimmen im Flur.

♦♦♦

SLAG

„Hast du sie noch alle?“, grollte er.

„Mann, du hast mir selbst erzählt, dass dir der Desperado Respekt abnötigt. Er verdient eine Chance. Allein wird er keine haben.“

„Wieso, zur Hölle, interessierst du dich so für ihn? Und was soll der scheiß Name?“

„Hey, er ist ein Dieb, ein Bandit. Da ist er doch ziemlich passend. Er ist mir einfach sympathisch und außerdem erinnert er mich an den Sohn, den ich nie wiedersehen werde. Alter, tue mir den Gefallen, lass ihn uns unterstützen.“

Perplex starrte er seinen Freund an. „Du hast einen Sohn?“

Gif nickte. „Er war sechs, als sie mich abholten. Ein hübscher kleiner Kerl mit dunklen Locken. Seine Mutter war oder vielmehr ist hellhäutig und eine echte Schönheit. Ich stelle mir vor, dass er heute so aussehen könnte. Jedes Mal, wenn ich den Neuen ansehe, denke ich, er könnte mein Junge sein, vor allem als ich noch dachte, er wäre um die Zwanzig.“

„Scheiße, Gif.“ Slag fuhr sich übers Haar.

„Ich habe dich nie um etwas gebeten, in all den Jahren nicht. Dieses eine Mal bitte ich dich: Lass uns ein Auge auf ihn haben.“

FUCK! Er spürte, wie er nickte. Das konnte er seinem Freund nicht abschlagen.

Zurück im Zimmer saß der braungelockte Kerl immer noch im Bett und schaute sie an wie das Kaninchen die Schlange. „Okay, Desperado, wenn du wieder fit bist, bekommst du ein Zimmer auf dieser Etage. So lange bleibst du hier.“

♦♦♦

CAIDEN

Eine Stunde später kamen Gif und Slag mit einem Bett zurück, ein einfaches Feldbett mit weich wirkender Matratze. „Da rein“, knurrte Slag und die beiden schafften das Gestell in den winzigen Nebenraum, der bisher scheinbar nicht genutzt wurde, außer, um weitere Waffen an die Wand zu nageln. Das Bett passte gerade so hinein, es blieb ein Streifen von etwa siebzig Zentimetern übrig, in dem man neben dem Bett stehen konnte. Zu Slags Hauptzimmer gab es keine Tür, nur einen Vorhang.

„Alles klar, ich gehe dann mal.“ Gif verschwand.

Nein!, hätte er ihm am liebsten hinterhergerufen. Doch er sagte nichts dergleichen, kämpfte das Unbehagen, mit Slag allein zu sein, nieder.

Als Gif weg war, wandte sich Slag ihm zu. „So, Frischling, du ziehst um in dein neues Bett.“ Dann hielt er ihm die riesige Pranke hin.

Wortlos ergriff er sie und Slag half ihm auf, wobei er erstaunlich vorsichtig zu Werke ging.

Mühsam schleppte sich Caiden in den winzigen Nebenraum ins andere Bett. Dann legte ihm Slag eine Hose daneben. „Die kannst du anziehen, wenn du es hinkriegst. Ich helfe dir jedenfalls nicht.“

Sieben

SLAG

Mit einem Schlag war er hellwach. Erneut drang ein Stöhnen und Ächzen an sein Ohr. Er sprang aus dem Bett – angriffsbereit. Dann erinnerte er sich, dass der Jüngling nebenan lag. Wieder ein gequältes Stöhnen. Shit, jetzt musste er tatsächlich noch Nanny spielen. Seufzend ging er in das winzige Zimmer.

Der Bursche wälzte sich hin und her, die Decke um die Beine gewickelt. Offensichtlich träumte er etwas Beschissenes. Kein Wunder, bei den Erlebnissen heute.

„Hey, wach auf!"

Keine Reaktion, außer einem angsterfüllten Wimmern.

„Kleiner!"

Niente.

Slag hockte sich mit einer Arschbacke auf die schmale Bettkante. „Komm schon, Dieb, wach auf."

Doch der Kerl wälzte sich nur weiter. Das Haar klebte ihm an der schweißbedeckten Stirn.

Er packte die Oberarme des anderen. „Caiden, wach auf."

Sobald er ihn berührte, beruhigte sich der Bursche, ohne jedoch aufzuwachen.

Er schüttelte ihn ein wenig und musterte das Gesicht. Der Kerl war wirklich attraktiv. Rein objektiv betrachtet natürlich. Ein solches Aussehen hatte er seit einem Jahrzehnt nicht mehr zu sehen bekommen. Jede Frau würde für diese Attribute töten. Die langen dunklen Wimpern warfen Schatten auf die hohen Wangenknochen. Die Nase war gerade, der Teint bronzefarben – trotz der vorübergehenden Blässe - und ein Grübchen zierte das Kinn. Die volle, im Schlaf ganz leicht geöffnete Unterlippe musste das Gegenüber magisch anziehen, sie zu berühren. Also

Frauen oder Schwule und auf jeden Fall einen Großteil der Durchgeknallten hier – ihn selbstverständlich nicht. Wenn er allerdings ganz ehrlich war, hatte er seit Ewigkeiten nicht mehr so wohlgeformte, feste Lippen gesehen. Hier gab es nur raue, ausgetrocknete oder geschundene, selbst bei den Frauen. Zumindest bei der einzigen, mit der er Kontakt hatte. Caidens Oberlippe war ein wenig schmaler. Dabei wirkte das Gesicht nicht weibisch, nur jugendlich frisch, im Vergleich zu dem festen, sehnigen Körper des Burschen. Doch Slag war klar, wenn das Leben in einigen Jahren Linien in die Miene eingegraben hatte, würde der Kerl nicht nur verdammt attraktiv aussehen, sondern auch verdammt männlich. Sofern ihm nicht vorher jemand das Licht ausblies oder ihn entstellte.

Es war nicht seine Art, Menschen zu betatschen, erst recht nicht im Schlaf und schon gar keine Männer. Trotzdem fiel sein Blick erneut auf diese gepflegt wirkenden Lippen. Ob die Unterlippe so weich war, wie sie aussah? Seine Hand entwickelte ein Eigenleben und er fuhr mit dem Daumen darüber. Einmal hin - jepp, so weich - und zurück.

In einem Reflex schnellte Caidens Zunge vor und traf Slags Daumenkuppe, während gleichzeitig dessen Augen aufklappten.

Ein elektrischer Schlag durchfuhr ihn. Das war der Moment, in dem er aus diesem ... diesem Alptraum erwachte. Mit einem Keuchen riss er die Hand weg, als hätte er in ein Nest Kobras gepackt, fuhr zurück und knallte mit dem Kopf gegen die Wand hinter ihm. „Bist du eine Scheiß-Schwuchtel, oder was?“, herrschte Slag den Idioten an.

Völlig verwirrt schaute das Bürschchen mit den ungewöhnlichen Augen zu ihm hoch. Nachdem er sich gefangen hatte, wechselte der Blick, und zu Slags Erstaunen funkelte er ihn wütend an. „Ich bin keine SCHEIß-SCHWUCHTEL, selbst wenn ich schwul wäre, du Arschloch! Du hast mich doch im Schlaf begrabscht, nicht umgekehrt.“

„Ich habe dich nicht begrabscht“, sagte er gefährlich leise. „Du hast geträumt und ich hab versucht, dich zu wecken.“

„Mit deinem Daumen in meinem Mund?“

„Nennst du mich etwa einen Lügner?“

„Keine Ahnung, was du bist.“

Blitzschnell stützte Slag die Arme links und rechts von dem Deppen aufs Bett und beugte sich vor. Seine Nase berührte fast Caidens. „Vorsicht, Bürschchen, ich habe schon Leute für Geringeres abgemurkst. Wenn du dich nicht draußen einreihen möchtest, komm mir nicht zu nahe.“

Abwehrend hob Caiden die Hände. „Keine Sorge, werde ich nicht. Erstens bin ich nicht schwul, lediglich heteroflexibel. Zweitens ...“

„Was heißt das?“

„... bist du so verklemmt, dass dir die Vorstellung von gleichgeschlechtlichem Sex schon das Blut aus dem Gesicht treibt.“ Caiden blinzelte. „Ähm … dass ich grundsätzlich auf Frauen stehe, aber hin und wieder Männer attraktiv finde und dann kein Problem damit habe, Sex mit ihnen zu haben. Allerdings bist du nicht mein Typ.“

Slag lehnte sich zurück und verschränkte die Arme vor der Brust. „Sehr beruhigend!“, knurrte er. „Halt dich von mir fern. Ich stehe auf Pussys. Wenn du meinst, ich sei verklemmt, dann kannst du gerne zugucken, wenn ich nächstes Mal einen wegstecke.“

Caiden machte eine wegwerfende Handbewegung. „Hab ich bereits, schon vergessen?! Noch mal, du hast mich befummelt, nicht umgekehrt. Du solltest dich also von MIR fernhalten.“

Seine Hand schoss vor, umklammerte Caidens Hals und drückte zu. Der Bursche war verrückt, er spielte gerade mit seinem Leben. Anfängerfehler! „Mein Haus, meine Regeln“, knurrte er.

Caidens Augen traten hervor und er klammerte sich an Slags Pranke.

Slag schob sich an sein Ohr und stellte leise klar: „Hier tue ich, was ich will, und DU tust, was ich will. Kapiert, du kleiner Scheißer?“

Er lockerte den Griff und als Caiden hastig nickte, ließ er ihn los, stand auf und ging zurück zu seinem Bett. Er hockte sich auf die Kante, stützte die Ellbogen auf die Knie und legte den Kopf in die Hände, fuhr sich über die rasierten Seiten. Was zum Teufel war das gerade? So langsam taute der Neue wohl auf oder, wie Gif es nannte, akklimatisierte sich. Zumindest hatte der mehr Mumm als alle anderen auf der Insel. Oder war es einfach die Naivität des Unwissenden? Trotzdem verlangte ihm das Aufbegehren ein gewisses Wohlwollen ab. Es war beinahe erfrischend, Widerworte zu bekommen. Aber eben nur beinahe. Außer Gif traute sich niemand, ihm zu widersprechen. Er rollte sich auf dem Bett zusammen und schloss die Augen.

♦♦♦

CAIDEN

Fassungslos saß er auf seiner Matratze und starrte auf den schwingenden Vorhang, durch den Slag verschwunden war. Er hatte Mühe, durch die schmerzende Kehle zu atmen, worüber sich wiederum seine Rippen beschwerten, da er heftig Luft einsog.

Was für ein Psychopath! Ach. Du. Kacke! Er schlief im Zimmer eines Mörders. Zum ersten Mal wurde ihm das so richtig bewusst. Er musste hier raus. Sobald es ging, würde er sich wieder ein eigenes Zimmer suchen. Blieb zu hoffen, dass er bis dahin noch lebte.

Acht

CAIDEN

Gif würde stinksauer werden, wenn er es wüsste. Aber Caiden hatte das in den letzten Tagen schon öfters gemacht.

Während er sich die ersten vier Wochen seiner Genesung von den schlimmsten Schmerzen erholt und an das dumpfe Pochen in seiner Seite gewöhnt hatte, das ihn ständig begleitete, hatte er begonnen, zuzuhören, hinzuschauen und zu lernen. Er hatte Gifs Erzählungen und Gespräche mit Slag ge- beziehungsweise belauscht. Seit gut zwei Wochen konnte er sich wieder halbwegs und auch zunehmend besser bewegen. Deshalb hatte er sein Lernen ausweiten können, indem er bei jeder Gelegenheit, die er hier rauskam, auch außerhalb seines Zimmers alles beobachtete.

Gif war mittlerweile zu einem brüderlichen Freund geworden. Am Morgen nach dieser seltsamen Alptraum-Weck-Aktion hatte der ihn reichlich verstört vorgefunden und zur Rede gestellt. Caiden hatte ihm seine Sorgen anvertraut und Gif hatte zugehört. Jedoch ließ er nichts auf Slag kommen, sondern gab ihm nur den Tipp, Abstand zu halten und Slag sich beruhigen zu lassen.

Am nächsten Tag war er mit seinem Feldbett in das Zimmer zwischen Slag und Gif im ersten Stock gezogen. Er wollte keine Nacht länger in Slags Bude verbringen und irgendwie hatte Gif das arrangiert. Der Raum hatte eine verriegelbare Tür sowie ein Fenster – oder vielmehr eine Maueröffnung, denn Scheiben gab es keine mehr - und ein eigenes WC mit Waschbecken in einem winzigen Raum. Purer Luxus. Es hatte sich eingebürgert, dass er mit Gif zusammen kochte und aß oder einfach bei ihm abhing. Beinahe so, als hätten sie eine WG.

Slag ging er nach wie vor aus dem Weg.

Allerdings bestand Gif darauf, dass Caiden sich nicht allein vor die Tür wagte, bis die Lage mit dem Arier und dem Kannibalen geklärt war. Im Gegensatz zu ihm selbst war sich Gif nach wie vor sicher, dass Slag ihn beschützen würde.

„Wie kannst du dir da sicher sein? Er hätte mich in der Nacht beinahe erwürgt."

„Das war lediglich eine Warnung, ihm nicht auf die Zehen zu treten. Hätte er dich ernsthaft kaltmachen wollen, wärst du tot. Er hat nicht mal gewollt, dass du das Bewusstsein verlierst, sonst hättest du das."

„Mir ist er unheimlich und ich habe keinen Bock, dass er mich zu irgendwas begleitet." Zumindest nicht, wenn der Kerl so schräg drauf war. Ansonsten hätte er nichts gegen einen Verbündeten wie Slag einzuwenden. Der Kerl strotzte nur so vor Kraft. Aber dessen Verhalten konnte er nur schwer einschätzen. Außerdem war er sich sicher, dass Slag genauso wenig Lust dazu hatte.

Da er aber nicht für jedes Hintern waschen darauf angewiesen sein wollte, dass Gif ihn begleitete, hatte er immer genau beobachtet, wann der Arier oder der Kannibale mit ihren Gefolgsleuten weit genug entfernt waren. ER war nicht umsonst ein erfolgreicher Dieb gewesen. Er war es gewohnt, alles auszukundschaften, zu beobachten und Gewohnheiten kennenzulernen.

Jedenfalls war Gif jetzt gerade unterwegs, genau wie der Arier und der Kannibale. Deshalb würde Caiden das wie in den letzten Tagen nutzen, um duschen zu gehen.

Rasch schlüpfte er ins Duschhaus und aus seinen Klamotten. Eilig sprang er unter die Dusche. Mittlerweile hatte er kaum noch Schmerzen, selbst beim Klettern, zumindest, wenn er die Belastung mehr auf die gesunde Seite legte. Hastig seifte er sich ein, dann stellte er sich wieder unter den warmen Strahl. Das Ganze dauerte höchstens fünf Minuten. Er drehte das Wasser ab und tastete nach dem Handtuch hinter sich.

„Suchst du das?“, erklang plötzlich ein tiefer Bass in seinem Rücken.

Er wirbelte herum.

Vor ihm stand, nur mit einem Handtuch um die Hüften, Slag und ließ Caidens Badelaken am Zeigefinger baumeln.

Zum ersten Mal nahm er das ganze Ausmaß der Narben – gewollte und ungewollte – auf Slags Körper bewusst wahr. Ein weiteres kompliziertes Cuttingmuster, das geschickt einige auffällige *echte* Narben einbettete, zierte den gewaltigen Brustkorb - Heilige Scheiße, waren das Muskeln oder Berge? Wie konnte jemand nur so gebaut sein? - Und nicht nur dort, Slag trug das Muster am gesamten Körper, mit Ausnahme des Kopfes. Plötzlich bekam Caiden eine trockene Kehle ...

♦♦♦

SLAG

Das Wasser perlte aus den Haaren des Diebs über dessen Gesicht, wo es vorübergehend an den Wimpern hängenblieb, bevor es seinen Weg fortsetzte. Die Tropfen rannen über den gebräunten Körper, immer weiter Richtung Süden.

Bevor sein Blick auf etwas landete, das er nicht sehen wollte, riss Slag ihn ruckartig wieder nach oben.

Wie erstarrt stand der Bursche da und glotzte ihn an - mit offenem Mund. Dann klappte er die Ladeluke zu. „Ich ... Was ...?“

Slag zuckte die Achseln. „Die Nummer mit dem Wegschleichen musst du noch üben.“ Obwohl das gemein war, denn wenn er ehrlich war, hatten Gif und er nichts gemerkt. Nur durch Zufall hatte Slag ihn vorgestern gesehen und war ihm gefolgt. Hatte vor der Dusche Wache gestanden, damit dem lebensmüden Greenhorn nichts passierte, sonst würde Gif ihm ständig in den Ohren liegen und ihn zu Tode nerven.

Am Folgetag hatte er aufgepasst wie ein Luchs, trotzdem war der Kerl irgendwann einfach weg gewesen, ohne dass er etwas mitbekommen hatte. Er hatte vermutet, dass der aus dem Fenster und die mehr oder weniger glatte Wand runtergeklettert war. Auf gut Glück war er schnurstracks zur Dusche gegangen und richtig, da war der Bursche wieder. Slag hatte um die Türzarge herum gelinst. Bereits da hatte er feststellen müssen, dass selbst die Rückenansicht des Bengels beachtlich war. Bei jeder Bewegung reagierten feindefinierte Muskeln, selbst an den ungewöhnlichsten Stellen. Und damit meinte er nicht den straffen Hintern. Allerdings auch diese heftigen Narben im unteren Rückenbereich. Als der Bursche sich dann umdrehte, konnte er einen Blick auf den harten Waschbrettbauch erhaschen. Auch wenn der Dieb nicht mit so großen Paketen ausgestattet war wie andere hier oder wie er selbst, war er unfassbar gut durchtrainiert. Sobald der Kerl allerdings anfing, sich den Sack einzuseifen, hatte er genug und wieder vor dem Duschhaus Stellung bezogen.

Heute hatte er den gesamten Vormittag nichts anderes getan, als sich auf die Lauer zu legen. Und siehe da, das Bürschchen kletterte flink wie ein Affe die Wand runter, fand an Stellen Halt, die aus Slags Sicht eigentlich glatt waren, teilweise hangelte er nur mit den Kuppen dreier Finger an irgendwelchen Vorsprüngen. Über Kopf war ebenso wenig ein Problem wie die Senkrechte.

Der Schönling fasste sich. Die vom Schreck geweiteten braungrünen Augen wurden schmal und Wut blitzte in ihnen. Er öffnete den Mund, um etwas zu sagen.

Der Bursche wurde doch jetzt nicht etwa übermütig? Slag hob lediglich eine Braue und spießte den Kleineren mit seinem Blick auf.

Dessen Mund klappte geräuschvoll zu, er blinzelte einmal und weg war die Wut. Der Adamsapfel hüpfte, als dem Lockenkopf anscheinend ein Licht aufging, wen er da gerade hatte anschnauzen wollen. Stattdessen klang er heiser. „Du willst mich doch nur provozieren."

„Wie es scheint, ist es mir gelungen." Süffisant zog Slag den intakten Mundwinkel hoch.

♦♦♦

CAIDEN

Die Wut über Slags Überheblichkeit ärgerte ihn einerseits kolossal, andererseits hing er an seinem Leben. Und der gnadenlose Blick erinnerte ihn wieder daran, wie gefährlich der Hüne war. Deshalb erwiderte er nichts, sondern trat nur vor, um Slag das Duschlaken aus der Hand zu reißen. Dabei rutschte er aus, packte haltsuchend zu und erwischte Slags Handtuch, als er zu Boden ging.

Als er aufschaute, offenbarte sich Slags volle Pracht. Das Ding war genauso riesig wie der Rest an dem Kerl, extrem lang und ziemlich dick im Umfang, von Adern überzogen und beschnitten. Sein Blick wanderte weiter nach oben zu Slags steinernem Gesicht.

„E-Es t-tut mir leid.“ Er ärgerte sich, dass er vor Angst schlotterte und stotterte, konnte aber nichts daran ändern.

Eine geschlagene Minute starrte der Kerl ihn unverwandt an. Lediglich in Slags intakter Wange zuckte ein Muskel. Pure Mordlust stand in den eisgrauen Augen.

Er wand sich innerlich unter diesem Killerblick. Am liebsten wäre er das Wasser, das durch den Abfluss verschwinden konnte. So blieb ihm jedoch nichts anderes übrig, als zu hoffen, dass Slag ihn nicht direkt abmurkste.

„Das war das zweite Mal, du kleiner Scheißer“, zischte Slag bedrohlich. „Beim nächsten Mal schneide ich dir irgendwas ab – die Finger, die Eier oder den Kopf. Dann ist es mir scheißegal, dass Gif einen Sohnersatz in dir sieht.“

Ergeben hob er die Hände. „V-Verstanden.“ Dabei fiel ihm auf, dass er immer noch Slags Duschtuch umklammerte. Er hielt es ihm hin.

Der Hüne nickte kaum merklich, grapschte sich das Laken und wickelte es erneut um die Hüften.

Behände sprang Caiden auf, schnappte sich sein Tuch und band es sich ebenfalls um.

„Wie ist das passiert?“, brummte Slag.

Er brauchte einen Moment, um den Themenwechsel zu verarbeiten. Dann begriff er, dass Slag die Narbe in seiner Nierengegend meinte. Ob das ein Friedensangebot war oder das typische Verhalten eines Psychopathen, vermochte er nicht zu beurteilen. „Eine zerbrochene Flasche.“

Slag legte den Kopf schief und bohrte die Laseraugen in Caidens. „Du bist wohl nicht behütet aufgewachsen.“

„Nope, im Gegenteil.“ Beinahe hätte er sich an den nächsten Worten verschluckt. „Ich habe mich jahrelang … äh auf der Straße … durchgeschlagen – im wahrsten Sinne des Wortes.“

„Umso erstaunlicher, dass dein Gesicht immer noch aussieht, als hätte Michelangelo es gemeißelt.“

Das wunderte ihn selbst genauso. Er nickte. „Wie ist das da passiert?“ Bevor er sich versah, fuhr er mit dem Finger über das harte Narbengewebe in Slags Gesicht.

♦♦♦

SLAG

Die behutsame Berührung von Caidens tastenden Fingern verursachte ihm eine Gänsehaut. Blitzschnell fing er die Hand ab und drängte Caiden gegen die Wand, nagelte ihn mit seinem Körper dort fest. Die Hand drückte er ebenfalls auf Kopfhöhe gegen die Mauer. Mit der anderen packte er grob Caidens Kinn und zwang ihn, ihm ins Gesicht zu sehen. „Was, zur Hölle, soll ich nur mit dir machen, hm?“ Suchend tastete er mit den Augen Caidens Gesicht ab.

Der Kerl starrte zurück, schluckte mehrfach.

„Offensichtlich haben wir ein Kommunikationsproblem. Leider ist jetzt ein Körperteil von dir dran.“

„Ich ... äh ... T-tut mir leid", stammelte der Todessehnsüchtige. „Das war bloß ein Reflex. Hab's schon kapiert: großer, böser Mann, keine Berührung."

Widerwillig musste Slag lachen. Ein Rumpeln löste sich aus seiner Brust. Das kam verflucht selten vor. „Du willst dein Glück also herausfordern, ja?" Sein Blick fiel auf die dämliche Unterlippe und in Ermangelung eines Messers, das er nicht mitgenommen hatte, kam ihm eine Idee. Er beugte sich runter und biss fest zu. Doch im letzten Moment stoppte er sich. Eine abgebissene Unterlippe verunstaltete den Dieb und aus irgendeinem Grund, den er gerade selbst nicht nachvollziehen konnte, wollte er das dann doch nicht. Wahrscheinlich hatte er einfach keine Lust auf Diskussionen mit Gif – entgegen seiner Aussage gegenüber dem Idioten gerade.

Caiden gab ein Gurgeln von sich und Slags Mund wanderte zu Caidens Ohr. „Keine Angst, *Kleiner*, ich beiße sie dir nicht ab, obwohl ich versucht war." Seine Stimme war trügerisch samtweich. Dann zog er sich etwas zurück, um Caiden ins Gesicht zu sehen. In dessen Augen machten sich Angst, Erstaunen, Verwirrung und irgendetwas Undeutbares breit.

Blut perlte von der Lippe und Caidens Zunge huschte unbewusst darüber.

Unwillig schüttelte Slag den Kopf, wie ein nasser Hund, der das Wasser loswerden wollte. Denn entsetzt stellte er fest, dass sich sein Kumpel im Süden ein wenig aufgerichtet hatte. Fuck, er hatte einen Halbzarten. Zum Glück trug er das Handtuch um die Hüften. Wieso, zum Teufel, passierte das? Anscheinend brauchte er mal wieder einen ordentlichen Fick mit einer Frau. Sein Schwanz war offenbar nicht ausgelastet.

♦♦♦

CAIDEN

Wie das Kaninchen vor der Schlange war er erstarrt und glotzte Slag an. Völlig überrumpelt fragte er sich, ob er noch alle Latten am Zaun hatte. Scheinbar war er geistesgestört. Nicht nur, dass er eindeutig keinen gut ausgeprägten Überlebensinstinkt zu haben schien. Denn diese Situation hatte er durch seinen Übergriff selbst heraufbeschworen. Nichts anderes war das Betatschen der Wange gewesen, vor allem nach den Warnungen. Offensichtlich war er auch lebensmüder als bisher angenommen. Nachdem Slag ihn an die Wand gepinnt hatte, hatte er sein beschissenes Leben an sich vorbeiziehen sehen. Dann hatte dieser schwulenfeindliche Idiot ihn allerdings überrascht, weil er ihm lediglich in die Lippe gebissen hatte, wenn auch heftig. Wahrscheinlich konnte er von Glück sagen, dass er noch lebte und alle Körperteile inklusive Unterlippe besaß.

Zu allem Überfluss war ihm diese ... grobe ... Behandlung auch noch durch und durch gegangen. Seine Beine bestanden nur noch aus Pudding. Das Blut rauschte heiß und schnell durch seinen Körper. Sein Schwanz ahmte einen Soldaten in Habachtstellung nach und er zitterte vor ... vor Anspannung. Fuck, was war mit ihm los? Er mochte hauptsächlich Frauen. Die vereinzelten Kerle, die ihn hin und wieder mal angezogen hatten, waren … anders: sympathische Männer, Typ Surferstyle. Keine Killer!

Slags grober Griff ums Kinn lockerte sich eine Sekunde, bevor er ihn endgültig losließ und von ihm abrückte.

Prompt rutschte Caiden an der Wand auf den Boden. Hastig stellte er die Knie auf, damit das Handtuch seine Erektion verhüllte. Er ließ die Arme über die Knie baumeln, lehnte den Kopf hinten gegen die Wand und schloss die Augen.

„Ich dusche jetzt. Du wartest, und zwar genau da. Komm nicht auf die Idee, dich zu verpissen.“

Caiden war viel zu aufgewühlt, um zu protestieren. Er hörte, wie Slag das Wasser andrehte. Nach einer ganzen Weile öffnete er die Augen. Augenblicklich wurde seine Kehle ein weiteres Mal staubtrocken.

Slag stand unmittelbar vor ihm. Den Rücken zierte ein riesiger Sensenmann aus Cuttings, eingebettet in das Muster, das seinen gesamten Körper vorne wie hinten überzog. Slags Arsch war so fest, dass er damit wahrscheinlich Nüsse knacken konnte. Im Verhältnis zu all den Muskeln am restlichen Körper, waren Taille und Hüften schmal und gingen in sehr muskulöse Oberschenkel über.

Slags Becken bewegte sich rhythmisch vor und zurück, während er sich mit einem Arm an der Wand abstützte. Den Kopf in den Nacken gelegt, beschäftigte sich der andere Arm eindeutig mit Slags bestem Stück. Die Muskeln in den gewaltigen Schultern spielten bei jeder Bewegung, genau wie die mächtigen Bizepse.

Prompt wurde Caiden steinhart. Scheiße, er musste hier raus, bevor er sich gänzlich zum Gespött machte. Das konnte er sich keine Sekunde länger anschauen. Seine körperliche Reaktion verstörte ihn.

In dem Moment fuhr Slag herum. Caiden begriff, dass das keuchende Geräusch von ihm gekommen war – ob vor Schreck oder ... oder … wusste er nicht. Er konnte es ja nicht mal in Gedanken denken.

Slags stechender Blick bohrte sich in seinen. Etwas Undefinierbares stand darin. Eine Warnung? Provokation?

Jedenfalls konnte Caiden nicht mehr weg und starrte wie gebannt auf Slag, der seinen Schwanz ohne Unterbrechung weiter pumpte.

♦♦♦

SLAG

Er hatte beschlossen, vorm nächsten Fick *handgreiflich* zu werden, damit er dieses nervige Verlangen loswurde. Dass ihm jemand dabei zusah, interessierte ihn nicht. Nie. Er hatte sich vorgestellt, wie er June von hinten nahm, während sie an den Tisch gekettet war – ihm ausgeliefert -, nachdem er ihr vorher noch den Arsch versohlt hatte. Er war kurz davor zu kommen.

Als er Caidens Japsen hinter sich vernahm, war er herumgewirbelt, hatte er den Typen doch zuvor beinahe völlig ausgeblendet. Der junge Kerl wirkte, als wollte er flüchten. Doch als Slags Blick ihn traf, glotzte er ihn wie ein Reh im Scheinwerferlicht an: überrascht, gebannt, ausgeliefert.

Unverwandt starrte Slag zurück, damit er nicht auf die Idee kam, abzuhauen.

Die Hände des Diebs ballten sich zu Fäusten, doch er wandte den Blick nicht ab.

In dem Moment übernahm die Fantasie-June in Slags Kopf wieder die Regie, saugte ihn mit hohlen Wangen ein, öffnete die Augen und sah ihn von unten her an. Mit außerordentlich hellen, braungrünen Augen … statt mit schokoladenfarbenen. In dem Moment ging Slag ab wie eine Rakete. Sein Saft spritzte quer durch den Raum, und zwar so heftig, dass er das Gefühl hatte, die Beine gäben gleich nach. Sein Körper übernahm die Führung. Er warf den Kopf in den Nacken und brüllte die Wände zusammen – auch nicht seine übliche Art. Haltsuchend klammerte er sich an die Armaturen, um nicht doch noch zu Boden zu gehen.

Wow, das war einer der heftigsten Orgasmen der letzten Jahre. Ungewöhnlich. Als die Wellen verebbten, öffnete er die Augen.

Der kleine Scheißkerl bebte am ganzen Körper, hatte den Kopf gegen die Wand gelehnt und die Augen fest zusammengepresst. Tropfen von Slags Samen rannen über seine Brust.

Ein diabolisches Lächeln trat auf Slags Gesicht, zumindest auf die gesunde Hälfte, die andere rührte sich nicht. „Sieht hübsch an dir aus."

„Du elender Wichser", zischte der Frischling, ohne die Augen zu öffnen. Unterdrückte Wut schwang in der Stimme mit.

„Yupp, da hast du wohl recht. Sei froh, dass ich dich nicht angepinkelt habe." Er grinste noch dreckiger. „Vielleicht überlegst du dir nächstes Mal, ob du dich mit mir anlegen willst. Ich stelle gerade fest, dass ich dich vielleicht doch gar nicht zu töten brauche. Mit dir zu spielen, macht auch Spaß." Dann schneidend kalt: „Mach dich sauber und zieh dich an." Slag wusch sich ab und verließ den Raum.

Neun

CAIDEN

Er war nicht in der Lage, sich zu rühren. Slag zuzuschauen war … war … Fuck! Trotz aller innerer Gegenwehr war Caiden erregt gewesen. Sehr! Leider!

Unbeschreibliche Wut erfüllte ihn. Warum, konnte er nicht genau einordnen. Weil Slag ihn gezwungen hatte, zuzusehen? Weil dieser Kerl ihn ungefragt angewichst und damit erniedrigt hatte? Weil Slag ein Arsch war und nach Belieben mit ihm spielte? Weil er diesen widerlichen Kerl auf einmal begehrt hatte - noch dazu einen grobschlächtigen, ungehobelten Killer, der überzeugter Hetero war?

Völlig überfordert mit dem emotionalen Aufruhr in sich, erhob er sich und duschte sich ab. Als er in die Umkleide kam, war von Slag nichts zu sehen. Erleichtert atmete er auf. Rasch schlüpfte er in seine Kleidung und trat vor das Gebäude.

„Sieh an, sieh an.“ Plötzlich standen der Arier und seine Kumpels vor ihm. „Du schuldest mir noch was, *Süßer*. Ich hätte ja gesagt einen Blowjob, aber weil du so bissig bist, entweder deinen Arsch oder dein Gesicht.“

Eiseskälte breitete sich in ihm aus und ließ sein Herz einfrieren. Hektisch schaute er sich nach einer Fluchtmöglichkeit um. Auch von Slag war nichts zu sehen. So viel dazu, dass der Typ ihn nach Gifs Meinung beschützte.

„Packt ihn“, rief der Arier.

Als die Typen auf ihn zustürmten, trat Caiden dem nächsten vors Knie und zimmerte ihm zeitgleich die Faust ins Gesicht. Dann rannte er los. Eigentlich war er blitzschnell, aber die Rippen und das mangelnde Training der letzten Wochen ließen ihn keuchen.

Einer erwischte ihn von hinten und rammte ihm die Schulter in den Rücken.

Mit dem Gesicht voran landete er im Dreck und bekam kaum Luft. Da wurde er herumgewirbelt und eine Faust landete an seinem Kiefer. Vorübergehend sah er Sterne, doch er schnellte hoch und knallte dem auf ihm Sitzenden die Stirn auf die Nase.

Mit einem Schrei ließ der von ihm ab.

Schon war der Dritte da.

Caiden fackelte nicht lange, sprang auf und trat dem Kerl direkt mit einem Roundhousekick vor den Kopf.

Dann war der Allererste zurück. Plötzlich sah er sich diesem und dem Arier gegenüber, die beide lange Messer gezückt hatten.

Er wich zurück, bis er hinter sich etwas spürte. Zu seinem Entsetzen saß er in der Falle, als ihn die Spitze eines weiteren Messers in den Rücken piekte. „So, Süßarsch, jetzt tust du, was der Boss dir sagt. Auf die Knie."

Unfähig, sich zu rühren, ließ ihn die Unausweichlichkeit der Situation erstarren. Schon trat ihm einer der Drei die Beine weg und er knickte ein. Ehe er sich versah, lag er mit dem Gesicht im Staub. Einer hockte auf seinen Schultern, riss seinen Kopf an den Haaren in den Nacken und drückte ihm das Messer an die Kehle. Ein Zweiter packte seine Hüften, hob sie an und ein Dritter riss ihm die Hose runter.

„NEIN!", brüllte er.

„Jetzt bist du reif", zischte der Arier. Caiden hörte, wie sich der Widerling in die Hand spuckte.

Er wehrte sich trotz des Messers an der Kehle, indem er bockte wie ein Pferd, aber gegen drei konnte er nicht viel ausrichten.

„Lasst ihn!", grollte plötzlich eine tiefe Stimme.

Erleichterung und entsetzliche Scham durchfuhren ihn gleichzeitig.

Vor ihm erschien Slag mit einer riesigen Machete in der Hand, die allerdings locker auf seiner Schulter ruhte. „Ich sagte schon, er gehört mir."

Slags Bewegung kam so pfeilschnell, dass er sie kaum verfolgen konnte. Über sich hörte Caiden ein Gurgeln, dann spürte er einen dumpfen Aufschlag und warme Flüssigkeit, die auf seinen nackten Rücken spritzte, dort, wo das Shirt offenbar hochgerutscht war. Das Messer an seiner Kehle klapperte zu Boden und das Gewicht rutschte von ihm runter.

„Das war meine letzte Warnung, Arier. Noch einmal und ich hacke auch dir und deinen restlichen Kumpeln den Kopf ab. Das gilt übrigens auch für dich und deine hirntoten Schrumpfköpfe, Kannibale!"

Caiden starrte auf Slag, dessen eiskalter Blick den Arier fixierte und nicht die geringste Gemütsregung ausdrückte. Die Machete ruhte wieder auf seiner Schulter, als hätte sie sich gar nicht bewegt. Lediglich das tropfende Blut an der Schneide zeugte von der Tat.

Fassungslos sah Caiden zu dem Kopf, der unmittelbar links von ihm auf dem Boden lag. Dann erst registrierte er, dass auch der Kannibale und ein paar weitere Leute um sie herumstanden. Offensichtlich hatten sie das Schauspiel genießen oder sich hinten anstellen wollen, als es um Caidens Arsch gegangen war.

„Scheiße, Slag", raunte der Arier perplex. „Du elender Hurensohn. Das wirst du büßen."

„Ja, ja. Verpisst euch!", knurrte Slag und „steh auf!" an Caiden gewandt.

Hinter sich hörte Caiden Schritte. Als er sich hochstemmte, machte ihm der kalte Luftzug an den Eiern bewusst, dass seine Hose in den Kniekehlen hing. Heiße Scham brannte erneut in seinen Wangen. Hastig riss er sich die Hose hoch. Seine Finger bebten.

Slag musterte ihn durchdringend. „Das ist dir wohl eine Warnung. Künftig solltest du auf Gif hören, wenn er dir sagt, dass du nur in seiner Begleitung zur Dusche gehen sollst. Denn es ist schon ziemlich beschissen, wenn die Eier im Dreck schleifen, nicht wahr? Aber immer noch besser als abgeschnitten oder in den Arsch gefickt zu werden." Slags Stimme war bar jeder Emotion.

Wie er diesen Penner verabscheute. Er sollte dankbar sein, dass Slag ihn vor der schlimmsten Entwürdigung seines Lebens bewahrt hatte. Doch er empfand nichts als Wut und Scham. Dann kam ihm ein Gedanke. „Wo warst du, verdammt?"

Slag neigte den Kopf leicht zur Seite. „Na hier, ich habe auf dich gewartet."

Da traf ihn die Erkenntnis wie eine Abrissbirne. „Die ganze Zeit?", krächzte er. „Du warst die ganze Zeit hier und hast mir nicht geholfen, sondern dich an dem Schauspiel ergötzt? Du bist echt ein krankes Arschloch."

„Das siehst du ganz falsch, *Kleiner*. Normalerweise hilft sich hier jeder selbst und wenn er das nicht kann, wird er gefressen." Slags Augen wurden zu Schlitzen. „Niemand kommt einem anderen zur Hilfe. Aber ich habe dir geholfen, oder etwa nicht? Du solltest etwas dankbarer sein."

„NACHDEM SIE MICH ERST VERPRÜGELT HABEN – ZU VIERT?! UND IN DEN DRECK GEZERRT ..." Er war außer sich.

„Du hast dich doch ordentlich gewehrt. Ich wollte abwarten, ob du es allein gegen sie schaffst." Plötzlich beugte Slag sich vor und packte erneut Caidens Kinn. In die Augen trat ein böser Ausdruck. „Denn nur dann akzeptieren sie dich. Kapierst du das? Leider hast du's verkackt."

„Arrrgh!", brach ein Wutschrei aus ihm hervor. Er donnerte Slag die Faust an den Kiefer, so dass dieser ihn prompt losließ und immerhin zweimal blinzelte. „Du Widerling hast auch noch Spaß dran, noch mehr auf mir herumzutrampeln", brüllte Caiden und stieß Slag vor die Brust. Allerdings bewegte der sich keinen Millimeter, was seine Wut noch mehr anstachelte. „Reicht es nicht, wenn ich im wahrsten Sinne des Wortes schon am Boden gelegen habe? Und das noch, nachdem du mich angewichst hast?"

Slag blinzelte erneut, ein unbestimmbarer Ausdruck huschte über sein Gesicht, dann gefror es zu einer granitharten Maske. Er spuckte Blut aus, direkt vor Caidens Füße. „Gewöhn dich schon mal dran. Das Leben hier ist kein Kindergeburtstag. Wenn du das nicht schnell lernst, wirst du hier untergehen."

Er war wirklich in der Hölle gelandet. Das wurde ihm glasklar. Dabei war er doch nur ein Dieb und sonst nichts. Nichts rechtfertigte, dass er in dieses Irrenhaus gesteckt worden war. Plötzlich hallte die fordernde Stimme seines Bruders in seinem Kopf wider. Dieser Arsch fehlte ihm gerade noch und er schob die Erinnerung daran weg.

Slag drehte sich um und ging.

Nach einer gefühlten Ewigkeit folgte er ihm.

Zehn

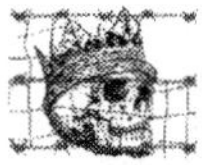

SLAG

Vor ihm kniete June. Seine Hände waren in ihren dunklen Haaren vergraben und sein Schwanz steckte bis zum Anschlag in der heißen Mundhöhle, die sich im Rachen herrlich verengte. Gleichzeitig drückten seine Hände ihren Kopf in Richtung Hüften, so dass er noch tiefer eindrang. Sie schaute zu ihm auf.

Plötzlich fühlte er sich beobachtet und hob den Blick.

Helle braungrüne Augen unter dunklen Locken beobachteten June und ihn intensiv. Der Voyeur bearbeitete sich dabei mit der Faust selbst.

Slags Rhythmus wurde schneller und schneller und schneller.

Beim nächsten Blinzeln stand der Beobachter unmittelbar vor ihm, direkt hinter June, die Zunge glitt über die feste volle Unterlippe.

Mit einem heiseren Schrei ergoss sich Slag in Junes Mund, die schluckte und schluckte, während zeitgleich der andere auf Junes Rücken spritzte. Die Wellen des Orgasmus' wollten nicht enden, er kam wieder und wieder.

Plötzlich traf ihn etwas im Gesicht.

Er schrak hoch.

Es roch nach Wichse.

Er brauchte einen Moment, um sich zu orientieren. Dann erkannte er, dass er seinen Schwanz in der Faust hielt. Klebrige weiße Flüssigkeit pappte auf seiner Brust und seiner Wange. Unwirsch rieb sich Slag übers Gesicht.

Fuck! Stöhnend sank er aufs Kissen zurück und legte einen Arm über die Augen. Beinahe angewidert ließ er seinen Schwanz los. Das durfte doch nicht wahr sein?! Jetzt suchte ihn der kleine Penner schon in seinen Träumen heim und mischte auch noch in seiner Wichsvorlage mit. Woher kam das? Dreier hatten ihn bisher nie groß gereizt. Nicht, dass er nicht schon welche gehabt hatte. Doch generell teilte er nicht gern, erst recht keine Frauen. Da war er verflucht noch mal altmodisch! Ein verfickter Macho der ganz alten Liga!

Wieso also nervte ihn dieser elende Schwächling jetzt in seinen Träumen?

Gut, wenn er ehrlich war, war der Desperado kein Lappen. Bei dem Überfall vor drei Tagen hatte er sich, wie auch schon beim ersten Mal, kräftig gewehrt. Nur die Wenigsten kamen gegen vier auf einmal an, schon gar nicht, wenn die mit Messern auf einen losgingen. Da würden wohl bis auf seltene Ausnahmen alle kapitulieren.

Caiden hatte ihm nicht zu Unrecht vorgeworfen, ein Arschloch zu sein. In der Tat hatte Slag zugeschaut. Aus zwei Gründen: Erstens wollte er wirklich sehen, was der junge Kerl draufhatte, und ja, die Akzeptanz wäre enorm, hätte er es geschafft, sich die Kerle allein vom Hals zu halten. Aber wie gesagt, wer schaffte das schon, außer ihm oder andere speziell ausgebildete Typen? Hier auf dieser Insel vielleicht noch zwei, drei andere. Alle Übrigen waren nur durch ihre Gang stark. Zweitens hatte er dem Burschen eine Lektion erteilen wollen: Endlich zu kapieren, wie gefährlich es hier für den Dieb allein war, sich nicht immer über Gifs Anweisungen hinwegzusetzen und zu guter Letzt, ihn nicht zu reizen. Der Frischling saß ihm nach wie vor wie ein elender Stachel im Pelz, der juckte und stach, aber an den er nicht rankam.

Natürlich hatte er eingegriffen, als der Desperado Gefahr lief, die Jungfräulichkeit seines Hintereingangs zu verlieren.

Moment mal: Wer sagte ihm, dass Caiden das nicht schon hatte? Schließlich war er nach eigener Aussage schon mit Männern zusammen gewesen. Zum Teufel, wer hatte plötzlich den Glutofen angeheizt? Wieso kochte sein Blut mit einem Mal? Unwillkürlich rieb er sich über die Brust. Dabei erwischte er die Wichse. Scheiße! Knurrend erhob er sich und stapfte ins Bad, um sich diese dämlichen Spuren abzuwaschen.

Na ja, jedenfalls hätte er nicht zugelassen, dass der Arier dem Bengel DAS antat. Da spielte er doch lieber selbst mit dem Bürschchen. Nach seinen Regeln. Nicht, dass er irgendetwas

Sexuelles von ihm wollte. Ganz. Sicher. Nicht. Aber dem Kurzen seine Macht zu demonstrieren, ihm zu zeigen, wer hier ein knallharter Kerl war und das Sagen hatte, das schon.

Apropos: Der Schönling hatte einen guten Schlag. Als dessen Faust unerwartet hart gegen sein Kinn gekracht war, hatte er doch tatsächlich kurz Sterne gesehen. Er war so perplex gewesen, dass er vergessen hatte, ihn dafür zur Rechenschaft zu ziehen. Andererseits war der Jungspund schon gestraft genug. Deshalb hatte er das Vergehen ignoriert. Schließlich war der emotionale Stress für den Burschen immens gewesen. Außerdem konnte Slag sich ausmalen, wie schlimm es für einen stolzen Mann sein musste, dermaßen entwürdigt im Staub zu kriechen, noch dazu mit Publikum. Und dass der Dieb ein stolzer junger Mann war, stand außer Zweifel.

Da Gif heute etwas erledigen wollte, bei dem er den Neuling nicht gebrauchen konnte, hatte er Slag gebeten, auf den Burschen achtzugeben. *Welch Freude!*

♦♦♦

CAIDEN

Er gruselte sich vor dem Tag, denn er musste ihn mit Slag verbringen. Eigentlich hatte er beschlossen, sich im Zimmer einzuschließen und dem elenden Penner nicht zu begegnen. Aber Gif bestand darauf, dass er Slag begleitete, da dieser fischen wollte und es Gifs Ansicht nach für Caiden allein im Zellenblock nicht sicher war, auch nicht mit verriegelter Tür.

Mit keiner Silbe hatte er Gif von der Sache im und vorm Duschhaus erzählt und Slag offenbar auch nicht. Immerhin. Zu sehr hatte er sich geschämt, auch weil er Gifs Anweisung ignoriert hatte.

Aber natürlich war Gif klar, dass irgendetwas passiert sein musste. Immerhin prangte ein neuer Kopf auf einem zusätzlichen Pfahl und im Gegensatz zu den anderen war der nicht skelettiert. Erst dadurch war Caiden richtig bewusst geworden, dass Slag vorher schon lange niemanden mehr ... zur *Rechenschaft* gezogen hatte.

In den letzten zwei Tagen war er mit Gif zum Duschhaus gegangen. Heute verzichtete er darauf. Mit Slag wollte er auf keinen Fall hin. Wieder flashten ihn ungebeten die Erinnerungen.

Zuerst ploppten die Bilder des masturbierenden Slags vor seinem inneren Auge auf, worauf sich prompt sein Schwanz regte, der elende Verräter. Wie unfassbar heiß der Hüne in seinem Orgasmus ausgesehen hatte. Allerdings trieb es Caiden jedes Mal vor Wut auf sich selbst beinahe in den Wahnsinn, dass ausgerechnet dieser Brutalo ihn augenscheinlich antörnte. Dann folgten auf dem Fuß die Bilder von diesem erniedrigenden Überfall gepaart mit Slags unfassbarer Ignoranz und Arroganz. Dieser Kerl hatte kein µ an Mitgefühl. Wie auch? Wer Auftragskiller war und Schädel sammelte wie andere Fotos, besaß wohl keins.

Als er zurück in sein Zimmer gekommen war, hatte er sich in Anbetracht all dieser verstörender Ereignisse übergeben. Anschließend hatte er sich die Decke über den Kopf gezogen und war entgegen seiner Erwartung eingeschlafen.

Seitdem schleppte er sich mehr schlecht als recht durch den Tag. Er wurde diese Bilder nicht los. Sie erdrückten ihn.

Es hämmerte an seine Tür. Klar, wer das war.

Seufzend erhob er sich und schlurfte zur Tür.

Vor ihm stand Slag und musterte ihn unergründlich. „Was ist mit dir? Du siehst scheiße aus."

Was wohl?! Aber er sagte nichts, sondern atmete tief durch. „Nichts. Lass uns gehen."

Slag taxierte ihn noch einen Moment mit diesen stechenden Augen.

Ob er sich wohl jemals an diesen Laserblick gewöhnen würde?

Schließlich nickte Slag. „Wenn du es sagst. Komm."

Während der nächsten beiden Stunden verlor Slag kein Wort über die Ereignisse vor drei Tagen und dafür war er ihm dankbar. Er hatte befürchtet, dass Slag darauf herumritt oder ihn anderweitig spüren ließ, wie wenig er von ihm hielt, wie wenig Achtung er vor ihm hatte. Oder dass er ihn für einen Schwanzlutscher hielt. Haha, im wahrsten Sinne des Wortes. War doch eine ihrer ersten persönlichen Begegnungen die, als er den Schwanz des Ariers im Maul hatte. Noch heute würde er sich am liebsten jeden Tag den Mund mit Seife auswaschen.

Aber Slag sagte nichts dergleichen, genauer, er sagte gar nichts. Nur ab und zu blickte er aus den Augenwinkeln zu ihm, während sie nebeneinander hergingen. Wahrscheinlich um zu prüfen, ob er noch da war.

„Wir machen Rast“, verkündete Slag plötzlich und schlug den Pfad nach rechts ein, durch einige Büsche. Dann kamen sie zu einer Lichtung. Vor ihnen hörte die Erde auf zu existieren.

Begeistert ging Caiden bis zum Rand der Klippen und sah hinunter. Das war mal eine Herausforderung! Er musterte die Wand eingehend, die senkrecht unter ihm abfiel. Sofort registrierte er winzige Vorsprünge, an denen er Griffe setzen könnte. Sobald er Steilwände sah, scannten seine Augen automatisch jede Möglichkeit, Halt zu finden, so wie manche Menschen, inklusive ihm selbst, Muster erkennen konnten.

Als er sich umdrehte, stand Slag drei Schritte hinter ihm und betrachtete ihn. Der Hüne wirkte beunruhigt.

♦♦♦

SLAG

„Wow, ist das geil!“ Zum zweiten Mal, seit er ihn kannte, zeigte sich Begeisterung im Gesicht des Desperados. Die Augen blitzten. Jetzt wo die Sonne darauf fiel, schimmerten sie in einem Smaragdgrün, umrahmt von langen dunklen Wimpern im gebräunten Gesicht. Es kam ihm vor, als leuchteten sie mit tausend Watt.

Plötzlich war der Bursche verschwunden.

Slag blinzelte einmal, zweimal, dreimal. Aber das Bild blieb. Der Kerl war weg. Shit! Dennoch schaffte er es nicht, einen Schritt weiter vorzugehen. „Wo bist du, du kleines Arschloch?“

„Hier, großes Arschloch!“, kam es aus der Tiefe.

„Komm wieder rauf!“

„Gleich!“

Nach einigen Minuten erschien Caidens Gesicht über dem Rand. Mühelos zog er sich hoch und sprang federleicht auf die Füße. Ein Lachen stahl sich in das ernste Gesicht. „Hast du das gesehen?“

„Hm.“ Gesehen hatte er nichts.

Dann dämmerte es Caiden. „Du hast Höhenangst?“

„Nein“, knurrte er.

„Dann bist du nicht schwindelfrei?“

„Hm.“ Dieser Laut drang als Grollen aus seinem Torso.

„Haha ...“

„Wenn du dich jetzt darüber lustig machst, lege ich dich übers Knie.“ Er sagte das mit so viel Inbrunst, dass dem Lockenkopf das Lachen aus dem Gesicht fiel.

Abwehrend hob Caiden die Hände. „Okay, Mann. Ich schweige wie ein Grab. Schließlich ... Schließlich hast du mich auch nicht weiter aufgezogen mit ... mit ... mit der Sache ...“ Er verstummte.

„Setz dich!“ Slag hockte sich hin und hielt Caiden ein Brot hin. „Da, damit mal was an dich drankommt.“

♦♦♦

CAIDEN

Uff, das war bisher das Fürsorglichste, was Slag je getan hatte. Eine seltsame Regung flackerte für einen Augenblick durch Caidens Brust. Er nahm das Brot und verschlang es. Dabei beobachtete er Slag, der neben ihm saß und gedankenverloren aufs Meer hinausstarrte. Die unversehrte Seite war Caiden zugewandt. Slag war früher wirklich einmal ein gutaussehender Mann gewesen. Er hatte ein attraktives, wenn auch kantiges Profil. Schön geschwungene, feste Lippen mit einem entschlossenen Zug um den Mund. Die Nase war genau richtig - nicht zu klein, nicht zu groß, auch wenn sie mit Sicherheit bereits gebrochen gewesen war. Dunkle Wimpern umrahmten die eisgrauen Augen. Von dieser Seite aus erinnerte ihn Slag tatsächlich an Thor, auch wenn die bereits ergrauenden Haare das Bild etwas abänderten. Also an einen älteren, gutaussehenden Thor. „Verrätst du mir, was mit deinem Gesicht geschehen ist?“, fragte er vorsichtig. Er beging nicht wieder den Fehler, Slag zu berühren.

Slags Blick zuckte zu ihm, wurde vorübergehend hart, doch dann seufzte er und strich sich nachdenklich über den geflochtenen Bart. „Das“, er zeigte auf die Narbe, „ist ein Andenken von einem meiner ersten Tage hier. Allerdings hat der Täter bezahlt. Es ist der erste Kopf draußen links vor der Tür. Seine Kumpels sind ihm gefolgt.“

„Tötest du gerne?“

Slag betrachtete ihn, schien zu überlegen, ob er ihm überhaupt antworten sollte. Aber aus irgendeinem Grund war er heute so zugänglich wie noch nie in all den Wochen. „Sagen wir so, es bereitet mir keine Mühe und kein Kopfzerbrechen.“

„Oh ... okay.“ Was hatte er erwartet? Er hatte doch schon live mitbekommen, dass Slag völlig emotionslos war.

Als würde dieser Gedanken lesen, aber wahrscheinlich stand es ihm bloß ins Gesicht geschrieben, sagte Slag: „Ich bin durchaus zu Loyalität fähig. Aber das ist so ziemlich das Einzige, was es an Gefühlen bei mir gibt. Vielleicht noch Geilheit ...“, fügte er achselzuckend hinzu. „Ansonsten bin ich wohl das, was man abgestumpft nennt. Aber immerhin kann ich gut schlafen.“ Jetzt zog ein fieses Grinsen über sein Gesicht. „Solltest du auch mal ausprobieren.“

„Nein danke“, stieß Caiden hervor. „Ich bin ganz froh, nicht so zu sein.“

Sie verfielen in brütendes Schweigen.

„Würdest du mich trainieren?“, hörte er sich auf einmal zu seiner eigenen Überraschung fragen.

„Wo drin? Im Töten?“

„Gott bewahre. Nein, im Kämpfen, Verteidigen, mit Messern umgehen.“

Lange musterte Slag ihn. Als er offensichtlich gefunden hatte, was er suchte, fragte er. „Warum?“

„Ich ... ich will mich besser wehren können. Ich will keinen Babysitter mehr benötigen.“

Plötzlich wurde Slags Blick beinahe … weich - jedenfalls, wenn man Stahlbeton mit Eiche verglich -, genauso wie seine Stimme. „Dann musst du allerdings auch bereit sein, im Notfall zu töten.“

Caiden räusperte sich. „Ich verstehe.“ Aber er hatte es satt, sich schwach zu fühlen. Er starrte auf den Staub zu seinen Füßen. „So etwas wie vor drei Tagen will ich nie wieder erleben“, murmelte er.

Plötzlich legten sich Slags Finger fest um sein Kinn und drehten es, so dass Caiden ihm in die Augen blicken musste. „In Ordnung. Dann habe ich wenigstens einen neuen Zeitvertreib: Ich kann dir offiziell die Scheiße aus dem Leib prügeln.“ Er grinste süffisant. „Keine Bange, dein hübsches Gesicht lasse ich raus.“

Er blinzelte irritiert und Slag lachte leise rumpelnd. „Irgendwie wächst du mir ans nicht vorhandene Herz, Desperado. Du hast Mumm, gibst nicht auf, bist manchmal ziemlich unverfroren und schaffst es, mich zum Lachen zu bringen. Respekt, das schafft kaum einer.“

Sprachlos starrte er Slag mit offenem Mund an und ihm wurde ganz heiß. *Scheiß Sonne!*

„Aber dann schuldest du mir was.“

„Was?“, fragte Caiden tonlos. Wollte er wirklich in Slags Schuld stehen? Obwohl, da stand er schon längst drin. Knietief. Er schuldete ihm schon zweimal seine Würde, sein Gesicht oder sogar sein Leben. Insofern spielte das auch keine Rolle mehr.

„Das sehen wir, wenn es so weit ist.“

Elf

CAIDEN

„Komm schon, steh auf, du Schlappschwanz."

Mühsam wälzte er sich auf die Seite. Das Kampftraining mit Slag war eine Scheißidee gewesen. Wie hatte er nur jemals denken können, es würde ihm nutzen? Slag benutzte ihn als Fußabtreter und kam nicht mal ins Schwitzen. Dass der Kerl sich dabei nicht noch die Nägel feilte, war alles.

Seit vier Wochen trainierten sie dreimal die Woche und jedes Mal fraß er Dreck, ohne dass er etwas dazulernte. So kam es ihm zumindest vor. Slag prügelte ihm tatsächlich die Scheiße aus dem Leib. Zwar verletzte er ihn nie ernsthaft, er brach ihm nichts, fügte ihm keine offenen Wunden oder inneren Verletzungen zu und tatsächlich schonte er Caidens Gesicht. Aber all die stumpfen Traumata, die er ihm verpasste, reichten, dass Caiden sich kaum noch rühren konnte. Hinzu kamen all die Beleidigungen, die Slag ihm permanent an den Kopf warf.

Jepp, der Riese hatte sichtlich Spaß an seinem Job. Caiden hegte heimlich den Verdacht, dass er ihm nichts beibringen, sondern ihn lediglich als Punchingball benutzen wollte.

„Stopp, ich kann nicht mehr", japste Caiden.

„Wann Schluss ist, bestimme ich. Steh auf oder ich prügele dich hoch."

Er bemühte sich, auf die Füße zu kommen. Als er halbwegs stand, trat Slag ihm das Bein weg.

Caiden fiel mit dem Gesicht in den Sand.

Sofort war Slag über ihm und drückte den Kopf noch tiefer rein.

Er atmete Staub ein und musste qualvoll husten, aber Slag kannte keine Gnade, obwohl Caiden abklopfte. Mit einem Mal wurde ihm klar, dass er ersticken würde ...

Verzweifelt wehrte er sich gegen den Druck, doch ohne jeden Erfolg. Watte nistete sich in seinem Hirn ein, als er drohte, die Besinnung zu verlieren. Immer heftiger, aber auch unkontrollierter zuckte und bockte er. Vergebens.

„Komm schon, Desperado, wende an, was du gelernt hast“, durchschnitt Slags tiefe Stimme den panikartigen Nebel in seinem Kopf.

Witzig, er hatte doch nichts gelernt, außer sich in den Dreck treten zu lassen. Doch mit einem Mal wurde er ganz ruhig, ignorierte die mangelnde Atemnot, hörte auf zu zappeln und konzentrierte sich. Verdammt, er war gelenkig wie kein zweiter, er war kein Schwächling, sondern hatte Kraft – selbst wenn Slag mehr hatte. Außerdem war er mit der gnadenlosen Härte des Lebens aufgewachsen. Das war nicht sein erster Kampf ums nackte Überleben. Adrenalin flutete schlagartig seine Adern, gab ihm Bärenkräfte. Caiden kickte Richtung Arsch und traf tatsächlich. Er hatte alle Kraft hineingelegt.

Prompt ertönte ein Ächzen und der Druck ließ etwas nach.

Sofort drückte er sich hoch, atmete tief ein, warf sich herum und rammte Slag eine Faust in die Rippen. Dann wand er sich unter ihm hervor und sprang auf. „Was für eine verkackte Taktik ist das?“, spuckte er Slag vor die Füße. „Mich umbringen, bis ich mich wehre oder krepiere?“ Caiden war außer sich. Das Blut rauschte in seinen Ohren. „Du Arschloch hast mir bisher gar nichts beigebracht.“

„Doch! Schmerzen auszuhalten. Wichtigste Regel: Nur, wer was einstecken kann, hat noch genug Körner, um auszuteilen. Außerdem, wer sagt, dass Straßenkampf fair ist? Der ist verdammt schmutzig und das weißt du. Jedes Mittel ist erlaubt.“

„Jedes?“, fragte Caiden lauernd. Der Irrsinn ritt ihn.

„Jedes!“, grollte Slag. „Wenn du den Gegner aus dem Konzept bringst, hast du so gut wie gewonnen.“

Das ließ er sich nicht zweimal sagen. Er wusste genau, wie er den anderen aus dem Konzept brachte. Er sprang auf Slag zu, der kampfbereit vor ihm stand und dazu etwas in die Knie gegangen war, und presste dem Riesen ohne Vorwarnung die Lippen auf den Mund.

Im selben Moment mutierte Slag zur Salzsäule. Caiden nutzte die Sekunde, um ihm das Knie wegzutreten.

Slag fiel zu Boden und starrte ihn immer noch fassungslos an.

Sofort setzte Caiden nach und drückte ihm den Unterarm auf die Kehle. „Meinst du so?"

„Du kleiner Scheißer", knurrte Slag.

Ihm wurde schlagartig klar, dass er eine Grenze überschritten hatte. Sofort sprang er auf und wich zurück.

Slag folgte ihm blitzschnell.

Abwehrend hob Caiden die Hände. „Hey, hey, ruhig, Großer. Du hast was gefaselt von ‚ist alles erlaubt' und ‚aus dem Konzept bringen' und ‚nicht fair'." Er war immer weiter zurückgewichen.

Slag kam ihm nach, ohne ihn aus den beunruhigenden Augen zu lassen, in denen pure Mordlust tobte.

Das war wieder der alte Slag. Caiden war gar nicht aufgefallen, dass er in den letzten Wochen eine – wenn auch nur minimal - freundlichere und offenere Version von Slag vor sich gehabt hatte. Plötzlich stolperte er über eine Baumwurzel und fiel auf den Hintern.

Slag riss ihn am Kragen hoch, wirbelte ihn herum, drehte ihm den Arm auf den Rücken, stieß ihn mit dem Gesicht voran gegen den Baum und drückte ihn dagegen. „Wenn du es schon schaffst, deinen Gegner aus dem Konzept zu bringen", knurrte er, „dann bring es auch zu Ende und mach dir nicht vor der eigenen Courage in die Hose." Von hinten presste er den gewaltigen Körper an Caidens. „Was jetzt, *Kleiner*?" Slags Stimme färbte mit einem Mal ein eigenartig rauer Klang.

Plötzlich war er atemlos. „Ich weiß nicht."

Mit einem Knurren stieß Slag ihn von sich.

Caiden taumelte ein paar Schritte zur Seite und fuhr herum, bereit, sich dem neuen Angriff zu stellen.

Doch Slag bewegte sich schon in die andere Richtung, rieb sich dabei mit einer Hand über den Kopf und schüttelte selben. „Scheiße, scheiße, scheiße! Was mache ich hier?“. Jeder stapfende Schritt verdeutlichte, wie aufgebracht er war. Abrupt schoss er mit einem wütenden Geräusch herum und stürmte wie ein Güterzug auf Caiden zu.

Unfähig sich zu bewegen, sah Caiden das Unheil auf sich zu donnern.

Ehe er sich versah, packte Slag sein T-Shirt und riss ihn zu sich heran. „FUCK! F U C K!!! Was soll ich nur mit dir machen, hm?“ Schweratmend starrte Slag ihm in die Augen, die Nasen nur Millimeter voneinander entfernt.

Die Luft zwischen ihnen lud sich schlagartig auf und die Zeit blieb stehen, als sich ihre Blicke ineinander verhakten.

Caidens Kehle wurde eng. Slags sonst so undurchdringliche Miene brach auf, spiegelte Verwirrung und Zerrissenheit wider. Und zum ersten Mal lag so etwas wie Unsicherheit in dessen Ausdruck. Sein Blick fiel auf Slags Lippen. FUCK! Er wollte sie nochmal fühlen. Unbedingt! Sie waren fest und warm gewesen. Er wollte diesen aufgewühlten Zug vom Gesicht des Wikingers vertreiben … oder wahlweise noch weiter vertiefen. Sicher war er sich da nicht. Allen Mut zusammennehmend presste er den Mund auf Slags.

Slag erstarrte und er wappnete sich gegen eine weitere von Slags Grobheiten. Doch stattdessen gab Slag einen erstickten Laut von sich und plötzlich durchstieß seine Zunge roh Caidens Lippen, erkämpfte sich Einlass.

Caiden war nicht in der Lage, dem etwas entgegenzusetzen. Wollte es auch gar nicht. Salzig wie das Meer und erdig wie ein guter Whiskey flutete Slags Geschmack seinen Gaumen.

Wie eine Naturgewalt brach der Kuss über sie beide herein. Sie taumelten zurück, bis Caiden wieder gegen den Baum krachte, ohne den Druck ihrer Zungen zu mindern. Immer wieder stießen sie in den Mund des anderen vor, erforschten sich und forderten sich gegenseitig zum Duell heraus.

Heilige Scheiße, er war dem nicht gewachsen. Seine Beine bebten und sein Schwanz war so hart wie nie zuvor in seinem Leben. Es bereitete ihm körperliche Schmerzen. Haltsuchend krallte er sich an Slags Shirt, um sich noch fester an ihn zu pressen. Ein langgezogenes Stöhnen brach aus seiner Brust. Dann spürte er Slags Hammererektion an seinem Bauch und sein Denken setzte vollends aus.

Der Wikinger griff in sein Haar und zog den Kopf seitlich, um noch tiefer vordringen zu können. Caiden ließ es geschehen. Der Kuss wurde immer unbeherrschter, bis Slag ihn für einen Moment unterbrach, um Caiden das T-Shirt über den Kopf zu reißen.

Als Slag ihn wieder aufnahm, stöhnte Caiden erneut in seinen Mund, was ein tiefes Grollen in Slags Brust auslöste. Fiebrig fuhren dessen Pranken über Caidens Torso und zur Hölle, es fühlte sich unglaublich an. Die großen Hände, die fest über seinen Leib strichen. Er bekam nicht genug. Wünschte sich mehr. Wollte, dass Slag ihn überall berührte. Dass die starken Hände mit den rauen Kuppen, die so tödlich sein konnten, seinen Körper erkundeten.

Plötzlich traf ihn ein harter Stoß. Er stolperte und wäre beinahe wieder im Dreck gelandet. Im selben Moment brüllte Slag „FUUCKK!!!“ in den Himmel hinaus.

Caiden konnte sich gerade noch am Baum abfangen. Was war los? Irritiert sah er auf und suchte die Lösung in Slags Blick, der jetzt jedoch bar jeder Emotion auf ihm ruhte. Allerdings zuckte in der Wange ein Muskel und auch an der Stimme erkannte er, wie erschüttert Slag war.

„Was machst du mit mir?“ Anklagend richtete Slag den Finger auf ihn. „Du bist schuld, mit deiner Knutscherei. Das kommt nie wieder vor, haben wir uns verstanden? Ich will das nicht, verflucht! Bleib weg von mir, du verdammte Schwuchtel!“

Caiden krümmte sich innerlich unter Slags vernichtendem Blick und den bösartigen Worten. Heftig atmend kam er langsam wieder im Hier und Jetzt an. Er hatte Slag geküsst und der hatte ihn zurückgeküsst - und wie! Und dann ...

Dann hatte Slags Heterosexismus das Ruder rumgerissen.

Obwohl er sich total verletzlich fühlte, schaffte er es, seine Stimme ruhig und sachlich klingen zu lassen. „Ich habe gar nichts gemacht, du Arsch. Ich habe nur gekämpft, mit allen Mitteln. Die Zunge ins Spiel gebracht hast du."

Sofort war Slag bei ihm, spielte seine volle Größe aus und beugte sich drohend über ihn. „Vorsicht!" Die Augen blitzten wütend.

„Was? Willst du mir wieder irgendwas abschneiden, mir drohen? Ich habe keine Angst vor dir, nicht mehr. Du willst mich, aber du bist so homophob, dass du es nicht zulassen kannst. Doch tun wirst du mir nichts." Woher er all den Mut und auch das Wissen nahm, wusste er nicht. Eigentlich war es auch mehr ein Schuss ins Blaue.

Ein Keuchen über Caidens Unverschämtheit entrang sich Slags Brust. Dann blinzelte er ein paar Mal und plötzlich saß die Slag-Maske aus Unnahbarkeit und Gefühllosigkeit wieder. „Das wird nie wieder geschehen", sagte er vollkommen ruhig. „Und wir werden nie wieder darüber reden. Das Training ist beendet, ein für alle Mal. Geh mir aus den Augen." Damit drehte er sich um und verschwand.

Caiden war sich sicher, dass Slag diesmal nirgendwo in der Nähe im Hintergrund auf ihn aufpassen würde. Das verdeutlichte noch viel mehr als alles andere, wie aufgewühlt Slag tatsächlich war. Denn er verstieß nicht nur gegen sein Versprechen gegenüber Gif, obwohl ihm Loyalität doch so wichtig war. Ebenso zählte das wenn auch sehr fragile Band zwischen ihnen, das in den letzten Wochen entstanden war, offenbar nicht mehr.

Plötzlich fühlte er sich völlig ausgelaugt. Die ständigen Schläge, die immer drohende Gefahr, das entbehrungsreiche Leben, der launenhafte Slag, die unterschwellige und wenig willkommene Lust auf den Killer sowie das eben Erlebte, raubten ihm jede Energie. Schwerfällig wie ein Hundertjähriger klaubte er sein T-Shirt vom Boden, während er das Gefühl hatte, immer noch Slags heiße, forschende Hände auf dem Körper zu spüren. Weil das so war, war auch sein Schwanz immer noch halb erigiert, was ihn selbst total abfuckte. Doch er konnte nichts daran ändern, denn mit einem Schlag wurde ihm bewusst, dass er Slag im Prinzip seit ihrer ersten Begegnung begehrte. Caidens Puls hatte nicht nur wegen der desolaten Lage wie verrückt gerast, als er den Aufzug damals verließ und ins Sonnenlicht gestolpert war. Er hatte es nur nicht direkt kapiert. Zu viel war auf ihn eingeprasselt. Dieser furchtbare Knast, die ausweglose Situation, die Furcht, in diesem Haifischbecken zerrissen zu werden, die Situation mit seinem Bruder, Loris Sicherheit. Doch Slags imposante, geradezu martialische, oberkörperfreie Erscheinung und der messerscharfe Blick aus den beunruhigenden Laseraugen waren ihm am ersten Tag direkt unter die Haut gegangen – erst recht aufgrund der Situation, in der der Koloss gesteckt hatte, im wahrsten Sinne des Wortes. Außerdem hatte er den Kerl zu Beginn nicht nur deshalb immer wieder beobachtet, um ihm möglichst nicht unerwartet zu begegnen. Schließlich wollte er Slag keinen Grund geben, ihn aus einer Laune heraus unangespitzt in den Boden zu rammen oder direkt zu enthaupten. Nein, er fand ihn auch heiß wie die Hölle. Hatte trotz aller Befürchtungen jeder ihrer zu Anfang noch spärlichen Begegnungen entgegengefiebert. Schon ploppten in rascher Folge die aufreizenden Begegnungen vor seinem geistigen Auge auf. Slags Daumen an seinen Lippen, wie der Hüne ihm unter der Dusche in die Lippe gebissen, sich anschließend gewichst und ihn sogar angespritzt hatte. Denn wenn er ehrlich zu sich selbst war, stand er auf Slags grobe Dominanz. Himmel, ihm war nicht mehr zu helfen. Schon prasselten weitere Bilder auf ihn ein: Wie sie einträchtig beieinander saßen, als Caiden ihn ums Training bat, und wie sich Slag ihm gegenüber in den letzten Wochen, wenn auch nur minimal, geöffnet hatte. Selbst in ihren Streitigkeiten erkannte Caiden jetzt diese seltsame

Anziehungskraft. Und zum krönenden Abschluss der unfassbar heiße Kuss gerade. Egal was Slag behauptete, das hatte den maskulinen Riesen nicht kalt gelassen. Allerdings nutzten diese Erkenntnisse wenig, da Slag nun komplett dicht gemacht hatte und jede winzige Annäherung zwischen ihnen zerstört war.

Unendlich langsam schlurfte er zurück zum Gebäude.

Shit, dann kam ihm ein sehr beunruhigender, aber leider absolut folgerichtiger Gedanke. Obwohl er immer fest überzeugt gewesen war, in erster Linie auf Frauen zu stehen, hatte er sich augenscheinlich in diesen homophoben und eiskalten Killer verknallt. Woher das auf einmal kam, wusste er nicht. Aber die Klarheit, mit der sich diese Erkenntnis in ihm festsetzte, erschütterte ihn ein weiteres Mal.

Zwölf

SLAG

Seit drei Wochen hatte er Caiden nicht mehr gesehen. Gifs ständiges Gejammer hatte er immer noch im Ohr. Der Kumpel hatte ihn mehr als einmal zur Rede gestellt. Das erste Mal, als er ohne den elenden Mistkerl zurückgekommen war. Ja, das war verantwortungslos gewesen, aber selten war er so aufgebracht und ... und... durcheinander gewesen. War er als Erwachsener jemals *so* durcheinander gewesen? Er hatte nicht mehr klar denken, nicht mal Erleichterung empfinden können, als Gif ihm mitteilte, dass der Bursche eine Stunde nach ihm unbehelligt und unversehrt zurückgekommen war. Erst zwei Tage später war ihm bewusst geworden, welchem Risiko er Caiden ausgesetzt und welches Glück dieser gehabt hatte, dass weder der Arier noch der Kannibale in der Nähe gewesen waren, und erst da hatte er Erleichterung verspürt.

Als nächstes hatte Gif ihn zur Rede gestellt, weil Caiden total neben der Spur war. Er wollte von ihm wissen, was passiert war, weil aus dem Desperado nichts rauszubekommen war. Doch auch Slag hatte geschwiegen. Sie hatten sich gestritten und Gif hatte ihm vorgeworfen, mit seiner Art Caiden immer wieder vor den Kopf zu stoßen und zu verunsichern, statt ihm genau das Gegenteil zu geben. Daraufhin hatte er Gif unmissverständlich klargemacht, dass er weder ein Babysitter oder Therapeut noch Ersatzvater für den jungen Burschen war ... vor allem das letzte nicht. Wenn Gif meinte, für den Kerl verantwortlich zu sein, sollte er das allein durchziehen. Alles, was Slag konnte, war Menschen töten, und alles, was ihn interessierte, war er selbst. Er war raus.

Vor einigen Tagen hatte Gif ihm mitgeteilt, dass Caiden sich zunehmend zurückzog und er sich sorgte, dass er ... Dummheiten machte, sich selbst in Gefahr brachte.

Slag hatte das abgetan. Er ließ sich nicht erpressen.

Seitdem hatte Gif immer wieder versucht zu vermitteln. Doch weder Caiden noch er hatten Interesse daran.

Aber das Unwillkommenste war, dass Caiden immer mal wieder in seinen Träumen mitmischte oder ungewollte Erinnerungen an den Kuss aufpoppten. So auch jetzt. Caidens köstliches Aroma nach Sandelholz und Minze, das über seine Geschmacksknospen getobt war, oder wie gut sich der sehnige Körper unter seinen Fingern angefühlt hatte: die feste Brust, der harte Oberbauch, der flache Unterleib ….

Zum hundertsten Mal stellte er sich die Frage: Was. In. Drei. Teufels. Namen. War. In. Ihn. Gefahren? Was, zur Hölle, war los mit ihm? Es … es … widerte ihn an! Jawohl, die Situation … Caiden … aber in erster Linie er selbst widerte sich an. *Wirklich, so schlimm, bist du dir sicher?*, wisperte ein Stimmchen. FUCK!

Um diese ständig wiederkehrenden Bilder und Gedanken aus dem Kopf zu bekommen, hatte er begonnen, fleißig bei vollem Bewusstsein dagegen anzuficken und zu wichsen, entweder mit June im Realen oder zu Pornos mit weiblichen Hauptdarstellerinnen.

Es klopfte.

Er reagierte nicht.

Es klopfte wieder und wieder, bis es schließlich an seine Tür hämmerte. „Slag, du Arsch, mach auf."

Genervt hievte er sich vom Sofa hoch und riss die Tür auf. „Was?", herrschte er Gif an.

„Du musst Caiden heute Morgen mitnehmen."

„Willst du mich verarschen? Ich ficke heute June, da nehme ich ihn bestimmt nicht mit."

„Slag. Ich versorge dich immer mit Informationen. Was glaubst du, woher ich die bekomme? Ich kann ihn nicht mitnehmen. Wenn ihn mein Kontaktmann sieht, wird er nie wieder Infos an mich weitergeben. Wochenlang habe ich jetzt darauf verzichtet, aber ich muss dahin, sonst werde ich wahrscheinlich keine mehr bekommen, wenn es nicht schon zu spät ist. Du weißt, dass das für uns mitunter lebenswichtig sein kann."

Scheiße, Gif hatte Recht. „Wie stellst du dir das vor? Ich muss ihn anmelden und ..."

„Habe ich schon."

„Was?" Perplex starrte er den Afro-Mann an.

„Ich habe das schon arrangiert."

„Ohne mich vorher zu fragen", sagte Slag gefährlich leise.

„Ich hatte keinen Bock auf deine ewig schlechte Laune. Also ja, ohne dich zu fragen. Jetzt weißt du's. Kümmere dich um den Banditen und sei verflucht noch mal umgänglich."

~~~

Zwei Stunden später schleppte er Caiden mit in die Pornobox. Sie hatten kein Wort gesprochen. Weder Caiden noch er sahen aus, als hätten sie Bock aufeinander, aber sie machten gute Miene zum bösen Spiel.

Sie wurden eingelassen und June erschien. „Oh, Slag, wen hast du denn da mitgebracht?", schnurrte sie. Schnurstracks ging sie auf Caiden zu und strich ihm am Kinn entlang. „Der ist ja Zucker." Dann wandte sie sich zu ihm. „Ist das dein Dank dafür, dass ich seit Jahren deine hässliche Visage ertrage? Dann hat es sich schon gelohnt."

Auch wenn sie es darauf anlegte, sie vermochte es nicht, ihn zu treffen. Dafür ging sie ihm viel zu sehr am Arsch vorbei. „Was auch immer du tust, June, ist mir egal, solange du mir am Ende einen Orgasmus verschaffst. Meinetwegen gehört er ganz dir ... wenn er will."

„Willst du, Süßer?"

Caidens Kehlkopf bewegte sich deutlich. Der Blick glitt zu Junes Brüsten. Nach den langen Wochen hier war es offensichtlich, dass er wollte. Caidens Zunge glitt über seine volle Unterlippe.

Prompt zuckte Slags Schwanz. Was zum Teufel ...?

Dann nickte Caiden und June öffnete ihre Bluse. „Okay, Hübscher. Ich gehöre ganz dir. Tue, was du willst. Aber denk
~~~

dran, wir haben nur fünfundzwanzig Minuten Zeit." Sie legte sich rücklings auf den Tisch mit weit aufklaffender Bluse und stellte ihre Beine breit auf.

Slag wusste aus Erfahrung, dass sie kein Höschen trug. Das sparte Zeit.

Caidens Blick heftete sich auf Junes Schritt, wieder kam seine Zunge zum Vorschein, wieder zuckte Slags Schwanz, was er jedoch energisch ignorierte.

Er nahm am anderen Tischende Platz, wo Junes dunkelbraune Haare über die Kante hingen, und überließ Caiden das Feld. Seit wann war er so großzügig?

Nachdem Caiden June ausgiebig betrachtete hatte, beugte er sich über June und umkreiste ihren Nippel mit der Zunge, während Daumen und Zeigefinger mit dem anderen spielten. Labte sich an ihrer Brustwarze, als würde er köstlichen Honig auflecken.

Slags Schwanz zuckte heftiger und immer heftiger, drückte schmerzhaft gegen seine Hose. *Natürlich liegt das ausschließlich an dieser heißen Situation mit June!*, beruhigte er sich.

Knabbernd und leckend fuhr Caiden über Junes Bauch, beide Hände streichelten ihre Brüste. Der Bursche wusste, was er zu tun hatte. Dann gelangte er an ihrem Schoß an.

Von seiner Position aus konnte Slag sehen, wie Caiden die geblähte Nase darin vergrub und dann immer wieder mit dem Mund vorstieß. Er malte sich aus, wie Caiden June leckte und ihr Nektar über diese ausgeprägte Unterlippe floss. Holy Shit, das brachte sein Blut zum Kochen. Als June dann noch stöhnte und ihre Hände in Caidens länger werdender Lockenpracht vergrub, hielt er es nicht mehr aus. Er stellte sich ans Tischende und holte seinen Schwanz raus. „Lutsch ihn", forderte er rau und hielt June die pralle Eichel hin.

Ohne zu zögern nahm June ihn in den Mund. Sie waren ein eingespieltes Team.

Da fuhr plötzlich Caidens Blick hoch und traf ihn völlig unerwartet. Während Caiden mit der Zunge weiterhin Junes Schoß verwöhnte, heftete sich sein Augenmerk auf Slag.

Wie gebannt beobachtete er Caidens Tun ... und plötzlich ploppte völlig ungewollt das Bild vor seinem Auge auf, wie sich Caidens verfickt sündiger Mund um seinen Schwanz schloss. SCHEIßE! Mit aller Macht schob er es zur Seite, konzentrierte sich stattdessen wieder auf Caidens Kopf zwischen Junes Beinen. Immer noch fixierte Caiden ihn mit diesen bemerkenswerten Augen, die dieses Mal dunkel vor Verlangen schimmerten.

Slag sah nicht weg. Das war nicht seine Art. Caiden allerdings auch nicht. Und so brannten sich ihre Blicke ineinander. Caiden entwich ein lautes Stöhnen, dem er direkt folgte, ehe er es verhindern konnte. Ohne sich aus den Augen zu lassen, leckte Caiden die Frau weiter und bespielte ihre Nippel, während Slag wieder und wieder in Junes Rachen fuhr. Sein Schwanz war mittlerweile so hart, dass es schmerzte, und er sehnte sich nach der befreienden Erlösung. Aber etwas fehlte. Er brauchte mehr. Doch er hatte keine Ahnung was.

Junes kleine ekstatische Schreie heizten die von Sex geschwängerte Luft weiter an.

Nach einer gefühlten Ewigkeit ließ Caiden von ihr ab. Ihr Saft glänzte auf seinen Lippen. Auf diesen verfluchten, zum Ablecken einladenden Lippen.

Slag schüttelte den Kopf, um den Gedanken abzuschütteln. Stattdessen stieß er June seinen Schwanz heftig in den Rachen. Sie würgte. Als ihm das bewusst wurde, riss er sie herum. „Reite mich!“, befahl er ihr heiser und legte sich auf den Tisch. Bereitwillig bestieg sie ihn und sein Schwanz versank in ihr.

Nun war es an Caiden, sie zu beobachten. Als er sich Junes Saft von den Lippen leckte, wäre es beinahe um Slag geschehen. Heilige Scheiße!!! Sein Traum wurde real!

Doch das wollte er nicht. Oder doch? Ohne Unterlass glitt er von unten in die Frau, konzentrierte sich ganz auf ihr Gesicht, ihre Haare, ihre Titten – ihre verdammte Weiblichkeit.

„Ist es okay, wenn er mich zusätzlich in den Arsch fickt?“

Zuerst dachte er, er hätte sich verhört, doch dann drang ihre Bitte in sein Gehirn vor. Auch wenn er nicht unbedingt auf

Dreier stand, war das so ziemlich das Schärfste, was er in den letzten Jahren gehört hatte.

„Ja", krächzte er.

„Komm, Hübscher, gesell dich zu uns und gib mir noch einen Schwanz."

Caiden blinzelte. Einmal. Zweimal. Dreimal. Dann schien er zu begreifen, um was sie ihn da bat. Der Bursche trat hinter June und tat irgendetwas. Etwas, das June gefiel, denn sie stöhnte auf.

Slag erhaschte einen Blick auf Caidens stattlichen Schwanz, dick, lang und geädert. *Ein eindrucksvoller Schwanz*. Stopp! Was dachte er da nur wieder für einen Scheiß?

Schließlich schob sich Caiden in sie hinein.

Slag konnte es durch die dünne Membran fühlen. Er bewegte sich kein Stück, wartete mit angehaltenem Atem auf den anderen.

Zentimeter für Zentimeter glitt Caiden tiefer in sie. Und mit jedem Zentimeter keuchte Caiden abgehackt. Endlich war er in ihr.

Fuck, was für ein Gefühl! Unbeschreiblich! June war so verflucht eng, als sie beide sie ausfüllten. Als würde er in einer Jungfrau stecken ...

Für einen Moment genoss auch Caiden mit geschlossenen Augen das Gefühl. Dann hob er den Blick und begegnete seinem.

Fragend hob Slag eine Braue und Caiden neigte kurz den Kopf.

Sie nahmen ein langsames Tempo auf, um einen gemeinsamen Rhythmus zu finden. Wechselten sich dabei in ihren Stößen ab.

Kurz darauf erlebte June den ersten Orgasmus, aber sie hörten nicht auf. Begannen stattdessen, im selben Rhythmus in sie hineinzugleiten. Dadurch wurde es für jeden von ihnen noch intensiver. June schrie vor Ekstase.

Caidens Augen bohrten sich in seine. Feuer loderte darin. Ihre Blicke verkanteten erneut, während sie die verschwitzte

June in völliger Eintracht fickten. Ohne Unterlass stießen sie vor und zurück, die Blicke weiterhin fest miteinander verkrallt. June wurde völlig nebensächlich – fast.

Junes zweites und drittes Mal bekam Slag kaum mit. Hingegen war er sich Caidens Schwanz direkt nebenan voll bewusst ... und irgendwie steigerte das seine Gier noch.

Rein, raus, rein, raus, rein, raus ...

Unmittelbar, bevor June ein viertes Mal kam, warf Caiden den Kopf in den Nacken, schloss die Augen und grub die Zähne in diese volle Lippe. Ein Beben ging durch den bronzenen Körper, als er kam.

Das sah so unfassbar heiß aus, dass Slag augenblicklich über die Klippe stürzte und sie beide mit heiseren Lauten ihre Lust hinausschossen.

Während June völlig erschöpft auf Slag zusammenbrach, stützte sich Caiden zitternd links und rechts von Slags Hüfte auf dem Tisch ab. Sein Kopf fiel nach vorne, die Locken verdeckten die Augen. Dann löste er sich von June, die ermattete auf die Seite rollte.

„Jungs, wenn ihr das nochmal wiederholen wollt, bin ich dabei." Sie setzte sich auf und strich Caiden das Haar aus der Stirn. „Du bist jederzeit willkommen, mein Hübscher."

Ein seltsames Stechen erfasste seine Brust, als sich sein Blick an Junes Finger in Caidens dunklen Locken heftete. Schlagartig musste er sich zusammenreißen, um sie ihr nicht zu brechen. Fuck, woher kam dieses bescheuerte Bedürfnis?

♦♦♦

CAIDEN

Abends lag er im Bett und wälzte sich von einer Seite auf die andere. Das Erlebnis mit June und Slag war unbeschreiblich gewesen, aber auch extrem aufwühlend. Das lag nicht an dem Dreier oder der Frau, die dieses Mal nur Mittel zum Zweck gewesen war, wenn auch ein sehr anregendes. Sondern daran, dass er Slag nah gewesen war und begriffen hatte, dass er den großen Blödmann nach wie vor begehrte.

Drei Wochen hatte er versucht, diesen Bastard zu ignorieren und ihm aus dem Weg zu gehen in der Hoffnung, seine für beide Seiten unerwünschte, lästige und für ihn äußerst ungesunde Vernarrtheit loszuwerden. Doch auch wenn er sich ständig sagte, dass der Typ ein gefühlskaltes, heterosexistisches Arschloch war, gelang es ihm nur unzureichend. Nicht mal dann, wenn er sich die Bilder vor Augen rief, wie oft Slag ihn schon gedemütigt hatte oder Zeuge einer Demütigung geworden war. Kein Wunder, dass der ihn nach wie vor als Schlappschwanz ansah. Bis jetzt hatte er es nicht geschafft, Slag vom Gegenteil zu überzeugen.

Aber je mehr er sich gegen seine Gefühle für Slag wehrte, desto mehr schien das verdammte schlagende Organ in seiner Brust, vielleicht waren es aber auch sein Magen, sein Mund oder alles zusammen, anderer Meinung zu sein. Eisern hielten sie ein Schild mit der Aufschrift *Angeleckt – Meins!* hoch. Es war zum Haare ausreißen. Wie bekam er den kranken Wichser nur aus dem Kopf?

Dreizehn

CAIDEN

Schon seit Stunden führte Gif ihn durch den Dschungel. Sie unternahmen einen Zwei-Tages-Marsch, weil Gif irgendwelche seltenen Kräuter sammeln und ihm seine Hütte zeigen wollte. Slag würde nachkommen.

Seit dem Erlebnis mit June war Slag wieder etwas zugänglicher. Wahrscheinlich, weil das Weltbild des Kerls wieder geradegerückt war. Aber für Caiden war gar nichts in Ordnung und er versuchte weiterhin, dem Hünen aus dem Weg zu gehen. Denn in jeder Nacht wurde er von Träumen, in denen Slag und er die Hauptrollen übernahmen, heimgesucht. Alles ausnahmslos Pornos. Jeden Morgen wachte er mit einer schmerzhaften Latte auf. Zu allem Überfluss wurde seine Sehnsucht nach Slags Berührungen immer größer. Zumindest redete er sich ein, dass er sich nur nach dessen Berührungen sehnte. Alles andere wäre noch schlimmer. Denn wie konnte sich ein gesunder Kopf in einen Kerl verknallen, der so freundlich, anlehnungsbedürftig und liebevoll wie ein weißer Hai war? Wahrscheinlich war ein weißer Hai mit der rauen Haut und den Unmengen an Reihen aufeinanderfolgender großer Zähne dagegen noch ein Kuscheltier. Von der Tatsache, dass Slag an ihm so interessiert war wie an einer Kakerlake, mal ganz abgesehen.

Heute Abend würde er Slag nicht aus dem Weg gehen können, sobald der zu ihnen stieß. Aber er konnte ihn ja nicht ewig meiden. Allerdings würde er das vermaledeite Ding in seiner Brust in einen Panzer einsperren müssen. Seufzend fuhr er sich durch die stetig wachsenden Locken und schob sie sich aus dem Gesicht. Mittlerweile waren sie fast schulterlang und erinnerten an Jon Schnee. Da sie ihn im Moment nervten, fasste er sie zu einem Zopf zusammen.

Gegen Abend erreichten sie die einfache Holzhütte, die Gif als die seine bezeichnete, weil er sie vor vielen Jahren entdeckt hatte. Sie bestand neben einem großen Wohnraum aus drei Zimmern mit jeweils einem Feldbett. Gif wies ihm die kleinste Kammer zu. Caiden atmete erleichtert auf. Somit war er nicht gezwungen, mit Slag in einem Raum zu liegen. Wobei, wem machte er etwas vor? Außer zu Gifs Zimmer gab es keine Türen. Zu wissen, dass der Riese nebenan schlief, bereitete ihm jetzt schon Zahnschmerzen.

Aber er hatte Glück. Abends sah er Slag nicht mehr. Nachdem der bis Mitternacht nicht aufgetaucht war, hatten sie beschlossen, sich hinzulegen. Gif war unbesorgt und sagte: „Der kommt schon noch. Typisch Slag. Der macht immer sein eigenes Ding, doch am Ende ist er da, wenn man ihn braucht."

Aha! Wofür sie ihn brauchten, war Caiden nicht ganz klar. Er wollte ihn nicht brauchen. Vielleicht kam Slag wegen ihm nicht.

♦♦♦

SLAG

Er erreichte Gifs Hütte im Wald. Hatte sich extra Zeit gelassen, da er keine Lust auf Konversation oder gar Anklagen von Gif hatte.

Er hatte sogar ernsthaft überlegt, Gif allein seine verschissenen Kräuter sammeln zu lassen. Aber da es nicht ungefährlich war, tagelang allein über die Insel zu streifen, und er den alten Kurpfuscher brauchte, hatte er sich überwunden. Schließlich war Gif der Einzige, der Verletzungen behandeln konnte, und ... na ja, auch sein Kumpel. Hinzu kam, dass die Hütte einer der wenigen sicheren Orte war, weil sie niemand der anderen kannte. Deshalb stattete er ihr hin und wieder gern einen Besuch ab. Dort konnte er sich einen erholsamen Schlaf erlauben.

Das änderte allerdings nichts daran, dass Gif ihm immer noch auf den Sack ging: Er solle sich mehr um den Desperado kümmern.

Verdammt, auf keinen Fall wollte er sich noch mehr kümmern. Er war froh, dass er langsam die aufwühlenden erotischen Bilder aus dem Kopf bekam, die ihn immer wieder überfielen. Zwar verstanden sie sich seit der Session mit June wieder etwas besser, doch der entsetzte und verletzte Blick, als er Caiden bei ihrem letzten Training erneut als Schwuchtel beschimpft hatte, stand ihm weiterhin ständig vor Augen. Ja, er hatte Caiden mit aller Macht davonjagen und sogar verletzen wollen, weil der ihn so durcheinanderbrachte. Weil er etwas in ihm anrührte, was gaaanz lange eingefroren war. Weil der Mistkerl wie mit einer langen Nadel durch all die Schichten drang und ihm nahekam. Das wollte er auf keinen Fall. Wie gesagt, er schlief gut. Er wollte weder auf einen Kerl abfahren, das am allerwenigsten, noch aus seinem abgestumpften Sumpf gerissen werden oder sich gar um jemand anderen sorgen müssen.

Womit er nicht gerechnet hatte, war, dass er ständig von diesen vorwurfsvollen Augen heimgesucht wurde, die ihm diese Demütigung vorwarfen. Oder gar von diesen beunruhigend verlangenden Blicken aus seinen Träumen.

Erleichtert stellte er fest, dass beide schliefen. Zumindest war Gifs Tür zu und von dem Giftmischer nichts zu hören und zu sehen. Unter dem Türrahmen zu Caidens Raum blieb er stehen und betrachtete den Burschen im Schein der Lampe, mit der er neben Caiden auf den Boden leuchtete. Er wirkte friedvoll und so jung.

Slags Blick glitt über den festen Oberkörper und er meinte ihn wieder unter seinen Fingern zu fühlen, all die straffen Muskeln unter warmer Haut. Schnell schüttelte er den Kopf. *Schluss jetzt!*

Hastig verließ er den Raum und legte sich ins Bett nebenan. Er war hundemüde. Es war scheißenspät, die letzten Tage hatten ihn geschlaucht. Er freute sich auf eine geruhsame Nacht.

Hier durfte er tief schlafen, ohne Gefahr zu laufen, dass ihm einer die Kehle aufschlitzte.

♦♦♦

CAIDEN

Er hörte ein Murmeln. War das sein Name? Er schlug die Augen auf und lauschte.

„Caiden“, wisperte eine raue Stimme. Slag!

Träumte er? Er kniff sich in den Arm. Autsch! Nope, er war wach.

Wieder hörte er seinen geflüsterten Namen, gefolgt von einem tiefen Stöhnen, das ihm direkt in die Lenden fuhr.

Sieh nach! Vielleicht geht es ihm schlecht. Bloß nicht! Außerdem hörte es sich eher an, als ginge es Slag zu gut.

„Caiden.“ Drängender dieses Mal.

Äh ... scheiße! Und wenn es ihm doch schlecht ging? Er erhob sich, schnappte sich die Taschenlampe und schlich vorsichtig in den nächsten Raum.

Dort lag nackt und in voller Pracht Slag. Die Decke hatte er von sich gestrampelt. Sie lag auf dem Boden. Die große Faust umschloss den riesigen Schwanz und fuhr auf und nieder. Er drückte Schultern und Fersen in die Matratze und seine Hüften schnellten immer wieder hoch, das Gesicht vor Lust verzerrt.

Wahrscheinlich sollte er sich freuen, dass er Slag aller Behauptungen zum Trotz offensichtlich doch nicht gänzlich am Arsch vorbeiging. Das verschärfte das Problem jedoch nur.

Zu wissen, dass Slag ihn wollte, wenn auch nur im Schlaf, ließ seinen eigenen Schwanz anschwellen. Lava pulsierte mit einem Mal durch seine Adern. Ein Strom aus Begierde, Lust und Verlangen ... nach diesem Blödmann, der es sich auf der Matratze selbst machte, offensichtlich mit Caidens Bild vor Augen. Aber was war morgen oder - wer weiß - in zwei Minuten, wenn der Kerl wieder Herr seiner Sinne war? Er beschloss, zu gehen.

„Caiden“, stöhnte da Slag. „Komm her!“

Er erstarrte. War Slag wach? Sicher war er sich nicht. „Slag?“

„Komm her!“

Vorsichtig näherte er sich. In völligem Eigenleben hob sich seine Hand und fuhr über die Bergkette, die Slags Brust darstellte. Vernarbt. Stahlhart. War er lebensmüde? Wenn Slag aufwachte, war er ein toter Mann. Aber es lockte ihn zu sehr, zumal der Hüne tatsächlich tief zu schlafen schien. Noch nie hatte Slag ihm erlaubt, ihn zu berühren. Wahrscheinlich war dies die einzige Chance, die er bekommen würde. Er schloss die Augen und spürte dem unbeschreiblichen Gefühl all der Muskeln unter seinen tastenden Fingern nach. So verdammt gut! Langsam wanderte er gen Süden, strich über jeden Zentimeter.

Slag stöhnte lauter und rieb sich schneller.

Ehe er sich versah, hatte er Slags Nippel im Mund und biss leicht zu. Ein weiteres langgezogenes Stöhnen war die Antwort. Fest saugte er die Warze ein, während seine Finger spürten, streichelten und drückten. Überall fühlte er die Narben. Das könnte er stundenlang tun. Er bekam nicht genug davon. Schließlich wendete er sich dem anderen Nippel zu. Sein eigener Schwanz war hart wie Beton, so sehr heizte ihm dieser grandiose Körper ein. Mit Mühe unterdrückte er ein Stöhnen.

Plötzlich packte Slag Caidens offene Haare und dirigierte ihn nach unten.

Er ließ es geschehen. Vor ihm ragte Slags Schwanz auf wie eine Rakete kurz vorm Start. Er zögerte nur eine Sekunde, löste Slags Finger, ersetzte sie durch seine und nahm ihn in den Mund. Salzige Lusttropfen perlten augenblicklich in seinen Gaumen und er saugte Slag hart ein. Völlig berauscht von dem würzigen Aroma, sog er ihn noch tiefer ein, bis er an seinen Rachen stieß. Verdammt, war das heiß!

Slags Schwanz schwoll weiter an.

War es übergriffig, das mit einem im Prinzip Schlafenden zu tun? Vermutlich ja. Grenzte es an Vergewaltigung? Wohl auch. Wollte er darüber nachdenken? Nein! Stattdessen genoss er die trügerische Macht über Slag. Der würde ihn hassen, wenn er aufwachte. Aber all das nahm Caiden in Kauf, um diese unstillbare Lust auf Slag wenigstens etwas zu befriedigen. Er schaltete alle Gedanken aus und konzentrierte sich ganz aufs Fühlen und Genießen.

Er entließ Slag aus dem Sog, umspielte die Eichel mit der Zunge, leckte unterm Schaft über die dicke Ader.

Mit einem Mal gruben sich Slags Hände fester in seine Haare und drückten Caiden stärker auf seinen Schwanz.

Caiden musste kämpfen, um noch Luft zu bekommen oder nicht zu würgen. Doch dann gewöhnte er sich an das Gefühl in seinem Hals und das Atmen durch die Nase.

Slags Hände begannen einen harten Rhythmus vorzugeben und hielten Caidens Kopf unausweichlich gefangen, während er in seinen Hals stieß.

Er hatte keine Chance, etwas zu ändern. Ihm blieb nur, das auszuhalten. Er war Slag ausgeliefert und das törnte ihn noch mehr an. FUCK, war das geil! Hastig griff er nach seinem eigenen Schwanz und massierte sich.

Slags heisere Schreie und sein immer wieder gemurmelter Name waren der Lohn. Er musste sich zwingen, selbst völlig still zu sein. Er legte die Hand um Slags Eier und massierte sie behutsam.

Immer schneller bewegten sich Slags Hüften, immer mehr schwoll er in seinem Mund an und verkündete den nahenden Orgasmus.

Begierde durchflutete Caiden wie eine Monsterwelle, während er Slags lustverzerrtes Gesicht kurz vor dem Höhepunkt betrachtete.

Eine Sekunde, bevor sich alles änderte, spürte er es.

Der Griff in seinem Haar wurde fast brutal, der Körper unter ihm versteifte. Dann klappten Slags Augen auf, einen winzigen Augenblick desorientiert, dann entsetzt, dann rasend vor Zorn.

Zwei Sekunden später traf ihn ein brutaler Tritt, der ihn aus dem Bett beförderte. Caiden krachte auf den Boden, hart schlug sein Kopf auf. Er sah Sterne.

Dann war Slag über ihm und donnerte ihm eine Faust an den Kiefer, ohne ein Wort zu sagen. In den Augen stand völliger Unglaube, der von reiner Mordlust abgelöst wurde.

Caiden verlor fast das Bewusstsein. Benommen riss er zum Schutz die Arme hoch, aber gegen Slag hatte er keine Chance. Ein weiterer Schlag traf ihn an der Schläfe. Vorübergehend wurde es dunkel und er begriff, dass Slag seine Drohung jetzt wohl wahrmachte. Allerdings schnitt er ihm nichts ab, sondern prügelte ihn tot. Diese Hiebe waren wie Donnerschläge, völlig anders als die im Training. Das hier war der wahre Slag, er hatte sich im Training tatsächlich zurückgehalten. Schließlich kassierte Caiden einen Treffer in den Bauch. Er klappte zusammen wie ein Taschenmesser. Galle kam ihm hoch. Ein weiterer traf ihn in die Niere. Der schmerzerfüllte Schrei kam von ihm, begriff er.

Das schlimmste war, dass Slag nichts sagte, sondern ihn eiskalt ansah, während er ihn zu Brei schlug.

„Bist du von Sinnen!“, brüllte Gif plötzlich. „Lass ihn, um Gottes Willen.“ Am Rande bekam Caiden mit, wie Gif seinem Freund in den Arm sprang. „Hör auf, verflucht!“

Da schüttelte sich Slag und erwachte wie aus einer Trance. Richtete sich auf. „Schaff ihn mir aus den Augen.“ Dann wandte er sich an Caiden und endlich brüllte er seine Wut hinaus: „DU! VERFICKTER! SCHEIßKERL! WAS SOLLTE DAS?“

„Ich ... du ...“ Caiden keuchte unter Aufbietung der letzten Kraft. „Du ... hast ... mich ... zu ... dir ... gerufen.“

„Einen Scheiß habe ich, ich habe geschlafen!“, schrie Slag immer noch außer sich.

„Ja ... aber du hast von mir ... geträumt.“ Er hatte Mühe zu atmen. „Als ich das ... begriffen ... hatte und gehen ... wollte, hast du mich gerufen, ich ... schwöre es. Und du ... du hast mich zu ... deinem Schwanz dirigiert.“ Er ächzte vor Schmerzen.

Gif starrte ihn völlig entgeistert an. „Kann mir mal jemand sagen, was hier vorgeht?“

„Der kleine Pisser da ist eine verfluchte Schwuchtel und im Schlaf über mich hergefallen." Slags Augen drückten rohe Verachtung aus.

„Aber ... du stehst ... auf mich!", presste Caiden hervor. War er vollkommen durchgedreht?

Prompt sprang Slag auf ihn zu. Nur weil Gif sich dazwischen stürzte, bewahrte das Caiden vor weiteren Prügeln oder dem finalen Schlag.

„Ich will DAS nicht", spuckte Slag ihm vor die Füße. „Fass mich nicht an. Nie. Wieder!"

Mutig sprach Caiden weiter. „Du hast nur ... keinen Mumm, DAS ... zuzulassen und erst recht ... keinen, es zuzugeben. Stattdessen ... beschimpfst du ... mich. Wer ... von uns beiden ... ist hier eine ... verdammte ... Schwuchtel?"

Da schubste Slag Gif zur Seite und trat ihm mit einem wütenden Brüllen vor den Kopf.

Caidens Lichter gingen endgültig aus.

♦♦♦

SLAG

„SLAG, HÖR AUF!!!" Die Wörter wehten am Rande durch sein Bewusstsein, aber er fühlte sich nicht angesprochen.

Z A N E!!!", peitschte es plötzlich durch den Raum. „S T O P P!!! Bist du irre?"

Der Klang seines Namens, den er Jahre nicht gehört hatte, durchschnitt den roten Nebel in seinem Gehirn. Er blinzelte. Als sich sein Blick fokussierte, registrierte er, dass er mit dem Fuß zum Tritt ausgeholt vor Caiden stand. Er führte die Bewegung zu Ende. Allerdings stupste er den auf der Seite liegenden Caiden lediglich an. Na ja, was bei ihm so anstupsen war. Der Kerl rollte auf den Rücken – war völlig weggetreten.

FUCK!

Slag sank neben ihm in die Hocke. Die Ellbogen auf die Knie gestützt. Die Hände an die Schläfen gelegt, starrte er fassungslos auf den reglosen Caiden.

Gif stieß ihn mit der Hüfte zur Seite und stürzte zu dem Jüngling.

Slag landete auf dem Arsch und beobachtete wie ferngesteuert, wie sich sein Freund um den Banditen kümmerte.

„ARRGH!!!!“ Er sprang auf und floh aus dem Raum, rammte dabei den Türpfosten, stürmte in den Wald. Äste schlugen ihm ins Gesicht. Als vor ihm ein dicker Baum auftauchte, brach es aus ihm heraus wie aus einem Vulkan. Er brüllte auf und hieb auf den Baum ein, wieder und wieder. Seine ohnehin schon aufgeplatzten Knöchel sprangen weiter auf.

Schließlich fiel er beinahe kraftlos auf die Knie, die Unterarme gruben sich in den Waldboden, der Kopf fiel in die Hände. Ein weiterer Schrei brach aus ihm heraus.

Caiden, der elende Schwanzlutscher, hatte ihn zum Äußersten getrieben. Jetzt war der Kerl womöglich tot oder im besten Fall nur schwer verletzt. Wie zum Teufel hatte es so weit kommen können? Plötzlich hatte er das Gefühl, an der Enge in seinem Hals zu ersticken.

Wieder stand ihm der Moment vor Augen.

Er erinnerte sich genau an die Sekunde, in der er davon geträumt hatte, dass Caidens feste warme Lippen seinen Schwanz umhüllten und es so real wirkte. Dann an die Sekunde, wo er die Augen aufmachte und sich ihm tatsächlich das anregende Bild bot, das ihn in letzter Zeit in seinen verfluchten Träumen heimsuchte. Der genießerische Ausdruck in Caidens lustverhangenen Augen. An das … das … - er musste es zugeben - heiße Gefühl, in dessen Rachen zu stecken.

Schließlich an die Sekunde, wo er begriff, dass das Ganze real war und der Ausdruck in Caidens Blick zu ertappt wechselte. Und an die letzte Sekunde, als der glühendheiße Zorn auf diesen Schwanzlutscher sich den Weg durch seine Adern bahnte und ihn rasend machte.

Das Nächste, was er vor sich sah, war der reglose Körper. Plötzlich drohte sein Brustkorb zu zerreißen. Noch nie hatte er etwas Vergleichbares gefühlt. Als hätte ihm jemand die Haut abgezogen und würde mit einer stumpfen Säge über sein rohes Fleisch kratzen. Anscheinend schien er alle Schmerzen selbst zu spüren, die er Caiden zugefügt hatte. Er zerrte an den gedrehten Cournots, die sich aktuell von seiner Stirn zum Hinterkopf erstreckten.

Eine Hand klopfte ihm auf die Schulter. „Er lebt noch ... zum Glück“, sagte Gif ruhig. „Aber wenn er morgen nicht gehen kann, trägst du ihn den ganzen verdammten Weg zurück. Was hast du dir nur dabei gedacht?“

„Ich habe nicht mehr gedacht.“

„Ja, das sehe ich. Himmel, Slag, du hättest ihn fast umgebracht. Was stört dich so an ihm?“

Dass er mir verflucht nochmal unter die Haut geht. Er sagte jedoch nichts.

„Ich verstehe das einfach nicht“, fuhr Gif fort.

„Ich kann es dir nicht erklären.“

„Aber ...“

„Bitte ... Gif, frag nicht.“

Mit offenem Mund starrte Gif ihn an. Noch nie hatte er Bitte zu ihm gesagt.

„Frag einfach nicht“, wiederholte er heiser. „Aber ich kann mit ihm nicht mehr so eng aufeinander hocken.“ *Nicht, wenn ich vermeiden will, ihn irgendwann totzuschlagen oder alternativ zu vögeln.*

„Komm, gehen wir zurück. Ich will nach ihm sehen.“ Gif drehte sich um und verschwand.

Mühsam rappelte er sich hoch und folgte seinem Kumpel. In der Hütte trat er unter den Türrahmen von Caidens Raum und musterte das geschundene Gesicht. Hoffentlich hatte er ihm nicht den Kiefer gebrochen.

♦♦♦

CAIDEN

Er schlug die Augen auf. Sofort hatte er das Gefühl, unter einen Zug geraten zu sein. Überall in seinem Körper brandeten Schmerzwellen auf. Ihm entrang sich ein Ächzen. Er lag auf der Seite. Mit einem Mal nahm er einen großen Schatten in der Tür wahr.

Er blinzelte und erkannte Slag, der für den Bruchteil einer Sekunde auf ihn herunterstarrte, bevor er sich umwandte und verschwand. Ein tiefes Verlustgefühl breitete sich in Caiden aus. Er wusste, dass er endgültig verloren hatte. Das würde Slag ihm nie verzeihen. Am liebsten würde er im Boden versinken. Doch leider tat sich kein Loch vor ihm auf. Ein weiteres Stöhnen entwich ihm, nicht nur durch die körperlichen Schmerzen. „Es tut mir leid“, wisperte er, auch wenn ihm niemand zuhörte.

Morgen würde er zurückgehen und sich ein anderes Zimmer suchen. Er konnte und wollte Slag nicht mehr unter die Augen treten. Zum einen musste er dringend Abstand gewinnen, um seine ungesunde Schwärmerei für den brutalen Killer loszuwerden. Zum anderen wollte er sich weder Slags Verachtung noch weiterer Gewalt aussetzen.

~~~

Am nächsten Morgen sprach er mit Gif. „Ich muss zurück.“

„Aber du siehst aus wie Kartoffelmatsch.“

„Es wird schon gehen.“

„Was ist mit dem Arier oder dem Kannibalen?“

„Keine Ahnung. Aber ich kann nicht bleiben.“ Slag hatte er heute noch nicht gesehen und darüber war er froh. Nach Möglichkeit wollte Caiden ihm auch nicht mehr gegenübertreten. „Ich werde mir auch ein anderes Zimmer suchen.“

Gif blickte ihn resigniert an. „Was ist das nur mit euch, dass ihr euch nicht leiden könnt?“

Oh, ich kann ihn leiden, viel zu sehr. Deshalb muss ich weg. Denn für ihn bin ich nicht mehr als Schneckenschleim unterm Fuß. Und das kann
~~~

ich nicht weiter ertragen. Doch er zuckte nur die Achseln. „Schlechte Chemie."

Vierzehn

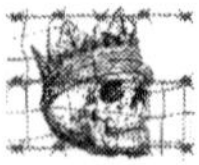

SLAG

Gif und er kehrten zurück. Nach dem Vorfall waren sie noch zwei Tage unterwegs gewesen und hatten nach den Kräutern gesucht. Caiden war direkt am folgenden Morgen verschwunden. Er hatte ihn nicht mehr angetroffen, doch Gif hatte ihm gesagt, dass er ihn hatte ziehen lassen.

Der Anblick des zusammengetretenen Häufchen Elends in der Nacht, als er sich überzeugen wollte, dass Caiden wirklich noch lebte, hatte etwas Seltsames mit ihm gemacht. Dann war der Bursche weg gewesen und er redete sich ein, dass es so am besten war.

Die Tür zwischen ihren Zimmern stand offen. Gif schaute hinein und seufzte tief. „Er ist ausgezogen."

Auch das war besser. Ganz sicher.

~~~

Zwei Tage später hämmerte es an seine Tür. „Slag!", brüllte Gif. „Mach sofort auf! Er ist weg!"

Was meinte er? Klar war der Desperado weg. Doch schon seit Tagen. Slag öffnete. „Was ist?", blaffte er.

Gif wirkte völlig aufgelöst. „Er ist weg. Slag, wir müssen ihn finden und rausholen."

Da schaltete er. „Du meinst, sie haben Caiden geholt?"

Gif nickte. „Ja. Nachdem ich ihn am Tag unserer Ankunft nirgendwo angetroffen habe, habe ich ihn gesucht, ohne Erfolg. Dann habe ich Erkundigungen eingezogen. Es heißt, der Arier hat ihn."

„WAS?" Fassungslos starrte er Gif an. „SCHEIßE! Seit wann?"
~~~

„Schon ... schon seit vier Tagen Er ist nie im Zimmer angekommen. Der Arier hat sein Feldbett wegschaffen lassen.“

Seit VIER Tagen ... Eiswasser spülte seine Adern. Die Wahrscheinlichkeit, dass er noch lebte, war gering, dass er unversehrt war, noch viel geringer. Caidens ansehnliches Gesicht tauchte vor seinem geistigen Auge auf. FUCK! Mit einem Mal spannte sich ein Ring um seine Brust und erschwerte ihm das Atmen. „Wo ist er?“

„Angeblich hat der Arier einen neuen Unterschlupf.“ Gif beschrieb ihm die Lage.

Sofort stand Slag auf, schnappte sich einige Messer sowie die Machete und machte sich auf den Weg.

Kurz vor seinem Ziel lief er den ersten Komplizen des Ariers über den Weg beziehungsweise, er näherte sich von hinten und brach jedem das Genick. Er machte im wahrsten Sinne des Wortes keine Gefangenen, aus drei Gründen:

Erstens, wer tot war, machte keine weiteren Schwierigkeiten;

zweitens hatte er den Arier zweimal gewarnt, offensichtlich zweimal zu viel;

drittens, aus Wut und Rachsucht. Töten bedeutete ihm üblicherweise nichts, er tat es einfach. Doch zum ersten Mal verspürte er wortwörtlich Mord-LUST!

Nachdem er alle Typen, die hier draußen rumlungerten, ausgeschaltet hatte, sprengte er die Tür mit einem gewaltigen Fußtritt auf – seine Art, anzuklopfen.

Vor ihm im Raum wirbelten der Arier und sieben weitere Kerle herum.

Dahinter hing an Ketten von einem Fleischerhaken in der Decke Caiden - nackt. Die Füße berührten den Boden nicht. Er schien bewusstlos oder ... oder tot, denn der Kopf war nach vorn gesackt und er schaute auch nicht auf. Sein drahtiger Körper schillerte in blauschwarz, violett, grün und blau. *Fuck, Caiden! Bitte, lass ihn bloß nicht tot sein.* Ein furchtbares Reißen in seiner Brust veranlasste ihn, nach Luft zu schnappen. Slag blinzelte über seine eigenen seltsamen Gefühle. Und wen zur Hölle bat er da?

Dann riss er sich zusammen und zögerte keine weitere Sekunde. In einer fließenden Bewegung riss Slag die Machete aus der Scheide des Rückenholsters unter dem T-Shirt und fuhr unter die Wichser wie ein Hurrikan. Auch wenn er in der Regel mit den bloßen Händen tötete und die Machete meist nur hinterher einsetzte, machte er hier eine Ausnahme, denn es musste verdammt schnell gehen. Mit lediglich vier Hieben hatte er die sieben Männer von ihren Köpfen getrennt, bevor die überhaupt reagieren konnten.

Nur die Reflexe des Ariers waren schnell genug und er stürzte zu Caiden, positionierte sich dahinter, riss Caidens Kopf an den Haaren zurück und hielt ihm das Messer an den Hals. „Verpiss dich, Slag."

Slag schwankte zwischen Durchdrehen, Mordlust und geradezu klinischer Analyse der Lage – wie eigentlich üblich. Das letztere gewann, denn das war sein Naturell, wenn es ums Töten ging. Er war ein verdammter Auftragskiller und hatte niemals Skrupel gehabt oder Mitgefühl oder gar ein Gewissen. Aber noch nie hatte er um das Leben eines anderen gefürchtet und ihm diese Angst praktisch die Luftzufuhr gekappt. Denn entgegen seiner eigenen gegenteiligen Annahme mochte er Caiden, sehr sogar, wie ihm in diesem Moment klar wurde. „Lass ihn los."

„Ich kapier's immer noch nicht: Wieso der kleine Schwanzlutscher hier?", rätselte der Arier. „Was interessiert dich so an ihm? Oh, nur dass du es weißt. Er hat am Ende all unsere Schwänze gelutscht, zwölf Stück. Nachdem er sich geweigert und gewehrt hat, konnten wir ihn doch mit schlagkräftigen Argumenten überzeugen ... und mit unseren Messern. Damit er nicht wieder beißt, haben wir ihm eine Maulsperre verpasst. Und geschluckt hat er auch alles." Ein böses Grinsen trat auf das Gesicht des Ariers.

FUUUCK! Kurz musste er die Lider zusammenpressen, als unwillkommene Bilder von Caiden auf Knien und diversen dreckigen Schwänzen in seinem Rachen sein Gehirn fluteten. Er schwankte, als hätte ihn Thors Hammer getroffen. ER hatte zugelassen, dass der Dieb dem Wichser chancenlos ausgeliefert war, dass sie sich an ihm vergehen konnten. Und nicht nur das, ER hatte es vorangetrieben, hatte ihn durch Prügel geschwächt, ihn verjagt. *Fuck, Caiden! Es tut mir so verflucht leid!*

„Seinen Arsch haben wir auch genommen. Ganz schön eng, der kleine Wichser.“ Der Arier feixte.

Das Brüllen, das auf einmal den Raum erfüllte, kam von ihm, begriff Slag. Seine Faust umklammerten die Machete, die andere ballte er, um sich mit aller Macht zurückzuhalten, nichts Unüberlegtes zu tun.

„Da habe ich dir wohl was voraus, du Ratte, was?! Wie ich gehört habe, hattest du ihn nicht.“

Woher zum Teufel wusste der Penner das? Da rastete bei ihm etwas ein ... nicht aus. Eisige Ruhe machte sich in ihm breit. „Ich stehe auf Frauen“, sagte er kalt, auch wenn Caiden seine Orientierung ins Wanken brachte. „Aber dass DU nur unter Gewaltanwendung einen wegstecken kannst, weil dich sonst niemand ranlässt, sagt schon, was für ein armseliges Würstchen du bist.“

„Wenn du meinst. Der hübsche Schwanzlutscher mit dem knackigen Arsch hat uns ebenfalls erzählt, dass du angeblich nur auf Weiber stehst, als ich ihn freundlich mit dem Messer um Auskunft über eure ... *Beziehung* gebeten habe. Ich wollte mir ein Bild machen, ob ich durch ihn an dich herankomme, an den großen, bösen Slag. Ihm magst du etwas vormachen können und er scheint es tatsächlich zu glauben. Aber ich bin mir sicher, dir liegt etwas an ihn. Ich denke sogar, du stehst auf ihn ... vielleicht weißt du es nur noch nicht.“

„Wie du siehst, bist du an mich herangekommen. Hast du dir das so vorgestellt?“ Ohne das Arschloch aus den Augen zu lassen, nickte Slag mit dem Kopf in Richtung der Leichen.

Gleichmütig zuckte der Arier eine Achsel. „Na ja, falls ich jetzt ins Gras beiße, weiß ich wenigstens, dass ich dein Spielzeug zerstört habe.“ Ein hässliches Grinsen breitete sich im Gesicht des anderen aus.

Slag hatte ein Messer gezogen und warf es, betete, dass Caiden sich nicht doch plötzlich noch bewegte.

Der Arier zuckte zurück. Die Hand rutschte von Caidens Kehle.

Darauf hatte er spekuliert und war mit einem gewaltigen Satz bei dem Schwein. Riss ihn am Kragen hinter Caiden hervor, brach ihm mit einem Griff die Messerhand, dann prügelte er auf das Gesicht ein … bis es Brei war. Bei jedem Schlag sah er Caiden vor sich, den sie von hinten vergewaltigten. Slag geriet in einen Blutrausch. Selbst als das Gesicht des Ariers nur noch eine weiche Masse war, hieb er weiter darauf ein. Es gab fürchterliche Schmatzgeräusche.

Mit einem lauten Brüllen brach ein undefinierbarer Schmerz aus ihm hervor. Als er verebbte, vernahm er ein Stöhnen, das ihn blitzschnell ins Hier zurückbeförderte: Caiden.

Hastig hob er die Machete vom Boden auf, wo er sie hatte fallen lassen, als er das Gesicht des Ariers in Kartoffelbrei verwandelt hatte, schob sie wieder in die Scheide auf seinem Rücken und riss sich das T-Shirt vom Leib, um die blutigen Hände abzuputzen. Denn damit konnte er Caiden auf keinen Fall berühren.

Mit einem Schritt war er bei ihm, streckte sich und löste die Kette von dem Fleischerhaken. Hielt ihn fest, als er sich mitsamt dem Desperado auf den Boden sinken ließ, ihn behutsam auf seinen Schoß und an seinen Oberkörper bettete. „Caiden, ich bin's, Slag. Du bist jetzt in Sicherheit."

Caiden stöhnte, als Slag ganz langsam dessen Arme von dieser Überkopfposition nach unten bewegte. „Schhhh, schhhh, Kleiner. Ich weiß, es tut weh, wenn das Blut zurückläuft. Ich mach dir die Fesseln ab." Bedächtig wickelte er die Ketten von Caidens Handgelenken, darunter kam rohes Fleisch zum Vorschein. Caiden wimmerte.

„Hey … Caiden!" Vorsichtig strich Slag ihm die verklebten Haare aus der Stirn, um das Gesicht genauer ansehen zu können. Außer die zwei Prellungen, die ausgerechnet von ihm stammten, war das Gesicht unversehrt.

Doch was bedeutete das schon im Verhältnis zu dem, was sie ihm sonst angetan hatten.

Er hatte komplett versagt! Gif hatte ihn in all den Jahren nur um einen Gefallen gebeten und er hatte es nicht geschafft, diesen stolzen jungen Mann zu schützen. „Ich hab dich", flüsterte er heiser. Der Kloß in seiner Kehle wuchs sich zu einer Bowlingkugel aus. „Du bist jetzt in Sicherheit", krächzte er. In seinen Augen stach ein unbekanntes Brennen.

Mühsam öffneten sich Caidens Lider. „Slag?", fragte er schwach und versuchte den Blick zu fokussieren. „Traum?"

„Kein Traum, Desperado, ich bin real." Automatisch legte sich Slags Hand an Caidens Wange und sein Daumen strich einmal über das Jochbein.

„Mir ... leid", wisperte Caiden erschöpft.

Slags Augen wurden groß. Es tat Caiden leid!? Was ...? Dann dämmerte es ihm. Der Bursche meinte den Übergriff in der Hütte. „Scheiße, Caiden, dir braucht nichts leid zu tun. Du hast nichts falsch gemacht." Slag schluckte hart. „Aber ich hab alles falsch gemacht. Mir tut es verdammt leid."

Caiden hob die Hand, als wollte er ihn berühren. Doch dann ließ er sie fallen, ob aus Erschöpfung oder schlechten Erfahrungen mit ihm, wusste Slag nicht.

„Schmerzen ... Müde", brachte Caiden hervor.

„Ja, Des. Ich bringe dich von hier weg ... nach Hause." Er fasste Caiden unter Schultern und Knie, erhob sich und ging davon. Dabei drückte er den Banditen behutsam an seine Brust, der qualvoll stöhnte. „Ich bin hier", murmelte Slag. „Ich bin bei dir."

Er trug Caiden zu seinem Zimmer. An Gifs Tür stoppte er einen Augenblick. „Gif, ich hab ihn. Bring all deinen Kräuterscheiß mit und komm zu mir."

Einen Moment blitzte Erleichterung in Gifs Gesicht, dann wurde er ernst, nickte und fing an zu kramen. „Bin gleich da."

Vorsichtig legte Slag Caiden in sein Bett. „Hey, Des, wir sind zu Hause. Du kannst jetzt schlafen. Gleich kommt Gif und kümmert sich um deine Wunden. Der alte Miraculix muss nur noch irgendwelche Zaubertränke zusammenbrauen."

Caiden schlug die Augen auf und ließ den Blick durchs Zimmer wandern. „Bei dir?"

„Ja, Kumpel, du bist bei mir. Ich ... Wir ... also Gif und ich werden uns um dich kümmern, bis du wieder auf dem Damm bist. So lange bleibst du hier. Der ... der Arier ist tot. Ich ... ich habe dich ... gerächt."

Caiden begriff sofort und ein seltsamer Ausdruck huschte über sein Gesicht. Dann nickte er schwach. „Gut!" Prompt fielen die Augen wieder zu.

Slag füllte warmes Wasser in eine Schüssel, nahm einen weichen Schwamm und ein Handtuch. Dann begann er, behutsam Caidens Körper zu waschen. Zuerst betupfte er das Gesicht. Dann fuhr er über den Hals und kreiste in sachten Bewegungen über die Schultern, die Arme, die Brust, die Seiten und den Bauch. Befreite alles von Blut und Dreck und bemühte sich, dabei so vorsichtig wie möglich zu sein, um in Caiden weder weitere Schmerzen noch schlechte Erinnerungen auszulösen. Belohnt wurde er von erleichterten Seufzern. Dann fing er von unten an. Nahm sich zunächst die Füße vor, die Waden und die Schienbeine, schließlich die Oberschenkel und die Hüften.

Zögernd schaute er auf Caidens Schwanz. Was sollte er tun? Ihn waschen oder es lassen? Er wollte weder, dass Caiden dachte, er betatsche ihn, noch einen Flashback auslösen. Aber so ... so beschmutzt lassen, auch wenn es sich nicht um sichtbaren Dreck handelte, wollte er ihn auch nicht. Entschlossen tauchte er den Schwamm ins Wasser. „Caiden, hörst du mich. Ich werde jetzt deinen Schwanz waschen, okay?"

„Hm."

Behutsam wusch er zunächst das Schambein und rund um die Eier.

Mit einem Mal lag Caidens Hand auf seinem Arm. Der Griff war schwach und unkoordiniert.

Trotzdem hörte er sofort auf, schaute hoch und begegnete Caidens verunsichertem Blick. „Ich will dich nur säubern, okay?“ Samt in der Stimme. Ihm war nicht mal bewusst gewesen, dass er sooo einen Tonfall im Repertoire hatte.

Nach langem Zögern nickte Caiden kraftlos.

Slag setzte seinen Weg fort. Caiden ließ ihn nicht aus den Augen. Als er sich schließlich dem Po näherte, schüttelte Caiden den Kopf und drehte sich plötzlich auf die Seite. „Nicht“, krächzte er erstickt und biss sich in die Faust. Verflucht, Caiden litt Qualen.

Der Druck in Slags Brust nahm zu. Er schaute zur Decke und blinzelte. Shit, was kratzte da schon wieder in seinen Augen? „Ist okay, Des. Ist okay. Ich höre auf.“ Sanft drückte er Caidens Schulter. „Gif kommt jetzt und kümmert sich um deine Wunden.“

Nachdem Gif Caidens Verletzungen versorgt und ihm irgendeine seltsame Brühe eingeflößt hatte, hatten sie ihm noch Wasser gegeben, essen wollte er nichts. Stattdessen hatte er ihnen den Rücken zugedreht und sich die Decke über die Ohren gezogen.

„Komm, besorgen wir ein weiteres Bett“, sagte Slag. Schließlich musste er auch irgendwo schlafen.

Fünfzehn

SLAG

Ein Geräusch weckte ihn, ein Ächzen folgte. „Nein!“, rief jemand in höchster Not. „Bleibt weg! Bleibt weg! NNNEEE-EIIINNN!!!“ Ein langgezogener Schrei.

Sofort war Slag auf den Beinen und an Caidens Bett. Der warf sich hin und her, die Hände in die Laken gekrallt, den Rücken durchgedrückt. „Neieieiein!“ Die Sehnen am Hals zum Zerreißen gespannt. „NICHT!“ Die Augen fest zusammengepresst. Dann ein hohes Wimmern.

„Caiden“, vorsichtig rüttelte er an der Schulter des Desperados. „Wach auf, du träumst.“

Caiden schrak hoch, holte aus.

Er fing die Faust ab und hielt sie vorsichtig, aber bestimmt umfangen.

Caiden zitterte am ganzen Körper. Der Blick war konfus. Dann zuckte er zusammen und duckte sich. Er befand sich ganz woanders.

Behutsam zog Slag ihn an seine Brust, legte einen Arm um ihn und drückte Caidens Kopf in seine Halsbeuge. „Du bist in Sicherheit.“

„Lass mich! Lass mich!“, kreischte Caiden und wurde zu einem Brett, doch Slag hielt ihn. Er hatte keine Ahnung, was er sonst tun sollte. Noch nie in seinem vermaledeiten Leben hatte er jemandem Trost spenden müssen, schon gar nicht nach so einem Erlebnis. Wie machte man das?

Tatsächlich beruhigte sich Caiden, sobald er Slags Körpergeruch einatmete, als hätte dieser eine entspannende Wirkung auf ihn. Denn er schnupperte an Slags Hals und sperrte sich auf einmal nicht mehr, sackte regelrecht in seinen Armen zusammen. Allerdings zitterte Caiden immer noch am ganzen Leib. „Nicht loslassen! Bitte! Kannst ... kannst du bei mir bleiben?“

Äh! „Ja.“ Wie rau seine Stimme klang. „Warte einen Moment.“ Er löste sich von Caiden, um das andere Feldbett heranzuziehen, direkt neben Caidens Schlafstätte. „Leg dich hin.“

Caiden kam der Aufforderung nach und drehte sich mit dem Rücken zu ihm auf die Seite. Er legte sich dahinter und zog Caiden an seine Brust. „So okay?“

„Ja“, flüsterte Caiden.

„Dann schlaf, Desperado.“

♦♦♦

CAIDEN

In der Nacht wachte er mehrfach auf, als ihn die Dämonen heimsuchten. Böse Fratzen mit den Gesichtern des Ariers und seiner Kumpane und deren Schwänze. Immer wieder stiegen die Bilder der vergangenen Tage in ihrer Gewalt in ihm auf.

Er wusste nicht, was ihn mehr fertigmachte.

Wenn er die Bilder vor sich sah, wie sie ihm den Mund aufzwangen und fixierten, um anschließend seinen Kopf an den Haaren nach hinten zu reißen. Anfangs hatte er noch auf ein Wunder gehofft, vielleicht auf Slag. Aber als der Arier dann als Erster seinen Schwanz in Caidens Mund versenkte, war ein Stück in ihm gestorben. Ohne jede Rücksicht hatte der Arier seinen Rachen penetriert, bis er würgen musste, aber leider nicht kotzen konnte. Dann hatte der Arier abgespritzt. Caiden hatte nicht geschluckt, aber sie hatten ihm Nase und Mund zugehalten, bis ihm nichts anderes übrigblieb. Danach hatte er sich übergeben. Schließlich hatten sie ihm den Mund mit dem Schlauch ausgespült und der Nächste hatte ihm den Schwanz in den Hals gestopft. Das war so lange gegangen, bis alle durch waren. Am Ende hatte er nicht mal mehr Galle übriggehabt, um kotzen zu können.

Oder die Bilder, wie sie seinen Arsch über einem Stamm aufbockten, die Füße breitbeinig auf dem Boden fixiert, die Arme nach vorne ausgestreckt. Er war ihnen hilflos ausgeliefert gewesen. Da hatte er schon keine Hoffnung mehr gehabt, dass jemand rechtzeitig kam. Sie hatten seinen Anus mit reichlich Vaseline eingeschmiert, genauso wie ihre Schwänze. Dann war der Arier wieder als erstes hinter ihn getreten, hatte seine Hüften noch etwas angehoben und ohne große Vorwarnung den Schwanz in ihn hineingezwungen und ihn rücksichtslos und brutal gefickt. Caiden wusste nicht, was schlimmer war, die Schmerzen in seinem Gedärm oder die in seiner Seele. Beides hatte im Gleichtakt aufgeschrien. Sobald der Arier in ihn hineingespritzt hatte, war der nächste gekommen und der nächste. Hinterher hatte Caiden geblutet.

Am nächsten Tag war beides von vorn losgegangen. Vor allem zu Beginn, aber auch dazwischen hatten sie ihn, als er wie ein Boxsack von der Decke baumelte, rein aus Lust getreten und geschlagen. Doch diesen körperlichen Schmerz hatte er willkommen geheißen, lenkte er doch von der Pein seiner Seele ab. In den ersten drei Tagen war es ihm nicht vergönnt, ohnmächtig zu werden, das begann erst am Abend des dritten Tages, als die seelischen und physischen Qualen neben Erschöpfung, Hunger und Durst ihren Tribut einforderten. Dankbar hatte er sich fallen lassen.

Dann war plötzlich ein gewaltiger Schatten in der Tür erschienen, wie der Donnergott persönlich, und hatte unter den elenden Wichsern gewütet. Caiden dachte, er halluziniere, doch es war real, wie er hinterher begriff. *Oh Slag, warum bist du so verdammt spät gekommen? Zu spät ...*

Erneut schrak er hoch. Das Keuchen, das im Raum hing, brach aus seiner Kehle, ebenso das schmerzerfüllte Wimmern. Ein weiteres Mal standen ihm all die schrecklichen Szenen vor Augen und raubten ihm den Schlaf, weil sie seine Seele filetierten und auf links drehten. Aber gleichzeitig drückte ihn ein starker Arm gegen eine granitharte Brust und er spürte einen beruhigenden Herzschlag und Wärme im Rücken. Slag. Vor drei Nächten hatte Slag ihn rausgeholt und lag wie auch die Nächte davor hinter ihm, um ihm mit den breiten Schultern die Illusion von Schutz zu bieten.

In diesem Moment drückte eine warme große Hand seine Schulter. „An mir kommt keiner vorbei, Des. Du bist bei mir vollkommen sicher."

„Außer die Dämonen", murmelte Caiden.

Da richtete Slag sich auf, beugte sich über ihn, umfasste Caidens Kinn und zwang ihn, ihn anzusehen. Im Licht der kleinen Lampe – im Dunkeln hielt er es gar nicht aus -, bohrten sich Slags eisgraue Augen in seine. Doch zum ersten Mal, seit er Slag kannte, war der Blick weder emotionslos noch kalt oder zornig, sondern warm. „Es tut mir leid, dass dir das passiert ist, Des. Es tut mir leid, dass ich es nicht verhindert habe und nicht rechtzeitig da war. Es tut mir leid, dass ich ... ich dich verprügelt und verjagt habe. Ich kann es nicht wieder gut machen, aber ich werde dir ab jetzt beistehen, wo ich kann. Versprochen."

Uff, solche Worte aus Slags Mund waren etwas Besonderes. Denn er bezweifelte, dass Slag sich schon jemals irgendwo entschuldigt hatte. „Was ist mit deinem Schlaf?" Er spielte auf Slags *Abgestumpfter-Killer-Gequatsche* an.

„Ist derzeit eher schlecht", brummte der Riese.

Erst jetzt wurde Caiden bewusst, dass Slag die ganze Zeit über sein Kinn, das er immer noch zwischen den Fingern hielt, mit dem Daumen streichelte, wahrscheinlich unbewusst. Es fühlte sich gut an, beruhigte ihn.

„Liegt das an mir?" *Daran, dass ich dich mit meinem Gezappel und Gewimmer vom Schlaf abhalte?*

„Ja."

„Oh!" Caiden wollte abrücken.

Doch Slag verstärkte den Griff am Kinn und legte einen Schenkel über Caidens Beine, so dass er festgenagelt war. „Nicht so wie du denkst, Dummkopf. Ich habe mir … mir ... Sorgen um dich gemacht. In den letzten Tagen."

Als er sich entspannte, nahm Slag das Bein weg und lockerte den Griff. Der Daumen nahm die Tätigkeit am Kinn wieder auf.

„Caiden?"

„Hm." Er schrak hoch und begriff, dass er kurz vorm Einnicken gewesen war.

„Ich weiß, ich trage Mitschuld an den Dämonen, die dich heimsuchen und noch tun werden. Natürlich kann ich dich nicht vor deinen Träumen bewahren, aber ich meine es ernst. An mir kommt kein atmender Mensch vorbei. Insoweit bist du sicher. Und wenn du nachts nicht schlafen kannst, werde ich höchstwahrscheinlich wach, wenn nicht, weck mich – jederzeit. Denn Fakt ist, ich habe beim ersten Mal verkackt, aber hierbei werde ich dich nicht allein lassen. Wenn du nicht schlafen kannst, dann werde ich es auch nicht. Ist nur gerecht."

Mit offenem Mund starrte er Slag an. „Bist du ein Körperfresser? Oder wo ist der Mir-ist-alles-egal-ich-bin-ein-eiskalter-Killer-Slag hin?"

Brummend lachte Slag, so dass die Matratze vibrierte. Dann wurde er schlagartig ernst und der Blick stechend, tauchte tief in Caidens ein.

Er bekam einen trockenen Mund. Wenn er es nicht besser wüsste, würde er denken, Slag würde ihn gleich küssen.

Slags Daumen wanderte jetzt in Kreisen über Caidens Wange. „Caiden." Slag sprach seinen Namen eines der seltenen Male bisher aus. „Ich m... Du bist ..." Er atmete tief durch. „Du bist mir durchaus sympathisch. Du erinnerst dich an mein Gerede von Loyalität? Du hast meine. Ich werde dich nicht noch einmal enttäuschen."

„Aber wie lange soll das gehen? Wie lange willst du mit mir in einem Raum pennen – wie bei einem Säugling? Wann wird dir die mangelnde Privatsphäre auf den Sack gehen?"

„Hm, gleich drei Fragen auf einmal. Lass mal sehen: Du bist kein Säugling. Mach dich nicht gering. Außerdem werde ich so lange mit dir in einem Raum oder einem Bett schlafen, wie es dauert und nötig ist. Und zum Letzten, das werden wir sehen."

„Was, wenn immer?“ Plötzlich befürchtete Caiden, es nie wieder allein nachts in einem Bett auszuhalten.

„Mach dich nicht lächerlich“, grummelte Slag. „Deine Ängste, die du gerade hast, sind normal, auch die Angst vor der Angst. Es wird vergehen, irgendwann. Und wenn es zwei Jahre dauert, dauert es zwei Jahre. Ich habe dir mein Wort gegeben.“

Zwei Jahre waren ein verdammt langer Zeitraum. Plötzlich fühlte er sich federleicht. Ein Stein, groß wie Obelix‘ Hinkelstein, fiel von seiner Seele ab. Slag würde ihn nicht so schnell allein lassen. Caiden glaubte ihm. Er war kein Mann leerer Worte.

Sechzehn

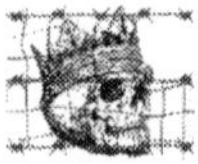

SLAG

Er schrak hoch. Die Uhr zeigte halb vier nachts an. Wieder hatte er einen Steifen. Scheiße! Hastig drehte er sich um.

Seit etwa sieben Wochen schlief er jede Nacht hinter Caiden. Mehrfach wurde er nachts von Caiden geweckt, einfach dadurch, dass Caiden in seinen Träumen zitterte, zappelte oder schrie und zweimal, weil Caiden ihn bewusst geweckt hatte, da ihn die Dämonen auffraßen. Seit etwa zwei Wochen war eine leichte Verbesserung festzustellen. Caiden schlief länger, ganz vereinzelt sogar mal eine Nacht ohne Alpträume, schrak weniger hoch.

In den ersten Tagen aß Caiden nichts. Erst als sie ihm drohten, es ihm einzutrichtern, begann er kleine Mahlzeiten zu sich zu nehmen. Mittlerweile aß er halbwegs vernünftige Portionen.

Bisher hatte er noch kein Wort über die Vergewaltigungen verloren. Und da sowohl Gif als auch Slag so viel therapeutisches Know-how besaßen wie ein Güterwagon, hatte es auch keiner von ihnen bis jetzt zur Sprache gebracht.

Slag wurde selbst von den Bildern, die er sich in seinem Kopf ausmalte, heimgesucht. Am liebsten würde er erneut losziehen und die Wichser alle umbringen. Am Folgetag hatte er zwölf neue Pfähle geschnitzt und aufgestellt, allerdings vor der Hütte, wo es passiert war. Er wollte keinem von ihnen zumuten, jeden Tag durch die Köpfe an die Geschehnisse erinnert zu werden, erst recht nicht Caiden. Vom Gesicht des Ariers war nicht viel übrig – umso besser als Mahnmal. Er hatte den Kannibalen zur Hütte beordert, auf die rohe Masse, aka Hackfresse des Ariers, gezeigt und ihm in den schillerndsten Bildern inklusive Schmatzgeräuschen ausgemalt, dass ihm das Gleiche drohte, sollte er Caiden auch nur schief angucken, respektlos oder ungefragt ansprechen, von körperlichen Angriffen ganz zu schweigen. Der Kannibale hatte es begriffen und auf seinen mickrigen kleinen Pimmel geschworen, Caiden nie wieder nachzustellen.

Die Erlebnisse und der Nahrungsmangel hatten Caidens ohnehin schlanken Körper weiter ausgezehrt, doch es besserte sich. Das Schlafdefizit grub tiefe Schatten unter die außergewöhnlichen Augen und ließen sie eher braun erscheinen. Er wirkte verletzlicher. Trotzdem machte das sein ansehnliches Gesicht irgendwie noch attraktiver.

Vor zwei Wochen hatte Caiden ihn gebeten, ihn wieder zu trainieren. Er war verbissener als vorher und ein wirklich guter Schüler. Da er sowohl Kampferfahrung und Technik sowie einen harten Schlag mitbrachte als auch extrem flink und beweglich war, wurde er täglich besser.

Leider spielte etwa seit demselben Zeitraum auch Slags Libido verrückt. Mehrfach wurde er nachts von einer dicken Latte und verworrenen ganz und gar nicht jugendfreien Träumen mit Caiden und sich als Hauptdarsteller geweckt, was ungefähr so unpassend war wie Fußpilz im Schwimmbad. Der junge Kerl war total verstört, er selbst eigentlich hetero und trotzdem träumte er davon, ihn zu ficken oder in Caidens weiche Locken zu greifen und dessen faszinierenden Mund auf seinen Schwanz zu drücken. Auch wenn er es nicht wollte, musste er sich vielleicht langsam mal damit befassen, dass er doch nicht ausschließlich auf Frauen stand, sondern auch … wie hatte Caiden es genannt? … heteroflexibel war oder zumindest caidenflexibel. Denn als er Caiden in der Gewalt des Ariers vorgefunden und um dessen Leben gefürchtet hatte, hatte ihn schlagartig eine Erkenntnis getroffen. Diese war weiter bestärkt worden, als er von all den Grausamkeiten erfahren hatte, die ER nicht mehr von Caiden hatte abwenden können und die selbst ihn manchmal in den Schlaf verfolgten. Fakt war, ihm war klar geworden, dass er Caiden mehr als nur sympathisch fand. Viel mehr. Der Kerl zog ihn verdammt nochmal an. Allerdings war das im Moment sowieso kein Thema angesichts Caidens Lage. Da er also einerseits sowohl Caiden als auch sich selbst den peinlichen und womöglich sogar Trauma auslösenden Moment ersparen wollte, wenn sich sein Ständer an dessen Arsch presste, und er ihm andererseits versprochen hatte, ihn nicht allein zu lassen, wie lange es auch immer dauern würde, blieb ihm nichts anderes übrig, als sich von ihm wegzudrehen. Das würden auf Dauer verflucht harte, verflucht lange Nächte werden.

Caidens Stimme erscholl in seinem Rücken. „Ekel ich dich an?“

„Was?“ Slag fuhr herum, darauf bedacht, den Schwanz außer Reichweite zu halten, und sah Caiden, der sich ihm zugewandt hatte und die Lippen fest zusammenpresste, verständnislos an. „Wie kommst du auf so einen Scheiß?“

„Weil du dich in letzter Zeit jede Nacht von mir abwendest.“

„Quatsch, das hat nichts mit dir ...“

„Rede du jetzt keinen Scheiß, Slag. Das ist der beschissenste Spruch, den es gibt.“ Caiden stützte den Ellbogen auf und legte die Wange in die Handfläche. Seine sonst so ansehnlichen Züge waren versteinert, als müsste er sich vor Slags Antwort wappnen. „Also, warum machst du das?“

Weil mich Gelüste plagen, die weder dir noch mir willkommen sind. „Weil ich im Moment besser auf der anderen Seite schlafe.“

„Das ist eine lahme Ausrede.“

„Aber die Einzige, die ich dir geben kann. Die Wahrheit geht nicht.“

„Ist es ...“ Caiden räusperte sich. „Ist es, weil sie mich ... weil sie mich ... ver ... vergewaltigt haben“, fragte er tonlos. „Denkst du, ich bin ... beschmutzt.“

Fuck! Gern würde er Caiden die Sorgenfalten aus der Stirn streichen, ihn sogar … ihn sogar … tröstend in den Arm nehmen. Aber das ging mit dem Rohr in seinen Shorts nicht. Doch er war ein direkter Typ und so beschloss er, Caiden ansatzweise die Wahrheit zu sagen. „Ja und nein.“

Caiden keuchte entsetzt und sprang wie von der Tarantel gestochen über ihn hinweg aus dem Bett.

„Hör mir doch zu! Caiden!"

Aber der war schon auf dem Weg zur Tür.

„Fuck!" Er sprang auf und erwischte Caiden gerade noch am Handgelenk. Mit einem Ruck riss er ihn zurück und schubste ihn aufs Bett. „Bleib gefälligst hier! Lass es mich erklären."

Aber Caiden war wütend und wand sich aus seinem Griff. „Leck mich!"

Blitzschnell presste Slag ihn rücklings auf die Matratze. Mit dem Bein fixierte er Caidens Oberschenkel – immer auf seinen Schwanz achtend, der statt aufgrund des Ernstes der Lage kleiner zu werden, das Ganze wohl für ein Vorspiel hielt. Er drückte den Arm auf Caidens Brust und packte das Kinn, um Caiden zu zwingen, ihn anzusehen. Sein Blick verkantete sich mit Caidens. „Hör mir jetzt zu, verdammt."

Zornig sah Caiden zu ihm auf und biss sich auf die Unterlippe.

Scheiße! Wie gebannt starrte er auf diese verfluchte Lippe. Die war in der Lage, seine mühsame Beherrschung zu pulverisieren. Leicht schüttelte er den Kopf, um ihn freizubekommen. „JA, weil du vergewaltigt wurdest, aber nicht aus Ekel. Ich ekel mich nullkommanull vor dir, Herrgott! Sondern aus Rücksicht. Ich habe keine Ahnung, was in deinem Kopf vorgeht, was du erlebt hast, wie es wirklich in dir aussieht und deswegen will ich dich nicht mit meinem Problem behelligen. Und NEIN, du bist für mich nicht beschmutzt. Im Gegenteil, du bist ..." *Wertvoll, etwas Besonderes, schön - innerlich wie äußerlich. So ganz anders als ich.* Hilflos brach er ab.

„Oh, aber wieso kannst du mir dein Problem nicht sagen? Behellige mich, fass mich nicht mit Samthandschuhen an. Ich komme mir vor wie eine zerbrochene und gekittete Vase. Ihr beide schleicht um mich herum, sprecht über mich, aber nicht mit mir. Tut so, als hätte ich einerseits Lepra, wäre aber andererseits euer Lieblingskuscheltier. Sag mir, was los ist." Caidens Hand zuckte vor und ein Finger strich über Slags Narbe.

Ein wohliger Schauder rieselte seinen Rücken hinab und er schloss die Augen. Verdammt, die Berührung half ihm nicht im Geringsten, Abstand zu wahren. „Ich kann nicht."

„Wieso nicht? Bitte, erweise mir den Respekt, behandle mich nicht wie einen Unterbelichteten oder einen mit Krebs im Endstadium."

Er nahm das Bein von Caidens Oberschenkeln, um etwas abzurücken.

Im selben Moment rückte Caiden nach, stellte ein Bein etwas auf, um sich aufzurichten und ... traf auf Slags Erektion.

SCHEIßE! Er riss die Augen auf und starrte Caiden an. Gebannt wartete er auf eine Reaktion. „Deswegen", sagte er tonlos.

Einige Sekunden blickte Caiden verständnislos zu ihm auf, dann sah Slag die Zahnräder einrasten. Caidens schöner Mund formte ein OOOOH! „Die hast du wegen mir?" Der Desperado klang auf einmal ziemlich heiser.

Slag schloss die Augen.

„Sag mir, ist die wegen mir?", drängte Caiden.

„Ich sagte doch, ich will dich mit meinem Problem nicht behelligen."

„Aber ich verstehe nicht ..."

„Ich weiß, dass dich das verstört, nach all den Erlebnissen. Da komme ausgerechnet ich, der alles leugnet, dich wegstößt, und bedränge dich mit einem Rohr groß wie eine Palme. Es tut mir leid. Ignorier es einfach. Ich schwöre dir, ich werde dich nicht anrühren." Hatte er sich schon jemals irgendwem gegenüber so ausführlich gerechtfertigt?

Plötzlich lag Caidens Finger auf Slags Lippen. „Pst. Bist du unter die Labertaschen gegangen? Wo ist der knurrige Kerl, der keine drei Sätze raubringt?"

Fasziniert hielt er die Klappe und spürte dem Gefühl von Caidens Fingern auf seinem Mund nach. Ein verflucht gutes Gefühl!

„Was ich nicht verstehe, ist, dass du wegen mir eine Latte hast. Ich dachte, du willst das nicht und es wäre ein für alle Mal passé."

Langsam sank Caiden nach hinten, nahm den Finger von Slags Lippen und schaute zu ihm auf.

Slag beugte den Oberkörper vor, immer noch darauf bedacht, seine Hüften auf Abstand zu halten.

Aber Caiden rückte näher, bis sein Oberschenkel wieder auf Slags Erektion traf.

Wenn Slag noch weiter abrückte, fiel er aus dem Bett. „Tu das nicht", sagte er rau.

„Wieso nicht?", flüsterte Caiden.

Weil ich sonst definitiv das Falsche tun werde! Wie von selbst hob sich seine Hand, legte sich an Caidens Wange und der Daumen fuhr über die einladende Unterlippe.

Caidens Zunge schnellte hervor und stupste gegen Slags Daumen.

Ein elektrischer Schlag traf ihn. Scharf sog er die Luft ein. „Nicht, Caiden. Ich versuche wenigstens ein einziges Mal das Richtige zu tun, dich nicht zu bedrängen. Du hast Schlimmes erlebt."

„Das stimmt", flüsterte Caiden. „Sag mir, Slag. Wieso jetzt doch?"

Weil du mich so verdammt anmachst, ich es aber nicht wahrhaben wollte. „Mein Körper hat das offenbar schon vor einiger Zeit begriffen. Aber mein Geist wehrte sich. Doch als du da in den Ketten hingst, dachte ich, ich hätte dich verloren und mir wurde schlagartig klar, dass ich das nicht wollte, sondern, dass ich ... dass ich ... dich ..." Er verstummte, hatte keine Ahnung, wie er sich oder auch, was er ausdrücken wollte.

Caiden schien ihn trotzdem zu verstehen, er nickte. „Bedräng mich."

Slag blinzelte. Dann bemerkte er, dass sein Daumen immer noch über die volle Unterlippe strich.

Wieder erschien Caidens Zunge und diesmal umkreiste sie seine Kuppe wie einen köstlichen Lolli.

„Caiden ...“, raunte er. „Nicht.“ Seine Beherrschung hing nur noch an einem seidenen Faden.

„Doch, Slag.“ Ein weiterer Zungenschlag um Slags Finger, dem seine Erektion mit einem erwartungsvollen Zucken antwortete. „Weißt du, dass ich heute Geburtstag habe?“

„Wie alt wirst du?“ Es fiel ihm schwer, sich auf die Frage zu konzentrieren, wenn Caiden seinen Daumen einsaugte. Deshalb nahm er ihn weg und strich stattdessen Caidens Jochbein entlang.

„Achtundzwanzig.“ Anstelle des Fingers, sog Caiden jetzt die Unterlippe zwischen die Zähne und Slag bekam beinahe Stielaugen, weil das so verdammt heiß aussah. „Darf ich mir etwas wünschen.“ Die Stimme war nur noch ein Flüstern.

Besser, er fragte nicht nach. Bremsen konnte er sich allerdings auch nicht. „Was?“ Slags Kehle war staubtrocken, während er auf die Antwort wartete. Er konnte die Augen nicht von Caidens Zähnen lassen, die dessen Unterlippe bearbeiteten, oder von dessen Zunge, die darüberfuhr.

„Lass mich die Erlebnisse vergessen. Gib mir schöne Erinnerungen. Gib mir das Gefühl, nicht beschädigt oder beschmutzt zu sein.“

Slag schloss die Augen. Zum Teufel, der Kerl war sein Untergang. Wenn er bis jetzt noch hätte einen Rückzieher machen wollen wegen dem Ich-Mann-der-auf-Frauen-steht-Ding, was er aber im Moment nicht wollte, oder gar aus Rücksicht, spätestens jetzt hätte er es nicht mehr tun können. Nicht nach dieser Bitte. Wie könnte er die ausschlagen?!

Langsam beugte er sich vor, schaute Caiden in die unvergleichlichen Augen, die ihm erwartungs- und verheißungsvoll entgegenblickten. Die Luft zwischen ihnen heizte sich auf, ihr Atem vermischte sich. Slags Körper kribbelte voller Verlangen. Endlos erscheinende Sekunden sahen sie sich an und atmeten nur gemeinsam. Dann überbrückte Slag in Zeitlupe den letzten Spalt und endlich lag sein Mund auf Caidens. Oh Fuck! Slags Zunge übernahm das Kommando und glitt über Caidens Lippen, insbesondere diese verflucht heiße Unterlippe, die es ihm so angetan hatte. Bereitwillig öffnete Caiden den Mund und seine Zunge tauchte ein, fand Caidens und rieb sich an ihr. Slags Finger der einen Hand begaben sich auf Wanderschaft und fuhren über Caidens definierte Brust zum Nippel, den er mit dem Zeigefinger umkreiste, ohne den Kuss zu unterbrechen.

Caiden seufzte in seinen Mund und heiße Schauer rannen ihm über den Leib direkt in den Schwanz. Er spürte seinen Fingerspitzen nach, die Caidens festen Körper ertasteten und weiter über dessen Bauch strichen, um schließlich Kreise vor dem Saum der Shorts zu zeichnen.

Caidens Hüften zuckten hoch, aber Slag dachte nicht daran, egal, wie schwer es ihm fiel. Er hatte vor, erst ausgiebig den Oberkörper zu erkunden. Zumal er ihn nicht überfordern wollte. Deshalb arbeitete er sich wieder streichelnd nach oben zum anderen Nippel. Unterdessen rieb er seine Zunge weiter an Caidens oder knabberte an der Lippe.

Caiden stöhnte auf, neigte den Kopf ein wenig zur Seite und gab sich ganz Slags Kuss und Führung hin.

Wieder wanderten seine Finger nach unten. Je näher er Caidens Lenden kam, desto gieriger zuckten ihm diese entgegen. Doch er hatte immer noch nicht vor, ihn zu berühren. Er war sich nicht sicher, wie bereit Caiden wirklich war, und er wollte ihm so einheizen, dass der auf keinen Fall Angst aufbauen und einen Rückzieher machen würde. Caiden wollte, dass er ihm gute Erinnerungen verschaffte, und genau das hatte er vor. Neckend fuhr er mit dem Zeigefinger unter dem Saum der Shorts entlang, streifte dabei Caidens Eichel, fühlte die Lusttropfen.

„Bitte“, keuchte Caiden. „Fass mich an.“ Wieder hob er ihm die Hüften entgegen.

Auch wenn er sich selbst kasteite, Slag schüttelte den Kopf. „Noch nicht.“ Bevor Caiden protestieren konnte, verschloss er dessen Mund mit einem weiteren Kuss. Seine Hand lag auf dem Unterleib und sein Daumen umspielte dessen Spitze. Er ließ sich Zeit und Caiden rekelte sich gierig unter ihm. Immer mehr Tropfen verteilte er auf Caidens Krone. Nach einer Weile fragte er: „Bereit für mehr?“

„Jaaa."

Da legte sich Slag auf ihn, so dass sich seine gewaltige Erektion gegen die von Caiden presste. Seine heiße Folter mit der Zunge setzte er fort, knabberte sich von der Unterlippe über die Mundwinkel den Hals hinab. An der Schlagader konnte er nicht anders und biss leicht zu, saugte fest.

„Hmpf." Caiden bäumte sich ihm entgegen, drängte sich an ihn.

Unmittelbar leckte Slag über die Stelle. Das würde ein hübscher Knutschfleck. Er küsste sich über die Brust bis zum linken Nippel, nahm ihn zwischen die Zähne, zupfte leicht daran, bevor er ihn mit der Zunge umkreiste und schließlich hineinzwickte.

Unter ihm wand sich Caiden stöhnend und war so verflucht scharf in seiner Begierde.

Slag widmete sich dem andern Nippel, dem er ebenfalls ausgiebig frönte.

Immer wieder zuckte Caidens Becken gierig gegen seinen Schwanz.

Sie rieben sich aneinander und es fühlte sich unbeschreiblich an. Einfach fucking fantastisch. Etwas, was er nicht für möglich gehalten hätte.

„Bitte, Slag, ich brauche ... brauche mehr", japste Caiden.

„Geduld!" Woher er die selbst aufbrachte, war ihm allerdings ein Rätsel. Er war überhaupt nicht der Typ für ausgiebige Vorspiele, doch bei Caiden wollte er sich Zeit lassen - für Caiden, aber auch, um alles von ihm zu kosten. Na ja, bisher war er auch nicht der Typ für Kerle gewesen ... Offensichtlich steckten unerforschte Gelüste in ihm. Interessanterweise fühlte es sich vollkommen natürlich an, war leicht wie Atmen. Nichts, absolut gar nichts hiervon stieß ihn ab. Im Gegenteil! Diese Erkenntnis flashte ihn beinahe noch mehr als der Sex, den er gerade hatte – mit einem Mann, mit Caiden.

Er leckte sich über Caidens Bauch bis zum Rand der Shorts. „Heb die Hüfte."

Vor Erwartung keuchend kam Caiden der Aufforderung nach und fixierte ihn mit den Augen.

Slag zog ihm die Shorts nach unten, rutschte wieder an Caidens Körper hinauf, suchte dessen Mund, um ihn mit der Zunge herauszufordern, und nahm Caidens harte Erektion in die Hand.

„AAAH!“, brach es aus Caiden heraus, während er Schultern und Fersen ins Bett presste und die Hüften in einem schnellen Rhythmus in Slags Faust stieß.

Oh Mann, fühlte sich das grandios an. Nie hätte er gedacht, dass es so ein berauschendes, hocherotisches und antörnendes Gefühl sein könnte, den Schwanz eines Mannes in der Hand zu halten, ihn zu reiben und Macht über ihn auszuüben.

Plötzlich spürte Slag lange, kräftige Finger, die sich um seinen eigenen Schwanz schlossen und ihn im selben Rhythmus massierten. Jetzt war es an ihm, in Caidens Mund zu stöhnen. Seine Hüften schnellten ebenfalls gierig vor und zurück und er wurde zu Wachs in Caidens virtuosen Händen.

Irgendwann ließ er von Caidens Mund ab, um ihn zu betrachten. Caiden in seiner Ekstase zu sehen, war so unglaublich heiß. Die geröteten Wangen, die Lider auf Halbmast, die vor Verlangen dunklen Augen, mit denen er ihn anstarrte. Der Mund leicht geöffnet, während er sich immer mal wieder auf die Lippe biss oder sie einsaugte. Die sich ihm im regelmäßigen Takt entgegenbiegenden Lenden.

Schließlich schaute Slag an sich hinab und betrachtete Caidens Faust, die ihn bearbeitete. Das war verdammt scharf. Gierig stürzte er sich erneut auf Caidens Mund.

Caidens Schwanz schwoll an. Doch er unterbrach ihr Liebesspiel. „Slag, nimm mich!“

Er brauchte einen Moment, um zu begreifen. Es war schwer, die Worte an dem Lustnebel in seinem Hirn vorbeizuleiten. „Bist du sicher?“ Fuck, klang er rau.

Caiden nickte.

„Okay, dreh dich um. Auf alle Viere“, befahl Slag heiser. Dann kniete er sich hinter Caiden, knabberte und leckte sich über dessen Pobacken bis zu diesem verboten heißen Zugang, den er ausgiebig verwöhnte. Dabei strichen seine Hände über Caidens Rücken. Fühlten die Narbe in der Nierengegend

Caidens kehlige Laute belohnten ihn. Er konnte nicht aufhören, ihn an dieser sündigen Stelle zu genießen, bekam einfach nicht genug von den ungezügelt ausgestoßenen Tönen des völlig entrückten Gauners. Caiden war in seiner Hingabe purer Sex. Slags eigener Schwanz tropfte vor Lust.

Schließlich befeuchtete er seinen Finger und schmiegte ihn an Caidens Öffnung. „Bereit?“

„Ja“, kam es atemlos zurück.

Vorsichtig überwand er den Widerstand und glitt langsam in Caiden hinein. Gleichzeitig fasste er vorne herum und massierte gemächlich dessen Erektion. „Alles okay?“

Caiden stöhnte laut und lange. Das hieß dann wohl ‚Ja‘!

Nachdem sein Finger ganz in Caiden war, zog er ihn langsam zurück und fügte einen weiteren hinzu. Während er vor- und zurückglitt, rieb er Caidens Schwanz in gleichem Rhythmus. Seine eigene Erregung stieg ins Unermessliche.

„Bist du bereit für mich?“ Er wartete auf Gegenwehr, aber als Antwort kam nur ein weiteres lustvolles Stöhnen.

Slag befeuchtete seine Hand und verteilte den Saft auf seinem Schwanz, massierte sich selbst, ohne Caidens Erektion zu vernachlässigen. Zeitgleich beugte er sich vor und verteilte mit seiner Zunge Feuchtigkeit rund um Caidens Pforte herum.

Ein heftiges Luftschnappen war sein Lohn.

Schließlich ließ Slag sich selbst los, richtete sich auf und stupste mit seiner feuchten, prallen Krone gegen Caidens Hintereingang.

Augenblicklich erstarrte Caiden, kniff die Backen zusammen, der ganze Körper wurde zu Granit und wäre im Fluchtreflex nach vorn katapultiert, hätte Slag ihn nicht an den Hüften gehalten.

Sofort zog er sich zurück, streichelte mit einer Hand beruhigend Caidens Seite, die andere hielt Caiden weiter fest. „Ganz ruhig, Desperado! … Des?“

Caiden gab ein seltsames Geräusch von sich, eine Mischung aus Knurren, frustriertem Stöhnen und einem kurzen heiseren Angstschrei.

Fuck! Der Laut schnürte seinen Brustkorb zusammen. „Lass uns was anderes machen. Du bist noch nicht bereit."

„Ich will es aber." Caiden klang aggressiv. Beinahe wütend drückte er den Hintern wieder gegen ihn. „Tu es, Slag."

„Ich bezweifle, dass das der richtige Weg ist."

„Bitte!"

Zunächst etwas zögerlich streichelte er Caiden erneut mit feuchten Fingern um den Zugang herum, so lange, bis dieser sich tatsächlich wieder entspannte. Slag leckte sich dabei über Caidens Rücken und schließlich befand sich dieser wieder in anderen Sphären. Behutsam stupste Slag ihn ein weiteres Mal mit der Eichel an.

Sofort verspannte sich Caidens Körper. „Ignorier es, Slag. Mach einfach. Ich will das!"

„Aber ich nicht. Den Teufel werde ich, Caiden. Ich werde mich dir nicht aufzwingen, wenn du noch nicht bereit bist, und erst recht werde ich weder dir noch mir Schmerzen bereiten. Dies ist mein erstes Mal mit einem Mann, mit DIR, und das werde ich verdammt nochmal nicht versauen. Denn ich will mich nicht scheiße fühlen, weil ich weiß, dass ich dir wehtue. Wir werden es machen, aber nicht jetzt. Jetzt machen wir da weiter, wo wir vorhin aufgehört haben."

„Fuck!", erklang es absolut frustriert.

Slag verstand ihn so gut. Dieser stolze Kerl … und diese Wichser hatten ihm das angetan. Trotzdem würde er ihm neue schöne Erinnerungen bescheren, schwor er sich. Mit diesem Vorsatz zog er Caiden einfach hoch, so dass er sich mit dem Rücken dicht vor Slag Brust befand, schlang einen seiner starken Arme um ihn und drückte ihn an sich. „Hey, Des, wir haben keine Eile. Lass uns das hier einfach genießen. Stress dich nicht. Im Gegenteil, entspann dich! Für mich!" Er leckte über Caidens Ohr, biss in das weiche Ohrläppchen. Knabberte an der samtigen Haut darunter und entschied sich, Caiden noch einen Fleck zu verpassen. Er saugte sie fest ein. Während der ganzen Zeit über massierte er Caidens Schwanz in einem trägen Rhythmus und seine rauen Finger begaben sich über Caidens harte, fein definierte Brust- und Bauchmuskeln auf Wanderschaft. Das könnte er die ganze Nacht tun - einfach Caidens Körper ertasten.

Caiden kam wieder in Fahrt und keuchte heftig.

„So ist es gut", raunte er in Caidens Ohr. „Ich werde deinen Schwanz pumpen, bis du kommst. Gib mir deinen Mund." Damit umfasste er Caidens Kinn und drehte dessen Kopf seitlich, so dass er über Caidens Schulter wieder seine Zunge in Besitz nehmen konnte. Dann wanderte die Hand zurück zu Caidens Brust.

So verharrten sie mehrere Minuten, während sie sich ausschließlich küssten, er Caidens Härte massierte und seine rauen Kuppen den Körper erkundeten.

„Ich werde jetzt meinen Schwanz an dir reiben, sonst nichts", murmelte er heiser an Caidens Lippen. „Aber wenn das zu viel ist, sag es." Dann nahm er den Kuss wieder auf.

Doch Caiden stöhnte nur laut und erbebte bei den Worten unter seinen Händen, stieß aktiv und gierig in Slags Faust.

Slag platzierte seinen Schwanz der Länge nach zwischen Caidens Gesäßmuskeln, der sie prompt zusammenkniff, jedoch nicht aus Angst, und rieb sich an ihm. FUCK! Caidens eiserne Kraft dort presste seinen Schaft härter als eine Faust zusammen. Es war unbeschreiblich. So verdammt gut! Slag begann sich zu bewegen, ohne den Kuss zu unterbrechen, und massierte gleichzeitig Caidens Länge härter.

Die Reibung an seinem eigenen Schwanz war kolossal. Slag stöhnte auf, genau wie Caiden. Die Stöße wurden leidenschaftlicher, das Tempo schneller.

Raue Laute ausstoßend, sackte Caiden gegen seine Brust. Beinahe hilflos hing er in Slags Griff und bebte am ganzen Körper.

„So ist es gut, Kleiner", raunte er. „Lass dich gehen, ich halte dich. Nur genießen." Schon drang er erneut in den Mund des

Diebs ein, während er dessen Schaft fester und fester massierte, schneller und schneller.

Caiden schwoll in seiner Hand an und Slag steigerte den Rhythmus erneut, sowohl den seiner Faust als auch seiner Schübe zwischen Caidens höllisch geilen Gesäßhälften. Slags Schwanz wurde immer härter, in seinem unteren Rücken begann es zu glühen, und die Reibung verlangte ihm die gesamte Beherrschung ab.

Mittlerweile erfüllte ihr hektisches Atemringen und lautes Stöhnen den Raum.

„Fuck, Caiden, du machst mich verrückt!“ Dann biss er Caiden in den Nacken – fest.

Da war es um Caiden geschehen. Sein Samen schoss aus Slags Faust heraus und traf die Wand. Immer und immer wieder. Als die Wellen ihn schüttelten, stöhnte er Slags Namen.

Die zuckende Länge in seiner Hand und sein Name auf Caidens Lippen stürzten auch Slag über die Klippe. Er spritzte gegen Caidens Rücken, während er sich auf dessen Schulter abstützte, den Kopf in den Nacken legte und seine Erlösung herausbrüllte.

Keuchend brachen sie zusammen. „Happy Birthday, Des“, raunte Slag.

♦♦♦

CAIDEN

Nachdem sie sich gesäubert hatten, lag er ermattet an Slags Schulter. Den Arm hatte Slag um ihn gelegt. Caidens Bein lag auf dessen Oberschenkeln. Slag schlief, wie sein tiefes Atmen verriet.

Nie im Leben hätte er sich das träumen lassen. Wenn er die Lider nun schloss, hatte er ständig Bilder von Slag und sich beim Sex vor Augen, spürte wieder, wie Slag seinen Schwanz massierte, sich an ihm rieb, ihn küsste und streichelte. Der Sex war grandios gewesen. Auch ohne dass Slag ihn richtig gefickt hatte. Im Nachhinein war er sehr dankbar, dass der große Mann sich durchgesetzt hatte. Denn der Wikinger hatte Recht. Alles andere wäre höchstwahrscheinlich in einem Desaster geendet, hätte ihn getriggert und er hätte nicht nur sich, sondern auch Slag ein furchtbares Erlebnis beschert. Und das war das Letzte, was er wollte. Er war so dankbar, dass sich Slag geöffnet hatte. Caidens unbedachte, dämliche Forderung hätte vermutlich alles zunichte gemacht. Bei einem schlechten Erlebnis hätte sich Slag wahrscheinlich wieder in sein Heteroschneckenhaus zurückgezogen, mit dem Gedanken: *Hab ich's doch gewusst.* Nichts läge Caiden ferner, als das zu wollen. Denn er wollte Slag, jetzt erst recht. Nach diesem Erlebnis mit ihm. Slag zog ihn an wie der Honig den Bären. Es war der Wahnsinn gewesen. Nichts war schmerzvoll oder furchtbar gewesen. Es war ein wundervolles Geburtstagsgeschenk, denn es schien zu funktionieren. Immer wieder ploppten Bilder von ihrem heißen Sex vor seinem geistigen Auge auf, aber keines von diesen grauenerregenden Erlebnissen vor einigen Wochen. Und wie erstaunlich behutsam und vorausschauend Slag vorgegangen war, so ganz anders als erwartet. Doch jetzt, wo er wusste, wie gut das mit Slag war, war er Willens, weiterzugehen. Nicht nur das, er war auch bereit, es irgendwann sogar mit der rauen Version zu probieren. Denn natürlich war ihm klar, dass Slag so bedächtig vorgegangen war, um ihn vor schlechten Flashbacks zu bewahren und dafür war er dankbar. Auf Dauer allerdings würde diese Urgewalt von einem Mann mehr fordern, da war er sich sicher.

Am Erstaunlichsten und Unfassbarsten war immer noch, dass Slag ihn überhaupt wollte. Zwar hatte er gespürt, dass der Hüne auf ihn stand, doch dass der seine Homophobie überwand, hätte er nicht für möglich gehalten.

Caiden wusste von sich, dass er nicht im klassischen Sinn bisexuell war. Auf wen er stand, hing einfach vom passenden Gegenstück ab – die Chemie musste stimmen. Allerdings hatte er Gefühle bisher lediglich für Frauen entwickelt. Slag war der erste Kerl, mit dem Caiden nicht bloß ficken wollte. Bei Slag war das scheinbar ähnlich, zumindest was den körperlichen Teil anging.

Unter ihm regte sich Slag, schlug die Lider auf und schaute ihn aus diesen durchdringenden hellgrauen Augen an, bohrte den Blick in seinen. „Hey, Kleiner." Slags Stimme klang wie Samt.

„Nenn mich nicht so", brummte Caiden gutmütig.

Rumpelnd erwachte Slags Körper weiter zum Leben, als er lachend Caidens Haare verwuschelte. „Ist dir Desperado lieber?"

„Wieso? Ich habe keine umstürzlerischen Absichten. Also keine Sorge, deinen Thron als größter, böser Megalodon im Haifischbecken will ich nicht, den könnte ich auch nie besetzen."

„Nein." Plötzlich wich das seltene Lachen aus Slags Ausdruck und er wälzte sich mit Caiden herum, so dass er seitlich neben ihm lag, sich auf einen Ellbogen stützte und auf ihn herunterschaute. Wieder spielte Slags Daumen mit seiner Lippe. „Das kannst du wohl wirklich nicht. Aber du hast mich trotzdem umgestürzt, denn ich bin tief gefallen und knallhart aufgeprallt. Aber deswegen nenne ich dich nicht so, sondern weil es im weitesten Sinne Bandit bedeutet und du ein Dieb bist. Trotzdem war der Name womöglich eine selbsterfüllende Prophezeiung ... als hätte ich's geahnt", murmelte Slag mehr zu sich selbst und rollte sich auf ihn, heftete den Blick auf Caidens Mund. „Weißt du eigentlich, dass mich deine verfluchte Unterlippe schon seit geraumer Zeit bis in den Schlaf verfolgt?"

„Ist das so?" Er zog die Augenbrauen hoch und das angesprochene Körperteil zwischen die Zähne, woraufhin sich Slags Augenbrauen wiederum vor Unmut zusammenzogen.

„Lass das gefälligst!" Der Blick wurde noch stechender. Dann senkte er den Kopf und saugte Caidens Unterlippe fest ein.

Der Stromstoß, der ihn durchfuhr, endete direkt in seinem Schwanz. Ein Stöhnen drang aus seiner Kehle und Slag saugte noch härter, bis Caiden keuchte.

Unvermittelt ließ Slag von ihm ab. „Caiden, ich bin ein rauer Mann und ich mag rauen Sex. Doch sollte ich zu viel von dir fordern, musst du es sagen. Ich mag ein brutales und kaltes Arschloch sein, wenn es um alle Menschen geht, die nicht zu meinem äußerst begrenzten Kosmos gehören – und der besteht seit kurzem genau aus zwei Personen. Aber wenn es um dich oder Gif geht, bin ich durchaus ... gnädig."

Trotz Slags ernster Worte musste Caiden grinsen. „Da habe ich ja verdammtes Glück."

Slag nickte, ohne eine Miene zu verziehen. „Hast du!"

„Wie ist dein richtiger Name?"

„Zane."

„Darf ich dich so nennen?"

„Hmm." Abschätzend wiegte Slag den Kopf hin und her. „Ja, wenn ich dich weiter Kleiner nennen darf."

Caiden lachte. „Du bist ein Arsch."

„Jepp! Also?"

„Na gut, Zane."

„Sag das noch mal, Kleiner."

„Was? Zane?"

Slag nickte.

„Zane!"

Slag schien dem Namen nachzuhören, denn er legte den Kopf schief. „Klingt gut aus deinem Mund. Beim nächsten Orgasmus wirst du ihn laut herausschreien, verstanden?"

Die Forderung dörrte Caidens Kehle aus, so dass sie trocken wie die Kalahari wurde, und fuhr direkt in seinen Schwanz. „O-okay."

„Du weißt, dass ich Kleiner nicht abwertend meine, oder?"

„Ich denke, seit gestern weiß ich das."

Slag nickte zufrieden. „Genug gequatscht. Ich will meinen Namen hören." Er legte die Lippen auf Caidens und widmete sich wieder der Unterlippe, so lange, bis Caiden erneut vor Verlangen stöhnte. Dann ergriff er Caidens Schwanz und rieb ihn auf und ab, während er über Caidens Brust und Bauch leckte.

Caiden stieß ihm keuchend die Hüften entgegen und als Slag ihn in den Mund nahm, vergaß er zwar fast seinen eigenen Namen, aber am Ende brüllte er Slags – also Zanes ...

Siebzehn

CAIDEN

Am nächsten Vormittag hockten Gif, Slag und er auf einem Felsen oberhalb des Empfangsplatzes. So nannten sie den sandigen Platz, an dem der Aufzug ab und zu neue Gefangene ausspuckte. Gif hatte in den letzten Tagen fleißig die Ohren gespitzt und deshalb wussten alle, dass heute jemand Neues kam. Da es eine interessante Unterbrechung des Tagesablaufs darstellte, kamen hin und wieder einige der Inhaftierten zusammen, um dem Ereignis beizuwohnen. Slag war der Meinung, dass es immer gut war zu wissen, mit wem man es zu tun hatte. Bisher war Caiden erst zweimal mit den beiden mitgegangen, ansonsten gingen sie allein. Slag und Gif hatten die Neuen bisher jedes Mal als uninteressant abgestempelt.

Die Aufzugtür öffnete sich und ein Mann von Slags Größe und Statur kam zum Vorschein, über und über tätowiert. Ups.

Im selben Moment setzte sich der Aufzug erneut in Bewegung und es dauerte nicht lang, bis ein weiterer Mann gleichen Kalibers mit langen schwarzen Haaren daraus hervortrat.

„Oha, heute kommen aber viele“, murmelte Gif.

Dann fuhr der Aufzug ein drittes Mal. Ein wahrer Riese trat heraus, fast noch einen halben Kopf größer als Slag, und, was er kaum für möglich gehalten hatte, noch breiter.

Neben ihm sog Gif scharf die Luft ein, während Slag keine Miene verzog.

„Kennt ihr die?“, fragte Caiden.

„Nope.“ Gif schüttelte den Kopf

„Zwei von denen“, sagte Slag im selben Augenblick ziemlich unaufgeregt, als mache er lediglich einen Friseurtermin. „Sie sind wie ich. Ich vermute, der Dritte reiht sich ein.“

„Scheiße, Slag, wollen die dich vom Thron stürzen oder nur gute Unterhaltung, nachdem der Arier fort ist, oder beides?“, wandte Gif sich an seinen Kumpel.

Slag zuckte lediglich eine Achsel. „Am besten, ich kümmere mich sofort drum.“

„Moment, was hast du vor?“, fragte Caiden.

„Na was wohl, Desperado? Ich nehme mich der drei an.“

Er starrte Slag mit offenem Mund an. „Du meinst, du willst sie ... willst sie töten? Aber du weißt doch gar ni...“

Slag richtete die Laseraugen auf ihn. „Doch, Caiden! Und was am wichtigsten ist, noch weiß ich, wo sie sich befinden. Wenn sie sich erstmal verstreuen und Allianzen bilden, wird’s richtig gefährlich.“ Slag hielt Gif die Machete hin. „Deponier sie!“ Er machte Anstalten zu gehen.

Caiden packte Slags Handgelenk. „Du kannst doch nicht ohne Waffe dahin gehen.“

Slag hob die Hände. „Ich bin bewaffnet.“

Witzbold. „Was, wenn sie Messer oder so haben?“

Slag umfasste seine Schultern. „Caiden, ich kann nicht mit einer Waffe da auftauchen, wenn sie unbewaffnet sind.“

„Das verstehe ich nicht.“

„Das ist gegen mein persönliches Prinzip. Aber mach dir keine Sorgen.“ Für eine Sekunde wurde Slags Blick beinahe milde. „Wenn sie allerdings eine ernsthafte ziehen sollten, werde ich bereit sein.“ Dann wandte sich Slag an Gif. „Bring ihn hier weg. Danach verstau die Machete.“

Caiden brauchte einen Moment, bis er begriff, dass er gemeint war. „Ich werde nicht gehen.“

„Ich will mir keine Sorgen um dich machen müssen.“

„Und was ist mit mir? Vielleicht mache ich mir ja welche um dich.“

„Brauchst du nicht.“

„Du arroganter Arsch.“

„Yupp. Jetzt bring ihn weg“, wiederholte Slag an Gif gerichtet. Ohne sich noch einmal umzudrehen, marschierte der große Blödmann davon. Allerdings ging er in eine andere Richtung.

Unterwegs riss er sich das T-Shirt über den Kopf und ließ es achtlos fallen.

Was zur Hölle tat er da? Caiden wollte hinterher, aber Gif hielt ihn fest. „Du hast ihn gehört. Komm wir gehen."

„Aber wir können ihn doch nicht allein lassen. Hast du die Schränke gesehen?"

„Denkst du, ich bin blind? Aber Slag wird das regeln."

„Wie kannst du dir so sicher sein? Er hat gesagt, sie sind wie er, also vermute ich Auftragskiller seines Schlags und gleich drei auf einmal. Wie soll er das allein schaffen? Was, wenn er Hilfe braucht?"

„Braucht er nicht, aber für den unwahrscheinlichen Fall, dass doch, werde ich da sein."

„WIR!"

„Du nicht."

„Ich auch."

„Aber Slag hat gesagt ..."

„Das interessiert mich nicht. Slag kann mir gar nichts befehlen, ich bin weder sein Sohn noch sein Eigentum und erst recht nicht sein Hund. Ich komme mit, Basta. Du wirst mich nicht aufhalten können." Herausfordernd funkelte er Gif an.

Der seufzte. „Meinetwegen. Mir egal. Mit ihm musst du dich hinterher auseinandersetzen." Gif stapfte los und er folgte ihm, als der sich durch den Ring der wachsenden Zuschauermenge schob und die Machete unter einem Gehölz am Rande des Platzes versteckte.

„Wo geht er hin und wieso in drei Teufels Namen hat er das T-Shirt ausgezogen?"

„Er sammelt sich kurz, checkt die Umgebung und zu deiner zweiten Frage: Verschwitzte Haut lässt sich einfach schlechter greifen als ein Shirt."

„Wer wettet auf Slag?", drang es plötzlich zu ihnen herüber.

Ungläubig starrte Caiden auf den Kerl, der vor ihnen stand und auf eine Stelle deutete, an der sich schon ein Haufen Zeugs sammelte: Lebensmittel, Tabak, Whiskey, Decken, eine Mütze, Messer, ein Seil und so weiter und so weiter.

„Ich setze ein Taschenmesser“, rief Gif.

Caiden glotzte ihn entgeistert an.

„Was? Setz auch etwas auf Slag.“

Er kam sich vor wie im Irrenhaus. Er konnte doch nicht auf Slags Leben wetten. Da er sowieso nichts hatte, schüttelte er den Kopf.

In dem Moment erschien Slag in der Mitte des Platzes, die Arme baumelten locker an den Seiten, er wirkte völlig entspannt.

„Gleich wirst du Slag in Aktion erleben“, raunte Gif.

„Habe ich doch schon.“

„Nein, was du bisher gesehen hast, war im besten Fall ein Warm-Up. Slag ist der geborene Killer. Manchmal denke ich, dass der Kämpfer Slag in einem Reagenzglas zusammengemixt wurde: ein paar Gene von Einstein, ein paar mehr von einem Velociraptor und ein paar von The Rock. Etwas geschüttelt – fertig.“

Caiden zog die Augenbrauen hoch. „Einstein ...?“

„Ja, lass dich nicht von seinem wilden Äußeren und der groben Art täuschen. Was den Kampf angeht, ist Slag hochintelligent – Einstein. Ein Taktiker vor dem Herrn. Außerdem ist er unfassbar schnell. Gnadenlos – der Raptor. Na ja, und da er optisch keinerlei Ähnlichkeit mit Einstein oder einem Raptor hat - The Rock.“

Während Gifs Ausführungen hatte Caiden den Blick über den Platz schweifen lassen.

Die vier Hünen standen sich gegenüber, die Luft schien elektrisch aufgeladen.

Die drei Neuankömmlinge verteilten sich und tänzelten auf den Füßen. Einer zog ein Messer mit einer langen Klinge. Slag hingegen stand locker da, als ginge ihn das alles nichts an.

„Scheiße, Gif, er braucht die Machete.“

„Wenn er sie braucht, holt er sie sich schon. Das Ding da ist in Slags Augen vermutlich nicht mehr als ein Zahnstocher. In seinem alten Leben trug er den Straßennamen *EL Demonio*. Der ist Programm, egal ob mit oder ohne Waffe.“

Ach du Scheiße! Slag war EL DEMONIO! Caiden schluckte. Der Name war ihm nicht unbekannt, im Gegenteil. Doch dann schob er den Gedanken von sich, denn letzten Endes spielte das im Moment keine Rolle.

Plötzlich ging es wie auf ein stilles Kommando los.

Alle drei griffen gleichzeitig an.

Die Vier waren so schnell, dass er kaum etwas ausmachen konnte. Es war ein einziges Tohuwabohu aus Armen, Beinen, ab und an ein Messerblitzen, dann gab es ein Klirren wie von einer zerbrechenden Glasflasche.

Plötzlich hielt der Tätowierte einen dicken Stein in der Faust und rammte ihn gegen Slags Hinterkopf, als der gerade mit den zwei anderen beschäftigt war. Slag sank auf ein Knie und war einen Moment benommen.

Sofort waren die drei Schränke über ihm und fielen über ihn her.

Trotzdem trat, boxte und schlug er sich den Weg frei.

Als er stand, ging ein Ruck durch ihn, als reichte es ihm jetzt.

In einer blitzschnellen Bewegung riss Slag den ihm Nächsten, den Tätowierten, an den Haaren rücklings über einen Felsblock und hieb ihm von oben die Faust auf die Stirn. Das Genick brach wie ein Ast über dem Rand des Gesteins.

Im selben Moment war der Schwarzhaarige hinter ihm und stach mit dem Messer zu.

Ob er traf, konnte Caiden nicht erkennen. Jedenfalls schnellte Slags Ellbogen nach hinten und traf dessen Jochbein. Dann wirbelte er herum und rammte dem Kerl die Stirn auf die Nase, packte dessen Kiefer, sprang hinter ihn und drehte aus dieser Bewegung den Kopf des Schwarzhaarigen mit einem Ruck zur Seite. Es knackte und der Kerl sank leblos zu Boden.

Zeitgleich rammte der Riese Slag die zerbrochene Flasche knapp unter der Hüfte seitlich in den Oberschenkel.

Aber es war, als würde Slag nichts spüren, er donnerte dem Riesen die Faust ans Kinn, während er die Hand mit der Flasche packte, sich unter dem Koloss durchdrehte und ihn in derselben Bewegung über seinen Rücken hebelte.

Als der Riese vor Slag auf den Arsch krachte, brach Slag auch diesem blitzschnell das Genick.

Vollkommene Stille hatte sich über den Platz gesenkt. Alle starrten Slag an, der ausnahmsweise mal außer Atem war.

Plötzlich schwankte er und fiel auf das Knie, als das Bein nachgab.

Caiden entdeckte den großen Blutfleck seitlich am Oberschenkel.

Mit der Faust stützte Slag sich ab und atmete mehrere Male tief ein und aus. Dann stemmte er sich wieder hoch und ging langsam zur Machete, zog sie hervor und wandte sich den drei Toten zu. Mit gezielten, kraftvollen Hieben hackte er ihnen die Köpfe ab. „Die Pfähle schnitze ich morgen“, knurrte er. „Lasst ja eure Dreckspfoten davon.“

Kerzengerade richtete sich Slag auf und drehte sich einmal langsam im Kreis, die tropfende Machete lässig über eine Schulter gelegt. Dabei starrte er jeden Einzelnen von ihnen durchdringend an.

Er sah furchterregend und zugleich beeindruckend attraktiv aus, jedenfalls für Caiden. Der muskelbepackte, harte Oberkörper glänzte vor Schweiß und war mit Blut verschmiert. Die Brust hob und senkte sich sichtlich. Seine Augen blitzten. Und er hatte die Haltung eines Königs.

Dann ging Slag mit der Machete über der Schulter davon.

„Folg ihm, Des. Ich kümmere mich um unseren Gewinn.“ Gif zwinkerte ihm zu.

Als er hinter Slag das Gebäude betrat, schwankte dieser, stützte sich rasch mit einem Arm an der Wand ab und atmete schwer. Fuck, ihm ging es viel schlechter, als es draußen den Anschein gemacht hatte.

„Slag, ist alles okay?“

„Geht so“, presste der hervor.

Er ging zu ihm.

In dem Moment gab das Bein erneut nach, doch bevor Slag einknicken konnte, lehnte er sich mit dem Rücken gegen die

Wand und schloss die Augen. „Brauche nur einen Moment“, sagte der Wikinger leise. „Fuck, mir ist schwindelig.“

„Wahrscheinlich hast du eine Gehirnerschütterung. Schließlich ist deine Rübe mit einem fast footballgroßen Stein kollidiert.“ Hoffentlich hatte er keinen Schädelbruch. Dagegen konnten sie hier nichts tun. Es gab nichts, womit man, und niemanden, der so etwas behandeln könnte. Sorge machte sich in Caiden breit. Doch er ließ sie sich nicht anmerken. „Wo bist du sonst noch verletzt?“

„Messer ... Seite“, keuchte Slag.

„Lass mal sehen.“

Ein etwa sechs Zentimeter langer Schnitt zog sich über die Seite, zu tief, um ihn als oberflächlich zu betiteln, aber nicht lebensgefährlich. Eine Fleischwunde, wenn auch eine schmerzhafte.

„Was ist mit deinem Bein?“

„Muss sich Gif ansehen. Glaube, da steckt noch Glas drin.“ Dann stöhnte Slag. „Fürchte, ich muss gleich kotzen.“

„Komm, ich helfe dir, Großer.“ Er schob sich Slags Arm über die Schultern, umfasste dessen Taille und machte einen Schritt.

„Die Machete“, stieß Slag hervor.

„Spinnst du? Das Ding ist doch scheißegal.“

Slag schüttelte den Kopf, stöhnte erneut und keuchte: „Scheiß Idee, Kopfschütteln.“ Dann befahl er. „Nimm sie mit.“

Caiden verdrehte die Augen. Gut, dann nahm er das verfickte Ding eben mit. Mit der freien Hand packte er den Griff. „Können wir jetzt?“

„Hm.“

Sie wankten gemeinsam durch den Flur zu ihrem Zimmer, wo er Slag ins Bett verfrachtete. Der Hüne schloss ermattet die Augen.

„Heb die Hüften, ich ziehe dir die Hose aus, damit ich dich waschen kann.“

Er besorgte alles Nötige und begann behutsam, Slags granitharten, aber gemarterten Körper von Schweiß und Blut zu befreien. Als er im Schritt ankam, richtete sich Slags Schwanz halb auf.

Caiden betrachtete ihn ungläubig. „Das ist doch nicht dein Ernst, oder?"

„Nein", antwortete Slag mit geschlossenen Augen. „Meiner nicht, aber seiner." Er zeigte auf sein Gerät. „Es ist wirklich angenehm, wenn du mich so hingebungsvoll wäschst, da passiert das automatisch."

„Aha, also wenn Gif dich waschen würde, würde das auch passieren?"

Slag hob ein Lid und schaute ihn unergründlich an. „Nope – zumindest nicht bis jetzt."

„Du bist ein Sackgesicht." Nach einigen weiteren Minuten war Caiden fertig. „Heb mal deinen Arsch an, damit ich dir wieder in eine Shorts helfen kann. Oder soll Gif das da sehen?" Er zeigte auf Slags halberigierten Schaft.

„Besser nicht, sonst kriegt er noch einen Schock ... oder Neid."

Plötzlich pochte es gegen die Tür.

Er war erleichtert, endlich kam Gif. Wurde auch Zeit, er machte sich ernsthaft Sorgen um Slags Holzkopf. Caiden erhob sich.

„Nicht aufmachen", brummte Slag vom Bett her. „Ist nicht Gif."

Er fragte gar nicht erst, woher er das wusste. Vermutlich am Klopfen erkannt, so ewig, wie die beiden sich schon kannten. „Wer dann?"

„Kleine Wichser mit scheiß Absichten. Die trauen sich nur hierher, weil sie hoffen, dass ich außer Gefecht bin und sie meinem Kadaver den letzten Todesstoß verpassen können und sich dann als Sieger hervortun."

Wieder hämmerte es an die Tür. „SLAG! Mach auf. Wir wissen, dass du da bist."

„Ich kümmere mich drum", versprach er Slag.

„Nein, verdammt."

„Aber sonst denken sie, dass sie Recht behalten."

„Tun sie ja auch. Ich fürchte, ich bin gerade wirklich platt. Wenn du aufmachst, hab ich ihnen nicht viel entgegenzusetzen und kann dir nicht helfen.“

„Keine Sorge. Ich kann mir selbst helfen und dir auch.“ Schließlich hatte er viel trainiert. Im Nu war er bei der Tür.

„Caiden nicht ... Caiden ...“

Aber er ließ sich nicht beirren und öffnete die Tür einen Spalt.

Davor standen zwei Kerle. „Wir wollen zu Slag.“

„Geht nicht. Soll ich ihm was ausrichten?“

„Wir wollen ihn sehen, wir wissen, dass er hier drin ist.“

„Schön für euch, geht aber nicht.“

Sie machten einen Schritt auf ihn zu und Caiden zögerte keine Sekunde. Er sprang in den Flur, schlug dem einen eine harte schnelle Rechte in den Magen. Als der zusammenklappte, riss er sein Knie hoch und dessen Kopf gleichzeitig an den Ohren nach unten. Nachdem der Schädel mit Caidens Kniescheibe Bekanntschaft gemacht hatte, brach der Kerl beinahe lautlos zusammen.

Im selben Moment sah Caiden etwas aus den Augenwinkeln blitzen, wirbelte herum und rammte dem zweiten seinen Ellbogen vor den Solar Plexus. Das Messer fiel klappernd zu Boden und der Typ knallte gegen die Wand. Caiden presste ihm den Unterarm auf die Kehle. „Wenn ich sage, es geht nicht, geht es nicht.“

Der Typ röchelte. Dann richteten sich die Augen auf etwas Großes hinter Caiden und wurden riesig wie Untertassen. Ihm war klar, dass Slag im Türrahmen stand.

„Kann man nicht mal in Ruhe sein Mittagsschläfchen halten?“, grollte der tiefe Bass des Hünen. „Lass ihn los, Des.“ Dann trat Slag vor, packte den Kerl an der Kehle und drückte zu. „Wenn mein Kumpel dir Erbsenhirn sagt, dass ich nicht zu sprechen bin, bin ich nicht zu sprechen, klar, Wichser?“

Der Typ machte Stielaugen und begann blau anzulaufen. Doch dann brachte er ein Nicken zustande.

„Gut, ich will jetzt pennen. Wenn noch so Hackfressen wie ihr zwei auf die Idee kommen, mich zu stören, richtet ihnen aus, dass mein Kumpel hier oder der Slagter höchstpersönlich“, er zeigte mit dem Daumen auf sich, „für den Nächsten, der hier ungebeten aufkreuzt, einen Pfahl reservieren.“ Slag starrte den Kerl mit seinen durchdringenden Augen nieder, bevor er ihn losließ und kerzengerade darauf wartete, dass er seinen Kompagnon vom Boden aufwischte und sich verpisste.

Als die zwei um die Ecke bogen, trat er zurück ins Zimmer, Caiden folgte ihm und schloss die Tür.

Erst da ließ Slag die Maske fallen, wankte zum Bett und sank darauf. „Mann, Caiden, du alter Sturkopf. Jetzt musste ich deinetwegen meinen müden Arsch aus dem Bett hieven.“

„Hättest du nicht zu tun brauchen, ich hätte das allein geregelt.“

Slag schaute zu ihm auf. Kurz blitzte so etwas wie Stolz in seinem Gesicht auf. „Ja, das hättest du in der Tat. Gut gekämpft. Aber mir war klar, dass sie mich sehen wollten, deshalb habe ich mich aufgerafft. Gute Idee übrigens, denn jetzt haben wir wirklich Ruhe.“ Plötzlich presste er die Augen zusammen. „Scheiße, ich muss kotzen.“

Caiden grabschte das Erstbeste, eine Schüssel, und hielt sie Slag unter die Nase, als dieser sich auch schon erbrach. Nachdem Slags Magen sich beruhigte, hielt er ihm einen Becher Wasser hin. „Trink.“

Dankbar nahm Slag das Wasser. „Scheiße, Des. Sorry.“

Slag starrte tatsächlich so konsterniert auf die vollgekotzte Schüssel, dass er trotz der Sorge um ihn lachen musste. „Jetzt sind wir quitt, böser Mann.“

„Yupp. Ahhh!“ Stöhnend griff sich Slag an den Kopf. „Ich fürchte, du hast recht mit der Gehirnerschütterung.“

Plötzlich stürmte Gif herein. „Scheiße, was war denn hier los? Wie geht es dir?“

„Mir dröhnt der Schädel, als hätte ihn jemand als Schlegel zwischen zwei dicken Kirchturmglocken missbraucht. Würde mich auch nicht wundern, wenn er gespalten wäre ...“

Caiden erzählte Gif, was geschehen war, ebenso welche Verletzungen Slag hatte und von der möglichen Gehirnerschütterung.

„Okay, lass mich mal sehen. Dreh dich auf die Seite."

Mit tastenden Fingern untersuchte Gif Slags Hinterkopf, löste dafür den Zopf, so dass sich die dichte Mähne über die breiten Schultern ergoss. Nach einer Weile sagte Gif: „Du kannst von Glück sagen, dass du so einen dicken Zopf, verstärkt mit Lederriemen, trägst, sonst hättest du wahrscheinlich wirklich einen gespaltenen Schädel. Du brauchst unbedingt Ruhe, Slag. Wenn es geht, mehr als ein paar Stunden."

„Hm", brummte der Angesprochene.

„Zeig mal den Oberschenkel." Akribisch untersuchte Gif auch diesen und zupfte mit einer Pinzette noch ein paar Splitter heraus. Dann schmierte er eine undefinierbare Masse darauf und wickelte einen Verband drum. „Jetzt der Schnitt." Diesen nähte er, anschließend folgten wieder die Masse und ein Verband. „So, fertig, Prinzessin. Hier trink das."

„Was ist das? Zaubertrank?"

„Nein, Fiona, meine Wichse. Hilft auch gegen vieles."

Angewidert verzog Slag den Mund. „Sieht jedenfalls genauso aus."

„Trink jetzt, Idiot."

Slag nahm ein paar Schlucke. „Schmeckt undefinierbar, halbwegs gut, jedenfalls nicht nach Wichse."

„Alles trinken, Riesenbaby", forderte Gif. „Und jetzt schlaf."

Als Slag fertig war, lehnte er sich zurück und zeigte auf Caiden. „Er bleibt hier, du verpisst dich."

„Du brauchst absolute Ruhe", widersprach Gif.

„Er bleibt", brummte Slag.

„Kannst du mal kurz draußen warten, Des? Ich möchte was mit dem großen Doofmann hier bereden."

Er verließ das Zimmer. Was würde Slag Gif erzählen? Andererseits musste der Freund schon blind und taub sein, wenn er sie nicht letzte Nacht gehört hätte.

♦♦♦

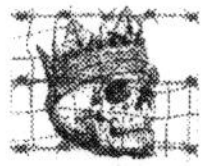

SLAG

Er betrachtete seinen Kumpel, der wartete, bis Caiden aus dem Zimmer war.

„Was ist das mit euch?“, fragte Gif.

„Ich mag ihn.“

„Ja, das konnte ich letzte Nacht hören. Ich bekomme noch ein Schleudertrauma. Erst denke ich, du kannst ihn nicht leiden, dann rauft ihr euch halbwegs zusammen, dann prügelst du ihn fast tot und letzte Nacht fickt ihr euch die Seele und Lunge aus dem Leib. Ich dachte, du stehst auf Frauen.“

„Dachte ich auch.“

„Lass dir nicht alles aus der Nase ziehen, Mann.“

„Alter, ich habe die Kopfschmerzen des Todes. Nerv jetzt nicht mit Grundsatzgequatsche. In erster Linie mag ich Sex mit Frauen, aber ihn mag ich auch irgendwie, okay? Doch ich wollte es nicht wahrhaben, da habe ich überreagiert.“

„Falls du mit *Überreagieren* halb totschlagen meinst, ist das ziemlich überreagiert für meinen Geschmack. Aber gut, lassen wir es fürs Erste gut sein.“

„Caiden soll wieder reinkommen.“

„Heute kein Ficken, ist das klar?“ Gif zwinkerte, erhob sich und ging zur Tür. Dort drehte er sich nochmal um. „Ich meine das ernst.“

Slag nickte. „Keine Sorge, ich fühle mich wie Hackfleisch und genauso schlapp ist auch mein Schwanz.“

♦♦♦

CAIDEN

Gif trat auf den Flur. „Geh rein und kümmere dich um ihn. Aber er muss unbedingt schlafen, dafür habe ich ihm auch das Getränk verabreicht, das hilft dabei. Hab ein Auge auf ihn."

Er nickte. „Was denkst du wegen der Gehirnerschütterung?"

„Kann ich nichts zu sagen, außer, dass ich mir sicher bin, dass er eine hat. Aber wie schwer ...?!" Gif hob die Achseln. „Doch ihm bleibt nichts anderes übrig, als schnell wieder auf die Beine zu kommen. Die Insel ist gnadenlos. Allerdings ist er ein echt harter Brocken und hat eine überragende körperliche Konstitution. Ich gehe einfach mal vom besten aus."

Er wusste nicht, ob er Gifs Einschätzung teilen konnte. Verdammt, er hatte Angst um Slag. Hier gab es keine vernünftige medizinische Versorgung. Seufzend betrat er das Zimmer.

„Schließ die Tür ab und komm zu mir."

Er atmete tief durch und tat wie geheißen. Als er sich neben Slag legte, drückte dieser sich an ihn.

„Hast du in der Zwischenzeit einen Knüppel in der Hose versteckt?", fragte Caiden betont fröhlich, obwohl ihm nicht danach war.

Ein leises Lachen rumpelte in Slags Brust. „Guck doch mal nach."

Er wurde ernst. „Du musst schlafen, Zane." Mit dem Zeigefinger fuhr er über Slags Narbe im Gesicht.

Ein sichtlicher Schauer überlief den Wikinger. „Ich ... Es fühlt sich gut an, wenn du das tust."

Noch einmal fuhr Caiden mit den Kuppen federleicht über das verhärtete Gewebe und den umgebenden Drei-Tage-Bart.

Slag blinzelte und seufzte. „Wo waren wir? Ach ja: Ich weiß und das werden wir, denn ehrlich gesagt, kann ich kaum noch ein Auge offenhalten, geschweige denn, mich rühren. Scheiß Vernunft."

Achtzehn

CAIDEN

Er schrak aus dem Schlaf hoch, weil etwas seine Wange kitzelte. Caiden klappte die Augen auf und sah Slag, der auf dem Ellbogen gestützt auf der Seite ruhte und ihn mit seinen Laseraugen musterte. Eine Hand lag an Caidens Gesicht und der Daumen strich über sein Jochbein.

Der eindringliche Blick ging ihm durch und durch. Er schluckte. Slags Blick heftete sich augenblicklich auf Caidens Mund, Hunger schlich sich hinein. Hunger auf ihn.

Seine südlichen Gefilde reagierten sofort.

Unfassbar, erst vor drei Tagen war Slag benommen auf dieses Bett gefallen und jetzt wirkte er wieder wie der Alte. Entweder war die Gehirnerschütterung nur leicht, trotz des heftigen Schlags, oder sein Schädel hart wie die Tresortür einer Bank.

Am Tag nach dem Kampf war Gif erschienen und hatte drei spitze Pfähle in den Händen gehalten mit den Worten: „Habe ich schon mal vorbereitet.“ Dabei hatte er ein Grinsen aufgesetzt, das jedoch nicht die Augen erreichte.

Er wusste, dass Gif es genauso missbilligte wie er, dass Slag aufstehen würde. Aber ihnen beiden war klar, dass er musste. Schließlich hatte er es allen angekündigt und wenn er nicht wollte, dass noch jemand seine Unversehrtheit anzweifelte, musste Slag wohl oder übel den Hintern hochbekommen.

Also hatte sich Slag aus dem Bett gequält, die Pfähle entgegengenommen, gute Miene zum bösen Spiel aufgesetzt, um aufrecht wie ein Baum hinauszugehen, sie in den Boden zu rammen und die Köpfe anzubringen. Dann war er zurückgekommen, direkt ins Bett gewankt und hatte fast achtundvierzig

Stunden geschlafen, unterbrochen von trinken, ein wenig essen und pinkeln.

Nachts hatte er sich zu Slag gelegt und tagsüber auf ihn aufgepasst.

„Heute ist mein Zeitfenster mit June", sagte Slag heiser, während er immer noch Caidens Mund anstarrte. „Ich denke darüber nach, es sausen zu lassen. Allerdings verliere ich dann den Anspruch darauf, und ... was mache ich, wenn wir beide uns überdrüssig werden oder … wenn du hier rauskommst?"

Ach du Scheiße, das war ihm überhaupt noch nicht in den Sinn gekommen.

Natürlich konnten sie sich irgendwann auf den Sack gehen. Wahrscheinlicher war, dass Slag ihn eher satt bekam als umgekehrt. Aber selbst wenn das nicht so geschehen sollte, kam Slag nie hier raus, er jedoch schon in dreieinhalb Jahren. Das hörte sich zwar noch lange an, aber Fakt war, *ihre* Zeit war begrenzt.

Er schluckte einmal, zweimal, dreimal. Aber der verdammte Kloß saß fest in seinem Hals wie ein Kaugummi unter einer Profilsohle.

Slag schien es ihm anzusehen, denn er wuschelte durch seine Haare. „Hey, mach dir darüber jetzt keinen Kopf. Noch sind das ungelegte Eier." Sonderlich bekümmert wirkte Slag nicht.

Das ließ den Kloß zu einem Morgenstern anwachsen – samt Stacheln. Er legte einen Arm über seine Augen, um sich wieder zu sammeln und damit der Hüne ihn nicht mit seinem Röntgenblick sezierte. Scheiße, er verliebte sich immer mehr in Slag. Erst recht, seit der sich ihm ein wenig geöffnet hatte. Es wurde stärker, um nicht zu sagen, schlimmer. Denn Caiden hatte Angst vor der Intensität. Zumal Slag im Gegenzug nicht gerade für seine großen Emotionen bekannt war. Aber das Grübeln brachte nichts. Denn er konnte es nicht ändern. Deshalb schob er die trüben Gedanken entschieden von sich.

„Caiden? Alles klar?"

Entschlossen nahm er den Arm weg, schaute Slag an und nickte einmal knapp. Schließlich griff er nach Slag, zog ihn zu sich herab, um sich in einem Kuss zu verlieren, der hoffentlich auch noch die letzten negativen Überlegungen wegspülte. Slag enttäuschte ihn nicht. Denn er küsste ihn stürmisch, bis sie beide Luft holen mussten und er alles andere vergaß.

„Drei Tage lagst du neben mir und ich konnte mich kaum rühren“, sagte Slag kehlig. „Drei Tage hast du mich in meinen wirren Kopfschmerzfantasien heimgesucht ...“

„Das trifft sich gut, du hast mich in meinen Träumen ebenfalls heimgesucht.“

„So, habe ich das!? Was habe ich getan?“

„Du …“ Schlagartig war seine Kehle rau wie Sandpapier. „Du hast mit mir geschlafen.“

Slags hellgraue Augen wurden stechend und bohrten sich in seine. „Caiden, ich weiß n…“

Schnell unterbrach er ihn. Er wusste, was Slag sagen wollte. „Wir haben es gemacht. Du hast mich genommen, fordernd, aber nicht überfordernd. Hast mir im richtigen Moment die Angst genommen und es war wunderschön.“ Er leckte sich über die Lippen. „Ich möchte es versuchen. Bitte.“ Seine Stimme war nur noch ein Flüstern.

Noch einen Moment musterte Slag ihn eindringlich, dann wurde der Blick milder. Er nickte, zog ihn wortlos in eine feste Umarmung und küsste ihn. Slag führte Caidens Arme nach oben, presste sie mit ineinander verschlungenen Fingern in die Matratze und seinen Körper gegen Caidens. Ihre Erektionen rieben aneinander.

Leidenschaft entzündete sich zwischen ihnen. Ihr Kuss wurden immer ungezügelter. Die Zunge preschte vor und tobte durch Caidens Mund, nahm sich, stahl, raubte, was sie wollte.

Er hatte dem nichts entgegenzusetzen, ließ es geschehen und hieß es willkommen. Er stöhnte und der Hüne verschlang das Geräusch gierig. Slags hungriger Mund wanderte zu Caidens Hals, wo er ihn biss und die Haut einsaugte, dass es köstlich schmerzte und Stromstöße direkt in Caidens Schwanz sendete. Anschließend leckte Slag beruhigend über die malträtierte Stelle.

Oh Himmel, davon wollte er mehr. Brauchte mehr. Er legte den Kopf schräg und bot Slag seinen Hals dar.

Knurrend setzte der große Mann die Folter fort, noch intensiver als vorher.

Bei jedem bittersüßen Schmerz zuckte Caidens Schwanz und er keuchte voller Begierde.

Plötzlich lag Slags Mund dicht an seinem Ohr. „Ich werde nichts tun, was du nicht willst. Wenn es dir zu viel wird oder du nicht weitermachen möchtest, sag es sofort!"

„O-Okay!"

Erneut küsste Slag ihn hemmungslos. Zeitgleich löste er ihre Hände und strich über Caidens Brust, reizte seine Nippel und rieb sich heftiger an ihm. Ohne Vorwarnung legte er eine Hand um Caidens Schwanz, was ihn nach Luft schnappen ließ. Fest packte Slag zu und bewegte die Faust in einem heißen Rhythmus auf und ab, ohne die Offensive aus all den kleinen, bittersüßen Quälereien zu unterbrechen.

OH FUCK, war das heiß. Caiden stöhnte. Die Intensität der Berührungen war so allumfassend, dass er kaum noch wusste, wo ihm der Kopf stand. Er war unfähig irgendwas anderes zu tun, als Slags sexuellen Angriff auf seinen Körper wie den Sturm auf die Bastille wehrlos anzunehmen. Immer heftiger zuckte sein Geschlecht. „Stopp!", keuchte er schließlich.

Sofort hörte Slag auf. „Was ist los? Alles okay?"

„Ja! Ich will …" Er leckte sich die Lippen. „Ich will dich kosten."

Slag bekam Stielaugen. „Bist du sicher?" Er klang besorgt.

Das wünschte er sich schon, seit er sich in Slag verknallt hatte. Allerdings wusste er nicht, ob er es jetzt tatsächlich konnte ... nach dem Arier und seinen Wichser-Freunden. „In der Hütte damals hatte ich es mir so gewunscht und ich wünsche es mir auch jetzt noch ... Ich will es versuchen."

„Okay." Slags Stimme klang wie ein Reibeisen. „Wie möchtest du mich?"

„Stell dich hin!"

In Zeitlupe stieg Slag aus dem Bett und blieb direkt davor stehen.

Caiden rutschte bis zur Kante und sank dann vor Slag auf die Knie. Der Boden drückte hart gegen seine Gelenke. Jedoch könnte ihn in dieser Sekunde nichts weniger stören. Seine Hände fuhren an Slags Seiten entlang und über die muskulösen Oberschenkel. Groß und schön wippte Slags hocherigierter Schwanz vor Caidens Gesicht.

Abwägend legte Slag den Kopf schräg. „Wenn du nicht willst, hör einfach auf oder tipp mir dreimal mit dem Zeigefinger in den Bauch."

Er nickte. Das gab ihm eine gewisse Sicherheit und Erleichterung erfüllte ihn. Er umfasste Slags Härte, die trotz des Wortwechsels noch aufrecht stand, und rieb sie, was Slag aufkeuchen ließ. Ein Lusttropfen perlte heraus, den Caiden mit der Zunge auffing. Wie letztes Mal überwältigte ihn Slags salziger Geschmack. Er umkreiste die Krone, fuhr durch den Schlitz. Schließlich stülpte er entschlossen die Lippen darüber und verharrte, horchte in sich hinein, mit geschlossenen Augen.

NICHTS! Jedenfalls kein Grauen oder Ekel.

Da fiel ihm auf, dass Slag erstarrt war.

Als er die Lider aufschlug und zu ihm hochsah, taxierte ihn Slag durchdringend. In der Wange zuckte ein Muskel, die Hände zu Fäusten geballt und alle Sehnen im Körper angespannt. „Weißt du, wie verdammt heiß das aussieht?", fragte er verzerrt. „Und weißt du, dass ich schon vor meiner Gehirnerschütterung davon geträumt habe?" Slag löste eine Faust, legte die Hand beinahe sanft an Caidens Wange und streichelte diese mit dem Daumen. „Vermutlich gehen gleich die Pferde mit mir durch. Denk an das Zeichen, wenn es dir zu viel wird oder ... nicht ... nicht gefällt."

Caiden nickte einmal. Dann machte er einen Zungenschlag und Slags Kopf fiel mit einem Seufzer in den Nacken. „Das fühlt sich so verflucht gut an, Caiden."

Macht rauschte durch ihn hindurch, die Macht über diesen riesigen, furchteinflößenden Krieger, der gerade zu Wachs in

SEINEN Händen wurde. Das spornte ihn an. Er saugte fester und Slag atmete schwer, nahm die Hand zurück, ballte sie wieder zur Faust, so als müsste er sich zurückhalten, nicht Caidens Kopf zu packen. Er überließ sich Caidens Führung.

Als er nächstes Mal aufschaute, bemerkte er, dass Slag ihn fasziniert beobachtete. „Darf ich ... darf ich meine Hände ...?“ Weiter kam Slag nicht, stattdessen brach ein Stöhnen aus seinem Mund, als er erneut an ihm saugte und knapp nickte.

Augenblicklich vergruben sich Slags Finger in seinen Locken. „Auch davon träume ich“, raunte er.

Caiden hatte immer noch die volle Kontrolle über sich und Slag. Doch er spürte, dass der Hüne sich zurückhielt und gleichzeitig angespannt war wie ein abgerichteter Pitbull vor einem Knochen.

Kurz entließ er den Wikinger aus dem Mund, was ihm einen fragenden Blick aus vor Verlangen brennenden Augen einbrachte.

„Ich will mehr, Slag. Fass mich nicht mit Samthandschuhen an.“

Beinahe ergeben schloss Slag die Augen, bevor er sie wieder öffnete. „Also gut.“ Klang die Stimme etwa zittrig? Dann räusperte sich Slag und plötzlich schwang Stahl darin mit. „Nimm ihn wieder in den Mund! Und fass dich nicht an. Leg die Hände auf meine Oberschenkel.“

Oh Fuck! Diese Forderung ließ ihn hart werden wie Beton.

Sofort legten sich Slags Hände auf seinen Hinterkopf und pressten ihn seinen Lenden entgegen, übernahmen die Führung und den Rhythmus wie damals in der Hütte.

Caiden wünschte sich noch mehr. Er wollte, dass Slags Schwanz sich noch tiefer in ihm versenkte, so dass er Sterne sah. Aber noch ging Slag beinahe behutsam vor. Er schaute zu Slag auf, dessen Blick sich in seinem verfing, und saugte ihn tief ein. Slags Pranken in seinen Haaren verstärkten den Druck.

Caidens Schaft zuckte vor Gier. So verfickt gerne würde er sich berühren. Aber er ließ die Hände auf Slags Oberschenkeln.

Slag dirigierte ihn jetzt immer bestimmter. Auch in seinen Augen stand pure Lust geschrieben.

Caidens Finger wanderten an Slags Pobacken und er drückte dessen Hüften seinem Rachen entgegen. „Mehr!“ gurgelte er. „Fick meinen Rachen, Slag.“

„Oh verflucht, Kleiner. Bist du sicher?“, kam es erstickt von oben.

Ein weiterer Augenaufschlag, ein kurzes Nicken, dann bohrte er den Blick wieder in Slags. „Bitte.“

Da war es um Slag geschehen. Die Hüften schnellten vor und zurück, tief schob er sich in Caidens Rachen, der nirgendwo hin ausweichen konnte, weil Slags Hände ihn unerbittlich in Position hielten - so wie er es sich gewünscht hatte.

Er lieferte sich ihm aus, kämpfte gegen den Würgereiz an, kämpfte mit der Atemnot und trotzdem presste er Slags Hüften noch fester gegen seinen Mund, damit Slag noch tiefer eintauchte und ihn reinigte – von allem, was gewesen war. Tränen traten ihm in die Augen, weil er kaum Luft bekam. Trotzdem forderte er mehr und schneller. Und fing schließlich an das Tempo zu bestimmen und die Heftigkeit, mit der Slag in seinem Mund hinein- und herausglitt, sogar die Tiefe lag in seiner Macht.

Slag begann zu beben. Die Fäuste rissen schmerzhaft an Caidens Haarwurzeln.

Er forderte alles von Slag und Slag noch mehr von ihm.

Jeder Stoß entlockte Slag mittlerweile heisere Laute. Ha, er beherrschte den König der Insel. Wild zuckte Caidens Schwanz. Doch er berührte ihn nicht.

„V-Verdammt ... C-Caiden ...“ Slag war weit über der Grenze. Jetzt befand er sich vollkommen in Caidens Händen – im wahrsten Sinne des Wortes. Denn er führte Slags Hüften.

Unterdrückte Schreie brachen aus dem Hünen heraus, als er versuchte, die Welle mit aller Macht zurückzuhalten. „HALT!“ Mit einem Mal riss Slag ihn hoch, in die starken Arme, und verschlang seinen Mund.

Zusammen fielen sie zurück aufs Bett, wo sie sich eine Weile leidenschaftlich küssten und ihre überreizten Erektionen aneinanderrieben.

Slags mächtiger Körper drückte ihn in die Matratze und Caiden genoss das Gefühl. Mittlerweile war er so voller Begehren wie noch nie in seinem Leben. Er fühlte sich absolut bereit. „Tu es, Slag. Ich will dich. In meinen Träumen hast du das schon so oft getan."

„Okay, Des. Aber wir machen es dieses Mal anders. Ich möchte dich sehen! Jede Regung von dir!"

Er wusste, was Slag von ihm wollte und verdammt, genauso sollte es sein. Es war viel intimer. Er stellte die Beine auf, so dass Slag zwischen seinen Beinen lag und er sich für ihn öffnete.

Slag befeuchtete zwei Finger, mit denen er Caidens Öffnung streichelte. Ganz kurz nur verspannte er sich. Dann machte er sich klar, wer da mit ihm spielte – der Kerl von dem er seit Wochen, ach was, seit Monaten träumte. Dabei half auch, dass sie sich tief in die Augen blickten, so dass er sich darin verankern konnte.

„Bereit?", fragte Slag heiser.

Noch nie hatte er etwas so gewollt, wie das hier mit Slag. Für ihn ging es weit über Lust und Sex hinaus. „Ja!"

Einen Moment musterte Slag ihn noch prüfend. In seinem kantigen Gesicht zeichneten sich die verschiedensten Emotionen ab. Nicht nur Leidenschaft und Verlangen, sondern mehr. Erstaunen? Ehrfurcht? So etwas wie Zuneigung? Dann glitten Slags Finger vorsichtig und langsam in ihn hinein.

So verdammt gut! Caiden keuchte.

„Bist du okay?"

Er nickte.

Slag verharrte einen Moment, um ihm die Chance zu geben, es sich anders zu überlegen. Doch als er nichts sagte, fuhren Slags Finger vor und zurück. Immer wieder.

Caiden begann zu fliegen. Er krallte sich in die Laken. Das Gefühl war beinahe zu viel. Er stöhnte und ächzte.

„Jetzt ist mein Schwanz an der Reihe." Mit diesen Worten zog Slag die Finger zurück.

Herr im Himmel, diese Ansage törnte ihn unfassbar an. Er wollte schon so lange Slags großen Schaft in sich fühlen. Bisher hatte er Sorge gehabt, dass ihn Flashbacks überkamen und deshalb nur in seinen Wachträumen davon fantasiert. Doch nachdem Slags Schwanz in seinem Mund so ein positives Erlebnis gewesen war, war er sehr zuversichtlich, dass er es nicht nur aushalten, sondern willkommen heißen würde. Dass es genauso werden würde, wie er es sich die ganze Zeit ausmalte. Die Vorstellung ließ ein lustvolles Stöhnen in ihm aufsteigen. Er hoffte, dass Slag diese Antwort verstand, da er nicht in der Lage war, Worte zu formulieren.

Doch offenbar hatte er Glück, denn Slag befeuchtete seine Hand und verteilte den Saft auf der eigenen Länge.

„Zieh die Knie höher Richtung Brust, Des", forderte Slag geduldig, bevor er mit feuchten Fingern Caidens Pforte ein weiteres Mal neckte. Dann stupste Slags Spitze gegen seine Öffnung. Umgehend sperrte sich Caidens Körper und verspannte.

„Ganz ruhig, Des. Ganz ruhig. Ich bin es. Nur ich!" Slag beugte sich vor und küsste ihn, ohne sich jedoch weiter unten zurückzuziehen. Anschließend leckte er sich über seinen Hals.

Caiden vergrub die Nase in Slags Halsbeuge und atmete dessen Duft von Meer und Erde ein. Das da war Slag. Niemand anders.

Als Slag besonders intensiv an der empfindlichen Haut unter seinem Ohr saugte, zuckten Caidens Lenden ihm prompt entgegen und Slags Krone schob sich langsam hinein, dehnte ihn stark. Sie verharrten eine kleine Weile. Dann glitt Slag vollends in ihn. „Du fühlst dich so verfickt gut an, Kleiner", krächzte der Hüne, bevor er mit der Zunge Caidens Mund stürmte.

Eine Zeit lang taten sie nichts anderes, als sich zu küssen. Anscheinend damit Slag die Enge genießen und Caiden sich an ihn gewöhnen konnte. Die Fülle war unbeschreiblich, genau richtig. Kein Grauen erfasste ihn, nur unbeschreibliche Lust und … eine unglaubliche Wärme, die sein Herz weit werden ließ.

„Bist du in Ordnung?“

„Und ob!“, antwortete er heiser.

Daraufhin nahm Slag den Kuss wieder auf und begann, sich zu bewegen. Gemächlich zunächst. Gleichzeitig fasste er zwischen sie und massierte Caidens Schwanz im selben ruhigen Rhythmus.

Er stöhnte auf, genau wie Slag. Die Stöße wurden leidenschaftlicher.

Gierig nahm er sie entgegen. Unweigerlich schwoll er in dessen Hand an, die ihn zwischen ihren Leibern rieb.

Slag steigerte den Rhythmus weiter, sowohl den der Faust um Caidens Schaft als auch seiner Stöße. Die Geräusche, die ihr Tun begleiteten, wurden immer lauter.

Immer ungezügelter zuckte er in Slags Hand. Und Slag in Caiden.

Dann biss Slag ihn ein weiteres Mal knapp unterm Ohr in den Hals.

Da war es um ihn geschehen. Sein Samen spritzte aus Slags Faust heraus. Heftigste Wellen schüttelten ihn.

Im selben Moment kam Slag ebenfalls. Der Wikinger bäumte sich auf, schob sich durch das Vorschnellen der Hüften und Durchdrücken des Rückens noch tiefer in Caiden, während er den Kopf zurückwarf und laut brüllte. Tief verströmte er den Samen in ihm.

Keuchend fielen sie in die Laken.

Endlich!, war das Letzte, was durch Caidens Bewusstsein schoss, bevor er sich in Watte aufzulösen schien.

Nach vielen Minuten landete er wieder auf der Erde, vernahm ein Sorgenvolles: „… Caiden …?“

„Hm?“ Klang er wirklich so grenzdebil, wie er sich anhörte?

„Bist du okay?“

Er schaffte ein mattes Nicken. „Sehr okay!“, murmelte er.

„Oh, gut!“ Nach einem Moment des Schweigens brach es aus Slag heraus. „Fuck, Caiden, das war das Heißeste, was ich je erlebt habe.“

„Ich auch.“

Plötzlich wurde Slag ernst. „Ich werde übrigens nicht zu June gehen.“

Warum flutete urplötzlich ein noch größeres Hochgefühl seinen Körper? Er konnte es nicht bestimmen. Womöglich weil er Slag doch nicht so egal war?! Träge hob er ein Lid und lächelte.

Neunzehn

SLAG

Gif stapfte auf ihn zu und sah aus, als hätte er eine schimmelige Zitronenschale abgeleckt.

„Wieso guckst du so?“

„Wie stehst du zu unserem Junior?“ Gif hockte sich neben ihn und blickte in die gleiche Richtung wie Slag - aufs Meer hinaus.

Ich finde ihn verdammt heiß und krieg irgendwie nicht genug von … seinem Körper … ihm. Aber er sagte nichts dergleichen. „Wieso willst du das wissen?“

„Ich meine, ihr schreit seit über drei Wochen jede Nacht und des Öfteren auch tagsüber die Insel zusammen. Da kommt mir schon der Verdacht, dass du ihn nicht mehr kacke findest. Ich sagte dir vor Wochen, als du deinen Kadaver im Bett herumgerollt und auf Mitleid gemacht hast, dass ich drauf zurückkommen werde. Jetzt ist der Zeitpunkt. Anfangs dachte ich noch, die Eintönigkeit nach zehn Jahren hätte dich dazu getrieben, ihn zu stechen. Aber ich hab so meine Zweifel. Da du ihn also vögelst, musst du ihn wohl ein bisschen sympathisch finden, oder?“

„Natürlich tue ich das.“

„Und du willst nur sein Bestes?“

„Ja, verdammt. Wird das ’ne Quizshow oder was soll das?“

„Heute lag ein Brief direkt dort, wo der Aufzug sonst die Leute ausspuckt. Mein Name stand drauf. Aber er war nicht für mich. Wahrscheinlich wollen sie nur sehen, was du mit dem Überbringer schlechter Nachrichten machst ...“ Gif verstummte.

„Was steht in dem Brief?“

„Slag, ich glaube wirklich, dieser Knast existiert nur, um dich kleinzukriegen."

Jetzt wandte er Gif seine volle Aufmerksamkeit zu.

„Was quatscht du da? Und was hat das mit dem Desperado zu tun?"

„Sie haben ihn wegen guter Führung begnadigt – fast dreieinhalb Jahre vor der Zeit."

„Wann?"

„Übermorgen."

„Was?" Geschockt starrte Slag seinen Kumpel an. Das schlagende Organ in seiner Brust, von dem er häufig vergaß, dass er es besaß, wurde an Widerhaken in verschiedene Richtungen aus seinem Körper gezerrt. Das Gefühl ließ ihn keuchen.

Gif legte eine Hand auf Slags Schulter. „Sorry, mein Freund. Deshalb meine Fragen vorhin. Ich überlasse es dir, ihn davon zu unterrichten, ihm den Brief zu geben und wann du es tun willst. Du wirst es ihm doch sagen, oder nicht?"

„Natürlich", quetschte er hervor. Ein Ring zog sich um seine Brust und erschwerte das Atmen. „Gib her." Er überflog den Brief, musste es mit eigenen Augen lesen. Danach ließ er ihn sinken und fühlte sich auf einmal uralt. Er presste Daumen und Zeigefinger auf die Augen, weil ihm die Sonne plötzlich viel zu hell vorkam. „Scheiße! SCHEIßE, Gif!"

„Jepp, riesig und gequirlt. Wenn er das verpassen sollte, muss er für immer bleiben. Das weißt du. Es wird keine weitere Haftentlassung geben, auch nicht nach der regulären Zeit."

Müde rieb sich Slag das Gesicht. „Ich weiß."

„Womöglich wird er bleiben wollen."

„Ja, ja", knurrte er.

„Egal, wie verlockend das gerade auf dich wirkt. Du hast nicht das Recht, ihn aus egoistischen Gründen hierzubehalten. Du musst ihn überzeugen. Er hat noch sein ganzes Leben vor sich und bekommt eine echte Chance, auch wenn die womöglich aus dem Grund geboren ist, dir eins reinzuwürgen. Was hast du ihm hier schon zu bieten ...?"

„Fuck! Hör auf, Gif. Ich weiß das alles. Lass mich allein.“

Gif nickte, drückte einmal seine Schulter und verkrümelte sich.

Slag ließ den Kopf in die Hände sinken, schloss die Augen.

Sie wollten ihn brechen, da stimmte er Gif zu. Wahrscheinlich nicht ihn persönlich, aber einfach jeden hier, der mal etwas Positives erlebte. Jedoch war er hart im Nehmen, hatte schon so viel Scheiße überstanden, das hier schaffte er auch. Und Caiden würde ihn vergessen, sobald er draußen war und wieder in die Normalität eintauchen konnte. Gif hatte recht. Was konnte er ihm schon bieten? Nichts, außer Tod und Chaos und eine hässliche Fratze, innerlich wie äußerlich. Er fragte sich sowieso, was Caiden an ihm fand. Vielleicht war es auch ein natürlicher Überlebensinstinkt, sich dem größten Räuber im Terrain anzubieten.

Scheiße, was dachte er da? Damit tat er Caiden Unrecht … oder nicht? Vielleicht tat Caiden es nicht mal bewusst. Wie auch immer, das spielte alles keine Rolle. Caiden musste hier raus und er würde dafür sorgen. Da es nichts zu packen gab, beschloss er, Caiden erst kurz vor dem Zeitpunkt davon zu erzählen und ihn zu überrumpeln, damit er gar nicht erst auf verrückte Ideen kam.

~~~

Am übernächsten Morgen starrte er auf Caiden, der friedlich neben ihm lag. In den letzten beiden Nächten hatte Slag ihn kaum zur Ruhe kommen lassen, um so viel wie möglich noch mitzunehmen. Vor etwa drei Stunden erst hatte er die Finger von Caiden gelassen, damit der ein wenig schlafen konnte. Allerdings erst nachdem er ihn ein wirklich allerletztes Mal ausgiebig gevögelt hatte. Wie hatte Caiden gesagt: „Wow, Slag, man könnte meinen, es gibt kein Morgen mehr.“ Wie recht er hatte.

Dann hatte er Caiden an seine Brust gezogen und war mit ihm eingeschlafen, vielmehr Caiden war eingeschlafen. Slag hielt ihn, sog sein Aroma nach Sandelholz und Minze ein, vergrub die Finger in den weichen Locken und grübelte alle
~~~

Varianten durch, die er auffahren musste, falls Caiden nicht gehen wollte. Im allerschlimmsten Fall würde er ihn K. O. schlagen.

Er hatte schon überlegt, Gif um irgendein Gebräu zu bitten, das Caiden ein paar Stunden nicht aufwachen ließ. Er hatte es verworfen. Er würde ihm sagen, wie es war, vernünftig argumentieren und hoffen, dass das funktionierte. Erst danach würde er alles auspacken, was nötig war, um Caiden in ein normales Leben zurückzuschicken.

Es wurde Zeit. In einer Stunde etwa musste Caiden im Aufzug sein.

Slag legte ihm die Hand an die Wange und strich über die feine Haut unterm Jochbein. Gleichzeitig leckte er über Caidens Unterlippe.

Caiden regte sich und öffnete den Mund. Slag ging sofort auf diese Einladung ein, küsste Caiden vermutlich ein letztes Mal, prägte sich den Geschmack ein, das Duell ihrer Zungen, als er jetzt träge mit Caidens spielte, bis dieser die Augen aufschlug. Da ließ er von ihm ab.

„Uff, willst du schon wieder, du Nimmersatt?“, murmelte Caiden im Halbschlaf.

„Nein, Kleiner, ich will dich wecken.“

„Wieso das denn? Wir haben doch gerade erst ein bisschen geschlafen und zu tun gibt es auch nichts.“

„Doch, Des. Komm, mach dich fertig. Danach müssen wir etwas besprechen.“

Jetzt hatte er Caidens volle Aufmerksamkeit. Forschend glitten die hellen, im Moment grünlich schimmernden Augen über Slags Gesicht. „Was?“, fragte er misstrauisch.

Aber Slag schüttelte energisch den Kopf. „Erst fertigmachen, dann alles Weitere.“

Zwanzig Minuten später kam Caiden aus dem Duschhaus zurück. Slag hatte ihn absichtlich allein gehen lassen, da er sonst befürchtete, etwas sehr Dummes zu tun. Das hatte Caiden noch misstrauischer gemacht. Die letzten Wochen waren sie immer zusammen gegangen.

Noch vierzig Minuten.

Breitbeinig stellte Caiden sich vor ihn und stemmte die Hände in die Hüften. „Was ist los? Hast du genug von mir?“

Noch lange nicht. Aber leider ist unsere Zeit um. Er ging nicht auf Caidens Frage ein. „Vorgestern ist ein Brief für dich gekommen.“ Slag hielt ihm das Schreiben hin. Er wusste, dass Caiden gleich stocksauer werden würde, aber das nahm er alles bewusst in Kauf. Dann ging es sich leichter.

„Aha. Und wieso hast du ihn?“

„Er war an Gif adressiert, obwohl er für dich war. Spielchen halt. Der hat ihn mir gegeben und mir überlassen, wie und wann ich es dir sage. Hier, lies.“

Caiden nahm ihm das Blatt ab und las die paar Zeilen. Allerdings starrte er so lange darauf, als würde er ein ganzes Buch lesen.

Die Zeit tickte ...

Caidens Hände begannen zu zittern.

Slag rubbelte sich übers Gesicht. Verfickte Scheiße!

Noch achtundzwanzig Minuten.

Da hob Caiden den Blick. „Ich ... ich verstehe nicht.“ Er wirkte verstört.

Slag umfasst Caidens Schultern und schüttelte ihn ein wenig. „Du kommst hier raus“, rief er betont heiter. „Glückwunsch, Caiden! Das ist toll. Ich freue mich für dich.“

„Aber ... aber ...“ Der Desperado war sichtlich neben der Spur.

„Mann, überleg mal, was du alles machen kannst ... Du kannst dich bewegen, wohin du willst, in fremde Länder reisen, Essen gehen, dich volllaufen lassen oder ... äh ... arbeiten.“

Er begab sich zur Tür und Caiden folgte ihm, ohne es anscheinend zu merken. Er ging weiter den Flur runter, dann die Treppe und schließlich nach draußen. Sein Ziel war der Aufzug.

„Wieso jetzt gleich? Wieso nicht erst in dreieinhalb Jahren. Ich dachte, ich ... wir hätten noch Zeit“, sagte Caiden tonlos, als er neben ihm herging.

„Wie es aussieht nicht, Kleiner. Alles andere kann ich dir nicht beantworten."

Noch neunzehn Minuten. Sie bewegten sich auf den Empfangsplatz zu. Immer wieder betrachtete er Caiden von der Seite.

Caiden runzelte die Stirn. „Aber wieso gibst du mir den Brief erst heute?" Schließlich zogen sich die Brauen über den außerordentlichen Augen zusammen, aus denen er ihn jetzt anfunkelte. „Das kannst du mir zumindest beantworten." Auf einmal schien der Groschen zu fallen.

Slag konnte in Caidens Gesicht lesen wie in einem Buch.

„Deshalb hast du mich die letzten zwei Nächte gefickt, als gäbe es kein Morgen. Es gibt keins! Und du hast mir den Brief heute erst gegeben, damit ich keine Möglichkeit habe, zu überlegen, was ich will. Du Scheißkerl!" Er blieb stehen, wirbelte herum und rammte Slag die Faust in den Magen.

Slag ächzte. Da war sie, die Wut. Gut!

Sie standen im Prinzip beim Aufzug. Noch elf Minuten.

Mit einem Mal keuchte Caiden, als hätte er Schmerzen und verzog genauso das Gesicht. „Heilige Scheiße! Das ist unser Abschied. Du willst also, dass ich gehe. Was, wenn ich bleiben will?"

Zu gerne würde er Caiden die Hand an die Wange legen und mit dem Daumen beschwichtigende Kreise über diese weiche Haut ziehen. Aber nichts davon würde er tun. Das würde alles nur noch schwerer machen. „Das ist keine Option. Mann, Caiden, du kommst in die Freiheit und tust, als hätte man dir eröffnet, ein Körperteil zu verlieren."

„DU ARSCHLOCH!", brüllte der Kerl los. „DAS VERLIERE ICH DOCH! ICH LIEBE DICH, DU GROẞER BLÖDMANN!" Vor Wut bebend stand Caiden vor ihm.

Wie ein Güterwagon prallte das Geständnis gegen ihn und haute ihn von den Socken. Uff ...

Noch sieben Minuten.

Eigentlich müssten diese Worte Freude in ihm auslösen, aber alles, was Slag spürte, war Furcht. Furcht, die er nicht einordnen konnte. Rasch fasste er sich wieder. „Schwachsinn, Caiden. Reiß dich am Riemen. Das kannst du nicht.“ *Mich kann niemand lieben: Ich bin ein innerlich wie äußerlich hässlicher und schlechter Mensch, den keine Socke freiwillig lieben würde.*

Plötzlich riss Caiden ihn am Kragen zu sich, so dass sich ihre Nasen fast berührten. „Sag mir ja nicht, dass ich das nicht kann. Du hast mir nicht zu befehlen, was ich fühle. Und nur weil du blind wie ein Maulwurf bist, heißt das noch lange nicht, dass ich das auch bin. Du empfindest wie ich.“

Slag zuckte zurück – innerlich. Scheiße, der Bursche meinte es wirklich ernst.

Noch drei Minuten.

Fuck, ihm lief die Zeit davon. Das hier würde noch viel schlimmer werden als gedacht. Er würde richtig schwere Geschütze auffahren müssen. Denn er hatte einen schweren Fehler begangen: Er hatte Caidens Gefühle für sich völlig unterschätzt beziehungsweise nie für möglich gehalten. Deshalb hatte er sich zeitlich verkalkuliert und Caiden zu spät informiert. Jetzt hatte er keine Zeit mehr, das Ganze zwischen ihnen zu einem halbwegs positiven Ende zu bringen.

Äußerlich ließ er sich nichts anmerken, sondern löste bestimmt Caidens Hand aus dem T-Shirt, richtete sich zu voller Größe auf und blickte kalt auf Caiden herab, darauf bedacht, eine ansonsten vollkommen ausdruckslose Miene aufzusetzen.

„Nein“, sagte er mit einer Stimme, in der Eiswürfel klirrten. „Das tue ich nicht! Du bist ... warst eine angenehme Abwechslung zum eintönigen Alltag hier. Dich zu ficken, war ... interessant. Aber mehr auch nicht.“ Innerlich wand er sich bei diesen Worten. Ihm wurde schlecht, vor allem als er sah, wie Caiden erbleichte. Er setzte noch eins drauf. „Lange hätte ich es eh nicht mehr mit dir ausgehalten.“

Jetzt krümmte sich Caiden röchelnd, als hätte er ihm einen Magenschwinger verpasst.

Noch eine Minute.

Plötzlich blinzelte Caiden und nahm die Umgebung wahr. „Du hast mich hierhingebracht … Kannst es wohl nicht erwarten, mich loszuwerden, was?“

Slag presste die Lippen aufeinander und holte zum finalen Schlag aus. „Genau, Schwanzlutscher. Mir reicht‘s!“

Er hätte es nicht für möglich gehalten, aber Caiden erbleichte noch weiter, riss die schönen Augen voller Entsetzen auf.

Hinter Caiden glitt der Aufzug auf.

Er warf einen Blick über die Schulter, dann zurück zu Slag. Offensichtlich unentschlossen, trotzt all der widerlichen Worte, die Slag wie glühende Kohlen in der Kehle saßen.

Slag verschränkte die Arme vor der Brust, legte den Kopf schief und starrte Caiden mit aller Macht nieder. „Verpiss dich endlich, Schwuchtel!“

Caiden taumelte wie unter Schlägen rückwärts in den Aufzug.

Die Türen glitten zu.

Das letzte, was Slag von ihm sah, waren die bittere Enttäuschung über den Verrat in Caidens Augen und die schmerzerfüllte Miene.

Dann rumpelte der Aufzug nach unten.

Das war’s! Das war das Ende!

Sein Ende!

Am liebsten hätte er sich mit hämmernden Fäusten gegen die scheiß Aufzugtüren geworfen, um Caiden zurückzuholen und ihm zu sagen, dass alles nur ein geschmackloses Schmierentheater gewesen war, dass er ihn mochte und großen Respekt für ihn empfand. Oder sich alternativ flennend wie ein Baby auf den Boden geworfen, um das schmerzhafte Reißen in der Brust loszuwerden. Er hatte gerade das einzig Gute der letzten zehn Jahre nicht nur mit Füßen getreten, sondern es im Staub auf dem Boden vollkommen zermalmt, bis nichts als widerlicher Dreck davon übrig war.

Wie betäubt ging Slag zurück. In ihm tobte ein Tornado, aber er ließ sich nichts anmerken. Auf keinen Fall würden sie zu sehen bekommen, wie er zerbrach.

♦♦♦

CAIDEN

Er konnte kaum atmen. Vollkommene Fassungslosigkeit hatte sich seiner bemächtigt. Hatte er sich so geirrt? Alle Zeichen so falsch gedeutet? Was war mit Slag passiert? Es schien, als hätte der Körperfresser den alten, ungenießbaren Slag offensichtlich wieder hervorgewürgt. Kein Wunder, bei diesem Kotzbrocken.

Noch vor einer Stunde hatte Slag ihn mit Karamell in der Stimme, streichelnden Fingern, einem geradezu sanften Kuss und Wärme in den Augen geweckt. Das hatte er sich doch nicht eingebildet. Genauso wenig die letzten paar Wochen. Immer wieder hatte er Slag dabei ertappt, wie der ihn musterte. Mal mit so viel Wärme im Blick, dass Caiden selbst ganz warm ums Herz wurde. Natürlich hatte er so getan, als bemerke er es nicht. Mal mit geradezu vulkanischer Hitze, wenn das Verlangen in Slag hochkochte. Und jetzt behauptete der Drecksack, er wäre ihn bald leid, Caiden bedeute ihm nichts?!

Aber alles, was Caiden jetzt noch vor sich sah, war dieser eiskalte, fast verachtende letzte Blick von Slag, als die Türen sich schlossen. Dieser Blick fraß sich in seine Brust wie ein Laserschwert. Es fühlte sich an, als würde sein Herz in Streifen geschnitten. Der Schmerz war unbeschreiblich. Hinzu kam ein Druckgefühl in der Brust. Caiden schlang die Arme um den Oberkörper, um sein Herz am Sterben zu hindern. Doch dann wurden seine Arme auf einmal schwer und taub, als hingen Tonnen daran. Zeitgleich nahm der Druck auf die Brust weiter zu und erschwerte das Atmen. Vor Schmerz krümmte er sich.

Plötzlich wurde ihm speiübel. Vielleicht irrte er sich aber auch und das war ein Herzinfarkt?

Unten angekommen taumelte er aus dem Fahrstuhl.

Sofort nahmen Wärter ihn in Empfang und bugsierten ihn in eine Wartehalle, wo er auf die Abfahrt der Fähre warten sollte.

Eine Stunde später hatte ihn kein Herzinfarkt ereilt – leider. Mittlerweile war er überzeugt, dass Slag absichtlich so grob gehandelt hatte, um ihm den Abgang zu ermöglichen oder mindestens zu erleichtern. Aber dadurch hatte er Caidens Liebe mit Füßen getreten. Er hatte sie erst nicht erkennen und dann nicht wahrhaben, geschweige denn akzeptieren wollen. Und Caiden ... hatte sich zum Narren gemacht. Aber darauf kam es nicht mehr an.

Fakt war, er würde Slag nie wiedersehen, auch nicht im ungewöhnlichen Fall einer Begnadigung oder Flucht.

Sie hatten es ja nicht mal geschafft, sich darüber zu unterhalten, wo jeder von ihnen herkam oder wie sie mit vollem Namen hießen ... Wobei das von Caidens Seite aus weitere Probleme verursacht hätte.

Diese Endgültigkeit verursachte ihm erneut Übelkeit.

Dann war da noch sein Bruder ... Bis zum heutigen Tag hatte er nicht mehr an den Affenarsch gedacht, denn er hatte geglaubt, noch dreieinhalb Jahre Zeit zu haben. Aber die war mit einem Mal abgelaufen. Gott, so scheiße manches Erlebnis auf dieser Insel auch gewesen war, Slag zu begegnen und aus den Fängen seines Bruders entkommen zu sein – wenigstens für eine Weile -, war das Beste, was ihm je passiert war.

Dass Slag allerdings El Demonio war, half nicht, im Gegenteil.

Moment mal: Flucht?

Sinnierend tippte er sich ans Kinn. Flucht!

Wenn er sie in die Hände nahm, wusste er jedenfalls, wo er Slag finden würde.

Plötzlich entstand ein Plan vor seinem geistigen Auge. Er musste herausfinden, wo sich die Insel befand und wie er zu ihr kam. Aber hey, er war ein absoluter Meister seines Fachs. Wenn jemand diese vermaledeiten geheimen Infos an sich bringen konnte, dann er. Mit einem Mal fühlte er neuen Elan und der Plan wuchs und wuchs. Allerdings würde er sich auch um die Sache mit seinem Bruder kümmern müssen und das war das weitaus größere Problem. Dagegen würde die Flucht von der Insel ein Klacks. Blieb nur zu hoffen, dass er diesen blutsverwandten Bastard irgendwie überzeugen konnte. Nur dann konnte er zwei Fliegen mit einer Klappe schlagen.

Ein Wärter trat vor ihn. „Kommen Sie, Byrne. Ihr Wassertaxi wartet."

Er erhob sich und folgte dem Wachmann durch das Tor zum Boot. Dabei ließ er den Blick prüfend über die riesige Toranlage schweifen. *Ungeeignet.*

Im Boot würde er in einen Raum ohne Fenster gebracht, das kannte er noch von der Hinfahrt. Er musste einen Blick auf die Seekarte erhaschen.

Als ihm vier weitere Wachleute samt einem Gefangenen entgegenkamen, stolperte Caiden gegen einen Wachmann und es gab ein Chaos.

Dann wurde er in den Raum geführt.

Ein paar Minuten, nachdem das Boot abgelegt hatte, zauberte er den Ausweis samt Schlüsselkarte hervor und schlich sich aus der Zelle.

Da die See zu seinem Glück ruhig war, fuhr das Schiff auf Autopilot. Keine Sau befand sich in diesem Moment auf der Brücke. Vermutlich war der Wachhabende rauchen oder pinkeln. Ausnahmsweise schien ihm das Glück mal hold zu sein.

Caiden schlich sich hinein und schaute sich um, warf Blicke auf die Computer und sonstigen elektronischen Hilfsgeräte. Die Insel blinkte als Punkt auf dem Bildschirm. Caiden prägte sich die Koordinaten ein. Sie befand sich im karibischen Meer rund zweihundert Kilometer südöstlich der kolumbianischen Insel San Andrés. Caiden vermutete, dass die Knastinsel ebenfalls zu Kolumbien gehörte, denn in Bogotá war er vor Gericht gestellt worden. Dann zoomte er und aus dem Punkt wurde eine Karte der Insel.

ISLA DE LAS ALMAS CONDENADAS
ISLAND OF DAMNED SOULS

stand darunter. Eine Insel, die er von keiner offiziellen Karte her kannte. Er zoomte weiter. Gebäude und sonstige Anlagen wurden sichtbar. Er vergrößerte den Ausschnitt noch stärker und prägte sich auch diese Infos sämtlich ein. Dazu brauchte er keinen Fotoapparat, den hatte er im Hirn. Sein hervorragend ausgeprägtes fotografisches Gedächtnis nahm jede Winzigkeit bei einem einzigen Anblick wahr, wenn er es denn wollte, insbesondere bei Plänen, Skizzen, Strukturen und Bildern. Äußerst nützlich in seinem Metier. So konnte er sich jede Steckdose, Alarmsicherung, Videokamera, Brandschutztür, jeden Schacht, (Not-)Ausgang, Fluchtweg ... einfach alles merken, inklusive Größen- und Längenangaben. Hinzu kam ein unfassbar guter Orientierungssinn.

Nach kurzer Zeit zoomte er wieder zurück und schlich sich hinaus. Den Ausweis ‚verlor' er auf dem Gang, nachdem er die Tür zu seinem fensterlosen Raum geöffnet hatte. Zurück in seiner Zelle, wartete und grübelte er, wie er vorgehen würde.

Teil II

Zwanzig

Vier Monate später

SLAG

Er saß auf dem Baumstamm, auf dem er die letzten Monate jeden Tag verbracht hatte, starrte wie üblich aufs Meer und erlaubte Erinnerungen und Bildern, hochzukommen.

In den ersten Tagen war immer wieder Caidens gepeinigter Gesichtsausdruck vor seinem inneren Auge erschienen. Der verfolgte ihn sogar bis in die Träume, so dass er kaum Schlaf fand. Oder er tastete im Halbschlaf suchend neben sich, aber da war nichts als Luft. Selbst das Bett hatten Gif und er sofort weggeschafft. Dann schrak er hoch und hatte das Gefühl, in seiner Brust wäre ein schwarzes Loch. In ihm herrschte furchtbare Leere, die alles einsaugte in ein Fass ohne Boden.

Nach zwei Wochen etwa forderte der Schlafmangel schließlich seinen Tribut und er schlief, wenn auch schlecht.

Doch hier und jetzt strömten die Bilder immer schneller auf ihn ein. Caidens attraktiver fester Körper, der sich unter ihm räkelte.

Caiden, der dem Arier in den Schwanz biss.

Caidens lockende Unterlippe und die hellen braungrünen Augen im ansehnlichen Gesicht.

Caiden, der ihn entsetzt anstarrte, weil er ihn aus dem Bett getreten hatte.

Caiden, der vor Glück lachte, als er an dieser Wand rumgeklettert war.

Caiden, der reglos vor ihm lag, weil er ihn zusammengetreten hatte.

Oh Gott! Slag rieb sich über den Kopf und kniff sich in die Nasenwurzel, um diese Flut zu stoppen.

Caiden, der Slags Schwanz im Mund hatte und lustvoll daran saugte.

Caiden, zusammengeschlagen in dieser furchtbaren Hütte.

Caiden, der Wachs in seinen Händen wurde, wenn er ihn bespielte.

Caiden ... Caiden ... Caiden ... Immer schneller drehte sich das Bilderkarussell, um am Ende mit Caidens gequältem Blick ruckartig zu stoppen. Dieser Ausdruck verfolgte ihn jeden verdammten Tag und zog ihm die Haut ab. Zumindest fühlte sich sein Körper dann immer so an, als lägen das rohe Fleisch und jedes Nervenende schutzlos offen.

Er stöhnte, dumpfer Kopfschmerz breitete sich aus. Jeden Tag zog er sich hierher zurück, um das alles zuzulassen, damit er den Rest des Tages halbwegs funktionierend überstand.

Ich liebe dich! Slag legte den Kopf in den Nacken und schloss erschüttert die Augen. Auch diese Worte von Caiden hallten regelmäßig durch seinen Kopf.

Selbst wenn er es nicht für möglich hielt, dass irgendwer auf dieser Welt ihm solche Gefühle entgegenbringen konnte, hatte Caiden geglaubt, es zu tun, und es ihm gestanden. Was für ein kostbares Geschenk, wie er zunehmend begriff. Doch was hatte er getan? Er hatte es auf die schlimmste Weise verraten.

Jeden Tag wünschte er sich, er hätte anders gehandelt, hätte früher mit Caiden geredet, hätte ihn nicht so sehr verletzt. Er konnte es nie wieder gut machen, weil er ihn nie wiedersehen würde. Scheiße, wie ihm der Dieb fehlte.

„Es tut mir leid, Caiden!", rief er laut aufs Meer hinaus. Auch das tat er jeden Tag.

„Slag!"

Shit! Gif. Darauf hatte er keinen Bock. Hier wollte er allein sein.

„Slag!“, rief Gif erneut. „Alter, du bist schon Stunden weg.“

Fuck! Die Zeit war zerronnen wie Sand.

„Dachte mir schon, dass du hier bist. Er fehlt dir, oder?“

„Der kleine Bastard war immer um mich ...“ Blöde Ausrede.

Fand Gif wohl auch, denn er sagte: „Quatsch keine Scheiße, er war nur ein paar Monate hier und davon nur ein paar Wochen ständig um dich rum. Du bist schon siebenunddreißig Jahre ohne ihn ausgekommen. Sei ehrlich, zumindest zu dir selbst. Du vermisst ihn?!“

Wie von selbst nickte sein Kopf.

„Tut verdammt weh, oder?“

Wieder ungewolltes Nicken – wie ein Wackelelvis. Verräter.

„Es geht nicht weg, hm?“

Slag schüttelte den Kopf. Himmel, hatte sein Quadratschädel ein Eigenleben entwickelt?

„Ich denke, du hast dich in den Desperado verknallt.“

Slag sagte nichts dazu. Er wusste es ja selbst nicht. Er war noch nie verknallt gewesen. Woher sollte er es also wissen? Allerdings hatte er auch noch nie etwas Derartiges empfunden.

Caiden war ihm nicht nur unter die Haut gegangen, sondern hatte sich auch durch den Sumpf der Emotionslosigkeit gebohrt und in ihm eingenistet, ließ ihn einfach nicht los.

Nun saß er wie ein Stachel in ihm, den er nicht entfernen konnte und der schwärte. Statt besser wurde es immer schlimmer. Von wegen *Zeit heilt alle Wunden.*

Er wollte nicht, dass er in Caiden verschossen war oder der in ihn. Deshalb hatte er nicht bemerkt, wie gut die Sache mit Caiden wirklich gewesen war, bis der fort war.

Hilflos zuckte Slag die Achseln.

♦♦♦

CAIDEN

Himmel, er war wirklich hier. Hatte hunderte Kilometer und all die Mühen und Risiken auf sich genommen. Und nun traute er sich nicht. Unschlüssig kauerte er zehn Meter vor seinem Ziel: das Gebäude vor ihm, genauer, ein bestimmtes Zimmer im ersten Stock. Im Schutz einiger Felsen hockend, haderte er. Was, wenn er ihn zurückwies? Wieder einmal …

Shit, war er bescheuert? Er war seit zwei Tagen unterwegs, hatte seinen Bruder in den letzten Monaten hingehalten, und dachte doch jetzt nicht ernsthaft darüber nach, zu kneifen? Außerdem zwang ihn sein Zeitplan, an den er sich absolut strikt halten musste, direkt zur Tat zu schreiten.

Er hatte keine Wahl. Es war kurz vor 23:00 Uhr und sie mussten spätestens in fünfundvierzig Minuten wieder weg sein. Tief durchatmend machte er sich auf den Weg zu dem Raum im ersten Stock – von außen.

Als er durch die Fensteröffnung glitt und den Boden berührte, wurde er plötzlich gepackt, herumgewirbelt, so dass er mit dem Rücken dicht vor einem riesigen Körper stand. Ein stahlharter Arm legte sich wie ein Schraubstock um seinen Hals.

Fuck. Er hatte nicht eine Sekunde daran gedacht, mit wem er es zu tun hatte. Oder dass es bereits nachtschlafende Zeit war und sich jemand bedroht fühlen könnte, wenn er unangekündigt durchs Fenster statt zur Tür hereinkam. Blöd, wenn dieser jemand ein äußerst hellhöriger, ausgebildeter Killer war.

Doch plötzlich ließ dieser jemand ihn los, als hätte er in ein Klapperschlangennest gefasst, wirbelte ihn erneut herum, packte seine Schultern. „Caiden?“ Zeitgleich flammte ein Licht auf.

Sofort schlug Caiden gegen die Taschenlampe, die zu Boden fiel und wieder erlosch. Scheiße! Hoffentlich hatte das niemand gesehen.

Im selben Moment wurde er für einen kurzen Augenblick an eine steinerne Brust gepresst und eine raue Stimme wisperte: „Scheiße, Caiden!“

Hände legten sich um sein Gesicht und Lippen fanden seine, pressten sich hart darauf, SEINE Zunge schob sich hindurch und der Geschmack von Meer und Whiskey flutete Caidens Mund. Er wurde rücklings gegen die Wand gedrückt. Fiebrige Hände zerrten sein Shirt nach oben. „Ich muss träumen“, murmelte sein Gegenüber. „Ich träume, oder?“

Berauscht von all den Gefühlen, die aus ihm hervorbrachen, war er fast nicht in der Lage, dem Einhalt zu gebieten. Zu gut fühlten sich die starken Hände auf seinem Körper an und der Kuss. Aber sie hatten nicht viel Zeit, mussten sich beeilen. Im letzten Moment schaffte er es, ihn aufzuhalten. „STOPP!“

Augenblicklich zog sich Slag zurück. Caiden spürte trotz der Dunkelheit wie eine Distanz, hoch und dick wie die Mauer der Nachtwache, zwischen ihnen aufzog.

„Ja, natürlich. Sorry. Ist wohl zu viel verlangt, nachdem ich dich so scheiße behandelt habe.“ Dann räusperte sich Slag und Caiden konnte beinahe im Dunkeln sehen, wie der Hüne den Kopf schüttelte, um ihn freizubekommen. „Was machst du hier?“

„Dafür haben wir jetzt keine Zeit“, sagte er leise. „Komm. Wir müssen hier weg.“

„Was? Wohin?“

„Nimm mit, was dir wichtig ist. Dann komm. Ich hole Gif.“

Caiden verschwand durch die Tür.

◆◆◆

SLAG

„Warte ...“, rief er ihm nach. Aber Caiden war schon weg. Wie erstarrt stand Slag da und schaute dem Schatten hinterher, den er sich eingebildet hatte zu sehen. War er schon so am Ende, dass er sich das hier zusammenfantasierte? Nein. Caidens

Geschmack berauschte immer noch seinen Mund. Dieses unverwechselbare Aroma nach Sandelholz und Minze. Wo zum Teufel kam Caiden her? Was wollte er? Aber diese Fragen würden wohl warten müssen und auch all die klärenden Gespräche, wenn es denn dazu käme. Aber Caiden wäre nicht hier, wenn er ihn hassen würde.

Slag griff die Machete, befestigte das Holster auf dem nackten Rücken und zog das Shirt drüber. Mehr wollte er nicht mitnehmen, wohin auch immer.

Er folgte Caiden in den Flur und wartete. Immer noch perplex starrte er auf Gifs Tür, hinter der Caiden verschwunden war.

Als er vorhin ein kaum wahrnehmbares Geräusch gehört hatte, war er zum Fenster geschlichen, hatte über die Brüstung gelinst, den schwarzen Schatten behände an der Hauswand hochhuschen sehen und ihn erwartet. Hatte sich gefragt, ob das eine neue Methode war, ihn zu drangsalieren. Wurden ihm jetzt schon nachts irgendwelche Meuchelmörder auf den Hals gehetzt? Als der Kerl reinsprang, hatte er ihn sofort in den Würgegriff genommen.

Plötzlich war ihm der Duft in die Nase gestiegen. Erst dachte er, er halluziniere oder träume. Auch als er die Nase in die weichen Locken im Nacken geschoben hatte, konnte er es kaum glauben. Deshalb hatte er die Lampe angemacht und da war er tatsächlich. Alles war real: Caiden.

Ohne nachzudenken war er im Taumel der Erleichterung über ihn hergefallen ... bis Caiden ihn aufhielt. Was hatte er sich nur gedacht? Er hatte Caiden von der Insel gejagt und dessen Bekundung mit Füßen getreten. Dass der ihm nicht mit offenen Armen um den Hals fiel, war doch glasklar. Schließlich war Caiden stolz und er hatte den Desperado behandelt wie Dreck.

Aber er war hier, Caiden war hier ... Slag konnte es immer noch nicht fassen.

In diesem Moment erschien Caiden und kurz darauf Gif. „Was geht hier vor?“, fragte Gif.

„Kommt. Ich erkläre es euch unterwegs." Caiden schlich voran und sie hinterher.

Slag vertraute ihm vollkommen. Schnell stellte er fest, dass Caiden sie mit traumwandlerischer Sicherheit ohne Licht durch den Wald führte. Zum Glück war Vollmond, sonst wäre es stockfinster gewesen. Caiden war komplett in Schwarz gekleidet, inklusive der Mütze. Vermutlich konnte man sie abrollen und hätte eine Maske.

Nach etwa fünfzehn Minuten endete der Wald. Vor ihnen riss der Boden ab.

Seine Beine stoppten automatisch, als wäre er vor eine Wand geprallt.

Im selben Moment drehte Caiden sich um. „Gif, gib uns mal einen Moment." Wow, so viel Autorität hatte er noch nie in Caidens Stimme wahrgenommen.

Mit einem Nicken entfernte sich Gif ein paar Schritte.

Caiden sah ihn an.

Selbst im Mondlicht verschlug ihm die Attraktivität von Caidens Gesicht die Sprache. Monate hatte er es nicht betrachten können und nun stand er vor ihm. Slags Magen zog sich zusammen. „Ich ...", begann er.

„Nicht jetzt! Wir reden später. Jetzt müssen wir von der Insel runter."

„Wieso tust du das, Des? Du willst doch nicht wieder ihm Knast landen?" Ohne es verhindern zu können, hob sich seine Hand an Caidens Gesicht und sein Daumen strich über dessen Jochbein. Vielleicht war es genau das, was Caiden bezweckte?

Caidens Kehlkopf hüpfte sichtlich. Dann räusperte er sich. „Noch mal, nicht jetzt. Wir haben keine Zeit zu diskutieren, unser Zeitfenster ist sehr begrenzt. Ich hoffe, sie haben es nicht schon bemerkt. Slag", sagte er eindringlich. „Wir müssen hier runter. Damit meine ich nicht nur die Insel, sondern auch die Steilwand."

„Fuck!" Automatisch wich er einen Schritt zurück. Die Hand an Caidens Wange fiel ins Leere. „Das kann ich nicht!"

„Doch, kannst du."

Er schüttelte den Kopf.

„Hör mir zu. Hätte ich eine Wahl, würde ich dir eins auf deinen Dickschädel hauen und dich hinunterlassen. Aber ich brauche deine Mithilfe, du wiegst über hundert Kilo und darunter sind es einige ... äh ... Meter."

„Wie zur Hölle soll ich das machen?" Schon der Gedanke machte ihn schwindelig.

Jetzt spießte Caidens Blick ihn auf. „Keine Ahnung. Das ist der Knackpunkt im Plan. Wenn du verkackst, werden wir alle geschnappt oder draufgehen."

Slag keuchte. Dieser kleine Bastard wollte ihn herausfordern.

„Du musst nach oben sehen. Aber es wird ein harter Abstieg", fuhr Caiden fort. „Ich seile dich ab. Wenn du unten bist, seile ich Gif ab und folge zum Schluss."

Unschlüssig betrachtete er Caiden.

Da trat Caiden an ihn heran und strich langsam mit den Fingern über seine vernarbte Wange und flüsterte. „Klettern ist mein Leben. Vertrau mir. Ich schaffe das ... zusammen schaffen wir das."

Ein wohliger Schauer rieselte über seinen Rücken und für einen Moment schloss er die Augen, genoss die Berührung. „Du kämpfst mit unfairen Mitteln", sagte er rau.

„Ich weiß, nicht anders als du."

Das saß. Er öffnete die Lider und blickte Caiden an. „Ich weiß nicht, ob ich das kann. Ich meine, mir wird schwindelig, das kann ich wohl kaum beeinflussen."

„Du musst dich auf die Wand vor dir konzentrieren. Es tut mir leid, hier hinab ist der einzige Weg."

„Fuck!"

„Slag", sagte Caiden beschwörend. „Du bist der furchtloseste und gleichzeitig furchteinflößendste Mann, den ich kenne. Du scheust keinen Kampf, selbst den vermeintlich aussichtslosesten nicht, begibst dich hinein, ohne jedes Zögern, tötest selbst die fähigsten Gegner, ohne mit der Wimper zu zucken.

Wenn du ein Hai bist, sind alle anderen Guppys gegen dich. Das hier ist dagegen ein Kinderspiel. Du schaffst das hier!“

Slag war immer noch unfähig, etwas zu sagen.

„Wenn du nicht mitkommst, kann ich auch nicht gehen.“

„Wieso nicht?“ Himmel, klang seine Stimme heiser.

Caiden sah ihm fest in die Augen. „Das weißt du verdammt genau. Ich habe mich einmal zum Narren gemacht, ich tue es nicht erneut.“

„Caiden ... ich ... es tut mir leid, dass ich dich so beha...“ Weiter kam er nicht, denn Caidens Finger legte sich auf seine Lippen.

„Pst. Genug jetzt. Darüber werden wir nicht jetzt und nicht hier reden. Das hier, Slag -“ Caiden zeigte mit dem Daumen auf den Abgrund hinter sich. „Wird vermutlich der schlimmste Kampf, den du je bestreiten musstest, denn er ist gegen den härtesten Gegner, den du je hattest – dich selbst.“ Caiden verstummte und blickte ihn abwartend an.

Scheiße, Caiden hatte ihn an den Eiern. Slag schluckte, einmal, zweimal, dreimal. Dann schloss er resignierend die Augen und hörte sich sagen: „Also gut, Kleiner. Aber kann ich einen letzten Wunsch äußern, nur falls ich abstürze oder zur Motivation? Ich möchte dich gerne wenigstens einmal noch küssen.“

„Nein!“, sagte Caiden mit Nachdruck. „Den und das Recht dazu musst du dir erst verdienen.“ In Caidens Augen trat ein harter Glanz. „Runter da! Jetzt!“

„Fuck!“ Mehr gab es nicht zu sagen. Normalerweise nahm er sich, was er wollte. Aber wenn er Caiden ... zurückgewinnen wollte, musste er wohl im Moment nach dessen Regeln spielen. Slag nickte. „Also gut.“

„Okay.“ Caiden ging zu einem Busch und zauberte allerlei Zeugs hervor. Zurück bei Slag, begann er mit routinierten Griffen ihm den Klettergurt anzulegen. Dann rief er Gif zu sich und erklärte ihnen, wie es ablief.

Zehn Minuten später steckte Slag in der Wand und konnte kaum noch atmen. Mit aller Macht kämpfte er gegen eine Panik an und starrte auf die Wand knapp über sich, dass ihm schon die Augen tränten. Langsam zuckelte er in die Tiefe, folgte Caidens gerufenen Befehlen. Es war die Hölle, die Zeit schien still zu stehen. Er fragte sich ernsthaft, ob er nicht doch lieber noch zehn Jahre allein auf der Insel verbracht hätte. Er hatte keine Ahnung, wie weit es noch bis unten war. Verdammt, was, wenn er abstürzte? Mit einem Schlag brach sich die Panik endgültig Bahn. In seinen Ohren rauschte es so laut, dass er Caiden nicht mehr verstand, und der Ring um seine Brust, der ihm schon die ganze Zeit die Luft abschnürte, zog sich ruckartig zusammen. Scheiße, lag das am Klettergeschirr oder bekam er einen Herzinfarkt? Mitten in der verschissenen Felswand? Er riss den Mund auf und versuchte Luft in die Lungen zu pumpen. Nichts! Er atmete schneller. Nichts! Unruhig zappelte er in dem Geschirr!

„… S L A G ! … RUHIG! NICHT RUMHAMPELN!“, drangen die gerufenen Worte zu ihm durch.

CAIDEN! Er konzentrierte sich auf die Stimme.

„So ist es gut, Großer! Schön ruhig bleiben! Jetzt atmest du so lange aus, bis ich bis Sieben gezählt habe. Hörst du! Danach atmest du tief ein, so lange wie ich bis Vier zähle. Achte genau auf meine Zahlen. Zähle und atme mit mir!“

Er versuchte es. Blies die Luft aus, bis Caiden bei Sieben ankam. Da hatte er schon keine mehr in sich, entsprechend gierig holte er Atem und bemühte sich, dies so lange zu tun, bis Caiden endlich bei Vier ankam.

Das Spiel wiederholten sie zigmal, nur unterbrochen von kurzen Handlungsanweisungen.

Plötzlich berührten seine Beine etwas. Er traute sich kaum, nach unten zu sehen, falls es nur ein Felsvorsprung war. Doch es war tatsächlich der Boden. Gischt spritzte ihm um die Ohren. Er löste das Geschirr, das Caiden sofort wieder hochzog. Im selben Moment wurde er von den Ausläufern einer Welle getroffen. Vor Erleichterung wurde ihm schwindelig und auch, weil er jetzt erst registrierte, wie hoch diese Klippe war. Er tippte auf hundert Meter. DA war er runter?! Plötzlich hob sich sein Magen, um im Nachhinein zu protestieren. Prompt fiel er auf die Knie und kotzte sich die Seele aus dem Leib. Sofort spülte eine Welle seine Hinterlassenschaft ins Meer. Er fiel auf den Rücken und atmete tief die salzige Luft ein. Immer wieder trafen ihn kleine Wellen. Er wartete darauf, dass sich sein Puls normalisierte. Zur Hölle, Caiden dieser Satansbraten hatte ihn durch das gemeinsame Zählen und Atmen so abgelenkt und beruhigt, dass er die Klippen aus dem Fokus verloren hatte.

Gif folgte ihm relativ zügig. War das bei ihm auch so schnell gegangen?

Dann kam Caiden, ohne Sicherung, und krabbelte wie Spiderman die Wand hinab. Slag wurde beinahe erneut schlecht, als er zusah. Scheiße, Caiden. Wie konnte der kleine Bastard ihm so etwas antun?

Kurz bevor er unten ankam, löste Caiden einen Seesack, den Slag jetzt erst registrierte, von der Steilwand. Unten zog er allerlei Kram heraus. „Zieht das an." Damit hielt er Slag und Gif schwarze Neoprenanzüge hin. „Müssten passen."

Ruckzuck schälte sich Caiden aus seinen Klamotten und schlüpfte in einen Neopren. Gif und er folgten seinem Beispiel.

„Wir schwimmen", bestimmte Caiden. „Wir müssen aber aufpassen. Hier vorne sind scharfe Felsen. Kriegt ihr es hin, euch an mich zu hängen, ohne mich zu ersäufen?"

Gemeinsam mit Gif nickte er.

„Gut. Slag, du hängst dich an mich, dahinter Gif." Caiden glitt schon in die Fluten und wartete auf sie.

Slag legte seine Pranken auf Caidens Schultern und spürte, wie Gif bei ihm das Gleiche tat.

Dann schwamm Caiden los und sie unterstützten ihn mit kräftigen Beinschlägen.

Etwa fünf bis sieben Minuten später befahl Caiden: „Lasst los. Ab hier kann jeder selbst schwimmen. Aber hinter mir her."

Nach etwa weiteren zwanzig Minuten erhob sich die Silhouette eines kleinen dunklen Schlauchboots vor ihren Augen. Zielstrebig schwamm Caiden darauf zu und kletterte hinein.

Als sie alle an Bord waren, drückte Caiden ihm ein Paddel in die Hand. „Rudern!"

„Was ist mit dem Motor?“ Slag zeigte auf den kleinen Außenborder.

„Zu laut! Rudern!“ Caiden setzte sich neben ihn und begann, ebenfalls zu paddeln.

Er hatte keine Ahnung, wie Caiden das machte. Ohne jegliches Navigationsgerät steuerte er sie durchs nachtschwarze Meer. Schon allein beim Schwimmen waren sie etwa einen Kilometer aufs Meer rausgeschwommen ohne jede Orientierung, zumindest kam es Slag so vor. Trotzdem waren sie auf diese Nussschale getroffen und nun führte Caiden sie genauso traumwandlerisch weiter. Es war beinahe unheimlich.

Nach weiteren dreißig Minuten – immer aufs Meer hinaus, weg von der Insel - warf Caiden den Motor an. Sie fuhren noch eine halbe Stunde, dann erreichten sie ein Boot mit Kajüte und wechselten an Bord. Das Schlauchboot wurde am Heck befestigt.

Sofort startete Caiden auch diesen Motor. „Ihr könnt euch frisch machen und ausruhen. Unten sind Klamotten, Essen und Getränke. Wenn ihr wollt, könnt ihr auch schlafen.“

Wow, beeindruckt starrte er Caiden an. Der Teufelskerl hatte das alles geplant, an alles gedacht und war die Souveränität in Person. Stand aufrecht wie ein gottverdammter Pirat am Steuer und fuhr sie – wie sollte es anders sein - zielstrebig ohne Beleuchtung durch die Nacht. Anscheinend sah er mehr als sie. Blieb zu hoffen, dass sie nicht mit einem anderen Boot kollidierten, das womöglich ebenfalls ohne Positionslampen fuhr.

Er ertappte sich immer wieder, wie sein Blick hungrig über Caiden glitt, der in diesem hautengen Neopren total scharf aussah. Das mittlerweile mehr als schulterlange schwarze Haar wehte ihm ums Gesicht.

Aber Caiden achtete nicht weiter auf ihn, sondern unterhielt sich stattdessen mit Gif, der seine Neugierde kaum bezähmen konnte und ihn mit lauter Fragen zur Flucht bestürmte.

Irgendwann holte Slag die Müdigkeit ein. Der emotionale Stress durch den Abstieg und auch das Wiedersehen hatten ihn ausgepowert. Slag legte sich hin und schloss die Augen. Das

Rattern des Motors, das Plätschern des Wassers lullten ihn ein ... und auch das Wissen, dass Caiden wieder da war. Sie würden das hinbekommen. Der Desperado wäre nicht gekommen, wenn es keine Chance gäbe.

Einundzwanzig

CAIDEN

Er fuhr den Anker aus, nachdem er das Boot in eine kleine, versteckte Lagune hinter die Felsen einer unbewohnten Insel gelenkt hatte, die er bei seinen Pirschfahrten entdeckt hatte. Von hier aus würden sie ihren Weg Richtung Süden fortsetzen. Doch erstmal brauchte er eine Pause.

Als das Boot vertäut war, fiel die Anspannung von ihm ab. Seine Glieder fühlten sich plötzlich an, als hingen Vierzig-Tonner daran. Er schälte sich aus dem Neopren und schlüpfte in eine Boardshorts, da der Morgen schon dämmerte und es angenehm warm war. Anschließend ging er in die Kajüte, um sich eine Limonade zu holen und um Slag zu betrachten, der friedlich wie ein Baby schlief. Zum zweiten Mal, seit Caiden ihn kannte, weckte ihn nicht das kleinste Geräusch.

So friedvoll hatte er noch nie gewirkt. Die langen Haare hatte er geöffnet, was er selten tat. Durch das überwiegende Blond und den friedlichen Ausdruck im Gesicht sah er auf einmal nicht älter aus, als er war: Mitte, Ende dreißig.

Am liebsten hätte er über Slags imposante Brust gestrichen, aber er war noch nicht bereit für ein Gespräch und da die Gefahr bestand, dass der Kerl dann aufwachte, verkniff er sich das. Erst musste er schlafen.

Mit seinem Getränk ging Caiden wieder hinaus und ließ sich auf den bequemen Lederpolstern nieder, um den Sonnenaufgang zu betrachten und sich insgeheim zu freuen, dass sein akribisch ausgearbeiteter Plan funktioniert hatte.

Nachdem er damals freigelassen worden war, hatte er sich direkt dort, wo sie ihn abgesetzt hatten, in ein Hotel eingemietet. Dann hatte er sich dieses Fischerboot samt Beiboot gebraucht gekauft, war nach San Andrés gefahren, wo er einen Liegeplatz gemietet hatte, und wohnte seitdem auf dem Schiff. Wichtig war die dunkle Farbe gewesen. Er hatte bar bezahlt. Trotz seines jungen Alters hatte er mittlerweile reichlich Geld zusammen, um gut leben zu können. Was natürlich auch an seinem Familienhintergrund lag, aber ebenso an seinem Talent.

Im Moment musste er allerdings die Füße stillhalten. Schließlich war der Rest seiner Strafe zur Bewährung ausgesetzt. Das bedeutete, dass er dreieinhalb Jahre in Ödnis versinken musste. Doch die Befreiung von Slag würde der Coup seines Lebens. Auf eine Gefängnisinsel einbrechen, um jemanden zu befreien. Genau sein Geschmack. Er liebte den Kick, nicht das Stehlen.

Mit dem Boot hatte er sich über Wochen täglich der Insel angenähert, getarnt als Fischer, die vor allem nachts rausfuhren.

Er hatte zunächst in einem großzügigen Umkreis die Gewässer rund um San Andrés, Providencia und Island of Damned Souls erkundet und dabei unbewohnte Inseln entdeckt. Danach hatte er sich auf das Gebiet rund um die Knastinsel konzentriert. Schließlich hatte er mit einem Fernglas die Steilwände betrachtet, mit Hilfe der Inselpläne in seinem Kopf die Zäune und Überwachungskameras ausgekundschaftet, alles mit einer Engelsgeduld. Das Schlupfloch war ihm schon auf der Inselkarte im PC des *Wassertaxis* aufgefallen: ein Bereich der Insel von etwa sieben Metern Breite, an dem es keine Zäune am Strand gab. Auch die Steilwand war an der Stelle ein toter Fleck im Überwachungssystem, ungefähr auf einer Breite von vier Metern. Es gab dort keine Alarmsicherungen, keine Kameras, einfach nichts. Doch er hatte das Ganze wochenlang beobachtet, weil er dem Braten nicht traute. Aber die Karten sagten die Wahrheit.

Unten am Strand war der Streifen extrem schmal, vielleicht nur zwei Meter in der Tiefe. Er war nur während eines sehr kurzen Zeitraums von etwa anderthalb Stunden rund um das Tideniedrigwasser begehbar – etwa fünfundvierzig Minuten vorher und fünfundvierzig Minuten nachher, bevor er wieder von den Wassermassen verschlungen wurde. Deshalb gab es dort auch keine Zäune und deswegen hatten sie sich auch so beeilen müssen. Caiden hatte alles einkalkuliert, auch die Zeit, um Slags Bedenken zu zerstreuen oder bei etwaigen Schwierigkeiten in der Wand wie Slags Panikattacke. Er hatte nichts dem Zufall überlassen.

Nachdem er damals mit dem Fischerboot alles ausgekundschaftet hatte, hatte er begonnen, zu rechnen, zu überlegen und zu planen, wo er das Boot am besten ankern konnte, um mit dem Beiboot auf eine gewisse Nähe heranzukommen. Außerdem hatte er sich mit den Sternbildern beschäftigt.

Dann war er mit Tauchausrüstung ins Wasser gegangen, um herauszufinden, ob und wo es unter Wasser eine Möglichkeit gab, zwischen den Felsen hindurchzukommen. Er hatte zig Tauchgänge benötigt. War immer zu Zeiten der Ebbe und bei Tageslicht gekommen, weil man Tauchlampen einfach zu weit sehen konnte. Bis er alles herausgefunden hatte: Wie lange die Abstände vom Boot zum Beiboot und zur Insel waren. Wo sie durch die vorgelagerten Felsen schlüpfen konnten.

Anschließend hatte er die Wege bei Nacht eingeübt, sich an den Sternen orientiert, viele Nächte lang. Eine weitere Herausforderung war das Anschwimmen gegen Ebbe und Flut. Aber zum Glück war dieser kleine Strandabschnitt durch einige seitlich gelagerte, große Felsen im Meer geschützt, so dass dieser Bereich im Strömungsschatten lag.

Dann hatte er begonnen, die Steilwand zu erklimmen und Sicherungshaken anzubringen. Dazu war er diverse Nächte in Folge zur Insel getaucht, hatte Flasche und Flossen abgelegt und aus einem wasserdichten Sack seine Kletterausrüstung gezogen, angelegt und war hinaufgeklettert. Mehrfach war er Slag ziemlich nah gekommen und in Versuchung geraten. Doch die Vernunft hatte gesiegt.

Die letzten Nächte seiner Vorbereitungsphase war er dann sogar bis ans Gebäude ran, in dem Slag schlief, um den Weg und die Zeit zu testen. Die Versuchung war beinahe übermächtig geworden.

Zum Schluss war er mehrere Tage mit seinem Boot im Hafen geblieben, hatte Vorräte und Ausrüstung für die Zwei gekauft, sich ausgeruht – denn er wusste, dass er ungefähr sechsunddreißig Stunden ohne Schlaf auskommen musste - und auf den Vollmond gewartet, damit sie nachts besser sehen konnten.

Allerdings hatte er immer noch keine Lösung, wie er seinen Bruder überzeugte. Denn Slag war die Person, die sein Bruder suchte. Aber eine Baustelle nach der anderen. Erst schlafen, dann das Gespräch mit Slag … dann sein Bruder.

Der rote Feuerball, der sich aus dem Meer erhob und alles in magische Farben tauchte, wärmte sein Gesicht und Caidens Augen fielen zu.

♦♦♦

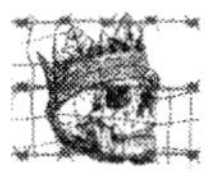

SLAG

Er schlug die Lider auf. Wie neugeboren, so fühlte er sich und konnte sich nicht erinnern, wann er das letzte Mal so gut geschlafen hatte. Mindestens fünfzehn Jahre war das her. Ach was, länger. Ein Sonnenstrahl kitzelte ihn und etwas orientierungslos betrachtete er die Holzdecke, auf die er starrte.

Plötzlich fiel ihm alles wieder ein. Caiden hatte ihn rausgeholt. Dieser Teufelskerl.

Suchend schaute er sich in der Kajüte um, entdeckte aber nur Gif, der vor sich hin schnarchte. Wo war Caiden? Unruhe überfiel ihn. Doch dann spürte er ein sanftes Schaukeln und hörte das leise Plätschern von Wellen gegen einen Bootsrumpf. Weit konnte Caiden nicht sein.

Er sah auf die Uhr an der Bootswand: 10:06 Uhr. Gekleidet in die Boardshorts, die er sich gestern übergezogen hatte, erhob er sich, erfrischte sich inklusive Zähneputzen, band die Haare zusammen und ging nach draußen.

Da lag Caiden rücklings auf den Polstern des Decksofas, einen Arm auf der Brust, den anderen über dem Kopf. Die Sonne tauchte den schlanken harten Körper in bronzenes Licht und zeichnete bläulich schillernde Reflexe in die schwarzen Locken.

Wieso war er nicht reingekommen?

Ein Stich schoss durch seine Brust und unbewusst rieb er die Stelle auf der linken Seite. Mal abgesehen davon, dass Slag nicht annahm, dass zwischen ihnen einfach alles wieder gut war, wo hätte Caiden in der beengten Kajüte auch hinsollen?

Er hockte sich vor Caiden und strich ihm einige wilde Locken aus der Stirn. Caiden murmelte etwas im Schlaf und rekelte sich, dann atmete er tief weiter. Er wurde mutiger und legte ihm die Hand an die Wange, sein Daumen fuhr über diese verhexte Unterlippe. „Caiden."

Schlaftrunken hob der ein Lid. „Was'n? Wie spät?"

„10:12 Uhr."

„Erst viereinhalb Stunden, muss noch schlafen", nuschelte Caiden.

„Tu das", raunte Slag. Wie von selbst begannen seine Finger über Caidens Körper zu wandern, umrundeten die Brustwarze ...

Caiden bog sich ihm entgegen.

... strichen in Zeitlupe den Bauch hinab ...

Ein leises Seufzen war die Antwort.

... entlang des Saumes der Shorts ...

Rekeln, Wölben - nicht nur der Rücken -, Stöhnen.

Dann stoppte Caidens Hand sein Tun, indem sie sich mit Kraft um Slags Handgelenk schloss und ihn festhielt. Caidens Augen flogen auf. „N-nicht!", stammelte er mit einem Keuchen. „Das kannst du nicht tun, Slag. Dazu hast du kein Recht. Du kannst mich nicht behandeln wie Scheiße unter deinem Schuh und denken, du hättest jetzt einen Anspruch auf mich." Caiden sprang auf und lief auf dem Deck auf und ab, fuhr sich mit der Hand durch die wilde Mähne.

Slag erhob sich ebenfalls. „Ich weiß. Sorry, aber die Versuchung war zu groß. Du ... du ..." Fuck, warum war das so schwer zu sagen? Er gab sich einen Ruck und brachte halbwegs heraus, was er eigentlich loswerden wollte. Aber in so etwas war er einfach schlecht, hatte keine Erfahrung. „Es war nicht dasselbe ohne dich ... dort.“ Er nickte in eine unbestimmte Richtung zum Meer. „Lass uns reden.“

Caidens angespannte Schultern sackten herab. „Ach, was soll’s. Scheiß auf Schlaf. Komm mit.“ Caiden zog das Beiboot, das hinter dem Schiff vertäut war, heran, kletterte hinein und sah ihn auffordernd an.

„Wo willst du hin?“

„An Land. Oder möchtest du das alles vor Gif breittreten?“

Ups, den hatte er völlig vergessen. „Nicht wirklich.“ Slag folgte ihm ins Boot und Caiden fuhr sie an Land.

Es gab einen kleinen Strand mit einer Palme, geschützt zwischen den Felsen. Als Caiden das Boot gesichert hatte, nahm er ein Handtuch, das im Rumpf gelegen hatte, breitete es aus und ließ sich nieder. Die Arme schlang er um die Knie und starrte aufs Meer hinaus.

Slag setzte sich neben ihn, nahm die gleiche Haltung ein und blickte ebenfalls aufs Wasser.

So saßen sie eine ganze Weile und schwiegen.

Ihm war klar, dass er am Zug war, aber er tat sich verdammt schwer. So etwas war er nicht gewohnt: sich auszusprechen. Aus den Augenwinkeln betrachtete er Caidens Gesicht, das verschlossen war. Die Lippen bildeten einen dünnen Strich, die Augenbrauen waren tief zusammengezogen, die Wangen starr.

„Willst du den ganzen Tag hier sitzen und mich anstarren?“, fragte Caiden gereizt.

„Nein, will ich nicht! Was ich eigentlich will, kann ich nicht tun, aus Respekt vor dir.“

„Respekt vor mir?! Das ich nicht lache … Du bist vielleicht geil auf mich, aber mit Respekt hat das nichts zu tun. Der geht dir völlig ab, zumindest für mich.“

Er fuhr herum und starrte Caiden nun aus schmalen Schlitzen an. „Du bist der einzige Mensch, den ich uneingeschränkt respektiere“, zischte er. „Selbst Gif bringe ich nicht so viel Respekt entgegen wie dir.“

Jetzt wandte sich Caiden ihm zu. „Aha, du hast eine interessante Art, das zu zeigen."

„Ich hab's verbockt, ich weiß. Bei allem, was mir heilig ist, ich respektiere dich wie sonst niemanden."

„Dir ist nichts heilig."

Slag seufzte genervt. „Caiden", grollte er. „Ich konnte nicht zulassen, dass du auf der Insel bleibst ... nicht wegen mir."

„Wieso nicht? Hör mir jetzt genau zu. Erstens: was ich tue, ist rein meine Entscheidung, nicht deine. Zweitens: wieso verdammt nochmal glaubst du, du wärst es nicht wert?"

Weil ich ein brutaler Wichser bin. „Zum Teufel noch eins", fuhr Slag auf. „Ich konnte dich nicht deine Freiheit und deine Chance auf ein neues Leben wegwerfen lassen. Damit hätte ICH nicht leben können."

„Stattdessen konntest du besser damit leben, mich wie den letzten Dreck zu behandeln und im Glauben zu lassen, ich wäre nur ein paar Ficks für dich, ein vorübergehender Freizeitvertreib?! Das war schlimmer als das, was der Arier und seine Kumpels mit mir angestellt haben, du blödes Arschloch!" Caiden atmete tief durch und beruhigte sich. „Scheiße, Zane, ich habe dir vertraut."

Autsch! Das war harter Tobak und schmeckte verdammt bitter. Säure stieg in seiner Speiseröhre auf. „Das war ein Fehler", gab er ruhig zu.

„Was? Dir zu vertrauen? Ja, das habe ich auch gemerkt."

„Das meinte ich nicht, sondern wie ich mit dir umgegangen bin, was ich zu dir gesagt habe, an deinem letzten Morgen. Ich habe es sofort geschnallt, hatte aber keine Zeit mehr, es dir zu erklären."

„Hm", grummelte Caiden. „Und jetzt?"

„Jetzt würde ich es gerne wieder gut machen, wenn du mich lässt!?"

„Wie soll das aussehen? Denkst du, du fickst mich und alles ist wieder im Lot?" Caiden war bissig wie ein wütender Pitbull.

Slag schüttelte den Kopf. „Wohl nicht, aber es wäre ein Anfang." Er wackelte mit den Augenbrauen und grinste.

„Hast du arroganter Idiot dich eigentlich schon jemals bei jemandem entschuldigt?"

Er schüttelte den Kopf. Doch dann nickte er. „Bisher nur bei dir. Caiden, ich wollte nicht ... Es lag nicht in meiner Absicht ... Scheiße!" Er fuhr sich über die Haare. „Es tut mir leid, okay? Wenn es dich beruhigt, ich habe mir dabei ins eigene Fleisch geschnitten."

„Hm, immerhin ein Anfang … Warum?" Die grün funkelnden Augen spießten ihn förmlich auf. „Warum hast du dir ins eigene Fleisch geschnitten?"

Verfickte Scheiße, was wollte der Bursche hören? Etwa einen Liebesschwur? Das konnte er nicht. „Ich ..." Er brach ab.

„Jaaa?", fragte Caiden lauernd.

Da warf sich Slag auf ihn und begrub Caiden unter sich, zerrte dessen Arme über den Kopf und nagelte sie in den Sand. „Ich sage dir das jetzt einmal", brummte er heiser, während er auf Caiden herabschaute. „Ich will dich! PUNKT!"

Enttäuscht biss Caiden die Kiefer aufeinander. „Mehr hast du nicht zu bieten?"

Er presste den stahlharten Schwanz – wann war das passiert? - gegen Caiden. „Ich finde, der ist schon ganz schön groß", brummte er süffisant.

„Himmel, kannst du mich nicht einmal ernstnehmen, du Penner?!"

Jedes Grinsen wich aus Slags Gesicht. „Ich nehme dich verdammt ernst. Aber ich bin weder gut mit Worten noch in Gefühlen. Ich will mehr von dir als nur Vögeln, kapiert? Aber ich kann es weder besonders gut äußern noch ausdrücken, jedenfalls nicht, wenn dir mein Rohr an deinem Unterleib nicht reicht."

„Nun", zischte Caiden. „Dann wirst du dich anstrengen und über deinen Schatten springen müssen. Schließlich hast du mir ebenfalls einige verdammt unangenehme Erfahrungen und Erlebnisse eingebrockt. Wieso sollte es für dich leichter sein?"

Er senkte den Kopf und fuhr mit der Nase über Caidens Wange bis zum Ohr. Mhmm, wie er dieses Aroma mochte. Rau flüsterte er: „Es war nicht leicht für mich. Nichts davon. Weder dir derart übel mitzuspielen, dich zu verraten – wie nennst du es? - und zu verleugnen, noch ohne dich elender Nervensäge auskommen zu müssen. Du hast mir gefehlt, du kleiner Bastard, okay? Das Aufstehen fiel mir schwer, das Duschen, das Essen, den Tag auszuhalten, das Zubettgehen, alles fiel mir schwer."

Er zog sich zurück und betrachtete Caiden erneut, der prompt grübelnd auf seiner Unterlippe herumkaute. Wahrscheinlich wägte er ab, ob Slag das ernst meinte oder vielleicht auch, ob ihm das Gehörte reichte.

„Lass das! Hör auf, deine verfluchte Lippe zu malträtieren ... Dieses Mistding ist mein Untergang", stöhnte er zehn Sekunden später, weil Caiden statt wie befohlen noch mehr damit spielte und sie jetzt zwischen die Zähne sog – absichtlich.

Slags Blick hing wie der pawlowsche Hund daran fest, gleich sabberte er. Yupp, er war auf dieses kleine pralle Ding konditioniert. Prompt schwoll sein Schwanz zuckend weiter an.

„Klopfst du an oder was wird das?", fragte Caiden mit Rauch in der Stimme. Er brachte dabei tatsächlich einen Augenaufschlag zustande, der zwar jeder Frau Konkurrenz machte, trotzdem nicht weiblich aussah, und Slag fast um den Verstand brachte.

„Möchtest du daran knabbern?" Caiden leckte sich über das Objekt der Begierde.

Slags Kehle wurde eng und sein Hirn rauschte schlagartig in den Süden. Wie ein Wackeldackel auf Ecstasy nickte er, obwohl er keine Ahnung hatte, was Caiden genau meinte: Schwanz oder Lippe? Egal, er nahm beides.

„Hm. Tja, ich fürchte, das wird nichts." Jetzt rekelte sich Caiden unter ihm. „Denn ich werde es dir, glaube ich, nicht erlauben." Dabei grinste der Mistkerl teuflisch. „Es sei denn ..."

„Vergiss es, ich werde nicht *Sitz-machen* oder Liebesschwüre von mir geben", grollte Slag um Beherrschung bemüht. Denn Caidens Latte war deutlich spürbar, als der Bastard sich genüsslich an ihm rieb.

Der kleine Wichser spielte mit ihm. „Falls du mich herausfordern willst, solltest du dir überlegen, ob du mit der Antwort leben kannst. Du entzündest gerade einen Flächenbrand von der Größe Australiens." Bei diesen Worten beugte er sich unendlich langsam zu Caiden hinab, verharrte kurz vor dessen Mund und tat gar nichts.

Sie starrten sich gegenseitig an, ihre Blicke verhakten sich. Nur ihr Atmen war zu hören.

Caidens bisher grünlich schimmernde Augen veränderten sich, wurden dunkel und wirkten jetzt eher braun. Immer wieder faszinierte ihn das Farbspiel in den Augen des anderen. Caidens Lider sanken auf Halbmast und der Blick richtete sich auf Slags Mund.

Ehe er sich versah, schnellte Caiden vor und biss ihm geradezu schmerzhaft in die Unterlippe. Er keuchte und zuckte leicht zurück.

Eine Sekunde später fuhr Caidens Zunge beruhigend über die misshandelte Stelle.

Zum Teufel! Sein Schwanz wurde noch härter. Mit einem Knurren presste er den Mund auf Caidens und durchbrach dessen halbherzige Barriere, stieß in die heiße Höhle vor, labte sich an Caidens Geschmack, forderte dessen Zunge heraus.

Sie küssten sich ungestüm und stöhnten beide gleichzeitig vor Erleichterung und Begehren.

Oh Fuck, wie hatte er das vermisst! Slag wurde immer gieriger. Am liebsten würde er Caiden verschlingen. Für einen Moment ließ er von dem heißen Mund ab, zog sich etwas zurück, um ihn zu betrachten.

Doch Caiden folgte ihm, hob den Kopf und forderte einen weiteren Kuss.

Ein Grollen brach aus Slags Brust.

Keuchend lehnte Caiden sich zurück. „Schauen wir doch mal, wer mit wem spielt."

Erneut fiel er über den Dieb her und raubte ihnen beiden fast die Sinne, als ihre Zungen ein Duell ausfochten. Er zog Caidens Arme höher über den Kopf, streckte ihn unter sich, so dass der Desperado noch mehr gegen seinen Körper gepresst wurde.

Immer wenn einer von ihnen aufhörte, setzte der andere nach. Sie kämpften um die Vorherrschaft.

„Stopp ... stopp ... stopp!“

Slag brauchte einen Moment, bis die eindringlich geflüsterten Worte in seinem lustvernebelten Gehirn ankamen. Sofort zog er sich zurück und schaute Caiden besorgt an.

„Was wird das hier, Slag? Du weißt, was ich für dich empfinde. Ich habe es dir gesagt und werde es kein weiteres Mal tun, jedenfalls nicht, solange du es dir und mir gegenüber nicht in irgendeiner Form eingestehst. Bist du bereit, zu mir zu stehen? Ich meine es ernst.“

Darüber brauchte er keine Sekunde weiter nachzudenken, das hatte er längst. Vier verfluchte Monate lang hatte er sich gewünscht, die Uhr zurückdrehen zu können. „Ja, verdammt! Das bin ich! Auch wenn ich nicht kapiere, was du an mir findest.“ Er nahm eine Hand von Caidens Handgelenk, strich mit seinen rauen Fingern eine Weile über Caidens Wange, spürte die Stoppeln, und betrachtete mit schief gelegtem Kopf fasziniert sein eigenes Tun. Mit Samt in der Stimme fuhr er fort. „Allerdings weiß ich nicht, ob es für ... für ... immer reicht. Ich fürchte, so bin ich nicht gestrickt. Andere Menschen haben mich bisher nie interessiert und auf diese Weise schon gar nicht. Du bist der erste. Ich habe keine Erfahrungen in dieser Hinsicht und kann dir nichts versprechen. Aber ich werde nie wieder so eine Nummer mit dir abziehen.“ Seine Hand umfasste wieder Caidens Handgelenk. „Jedoch bin ich nicht der Typ, der so etwas der Öffentlichkeit demonstriert. Nur, damit das klar ist!“

„Das habe ich auch nicht erwartet, Zane. Aber ich habe zwei Bedingungen:

Erstens solltest du wenigsten irgendwann mir gegenüber in der Lage sein, zuzugeben, was du für mich empfindest. Darauf werde ich warten.

Zweitens gib dich mir heute hin.“

Ach du scheiße, er sollte ... Wie selbstverständlich war er immer davon ausgegangen, dass er ... der Top ... in ihrer – was auch immer? Beziehung? – war. Aber natürlich. Auch wenn er beim Sex gerne den Ton angab, hieß das nicht, das er Caiden als unterwürfig oder schwach wahrnahm. Zwar war Caiden körperlich unterlegen, aber das war jede Frau auch ... im Prinzip beinahe jeder andere Mann, jedenfalls gegen ihn, den Killer. Trotzdem betrachtete er weder Frauen noch Caiden als schwache Wesen. Wie gesagt, er respektierte Caiden voll und ganz. Der Gedanke, gleich gefickt zu werden, machte ihn nervös. Dennoch zuckte sein Schwanz gewaltig beim Gedanken daran, vor allem bei der Vorstellung, dass es Caiden war, der ihn bestieg.

„Hast du Angst?", fragte Caiden mokant, der natürlich Slags Zögern richtig interpretierte. „Ich nehme an, in der Hinsicht bist du noch Jungfrau. Ich finde, du solltest die Erfahrung machen. Ich kann dir versichern, sie ist absolut heiß."

„O-" Scheinbar war seine Kehle mit Sand ausgerieben worden. „Okay." Er rollte sich von Caiden, drehte sich auf den Rücken und breitete die Arme aus. „Ich steh zu deiner Verfügung."

Hell blitzten Caidens Augen auf. Dann schob er sich mit einem breiten Grinsen auf Slag und küsste ihn, forderte Einlass in den Mund, den er ihm nur zu gern gewährte. Caiden erkundete ihn ausgiebig und gemächlich, ließ sich Zeit. Seine Zunge forschte und spielte mit Slags. Der Kuss war beinahe sinnlich, so träge und gleichzeitig verflucht heiß war ihr Zungenspiel. Unwillkürlich stöhnte er in Caidens Mund. Schließlich beendete Caiden den Kuss und pflanzte behutsam kleine Küsse auf Slags Narbe. Er mochte es, wenn Caiden dieser Stelle vorsichtige Aufmerksamkeit schenkte. Die Narbe hatte den Desperado nie gestört. Wohlige Schauer rieselten über Slags Körper.

Caiden leckte sich den Hals hinab bis zur Brust. Gleichzeitig schloss er seine Faust um Slags Erektion und begann ihn zu reiben.

Stöhnend presste Slag Schultern und Fersen in den Boden.

Caidens geschickter Mund und die noch freie Hand spielten mit Slags Brustwarzen. Der lustvolle Frontalangriff auf seinen Körper schloss Slags Synapsen kurz. Er bestand nur noch aus Genuss und Rausch. Das war so höllisch gut. Ein tiefes Knurren brach aus seiner Brust hervor.

Genüsslich fuhr der Desperado mit der Zunge das Narbengewebe des Cuttingmusters auf Slags Torso nach, als leckte er ein Eis.

Erneut wölbte sich Slags Körper dem anderen entgegen. Er wollte mehr davon. So viel mehr … und damit meinte er nicht nur den Sex.

Wie ein Gebet schien Caiden ihn zu erhören. Denn er setzte den Weg über Slags Bauch fort, während er ihn immer härter pumpte.

Beinahe wäre es um ihm geschehen, als Caiden ihn in seinen heißen Mund nahm und tief einsaugte. Reflexartig schnappte er nach Luft und gleichzeitig gruben sich seine Hände in Caidens Locken.

Caiden nahm ihn tief auf und Slag spürte, wie er weit in die Enge des Rachens vorstieß. Ein heiserer Schrei entfuhr ihm. Dann ein weiterer, als Caiden ihn erneut aufnahm und gleichzeitig den lustverhangenen Blick in Slags bohrte. Fuck, sah der Kerl heiß aus, wie er mit geröteten Wangen, vollen Lippen und Lidern auf Halbmast hingebungsvoll an ihm lutschte.

Irgendwann entließ ihn Caiden aus seinem heißen Mund. „Auf die Knie!“, befahl der Desperado rau.

Slag brauchte einen Moment, um zu kapieren ... Dann drehte er sich herum und stützte sich auf alle Viere. Eine Lustwelle in Erwartung des Kommenden brandete durch seinen Körper. Wie würde es sein?

Caiden positionierte sich hinter ihm.

„Aber komm nicht auf die Idee, mir am Zopf zu ziehen“, knurrte Slag drohend. Soweit kam’s noch ...

„Psst.“

Dann spürte er einen Druck an seiner Öffnung.

„Zuerst werde ich dich mit meinen Fingern vorbereiten“, raunte Caiden.

Das Gefühl war extrem erregend und Slag stöhnte laut. Der Reiz wurde intensiver und dann drangen die Finger ein. Mit jeder Bewegung breiteten sich Blitze hinter Slags Lidern aus und ließen ihn keuchen.

„Zum Schluss bekommst du meinen Schwanz.“

Die Finger verschwanden und etwas Großes stieß gegen seine Hinterpforte. Voller Erwartung stöhnte Slag.

Da schob Caiden sich langsam vor.

Slags Erwartung wurde übertroffen. Millimeter für Millimeter wurde er gedehnt und gereizt.

Gleichzeitig griff Caiden um ihn herum und nahm Slags Schwanz wieder in die Hand. Während Caiden sich langsam in ihn schob, nahm die Hand einen gemächlichen Rhythmus auf.

Ihm rauschte das Blut in den Ohren. Lautes Stöhnen erfüllte die Luft. FUCK, was für ein Gefühl: Caiden, der tiefer hineinglitt und ihn dabei von innen wie von außen massierte. Die Nähe zu ihm, die er dabei empfand, war unbeschreiblich. Slag stand schon kurz vor der Explosion. Wie sollte er das aushalten?

Da zog Caiden sich zurück, bis er fast herausglitt, um dann wieder vorzustoßen, fester diesmal. Er klammerte sich mit beiden Händen an Slags Hüften und Slag hatte das Gefühl, seine Augäpfel drehten sich nach innen vor lauter Lust und dem Versuch, noch nicht zu kommen. Ein lauter Lustschrei brach aus ihm heraus.

Caiden erhöhte das Tempo und die Intensität.

Slag verging dabei Hören und Sehen. Er wurde nur noch aufs Fühlen reduziert. Diese unglaubliche Nähe, als verschmolzen sie miteinander. Er bekam nicht genug.

„Fass dich an!“, verlangte Caiden heiser.

Slag schloss eine Faust um seine eigene Härte und pumpte in einem schnellen Rhythmus.

„Komm für mich!“, forderte Caiden stöhnend und schob sich zügellos in Slag hinein, wobei er plötzlich den Winkel veränderte, bis er die Prostata traf. Zeitgleich griff Caiden um ihn herum und umfasste Slags Eier, wiegte sie in der Hand und massierte sie.

Ein bittersüßer Schmerz ließ ihn aufbrüllen, gleichzeitig schoss die Lust aus ihm heraus. Die köstliche Pein löste eine Kettenreaktion aus. Im selben Moment verströmte sich Caiden mit einem heiseren Schrei in ihm und das Gefühl verlängerte die Wellen der Lust.

Schnaufend brach Caiden auf seinem Rücken zusammen und Slags Beine gaben nach. Sie kippten auf die Seite in Löffelchenstellung. Caiden war noch immer mit ihm verbunden und seine Faust hielt Slags Schwanz umschlossen.

~~~

Gut eine Stunde später lag Slag auf der Seite, den Kopf in die Handfläche gestützt, und sah auf den dösenden Caiden herab, der sich nach einem Bad im Meer trocknen ließ. Wie lange war er schon nicht mehr im Meer geschwommen? Abgesehen von ihrer Flucht, über zehn Jahre nicht. Es war herrlich gewesen!

Seine Kuppen strichen über Caidens rechte Brust. Caidens fein definierte Muskeln bebten unter seinen Fingern. Ein faszinierendes Schauspiel.

Jetzt murmelte Caiden etwas und rekelte sich unter der Berührung. In der üblichen Pose döste er vor sich hin: auf dem Rücken, ein Bein angewinkelt, ein Arm überm Kopf, der andere auf der linken Brust. Die langen Wimpern ruhten halbmondförmig auf den hohen Wangenknochen und der Schwanz halb entspannt auf dem Oberschenkel.

Sofort wurde Slags Kehle trocken und sein Schwanz hart. Verdammt, Caiden hatte ihn gerade erst bestiegen und er wollte schon wieder.

„Weißt du eigentlich, wie schön du bist?", murmelte Slag leise. Scheiße, wie er diesen kleinen Bastard ... Was? Etwa liebte? Er war sich unsicher. Tat er das? War er dazu überhaupt in der Lage? ... Auf jeden Fall mochte er ihn. Ein warmes sprudelndes Gefühl breitete sich in seiner Brust aus.
~~~

„Wurde mir schon mal gesagt“, flüsterte Caiden zurück und öffnete die Augen.

„Keine Ahnung, was du mit mir hässlichem Vogel willst.“

Caiden grinste. „Ist mir auch ein Rätsel.“

„Arsch!“ Er wuschelte durch Caidens Haare. „Wieso hast du mich rausgeholt?“

Lange schaute Caiden ihn an. Die unterschiedlichsten Emotionen liefen über das Gesicht. „Ist dir das nicht klar?“

Er zuckte die Achseln. Offensichtlich lag Caiden wirklich etwas an ihm.

„Wir hätten uns nie wieder gesehen ...“ Caidens Stimme klang kehlig, als verursache ihm die Tatsache einen Kloß im Hals.

„Das hätten wir wohl nicht. Ich bin froh, dass du es getan hast.“ Seine Finger wanderten von Caidens Locken zur Wange und fuhren übers Jochbein, dann die Kinnlinie entlang.

„Wie zur Hölle hast du das gemacht?“

Caidens Augen leuchteten auf, als verursache ihm die Erinnerung an die Aktion einen Heidenspaß. Dann erzählte er Slag die Geschichte ihrer Befreiung, von der Idee über die Planung und Vorbereitung bis zur Ausführung.

„Wow, du bist echt ein Teufelskerl.“

„Och ...“ Caiden schlug kurz die Lider nieder, dann flog sein Blick wieder zu ihm. „Wir werden untertauchen müssen. Du jedenfalls. Die Frage ist nur, wo du leben willst? Irgendwo abgeschieden muss es sein. Du wirst dich kaum wegbewegen können.“ Caiden runzelte die Stirn.

Slag zuckte erneut die Achseln. „Ich hätte sowieso lebenslänglich auf dieser scheiß Insel gehabt. Da lebe ich lieber auf der, die ich mir selbst kaufe, mit anständiger Ausstattung und vernünftigen Klamotten.“ Er wackelte mit den Augenbrauen. „Ich hoffe, du ... du ... besuchst mich ab und an ...?“

Caiden starrte ihn an.

„Also ... ich meine ... nur, wenn du willst.“

„Was meinst du ... du kaufst eine ... Insel?“, stammelte Caiden verwirrt.

„Ich habe in meinem alten Beruf sehr viel Geld verdient und es natürlich nicht rückverfolgbar angelegt. Ich meine, ich hab ja keinen für Peanuts umgelegt."

„Verstehe! Als El Demonio!?"

Erstaunt zog Slag eine Braue hoch.

„Gif hat es mir seinerzeit erzählt, als du diese drei Vögel in den Boden gestampft hast … Manchmal bist du wirklich gruselig."

Slag nickte. Was sollte er dazu sagen? Er rollte sich auf Caiden. „Du hast mir keine Antwort gegeben. Wirst du mich besuchen?"

Caiden schluckte sichtlich. „Ja."

„Gut!" Slag senkte den Kopf, um einer seiner neuen Lieblingsbeschäftigungen nachzugehen: Caidens Unterlippe zu foltern, bis dieser keuchte und dessen Schwanz stahlhart wurde. Dann ließ er von ihr ab. „Wo soll ich mir eine Insel kaufen?"

Langsam tauchte Caiden aus den Tiefen der Lust auf. Sein glasiger Blick fokussierte sich. „K-" Er räusperte sich. „Keine Ahnung. Wo du willst? Vielleicht in der Nähe, wo ich lebe?" Unsicherheit schlich sich in Caidens Blick.

Slag legte den Kopf schief, als überlege er. „Bietet sich an, dann kannst du mich einfacher besuchen und mir immer brav die Einkäufe vorbeibringen." Wieder nahm er die Lippe in Beschlag. „Irgendwie könnte ich's immer mit dir treiben", sinnierte Slag. „Außerdem hast du dir meine volle Dankbarkeit verdient. Deshalb werde ich dich jetzt noch einmal dermaßen zum Schreien bringen, dass die Möwen Angst bekommen. Ich will meinen Namen hören, meinen richtigen." Dann begab sich Slags Zunge auf den Weg hinab zu Caidens betonharter Erektion ...

Zweiundzwanzig

SLAG

Mit kräftigen Kraulzügen durchschnitt er das Wasser und genoss es, seinen Körper auszupowern. Sein Ziel war das Boot.

Den Desperado hatte er schlafend am Strand zurückgelassen, nachdem er es ihm wie versprochen besorgt hatte. Mhmm, sein Name aus Caidens Mund, als dieser kam, hatte fantastisch geklungen. Laut und lange hatte er ihn in den Himmel gebrüllt. Sein Schwanz zuckte – schon wieder. Fuck! Gut, dass er im kühlen Nass schwamm, sonst würde er wahrscheinlich wieder über Caiden herfallen. Offensichtlich musste er in vierundzwanzig Stunden vier Monate aufholen ... Aber Caiden brauchte den Schlaf. Er hatte Slag erzählt, dass er beinahe achtundvierzig Stunden wach war. Also hatte Slag ihn im Schatten der Palme zurückgelassen, um überschüssige Energien loszuwerden.

Früher war er ein guter Schwimmer gewesen und jetzt kam ihm das zugute. Nichts hatte er in den zehn Jahren verlernt. Elegant schwamm er zügig dahin, tauchte die Hände immer wieder leise in die Fluten ein, auch der Fußschlag verursachte kaum Geräusche.

Schnell erreichte er die Heckleiter des Boots und hängte sich einen Moment daran, um das Gesicht in die Sonne zu halten. Er schloss die Augen und lauschte auf das Plätschern der Wellen. So fühlte sich Freiheit an.

Ein Murmeln drang an sein Ohr, ein menschliches. Slag konzentrierte sich. Tatsächlich, da redete jemand. Gif. Der wurde auch immer sonderlicher, führte schon Selbstgespräche.

„Was soll der Mist?“, klang es plötzlich klar und deutlich zu ihm herüber. „Sie wollen mich dafür verantwortlich machen?“

Moment mal. Das klang nicht nach einem Selbstgespräch. Slags Nackenhaare stellten sich auf. Er bewegte sich vorsichtig am Rumpf des Bootes entlang zur Steuerbordseite, ohne ein auffälliges Geräusch zu verursachen. Unmittelbar unter Gif, der dort auf Deck an der Reling stehen musste, hielt er inne und lauschte.

„Ich habe mit der ganzen Scheiße nichts zu tun", fauchte sein Freund jetzt.

Trotz des warmen Wassers lief es Slag eiskalt den Rücken runter.

„IHNEN ist einer der gefährlichsten Menschen dieses Planeten entwischt, weil SIE die einzige Sicherheitslücke in Ihrem System übersehen haben und zusätzlich so vermessen waren, einen wahren Meister im Planen und Klettern auf der Insel unterzubringen. Haben Sie dessen Vita nicht gelesen, oder was? Oder waren Sie so verdammt fixiert darauf, zu sehen, was passiert, wenn Sie einen Kerl mit dem Gesicht eines Models zwischen all den Tieren unterbringen? Anscheinend sind Sie keine Sekunde auf die Idee gekommen, dass der kleine Dieb nicht unter die Räder kommen, sondern sich mit dem größten Hai im Becken anfreunden und eine gefährliche Symbiose eingehen könnte." Gif hatte sich in Rage geredet.

Eine Weile schien er zuzuhören.

„Ja, ja, Sie sagten schon mal, dass gegen den Mann, Caiden Byrne, vor dessen Einbruch nie etwas vorlag oder bekannt war."

So hieß Caiden also.

„Ich weiß das alles nur zu gut, drohen Sie mir nicht. Ohne mich wüssten Sie nicht mal, dass Zane Neville alias El Demonio entkommen ist und dass Sie eine Lücke im System haben. Sie schulden mir was."

Einen Moment herrschte Stille, dann antwortete Gif wieder. „Nein, das können Sie nicht verlangen. Das tue ich nicht. Bisher vertraut er mir. Was glauben Sie, was passiert, wenn er Wind davon bekommt? Dann bin ich tot und Sie finden ihn nie wieder."

Stille.

„Das können Sie nicht tun. Bitte! Geben Sie mir eine Chance: Warten Sie auf mein Signal.“

Wieder schwieg Gif einen Moment. „Ich habe keine Ahnung, wo wir sind. Es war stockfinster, wir sind stundenlang übers offene Meer gefahren. Byrne muss ein ausgezeichnetes Orientierungsvermögen haben, denn ich habe hier nirgends eine Karte gefunden, nicht eine.“

Stille.

„Was? Die GPS-Koordinaten? Warten Sie, ich muss das Gerät erst anschalten ...“

Fuck! Slag beeilte sich, zur Heckleiter zurückzukommen, sprang die Stufen hoch, flog förmlich übers Deck bis zu Gif.

„So, die Koordin...“ Gif brach ab, wirbelte herum. Mit offenem Mund ließ er das Handy sinken, die Augen weiteten sich entsetzt.

Slag reagierte blitzschnell, in der nächsten Sekunde bewegte sich Gifs Kehlkopf bereits direkt unter seiner Handfläche, als dieser erschrocken keuchte.

Mit der anderen Hand entriss er Gif das Handy, tippte auf den roten Knopf und ließ es fallen. Dann starrte er den Mann an, den er glaubte seit zehn Jahren zu kennen. Wie sich herausgestellt hatte, war seine Menschenkenntnis im Arsch. Ein seltsames Taubheitsgefühl nahm ihn in Besitz. Er hatte diesem Mann vertraut - nur einem von zwei Menschen überhaupt auf der Welt. Die Kälte, die in seinem Rücken begonnen, sich von da aus ausgebreitet hatte und eine alte Bekannte war, nahm arktische Formen an und ließ den Killer in ihm erwachen.

Slag fixierte Gif aus Gletscheraugen. „Du hast eine Minute, mir das zu erklären, bevor ich dich töte“, sagte er mit Eiswürfeln in der Stimme und nickte zum Handy hin.

„Ich ... Sie ...“, stammelte Gif. „Scheiße, es tut mir leid.“

In Slag regte sich nichts und er wusste, dass sein Gesicht genau das widerspiegelte.

„Sie ... Sie haben meinen Sohn. Ich musste es tun.“

Seine Augen wurden schmal. „Also hast du mich zehn Jahre lang verarscht."

„N-N-Nein. Ich war dir ein Freund, so gut ich konnte. Ich ... Du bist mir nicht egal. Aber Sie hatten mich in der Hand. Ich musste dich im Auge behalten. Doch ich habe versucht, diesen Spagat hinzukriegen und so wenig wie möglich zu verraten."

„Deshalb hast du gerade auch so fleißig über Caiden geplaudert." Ihre Nasen berührten sich fast, als Slag sich vorlehnte. „Wer verdammt nochmal war das und was wissen die?"

Gif hob ergeben die Hände auf Brusthöhe und kämpfte um jeden Atemzug.

Er ließ etwas lockerer, damit der Wichser reden konnte. Aus der Ferne klopfte ein Brummen an sein Ohr, drang aber nicht bis zu seinem Hirn durch.

„Sie sind nicht doof, Mann. Sie wussten schon, dass Caiden die Finger im Spiel hatte. Ich weiß nicht genau, wer das ist. Die Behörden, die Gefängnisleitung ... Etwa anderthalb Jahre nachdem du auf der Insel aufgetaucht bist und wir uns etwas angefreundet hatten, traten sie an mich heran. Versprachen mir Haftverkürzung. Aber ich habe mich geweigert. Sie bedrohten mich persönlich. Hat mich alles nicht interessiert, selbst als sie mir Geld boten. Dann jedoch drohten sie, meinen Sohn und seine Mutter zu töten. Damit hatten sie mich an den Eiern. Anfangs hatte ich nicht viel zu tun. Sie wollten nur wissen, wie du so bist. Dann begannen ihre Spielchen."

„Deshalb wusstest du immer Bescheid. Sie informierten dich."

„Ja, aber ich warnte dich, so gut ich konnte. Am Ende brachten sie Caiden ins Spiel … denke ich. Keine Ahnung, ob sie einfach nur sehen wollten, was passiert, wenn man einen Schwan in ein Piranhabecken wirft. Aber sie haben den Burschen hoffnungslos unterschätzt, wie wir alle. Hinter der schönen Fassade verbirgt sich ein kluger Kopf, ein meisterhafter Stratege, der es, was das angeht, locker mit dir aufnehmen kann. Ich bin mir nicht mal mehr sicher, ob du ihm trauen kannst."

„Halt's Maul, du Verräter!" Slag spuckte auf den Boden und drückte zu. „DU wagst es, mit dem Finger auf Caiden zu zeigen? Du willst doch nur deinen Kopf aus der Schlinge ziehen."

Gif begann zu zappeln, als er zudrückte. „Bitte ... Slag ... Nicht!"

„Slag! Was tust du?" Caidens entsetzte Stimme füllte Slags Ohr. „STOPP, HÖR AUF!" Plötzlich spürte er einen harten Griff am Arm und sein Blick flog zu Caiden, der ihn ansah, als wüchsen ihm zwei Hörner aus der Stirn. „Was soll das? Hör auf, Mann!"

„Scheiß-Verräter!", sagte Slag eiskalt.

♦♦♦

CAIDEN

Er kapierte gar nichts. Der Mann vor ihm war zum Fürchten. Slag wirkte völlig emotionslos. Noch nie hatte er in dessen Augen eine solche Kälte wahrgenommen. Der Blick, genauso wie die Stimme, konnten locker die Sahara vereisen. Dann rutschte ihm das Herz in die Hose. Was meinte er mit Verräter? Was wusste Slag?

Als er aufgewacht war, war Slag fort gewesen. Er hatte den Strand und das Meer mit Blicken abgesucht und ihn zum Boot schwimmen sehen. Statt ihm jedoch direkt zu folgen, hatte er sich entschieden, noch ein wenig die Sonne zu genießen.

Na ja, und sich zum hundertsten Mal gefragt, wie er das Problem mit seinem Bruder lösen sollte. Er hatte den Kerl davon überzeugen können, ihm Zeit und freie Hand zu lassen, aber er traute der Ruhe nicht. Ihm fiel einfach keine verdammte Lösung ein. Jedenfalls hatten sie vereinbart, dass er sich meldete, wenn es etwas Neues gab. Das würde er auch tun – später, wenn er hoffentlich endlich einen Plan hatte. Seufzend hatte er sich mit dem Beiboot auf den Rückweg gemacht.

Im Leben hätte er nicht damit gerechnet, so eine Szene vorzufinden. Slags Armmuskeln bestanden aus purem Granit.

„Guck mal da!“ Slag zeigte mit der freien Hand zu einem Handy auf dem Boden. „So lange lass ich ihn noch leben.“

Er ließ von Slag ab, hob das Handy auf. Was zum ...? Fassungslos drehte er sich zu den beiden um.

Slag nagelte den vermeintlichen Freund immer noch mit ausgestrecktem Arm an die Wand der Kajüte, wo er die Kehle des röchelnden Gifs umklammert hielt.

Mit zitternden Fingern betrachtete Caiden das Prepaidhandy. „Wie ist der Code?“

„Fingerabdruck“, keuchte Gif.

„Entsperr es!“, knurrte Slag.

Gif streckte den Daumen aus und Caiden presste ihn aufs Handy. Er scrollte durch die Kontakte. „Hier ist nur eine Nummer drin.“

„Meine Kontaktperson. Mit anderen hatte ich nie zu tun“, japste Gif.

Sofort war die Nummer in Caidens Hirn abgespeichert. Dann schaute er sich den Chat-Verlauf an und die Telefonliste. Auch die Inhalte merkte er sich vom bloßen Ansehen. Sonst war nichts auf dem Ding. „Ich hätte gerne eine Erklärung.“

Slag fasste die Details zusammen und Gif fügte hinzu. „Sie ... haben ... mich ... in ... der ... Hand, sie bedrohen ... meinen ... Sohn.“ Dabei kratzten seine Finger an Slags unnachgiebigem Griff.

Heilige Scheiße. Caiden musste sich erstmal setzen. Er hob eine Hand. „Warte“, bat er Slag. „Ich muss nachdenken.“ Wie paralysiert glotzte er wieder auf das Display, ohne es zu wirklich wahrzunehmen.

„Bitte ... wenn ... ich ... mich ... nicht ... melde, töten ... sie ... ihn.“

„Wohl kaum.“ Caiden wunderte sich über die Festigkeit seiner Stimme. „Dann haben sie kein Druckmittel mehr und ich denke, sie wollen Slag um jeden Preis.“

„Dich vermutlich jetzt auch wieder!“ Slag schaute ihn an. „Unser Freund“ - er spuckte förmlich das Wort aus - „meint, dir könnte ich womöglich auch nicht trauen.“ Plötzlich bekam Slags Blick etwas Lauerndes. „Alle würden dich hoffnungslos unterschätzen.“

Mit offenem Mund schaute er Slag an. Scheiße, der Kerl meinte das wirklich ernst! Und lag irgendwie auch nahe dran. Caiden riss sich zusammen, klappte die Kauleiste wieder zu, lehnte sich zurück und starrte Slag ungerührt in die Augen. „Ich kann wohl kaum was dafür, wenn andere mich falsch einschätzen.“ Am liebsten hätte er hinterm Rücken heimlich zwei Finger gekreuzt. „Was das andere angeht, musst du selbst entscheiden, ob du mir traust oder nicht. Ist bloß interessant, dass du an mir zweifelst, nachdem ich deinen Arsch von der Insel gerettet habe und der verräterische Afro da dir einen Floh ins Ohr gesetzt hat.“ Auch wenn er nach außen hin so abgebrüht tat, Slags Misstrauen brannte wie Säure in ihm, selbst, wenn es nicht mal vollkommen unberechtigt war. Obwohl er sich in Slag verliebt hatte, konnte er nicht vollkommen offen zu ihm sein – freundlich ausgedrückt. Natürlich wünschte er sich nichts sehnlicher, als es sein zu können und war es größtenteils auch. Zudem würde er alles daransetzen, um sie beide und ihre ... *Beziehung?* ... zu retten.

„Fuck. Ich weiß gerade gar nicht, was ich noch glauben kann.“ Eine Sekunde wirkte Slag mitgenommen, dann blinzelte er und die reglose Maske saß wieder. Er verpasste Gif einen blitzschnellen, harten Hieb in den Magen, der den Mann zusammenklappen und über die Reling kotzen ließ. Dann packte Slag ihn, fesselte ihm mit einem Seil die Hände auf den Rücken und band ihn an einem Metallrohr des Deckaufbaus fest, um sich neben Caiden aufs Lederpolster sinken zu lassen. Mit beiden Händen fuhr sich Slag über den Kopf. Schließlich starrte er auf den Fußboden. Nach einer Weile hob er den Blick. „Dir ist schon klar, Gif, wenn ich dich töte, lassen sie deinen Sohn wahrscheinlich in Ruhe.“

Allerdings wirkte Slag nicht, als wäre er von seinem Vorhaben überzeugt. Wahrscheinlich kämpfte er mit der Tatsache, dass er sich so kolossal in Gif geirrt hatte, und wollte nicht wahrhaben, dass der ihn dermaßen hintergangen hatte. Vielleicht hatte der Afro das ja auch nicht, ähnlich wie er selbst.

Slag wandte sich an Caiden. „Bring uns hier weg. Keine Ahnung, ob die das Handy orten können. Hast du dir die Nummer gemerkt?"

Im selben Moment, als Caiden nickte, warf Slag das Gerät weit ins Meer hinaus.

Entsetzt keuchte Gif.

„Halt ja die Fresse!", grollte Slag. „Wo willst du hin?", fragte er Caiden.

Er würde vor Gif nicht verraten, dass er nach Brasilien wollte. „Panama."

„Wo zur Hölle sind wir hier eigentlich?"

„Karibisches Meer."

„Wie navigierst du? Gif behauptet, hier gibt's keine Karte?"

„Ich hab eine, sie ist hier drin." Er tippte sich an die Schläfe.

„Du hast es dir gemerkt?"

„Eidetisches Gedächtnis."

„Aha ..." Unglaube stand in Slags Augen, wie schon die ganze Zeit.

Er zweifelte offensichtlich wirklich an ihm. Das war, wenn auch nicht völlig unberechtigt, trotzdem hart. Caiden seufzte. „Ja, genauso wie die Nummer und die Inhalte der Chatverläufe."

Während er den Anker hievte und das Boot startete, ging Slag auf und ab. „Sie wissen, dass ich dich enttarnt habe. Eigentlich müssten sie deinen Sohn ab jetzt in Ruhe lassen. Denn es ist anzunehmen, dass du bereits Fischfutter bist. Was du auch wärst, wäre Caiden nicht dazwischengegangen." Slag fuhr sich übers Haar. „Bist du verwanzt?"

Gif schüttelte den Kopf.

„Da ich gerade Probleme habe, dir zu glauben, wirst du dich ausziehen müssen, was ja leider nicht geht, weil du gefesselt bist." Ein fieses Grinsen trat auf Slags Gesicht. „Ich werde dir helfen." Mit der Machete kam er aus der Kajüte zurück, schnitt Gif die Klamotten vom Leib und warf alles ins Wasser. „Dir ist klar, dass er das Boot verwanzt haben könnte?", fragte Slag Caiden.

Er nickte. Shit, es war alles möglich.

„Und hast du?"

Gif schüttelte den Kopf. „Ich schwöre es dir beim Leben meines Sohnes!"

Scheiße, sie saßen auf diesem Boot wie auf einem Präsentierteller. Wenn sie mit Wärmebildkameras arbeiteten, fanden sie sie nachts womöglich schnell. Denn mit diesem Boot kamen sie leider nur langsam voran. Es war ein einfaches Fischerboot, kein Hightech-Gerät.

„Ist dir bewusst, dass wir hier gerade am Abgrund tanzen?", fragte er Slag. Sie hingen mindestens zwischen zwei Fronten, auch wenn Slag nur von einer wusste.

Der nickte. „So ist das mit der Planung und dem Leben. Du kennst doch diesen beschissen wahren Spruch: Leben ist das, was stattfindet, während du was anderes planst[6], oder so ähnlich."

Mit zusammengepressten Lippen nickte er. „Fuck, ja. Also sollten wir zusehen, dass wir weg kommen."

Sie fuhren schweigend durch den Tag, den Abend und bis spät in die Nacht. Irgendwann stellte Caiden den Autopiloten ein. „Ich hau mich kurz aufs Ohr. In etwa drei Stunden kommen wir an einer unbewohnten Insel vorbei, dann bin ich wahrscheinlich wieder wach. Aber für den Fall der Fälle navigiert uns der Autopilot dran vorbei, also keine Sorge, wenn sie auftaucht."

Slag kam zu ihm in die Kajüte. „Caiden."

„Hm?"

„Ich vertraue dir, okay?"

---

[6] In Anlehnung an John Lennon

Auch wenn Slags Misstrauen nicht völlig unberechtigt war und Caiden sich verzweifelt wünschte, dass die Situation anders wäre, tat es dennoch weh. Doch er war zu erschöpft, um noch enttäuscht zu sein, dass Slag an ihm gezweifelt hatte. „Okay." Selbst in seinen eigenen Ohren hörte er die Resignation. Warum musste das Leben so scheiße sein?

„Hey." Slag legte die Hand in Caidens Nacken und die Stirn an seine. „Ich meine es ernst."

„Ja ja, bis zur nächsten Gelegenheit. Scheiße Slag, wie oft habe ich dir jetzt meine Gefühle und Loyalität bewiesen und wie oft hast du mich schon vor den Kopf gestoßen, sobald es für dich nur den geringsten Anlass gab. Lass mich jetzt, ich bin müde."

„Caiden." Slag zog ihn an sich, legte die Hände an seine Wangen und presste den Mund auf seinen.

Oh Nein! So kam ihm der Riesenidiot diesmal nicht davon. Er war doch nicht sein Hündchen, das er nach Lust und Laune behandeln konnte. Caiden drehte den Kopf zur Seite. „Nicht jetzt." Eisern starrte er auf die Wand, um nicht Slags rauer Anziehung zu erliegen.

„Fuck, Caiden. Lass mich nicht einfach stehen."

„Du lässt mich ständig stehen."

Slag drängte ihn zurück bis an die Wand. Der Muskelmasse konnte er nur wenig entgegensetzen. Slag drehte sein Kinn zurück, bis Caiden ihn ansehen musste. Dann raunte er an Caidens Lippen: „Verdammt, Des. Ich weiß, ich bin manchmal ein Idiot, aber ich ... du bist mir wichtig. Komm schon." Slags Zunge forderte Einlass, doch er blieb hart, presste die Lippen zusammen, legte die Hände auf Slags Brust und drückte ihn weg. Einen Moment tat sich gar nichts, er hätte auch versuchen können, einen Panzer zu verschieben.

Aber dann gab Slag nach, trat einen Schritt zurück und ließ die Hände sinken. In Slags hellen Augen blitzte Enttäuschung. „Okay", sagte er rau. „Wie du willst." Damit drehte Slag sich um und verließ die Kajüte.

Caiden legte sich hin, obwohl er nicht glaubte, schlafen zu können. Zu aufwühlend war der Verrat von Gif und im Prinzip auch der erneute von Slag. Na ja, und sein eigenes Dilemma: sein eigener Verrat an Slag. Trotzdem fielen ihm prompt die Augen zu.

Dreiundzwanzig

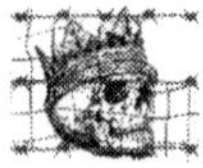

SLAG

Mittlerweile tuckerte das kleine Schiff zweidreiviertel Stunden ohne menschliche Führung durch die See. Da er befürchtete, dass sie das Boot ausfindig machen würden und Caiden der Einzige war, der den Kurs kannte, hatte Slag entschieden, ihn schlafen zu lassen und Wache zu halten. Er selbst konnte tagsüber schlafen, wenn Caiden sie fuhr.

„Slag“, flüsterte Gif jetzt.

„Ich will nicht mit dir reden.“

„Ich wollte nur, dass du weißt, dass ich mich dafür gehasst habe, ein doppeltes Spiel treiben zu müssen. Du bist für mich wie ein Bruder.“

„Das geht mir am Arsch vorbei. Du wolltest mich heute erneut verraten und Caiden auch.“ Das nahm er ihm beinahe am übelsten.

„Ich weiß, aber nur, weil sie meinen Sohn bedrohen und mir die Hände auf dieser Kack-Insel gebunden waren. Was auch immer du für Caiden empfindest, potenziere das mit zehn, dann bekommst du eine Ahnung, wie wichtig mein Sohn für mich ist.“

„Ist dir schon mal die Idee gekommen, dass sie nur bluffen?“

„Hundert Mal, aber ich habe keine Beweise, also bleibt mir nichts anderes übrig.“

„Gut, gehen wir davon aus, dass es wahr ist. Wenn wir an Land sind, werden wir den Spieß umdrehen. Du wirst sie kontaktieren und sagen, dass du mich gegen die Sicherheit deines Sohnes austauschst.“

„D-d-das würdest du für mich tun?“ Gif starrte ihn sprachlos an.

„Keine Sorge, ich tue das nicht aus Nächstenliebe. Dazu neige ich nicht, erst recht nicht bei einem Verräter. Aber ich habe meine Gründe.“ *Ich will die Wichser ausschalten.* Am besten kam er an sie heran, wenn er ihnen gegenüberstand. Sicherlich machten sich die Arschlöcher schon vor Angst in die Hose. Schließlich hatte er einen gewissen Ruf … als El Demonio.

Deshalb musste er auch unbedingt Wache halten. Denn noch war er verwundbar – auf diesem beschissenen Schiff, ohne Ausrüstung. Und genau das wussten die Penner. Sie würden alles daransetzen, ihn zu stoppen, solange er noch besiegbar war. Hinzukam, dass er Gif keinen Millimeter mehr über den Weg traute. Er musste ihn loswerden. „Nochmal, Gif. Danach wirst du sterben. Aber du hast mein Wort, dass ich deinen Jungen verschone.“

Gifs Adamsapfel tanzte nervös, schließlich nickte er knapp und verfiel in Schweigen.

Auf einmal hoben sich dunkel die Umrisse einer kleinen Insel vom Meer ab. Slag stand auf und löste Gifs Fesseln.

„W-Was tust du?“

„Du wirst dich jetzt verpissen.“ Mit diesen Worten bugsierte er Gif zum Beiboot, das er ans Schiff heranzog, und stieß ihn hinein. „Ich traue dir nicht mehr. Aber glaub mir, ich finde dich. Du entgehst mir nicht. Wenn du an Land bist, wirst du mir deine Telefonnummer an diese E-Mail-Adresse schicken.“ Er gab Gif einen Zettel. Dann warf er ihm einige Wasserflaschen, Kleidung und ein Handtuch zu.

„Du Arsch, wo soll ich hinfahren?“

„Keine Ahnung.“ Slag grinste böse, jedenfalls die eine Hälfte seines Gesichts. Die andere blieb bewegungslos. Wahrscheinlich sah er gerade aus wie der Clown aus ES. „Aber Unkraut vergeht nicht. Du schaffst das.“ Dann zeigte er in Richtung des Eilands. „An deiner Stelle würde ich es damit versuchen und hoffen, dass deine Leute oder wer auch immer dich finden. Wie gesagt, wenn du angekommen bist, melde dich. Wenn du dich nicht meldest, finde ich dich, mit Sicherheit."

Darum, dass Gif sie womöglich verfolgte, musste er sich keine Sorgen machen. Der Motor des Beibootes war viel zu schwach.

~~~

Ihr Schiff fuhr weiterhin unbeirrt in die Nacht hinein. Vor einer Stunde hatte er Gif ausgesetzt. Keine vier Meter von ihm entfernt schlief Caiden. Zu gerne würde er sich zu ihm legen, aber erstens musste er weiter aufpassen und zweitens wäre er Caiden mit Sicherheit nicht willkommen, diesmal nicht. Verfickter Mist!

Er rieb sich über den Schädel, immer wieder. Schließlich raufte er sich wutentbrannt die geflochtenen Haare. Fuck, er hatte Caiden wieder vor den Kopf gestoßen. Manchmal war er der größte Idiot unter der Sonne. Aber heute war einfach zu viel geschehen. Er hatte für einen Moment nicht mehr gewusst, was er noch glauben sollte. Aber Caiden hatte Recht, sobald es kompliziert wurde, ließ er ihn im Stich, zweifelte an ihm ... und an ihnen ... und das, obwohl er ihm etwas anderes versprochen und Caiden ihm nie Anlass zum Zweifel gegeben hatte. Im Gegenteil. SCHEIßE!!!

Hier saß er, spürte die Machete im Rückenholster – was ihm eine gewisse, wenn auch trügerische Sicherheit vermittelte -, und starrte in den Himmel, als stünde da die Lösung.

Die Lösung stand da nicht, aber dafür bewegte sich ein Licht auf sie zu. Er brauchte einen Moment, um es zwischen den Sternen überhaupt zu bemerken. Für einen Satelliten war es zu groß und es näherte sich verdammt schnell, viel zu schnell. Scheiße! Dann vernahm er ein eigenartiges Sirren. Oberscheiße!

Slag sprang auf, raste in die Kajüte, riss Caiden, der nur Shorts trug, aus dem Bett und zerrte ihn hinter sich her. „WIR. MÜSSEN. WEG. SOFORT!!!

♦♦♦
~~~

CAIDEN

Er bekam kaum die Füße voreinander, war viel zu verpennt, aber Slag hielt ihn gnadenlos fest, hechtete über die Reling, ohne ihn loszulassen, und riss ihn mit sich. Das schwarze Wasser raste auf ihn zu.

Im selben Moment traf ein gigantischer Schlag das Fischerboot, unmittelbar gefolgt vom ohrenbetäubenden Krachen einer gewaltigen Detonation, die das Schiff in Fetzen riss.

Die Druckwelle schleuderte ihnen Bootsteile um die Ohren - plötzlich explodierte ein höllischer Schmerz in seiner Seite - und sie selbst in die Fluten. Er riss den Mund zum Schrei auf und schluckte prompt Wasser.

Slag umklammerte seinen Arm nach wie vor wie ein Schraubstock.

Sie wurden tiefer unter die Oberfläche gedrückt, seine Lunge füllte sich mit Wasser und der Hustenreiz wurde übermächtig.

Dann regnete es Gegenstände auf sie herab.

Mit einem Mal traf ihn etwas derart hart an der Schläfe, dass er benommen wurde.

♦♦♦

SLAG

Fuck! Überall schlugen Teile um sie herum ins Wasser. Er schaffte es, sich nach oben zu kämpfen. Das Licht eines Feuers beschien die Szenerie.

Neben ihm zuckte Caiden. Er riss ihn an die Oberfläche. Der Kerl hustete gequält und an der Schläfe blutete er.

Slag trat Wasser und schaute sich um. Das Boot existierte nicht mehr, einige der spärlichen Überreste brannten.

Seine Befürchtungen waren wahr geworden. Allerdings lebten sie noch. Das hatten sich die Penner wohl anders ausgemalt.

„Alles klar?“, fragte er Caiden, der ziemlich benommen wirkte. Er bekam jedoch keine Antwort, stattdessen sackte dessen Kopf nach vorn.

Sofort drehte er ihn auf den Rücken, streckte Caidens Kopf in den Nacken und hielt ihn über Wasser. Scheiße, Caiden war bewusstlos. Er brauchte irgendetwas, auf das er ihn legen konnte. Suchend blickte Slag sich um und entdeckte ein Stück Bootswand, auf das sie so gerade eben passen würden. Mit Caiden im Schlepptau schwamm er hin und zog sich hinauf. Dabei schwankte das Ding gefährlich, zumal er es fast allein ausfüllte. Als er Caiden hochzog, ging es beinahe unter. Sie lagen etwa zwei Zentimeter tief im Wasser, aber es trug sie.

„Caiden.“ Er tätschelte dessen Wange.

„Hm?“

„Was ist mit dir?“

„Seite“, murmelte Caiden. „Kopf.“

Sein Blick fiel auf Caidens rechte Seite. Oh Fuck! Da steckte ein Stück Metall. Nicht glatt, sondern verbogen, zerklüftet wie ein Gebirge und scharfkantig. Trat am Rücken ein und vorne wieder aus.

Heilige Scheiße! Hart stieß Slag die Luft aus. Caiden musste unvorstellbare Schmerzen haben. „Okay, Kleiner. Ich komme gleich zurück.“

Aber Caiden war schon wieder ohne Bewusstsein.

Er schwamm los und suchte zusammen, was er finden konnte, Wasserflaschen und Konserven in einer großen Plastikkiste, die zum Glück schwamm, ein Tau, einige Stofffetzen. Er befestigte die Kiste an ihrem provisorischen Floß. Dann zog er sich erneut zu Caiden auf das Trümmerteil, der nach wie vor bewusstlos war.

Zum ersten Mal in seinem beschissenen Leben war ihm zum Heulen zumute. Ihre Situation war verdammt übel. Caiden war schwer verletzt, sie trieben mitten auf dem Meer und hatten keine Antriebsmöglichkeit, kaum Lebensmittel, weit und breit kein Land ... nichts.

Er fühlte Caidens Puls, der zum Glück vorhanden war. Aus einigen Stofffetzen formte er einen Ring und legte den dicht um den Metallsplitter in Caidens Rücken.

Der Desperado stöhnte vor Schmerzen, die Lider flatterten, aber er wachte nicht auf.

Das gleiche wiederholte Slag vorne. Dann schnitt er mit seiner Machete aus einem Laken oder was das gewesen war, lange Bahnen. Die wickelte er um Caidens Taille, so dass der Splitter hervorschauen, aber gleichzeitig Druck auf die Stoffballen ausgeübt werden konnte. Schließlich nahm er ein schmales Treibholz, schob es unter die Bahnen und drehte es, um Druck auf den Stoff auszuüben und bei Bedarf auch mal lösen zu können.

Mit einem lauten Schrei fuhr Caiden hoch.

Ihr Floß drohte abzusaufen.

Behutsam, aber bestimmt drückte er Caiden zurück. Viel Kraft war nicht nötig. „Atme, Caiden, atme. Es tut mir leid, aber du bist verletzt. Ich musste die Blutung stoppen."

Keuchend lag Caiden vor ihm und starrte ihn aus glasigen Augen verwirrt an. „W-Was?"

„Du ... in dir steckt ein Metallsplitter. Aber wir können ihn nicht ziehen, weil er groß ist und du dann vielleicht verblutest." Sanft strich er Caiden eine Strähne aus der Stirn. „Das Boot ist explodiert. Sie haben uns gefunden."

„Gif?"

„Den habe ich vorher ausgesetzt." Er erzählte es Caiden, obwohl er keine Ahnung hatte, was der noch mitbekam. „Vielleicht war er es auch, der uns erneut verraten hat ...", schloss Slag.

Vierundzwanzig

Tag Eins

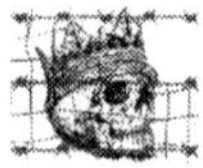

SLAG

Slag schrak hoch. Er war weggedöst. Mist.

Vorsichtig drehte er sich auf die Seite, um Caiden zu mustern. Im Sonnenlicht sah er übel aus. Die Sonne brannte erbarmungslos auf sie nieder. Sie hatten kein Dach. Caidens Haut war gerötet. Zum Glück hatte er einen ziemlich dunklen Teint. Aber in dieser ständigen Wasserlache zu liegen, wirkte wie ein Brennglas. Slag hatte ebenfalls das Gefühl, in einer flammenden Hülle gefangen zu sein, so sehr glühte seine Haut.

Caidens Gesicht war allerdings aschfahl und die Züge voller Qual verzerrt. An der Stirn klebte noch das getrocknete Blut der Platzwunde. Der provisorische Verband um Caidens Seite hatte sich rot gefärbt. Beständig tropfte das Lebenselixier aus ihm raus und verflüchtigte sich über den Rand des Floßes. Schweißperlen standen auf Caidens Stirn. Die Lippen waren rissig.

Vorsichtig tupfte er das eingetrocknete Blut an dessen Schläfe weg. „Caiden." Behutsam strich er ihm übers Gesicht. „Trink einen Schluck." Slag hob dessen Kopf an und flößte ihm etwas ein. Caiden schluckte, doch zu mehr war er nicht in der Lage. Scheiße!

Slag wollte ihm so gerne Linderung verschaffen, wenigstens gegen die Sonne. Also legte er ihm einen Stofffetzen über den Kopf, baute mit Wasserflaschen ein Minizelt, damit Caiden atmen konnte.

Wieder betrachtete er die hauchdünne zartrosa Spur, die sie hinter sich herzogen, wie bei einer Schnitzeljagd. Doch solange das Floß hielt, machte sich Slag keine allzu großen Sorgen wegen der Haie. Menschenblut war Haien unbekannt; es passte nicht in ihr Beuteschema. Sorgen machte er sich um Caidens Gesundheitszustand und um die Festigkeit des Floßes, vor allem bei schlechtem Wetter.

Sie trieben den ganzen Tag über vor sich hin. Immer wieder gab er Caiden etwas zu trinken. Als die Sonne unterging, trank er selbst ein wenig. Dann öffnete er eine Konserve: kalte Erbsen, aber besser als nichts. Er aß etwa die Hälfte, dann versuchte er Caiden zu wecken.

Nach mehreren Anläufen gelang es.

„Du musst ein wenig essen."

„Keinen Hunger. Wo ... sind wir?", krächzte Caiden leise.

„Keine Ahnung. Wir treiben."

Caiden blickte nach oben in die Sterne. „Kurs falsch, treiben aufs offene Meer."

„Nicht zu ändern. Jetzt iss, wenigstens zwei Löffel."

Widerstrebend nahm Caiden die zu sich. „Schmerzen."

„Ich weiß, aber auch nicht zu ändern. Keine Tabletten." Slag streichelte mit den Fingerknöcheln Caidens Wange, die sich ganz heiß anfühlte. Frustriert schloss Slag die Augen. Was für eine Scheiße!

Tag Zwei

CAIDEN

Das Gefühl, im Maul eines Hais zu stecken, riss ihn aus dem Schlaf. Etwas drückte und biss in seine Seite. Höllische Schmerzen fraßen sich wie eine Ratte durch seinen Körper. Mit den Fingern betastete er die Stelle und fühlte ...

Was zur Hölle war das?

Ein wenig hob er den Kopf und riss die Augen auf. Ach du Scheiße!!! Es war kein Alptraum gewesen oder viel mehr war es doch, aber leider war er wach. In ihm steckte ein großes Metallstück.

Kraftlos fiel sein Kopf zurück. Hilflos starrte er in den sich rosafärbenden Abendhimmel. Sein Schädel pochte heftig und ihm wurde heiß und kalt zugleich. Die Hitze kam durch das Adrenalin, das beim Anblick des Metalls durch seinen Körper gerauscht war und seinen Puls in die Stratosphäre jagte. Doch wenn er ehrlich war, war ihm saukalt. Kein Wunder, er lag im Wasser. Außerdem plagten ihn schrecklicher Durst und Übelkeit.

Plötzlich schob sich ein Gesicht in sein Blickfeld: Slag, der ihn mit äußerst besorgtem Blick musterte. Noch nie hatte er einen derart beunruhigten Ausdruck auf dessen Zügen gesehen.

„Hey, du bist wach", sagte Slag leise. „Wie geht es dir?"

„Sch-Sch-Scheiße", presste er zwischen klappernden Zähnen hervor. „Sch-Sch-Schmerzen ... K-K-Kalt ... D-D-Durst."

Vorsichtig hob Slag Caidens Kopf und hielt ihm die Flasche an den Mund. Viel zu schnell nahm er sie wieder weg. „Sorry, Des, aber wir müssen sparsam sein."

Des? Dann sickerte langsam in sein schmerzvernebeltes Hirn, dass wohl er gemeint war. Die Kurzform von Desperado. „W-W-Wieso?"

„Wir treiben auf einem Stück Boot durch den Ozean."

Ach ja, da war ja etwas. Vage erinnerte er sich an eine Explosion, Schmerzen und Wasser. Prompt jagte eine Welle aus Qualen wie ein Tsunami durch seinen Körper und ließ ihn laut aufstöhnen. Er biss die Zähne zusammen, aber es hörte nicht auf. So stellte er es sich in der Hölle vor. Fuck, fühlte sich so Sterben an? Dunkelheit kroch an den Rändern seines Gesichtsfelds herauf und er bekam Panik.

„Angst", keuchte er und tastete suchend nach Slags Hand.

„Ich bin bei dir, Caiden." Mit diesen Worten ergriff Slag seine Hand und drückte sie behutsam. Slags andere streichelte weiter sein Gesicht.

Das beruhigte ihn ein wenig.

„Verdammt", wisperte Slag mit belegter Stimme.

Dann holte Caiden die Dunkelheit endgültig.

Tag Drei

SLAG

ZUM TEUFEL! Was sollte er bloß tun? Noch nie war er dermaßen hilflos gewesen. Ihnen gingen die Vorräte aus. Seit sie die erste Wasserflasche geleert hatten, versuchte Slag Meerwasser mit Hilfe der Stofffetzen und der Sonne zu filtern. Es gelang nur mäßig. Das gute Wasser ließ er für Caiden. Mittlerweile war sein eigener Durst fatal, aber er kümmerte sich nicht darum.

Essen tat Caiden gar nichts mehr, trinken auch kaum noch. Doch er flößte ihm unablässig kleine Schlucke ein.

Es sah verdammt finster aus für den Desperado und damit auch für ihn. Die Vorstellung, den diebischen Bastard zu verlieren, schnürte ihm die Kehle zu und eine eisige Faust drohte sein Herz zu zerquetschen.

„Halt durch, Kleiner“, flüsterte er kehlig.

Natürlich reagierte Caiden nicht, außer dass er wegen des Schüttelfrosts stark zitterte.

Immerhin dagegen konnte er etwas unternehmen.

So gut es ging rückte er an Caiden heran, schob einen Arm unter dessen Nacken, damit der Kopf besser gebettet war, und schlang den anderen vorsichtig um ihn. Obwohl Caiden heftig bebte, glühte sein Körper vor Fieber. Na ja, wenigstens wurden die Waden vom Wasser gekühlt.

Nach wie vor versuchte Slag, die Haie, die sie immer mal wieder umkreisten, zu ignorieren. Sie waren grundsätzlich keine Nahrung für diese Geschöpfe. Aber die Raubfische waren manchmal neugierig. Trotzdem hoffte er, dass keiner der Räuber einen Probebiss nehmen wollte, um zu gucken, was da Interessantes im Meer trieb. Sie hatten keine Möglichkeit, auf ihrem provisorischen Floß großartig auszuweichen, falls einer hineinbiss. Und weitere Verletzungen konnten sie sich nicht leisten.

Er verfluchte die gesamte Kackwelt.

Caiden sah schlimm aus. Brandblasen von der Sonne, gleichzeitig wächserne Haut um die Nase und Mundwinkel. Immer noch war der Stofffetzen um die Wunde blutgetränkt, aber er meinte, dass es weniger geworden war. Der Tropfenstrom schien versiegt zu sein. Doch das Fieber ließ auf eine Infektion schließen, was keine wirkliche Verbesserung darstellte.

Wenn er ganz ehrlich zu sich war, war Caiden dem Untergang geweiht. Hart schluckte er gegen die Enge in seinem Hals an.

In dem Moment schlug Caiden die Augen auf und schaute ihn an, jedoch war der Blick unfokussiert und glasig. „S-Slag?“, krächzte er.

„Ich bin hier, Des.“ Vorsichtig hob er die Hand an Caidens Wange und strich behutsam darüber.

„G-Gib ... d-d-deine ... H-Hand.“

Er nahm Caidens Hand.

„A-An ... d-deine ... W-W-Wange“, flüsterte Caiden schwach.

Vorsichtig hob er Caidens Hand an seine zerstörte Wange und drückte sie daran. Der Dieb war mittlerweile zu kraftlos, es selbst zu tun. Scheiße! Er hob die Augen zum Himmel und blinzelte heftig. Gleich würde er das erste Mal in seinem beschissenen Leben heulen.

„Liebe dich“, raunte Caiden kaum hörbar.

Slag schaute ihn an. Caidens sonst schöne Augen waren dunkel vor Schmerz.

Entsetzen breitete sich in ihm aus, als er begriff, dass Caiden glaubte zu sterben.

„Fuck, Caiden, ich ... ich ...“ Ein nasser Tropfen fiel auf Caidens Wange. Wo kam der her? Seine Sicht verschwamm. „Ich dich auch!“, krächzte er. Mit einem Mal war es glasklar, Caiden würde ihn verlassen. Ihm wurde speiübel. „Ich halte dich!

Schlaf!“, sagte er tonlos. Das war alles, was er noch tun konnte, Caiden etwas Halt geben.

Ein winziges, mikroskopisch kleines Lächeln huschte für eine Millisekunde über Caidens Gesicht.

Doch er hatte es genau gesehen, es war keine Einbildung.

Dann schloss Caiden mit einem erleichterten Seufzen die Augen. Die Hand in Slags wurde völlig schlaff. Behutsam legte Slag sie zurück, behielt sie aber in seiner Pranke.

Weitere Tropfen fielen in die Wasserlache zwischen ihnen. Als er es registrierte, ließ er Caidens Hand los, wischte sich unwirsch über die Wangen und fühlte Nässe. Er begriff, dass die Tropfen von ihm kamen. Es waren seine Tränen.

Tag Vier

SLAG

Es dämmerte zum Morgen. Am liebsten hätte er aufgegeben, aber irgendwie lag das nicht in seinem Naturell, noch nicht. Er war ein Kämpfer, hatte schon die aussichtslosesten Fights überstanden, gegen scheinbar übermächtige oder überzählige Gegner. Offensichtlich weigerten sich sein Verstand oder auch sein Herz, diesen hier aufzugeben. Obwohl es völlig aussichtslos war, träufelte er Caiden weiter Wasser in den Mund, gönnte sich selbst nur das widerlich schmeckende gefilterte Meerwasser in kleinsten Rationen. Entsprechend wurde ihm ständig schwindelig. Die Haut konnte er sich in Streifen abziehen und die neue verbrannte sofort wieder.

Er aß eine Konservendose am Tag. Ansonsten döste er vor sich hin und hielt Caidens Hand.

Caiden kam gar nicht mehr zu sich, selbst das Delirium schien vorüber. Doch auch der Desperado war anscheinend ein Kämpfer, denn er atmete immer noch, wenn auch flach und abgehackt.

Lange hielten sie allerdings nicht mehr durch.

Eines war ihm glasklar. Sollte Caiden aufhören, zu atmen ... OH GOTT ... er konnte es nicht mal zu Ende denken ... würde er wohl auch nicht weiterkämpfen. Vielleicht legte er sich dann einfach daneben und tat gar nichts mehr.

Er beugte sich über Caiden, legte ihm einen feuchten Streifen Stoff auf die Stirn. Sein Blick glitt zum Metall in Caidens Körper. Es sah schrecklich aus. Er wollte gar nicht wissen, wie die Wunde unter dem Verband aussah.

Leicht fuhr er mit den Fingerknöcheln über Caidens heiße Wange.

Ein Stöhnen kam über dessen Lippen.

„Ich bin da, Caiden. Keine Sorge." Slag tränkte ein Stück Stoff mit Wasser aus einer Trinkflasche und legte Caiden den Zipfel zwischen die Lippen. Reflexartig saugte Caiden daran. Diesen Vorgang wiederholte er, bis circa hundert Milliliter aus der Flasche heraus waren.

Etwa dreißig Minuten später wurde Caiden wieder von Schüttelfrost gebeutelt. Slag drückte sich an ihn, bettete dessen Kopf auf seinem Arm und strich ihm die klebrigen Haare aus der Stirn. Dann streichelte er ihm über die Wange und döste weg.

Er schrak auf. Ein Schlag hatte das Floß getroffen. Slag starrte aufs Wasser. Was war das gewesen? Grund? Aber nirgendwo war Land, also wohl kaum ein Felsen unter Wasser. Ein Hai? Mit Argusaugen beobachtete er die Oberfläche. Dann sah er in einiger Entfernung die Dreiecksflosse. Sie kam auf sie zu, bevor sie im Wasser verschwand. Fuck! Er konnte sich nicht groß rühren, ohne dass ihr Floß kenterte. Langsam setzte er sich auf und winkelte die Beine an. Schwindel ließ ihn kurz schwanken. Vorsichtig zog er Caiden höher, lehnte dessen Rücken gegen sich, darauf bedacht, den Metallsplitter möglichst nicht zu berühren, und zog Caidens Beine ebenfalls an. Qualvolles Stöhnen antwortete ihm. Dann warteten sie.

Es gab einen weiteren Schlag und etwas schoss unter dem Floß hervor, ein großer dunkler Schatten. Der Hai.

Er wusste, dass Haie ihre Sinne einsetzten, um herauszufinden, womit sie es zu tun hatten. Neben diversen anderen Sinnesorganen und den Lorenzinischen Ampullen im Kopf der Geschöpfe, mit der sie elektrische Felder und Temperaturunterschiede wahrnehmen konnten, besaßen Haie Placoide – sozusagen kleine Hautzähnchen -, mit denen sie auch schmecken konnten, weshalb Haie ihre Opfer manchmal streiften. Deshalb nahm Slag an, dass der Hai gezielt auf Kontakt mit ihrem Floß ging, um herauszufinden, was das war. Er hoffte, dass der Raubfisch schnell kapierte, dass sie für ihn uninteressant waren, damit er nicht noch einen Probebiss vom Rand nehmen wollte. So gut wie möglich hatte er sie beide in die Mitte ihrer *Badeinsel* bugsiert. Jedoch war das ganze Gebilde äußerst instabil und einem Haiangriff nicht gewachsen. Auch sorgte er sich um ihre Lebensmittel.

Nach einer ganzen Weile, etwa einer Stunde, entspannte sich Slag langsam. Der Hai hatte offensichtlich begriffen, dass sie für ihn unattraktiv waren, da er sie kein weiteres Mal gerammt hatte.

So behutsam wie möglich legte er Caiden zurück und versuchte ihm Wasser einzuflößen. Doch es klappte kaum, selbst mithilfe des Tuchs nicht. Außerdem ging Caidens Atem nur noch sehr sehr flach.

Slag legte sich neben ihn und starrte in den Himmel, ohne wirklich etwas wahrzunehmen. In ihm breitete sich eine riesige Leere aus. Mit einem Mal drehte sich alles.

Tag Fünf

SLAG

Ein tiefer Ton drang an sein Ohr. Verwirrt schaute er auf. Es dauerte einen Moment, bis er begriff, dass der Ton nicht seinem Traum entsprungen, sondern real war. Er setzte sich auf – kurz wurde ihm schwarz vor Augen - und konnte nicht glauben, was er sah. In einiger Entfernung befand sich ein Schiff. Ein Tenderboot kam auf sie zu.

War das Wirklichkeit oder nur sein Wunschdenken? Vielleicht auch nur sein mittlerweile zunehmend wirrer, dehydrierter Geist?

Doch der Ton dröhnte wieder übers Meer und der Tender füllte zunehmend sein Sichtfeld aus. Wohl doch keine Halluzination ...

Er richtete sich langsam auf die Knie auf, streckte sich und winkte. Laut brüllte er: „HIIIIEEERR!!!!!"

„Caiden, ein Boot", rief er heiser, fuhr zu Caiden herum und erstarrte.

Der Desperado war grau im Gesicht und völlig reglos. Er starrte auf dessen Brust: keine Bewegung.

OH GOTT, NEIN, CAIDEN! Entsetzen lähmte ihn. Er konnte nur starren, während Eis sein Herz wie einen Panzer überzog und zu ersticken drohte. Er röchelte. Nie gekannte Angst kroch seinen Rücken hinauf.

Slag beugte sich runter, legte ein Ohr an Caidens Mund. Nichts. Rasch drückte er ihm Zeige- und Mittelfinger an den Hals. Nichts.

SCHEIßE! Er war eingeschlafen und hatte nicht mitbekommen, wie es um Caiden stand. Wie konnte ihm das passieren? In diesem Moment hasste er sich selbst in einem Ausmaß, wie er es noch nie getan hatte. Er ekelte sich vor sich.

Dann kam Leben in ihn. Er streckte Caidens Kopf in den Nacken und begann mit der Herzdruckmassage – dreißig Mal -, dann zweimal beatmen und wieder Massage, beatmen. Wie in Trance ... Ihr Floß schwankte gefährlich.

Plötzlich erscholl eine Stimme hinter ihm. „Wir nehmen Sie jetzt auf."

Dann erschienen Hände und griffen nach Caiden.

Es dauerte einen Moment bis Slag begriff, dann half er, Caiden in das Tenderboot zu heben.

Er stolperte unter den helfenden Griffen der Männer hinterher. Im Tender fiel er auf die Knie. Eine Decke wurde über seine Schultern geworfen. Eine Flasche tauchte vor seinen Augen auf.

Slag griff danach, trank gierig, während er sich erhob und zu Caiden wankte, der auf dem Boden lag.

Zwei Männer knieten neben ihm und setzten die Wiederbelebung fort.

Stumm beobachtete Slag das erschütternde Schauspiel. Er war völlig taub.

„Rufen Sie auf dem Schiff an, die sollen eine OP vorbereiten. Wir sind in sieben Minuten da“, rief einer der Männer. Dann ratterte er diverse medizinische Begriffe und Anweisungen runter.

Plötzlich schnappte Caiden nach Luft. Slag wurde vor Erleichterung schwarz vor Augen. Er bekam noch mit, wie der Boden auf ihn zukam, als seine ohnehin schon wackeligen Beine endgültig nachgaben.

~~~

Das Nächste, was er wahrnahm, war eine weiße Decke. Slag hob die Hand und glotzte auf Mull, der seine Hände und Arme umgab.

„Das sind Verbände mit antimikrobieller Prophylaxe. Die Sonne hat Ihnen ziemlich den Pelz verbrannt. Außerdem waren sie stark dehydriert.“ Der Sanitäter, der neben seinem Bett stand, deutete auf einen Infusionsbeutel. Slag hatte den Mann schon mal gesehen, er war mit auf dem Tender gewesen. „Ansonsten fehlt Ihnen nichts, was Schlaf, Essen und reichlich Trinken nicht wieder hinbekommen. Anders sieht es mit Ihrem Kollegen aus.“ Der Sanitäter kratzte sich am Kinn. „Unsere beiden Schiffsärzte operieren ihn gerade. Deshalb wurde ich beauftragt, Ihnen Auskunft zu geben. Üblicherweise übernimmt das natürlich einer der Ärzte. Aber es wurde entschieden, dass ich Sie informieren soll.

Sie können von Glück sagen, dass einer unserer Ärzte ein hervorragender Chirurg ist. Sie haben Ihren Kollegen ins künstliche Koma versetzt und nach der OP ...“ Der Sani machte eine etwas zu lange Pause und er begriff, dass der Kerl unsicher war,
~~~

ob Caiden es schaffen würde. „... wird er intensivmedizinisch überwacht. Wir haben hier alles an Bord.“ Stolz schwang in der Stimme mit, dann blickte er Slag neugierig an. „Was ist Ihnen und Ihrem Kollegen in drei Teufels Namen passiert?“

„Unser Fischerboot ist explodiert. Keine Ahnung, Kurzschluss oder so.“ Die Lüge kam ihm leicht von den Lippen. Ansonsten blieb er dicht bei der Wahrheit. „Es war spät nachts, ich war zufällig an Deck, als ich ein seltsames Geräusch vernommen habe. Da habe ich den Kollegen geweckt. Wir waren gerade zurück an Deck, als das Boot hochging, und wurden über die Reling geschleudert. Mein Kollege war völlig benommen. Ich habe ihn auf einen Überrest des Bootes gezogen, seine Verletzung gesehen und sie verbunden. Das war vor fünf Tagen.“

„Ach du scheiße! Sie sind fünf Tage im Ozean getrieben?! Wie zur Hölle haben Sie das überlebt?“

Er zuckte die Achseln und erzählte wahrheitsgetreu, was er unternommen hatte, damit sie beide nicht verreckten. „Eine riesige Portion Glück war wohl auch dabei.“ Eher ein Wunder.

„Ohne Sie wäre Ihr Kumpel tot. Das ist Ihnen klar, oder?“

Slag atmete hart aus. Womöglich war Caiden trotzdem dem Tod geweiht ... Aber selbst wenn nicht, vielleicht wurde der Desperado nie mehr der Alte, denn er hatte keine Ahnung, wie lange Caiden leblos neben ihm gelegen hatte.

„Nur sehr kurz, meinen die Ärzte ...“

Er begriff, dass er seine Bedenken laut ausgesprochen hatte.

„Es muss unmittelbar vorher geschehen sein“, fuhr der Sani fort.

Aber Erleichterung verspürte Slag dennoch nicht. Er nickte knapp. „Okay, geben Sie mir bitte Bescheid, wenn es neue Erkenntnisse bezüglich meines Kameraden gibt.“

Der Sani verstand, dass er ihn loswerden wollte, denn er nickte und verließ den Raum.

Es kam ihm vor wie Zauberei. Er hatte nicht mehr an Rettung geglaubt. Caidens Zustand war, gelinde gesagt, katastrophal gewesen. Sie hätten keine Minute länger durchgehalten und Schwupps fiel in allerletzter Sekunde ein Wunder vom Himmel in Form eines Kreuzfahrtschiffs mit OP, Ärzten und erstklassiger Versorgung. Blieb bloß die Frage, was das Scheiß-Schicksal dafür im Gegenzug von ihm forderte.

Fünfundzwanzig

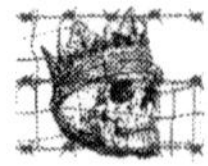

SLAG

Er betrachtete Caiden. Trotz all der Schläuche, die aus ihm rausschauten, sah der immer noch aus wie ein Modell, wenn er auch furchtbar blass und ausgezehrt war. Slag nahm die langgliedrigen Finger in seine Pranke - wie die letzten acht Tage.

Natürlich zeigte der Kleine keine Reaktion.

Vor drei Tagen hatten sie ihn nach fünf Tagen aus dem künstlichen Koma geholt, aber Caiden wollte offensichtlich noch nicht aufwachen. Heute Morgen war er in Buenos Aires in ein privates Krankenhaus mit europäischen Standards verlegt worden, nachdem das Schiff dort angelegt hatte.

Slag hatte die Verlegung mit Argusaugen beobachtet. Der Schiffsarzt hatte ihm versichert, dass das Krankenhaus gut war.

Bereits auf dem Schiff hatten sie nach dem künstlichen Koma mit einer Physiotherapie begonnen. Dabei wurden regelmäßig Caidens Arme und Beine massiert und bewegt. Im Krankenhaus sollte ab jetzt zusätzlich eine elektrische Muskelstimulationstherapie durchgeführt werden, damit die Muskulatur nicht noch weiter abbaute.

Er wünschte sich, noch einmal mit Caiden reden zu können, aber wie es schien, verstrich diese letzte Chance, da er weg musste. Er musste einiges organisieren: Geld, Unterkunft, Kleidung, ein Auto, neue Identitäten für Caiden und sich. Das würde ein paar Tage dauern. Auf dem Schiff hatte er eine alte, unverbrauchte Identität genutzt. Aber Caiden hatte keine andere, jedenfalls kannte er sie nicht. Also hatte er Caidens korrekten Namen angeben müssen. Damit bestand das Risiko, die Penner auf ihre Spur zu locken. Noch glaubten die, sie wären tot und suchten nicht nach ihnen, aber wenn Caidens Name irgendwo auftauchte, würde sich das sofort ändern. Ihre Gegner würden versuchen, Caiden in die Finger zu kriegen, weil der erstens ihr Sicherheitssystem gecrasht hatte und um die Lücke wusste. Zweitens war er durch die Ausbruchhilfe wieder ein Anwärter für die Insel geworden und drittens konnten sie ihn als Druckmittel gegen Slag einsetzen, sollten sie herausbekommen, dass er ebenfalls noch lebte. Lange hatte er überlegt, Caiden mitzunehmen. Da der aber weder transportfähig war noch auf die medizinische Versorgung verzichten konnte, musste er ihn hierlassen und das Risiko eingehen, dass sie Caiden einkassierten. Eine verdammt bittere Pille.

Wenigstens wusste er, dass Caiden über den Berg war. Er hoffte, dass er schnell genug und rechtzeitig zurück war oder dass der Desperado rechtzeitig aufwachen und abtauchen würde.

Den Umschlag mit der Nachricht und etwas Geld legte er zwischen Caidens Sachen in den Schrank.

Sobald er Caiden hier raus und sicher untergebracht hatte, würde er zum Angriff übergehen. Sie hätten Caiden fast getötet, das würden sie büßen.

Er selbst hatte in den letzten Tagen hier und da ein paar Dollar mitgehen lassen, vermutlich nicht so geschickt, wie Caiden es sicherlich getan hätte. Aber es genügte. Nun brauchte er nur noch ein Internetcafé, um ein paar alte Kontakte aufleben zu lassen.

„Pass auf dich auf, Des, bis ich zurück bin.“ Nach einem letzten Blick gab sich Slag einen Ruck, drehte sich um, ging aus dem Zimmer und verließ das Gebäude.

In einem Internetcafé ein paar Blocks entfernt, schickte er ein paar E-Mails ab, um herauszufinden, welche seiner engen Kontakte auch nach zehn Jahren noch existierten. Im Anschluss kontaktierte er seine Bank auf den Cayman Inseln, um sich Geld auf das Konto bei der hiesigen Bank auf der gegenüberliegenden Straßenseite transferieren zu lassen, das er gerade unter seiner aktuellen Identität angelegt hatte. Nachdem das erfolgt war, hob er am Bankschalter einen Großteil ab.

Dreißigtausend Dollar. Als Nächstes suchte er das Geschäft eines Mobilfunkanbieters auf und kaufte mehrere Prepaid-Handys und ein Tablet. Schließlich stellte er sich in einigen Geschäften seine Garderobe zusammen und erwarb einen Koffer. Danach besorgte er sich noch Hygieneartikel, packte alles in den Koffer und suchte ein ordentliches Mittelklassehotel auf. Mit seiner neuen Identität ließ er sich über die Rezeptionistin eine unauffällige, familientaugliche Limousine mieten. Anschließend nahm er eine ausgiebige Dusche, schnitt sich selbst die langen Haare und den Kinnbart ein Stück kürzer, trimmte den restlichen Bart auf Drei-Tage-Optik und rasierte sich die Kopfseiten. Danach wickelte er die Haare zu einem Man Bun und fasste den Bart zu einem Zopf zusammen. Während er auf das Essen wartete, das er sich aufs Zimmer bestellt hatte, aktivierte er eines der Handys, brachte das Tablet zum Laufen und checkte seine E-Mails. Prompt waren mehrere Antworten eingetroffen. Im Prinzip waren alle angeschriebenen Stellen noch aktiv und boten ihm ihre Dienste an. Niemand von ihnen schien überrascht, dass er aus der Versenkung aufgetaucht war. Natürlich war er sich des Risikos bewusst, immerhin kannte irgendjemand seine wahre Identität. Allerdings änderte das nichts, denn jetzt war er gewarnt und ließ sich nicht noch einmal überrumpeln. Ein zweites Mal bekamen sie ihn nicht in die Finger, es sei denn ... Caiden war sein Schwachpunkt. Ein ziemlich großer sogar. Noch nie im Leben hatte er überhaupt einen gehabt und nun war Caiden seine Achillessehne. Zum Glück war er in ein paar Tagen bereit, Caiden aus dem Krankenhaus zu holen, falls der bis dahin aufgewacht war.

Nach dem Essen schlüpfte er in Hemd, Anzug und Lederschuhe und fuhr in die Stadt zu einigen Treffen, die er vereinbart hatte.

Als er vier Stunden später zurück im Hotel war, war er bis an die Zähne bewaffnet und besaß weitere neue Identitäten, auch für Caiden. Außerdem hatte er die Informationsbeschaffung über die Verantwortlichen der Gefängnisinsel in Auftrag gegeben und eine möblierte Wohnung gemietet, die er am nächsten Tag beziehen konnte. Die Bank hatte er angewiesen, ihm eine Kreditkarte an die neue Adresse zu senden. Ab sofort war er wieder im Geschäft.

♦♦♦

CAIDEN

Wo war er? Orientierungslos sah er sich um. Ein weißes Zimmer, noch dazu völlig steril, umgab ihn. Eindeutig ein Krankenhaus. Er schlug die Decke zurück und sah eine Kompresse auf seiner Taille kleben.

Plötzlich blitzte ein Bild vor seinem geistigen Auge auf: Metall, ein Riesenstück, das in seiner Seite steckte. Er keuchte erschrocken.

Ein weiteres Bild ploppte auf: Slags Gletscheraugen, sturmumwölkt vor Sorge.

Ein ohrenbetäubender Knall ließ ihn zusammenzucken ... bis er begriff, dass es eine Erinnerung an eine Explosion war.

Auf einmal sah er ein Boot – ein Fischerboot, Slag, Gif und sich. Genau, er hatte die beiden befreit.

Er hatte gefroren, ganz erbärmlich sogar, oder geschwitzt, als sei er in der Hölle.

Arme umfingen ihn in seinen Gedanken, beruhigend gemurmelte Worte ... Mit einem Mal stürmte eine wahre Flut von Erinnerungen auf ihn ein und stürzte ihn in ein völliges Gefühlschaos aus tiefer Angst, Liebe, Schmerzen, Sehnsucht, Wärme, Kälte, Durst. Er hörte wieder, wie er Slag seine Liebe gestand, als er dachte, er stürbe. Und hatte Slag ihm nicht geantwortet? Zugegeben, dass er ihn ebenfalls liebte? War es womöglich nur ein Fiebertraum gewesen?

Apropos: Wo war er hier? Wie war er hierhergekommen? Und wo war Slag?

„¿Cómo estás?“, fragte eine Stimme von der Tür her. *Wie geht's Ihnen?*

Caiden schaute auf. Ein ihm fremder Mann in weißem Kittel stand in der Tür. Auf dem Namensschild stand Dr. Contreras.

„Estoy bien. ¿Dónde estoy aquí?" *Mir geht es gut. Wo bin ich hier?*

„Sie sind in einem Krankenhaus in Buenos Aires. Vor fünf Tagen wurden Sie hier eingeliefert, übergeben von einem Kreuzfahrtschiff", erklärte der Arzt auf Spanisch. „Laut Bericht des Schiffsarztes wurden Sie dort operiert. Ein Metallstück wurde aus Ihrem Körper entfernt." Er deutete auf die Seite.

„War ich in Begleitung?", fragte Caiden im besten Spanisch. Schließlich war er zweisprachig aufgewachsen.

Der Arzt blickte ihn verständnislos an. „Ich habe niemanden gesehen, außer dem Arzt und den Sanitätern, die sie begleitet haben. Aber das heißt nichts. Ich bin hier sehr beschäftigt."

Ein Stich der Enttäuschung fuhr ihm in die Brust. „Alles klar, danke. Welcher Tag ist heute?"

Der Arzt sagte es ihm.

Heilige Scheiße! Vor knapp drei Wochen hatte er Slag befreit. Was war bloß alles in der Zwischenzeit geschehen?

„Die Ärzte auf dem Boot, die ihnen den Splitter entfernt haben, haben großartige Arbeit geleistet. Laut Arztbericht wurden sie reanimiert und notoperiert. Außerdem wurde zeitnah eine Bewegungstherapie begonnen. Bei uns erhielten Sie zusätzlich elektrische Muskelstimulationen, um den Abbau aufzuhalten. Wenn Sie sich fit genug fühlen, schicke ich Ihnen einen Pfleger, der Ihnen hilft, aufzustehen und zu duschen. Danach können Sie essen. Nehmen Sie das Schmerzmittel da." Der Arzt zeigte auf ein Becherchen, in dem sich eine Tablette befand.

Caiden nickte. Er hatte keine Sachen. Was zur Hölle sollte er anziehen? Aber eines nach dem anderen. Der Pfleger kam, fuhr ihn mit Hilfe eines Duschrollstuhls ins Bad und brauste ihn ab. Anschließend drückte er ihm eine Zahnbürste in die Hand. Zähne putzen schaffte er allein. Aus dem Spiegel starrte ihm ein ziemlich erschöpftes und hageres Gesicht entgegen, mit tiefen Augenringen und Fältchen um den Mund. Offenbar war er in den letzten drei Wochen gealtert.

Caiden musterte seinen ausgezehrten Körper, den die zwei Kompressen an der Vorder- und Rückseite krönten. Verdammt, er fühlte sich schlapp wie nach einem Marathon. Dabei hatte er nur in einem Stuhl gesessen und eine Zahnbürste gehalten. Er klingelte nach dem Pfleger.

Dieser rollte ihn aus dem Bad. „Ihre Kleidung befindet sich im Schrank. Ihr Bekannter hat sie dort für Sie deponiert."

„War er groß und mit einer Narbe im Gesicht?"

Der Pfleger nickte, während er ihm zurück ins Bett half.

„Hat er gesagt, wann er wiederkommt?"

„Nein, er hat kaum gesprochen. Ich hab ihn nur bemerkt, als ich kurz hier drin war, um nach Ihnen zu sehen."

„Danke. Ich möchte mich gerne anziehen."

„Ja, natürlich. Ich hole die Sachen und helfen Ihnen hinein."

Der Pfleger brachte den Stapel Kleidung und legte ihn neben Caiden aufs Bett. Ein wattierter Umschlag rutschte zwischen den Klamotten heraus.

Ein zweites Mal fühlte er Erleichterung. Irgendwie hatte er sich gesorgt, dass sich der Hüne einfach aus dem Staub gemacht hatte, weil es kompliziert geworden war. Das wäre bei Slag ja nichts Neues, dachte er bitter, dafür zu sorgen, dass Caiden sicher untergebracht war und sich dann zu verdünnisieren. Wenn er sich richtig erinnerte, hatten sie sich bei ihrem letzten Gespräch auf dem Boot gestritten, weil Slag ihm mal wieder misstraute. Wieso musste er sich ausgerechnet in einen eigentlich heterosexuellen, launischen, oberkomplizierten, machohaften Berufskiller verknallen?

Aber wenn er ehrlich war, hatte er Verständnis für Slags Reaktion. Der vertraute im Prinzip niemandem auf der Welt. Dann hatte er sein Vertrauen genau zwei Personen geschenkt und ausgerechnet derjenige, den er seit einem Jahrzehnt zu kennen glaubte, hatte ihn hintergangen. Ihn dagegen kannte Slag noch nicht mal ein Jahr.

Mit Hilfe des Pflegers schlüpfte Caiden in die Kleidung: Pants, Jogginghose und ein T-Shirt. Alles in lebensbejahendem Schwarz, offensichtlich Slags Lieblingsfarbe.

Nachdem der Mann ihn allein gelassen hatte, öffnete er den Umschlag. Darin lagen eine Nachricht und Geld.

Hey C.,

du hast dir Zeit gelassen, aufzuwachen. Deshalb musste ich weg, einiges in die Wege leiten. Sobald du kannst, solltest du dich aus dem Staub machen. Du bist unter deinem richtigen Namen aufgenommen worden und ich befürchte, dass unsere Verfolger auf dich aufmerksam werden könnten.

Ich bin froh, dass du es geschafft hast. Kontaktiere mich unter der nachfolgenden E-Mail-Adresse – falls du noch magst.

Z.

Caiden starrte auf das Papier, während ein Gefühl durch seinen Körper sprudelte, das sich wie Fliegen anfühlte. Slag wollte den Kontakt.

Und ja, der Große hatte Recht, er musste untertauchen, aber erstmal musste er essen. Plötzlich hatte er einen Bärenhunger und vertilgte alles, was ihm gebracht wurde, bis auf den letzten Krümel. Außerdem trank einen Liter Wasser.

Dann klingelte er und verlangte, den Arzt zu sprechen. Mit dem diskutierte er seine Entlassung. Nach einigem Hin und Her einigten sie sich, dass er diese Nacht noch zur Beobachtung blieb. Zum Glück waren ihm seine Kräfte dank der Therapien nicht allzu sehr abhandengekommen, auch wenn er noch sehr erschöpft war. Er unterschrieb einen Wisch, dass er sich auf eigene Verantwortung gegen den ärztlichen Rat am kommenden Morgen selbst entließ.

Sechsundzwanzig

CAIDEN

Drei Tage später stand er vor dem Laden, der wie eine Tabledance-Bar aussah. Hier hatte sich Slag heute mit ihm verabredet. Die letzten zwei Nächte hatte er in einem kleinen, unscheinbaren Motel verbracht, in dem er nur bar zahlen musste, und sich noch weiter erholt.

Nachdem er den Eintritt gezahlt hatte, händigte ihm die Frau an der Kasse einige Jetons aus, mit denen er hier im Club zahlen konnte. Neugierig betrat er die Bar.

Drinnen war es voll. Das Publikum war kunterbunt gemischt und teilweise sehr spärlich bis kaum bekleidet. Zu lauter Musik tanzten sowohl Männer als auch Frauen halbnackt an Stangen oder auf der Tanzfläche. Auch bei der Bedienung waren die verschiedenen Geschlechter vertreten und alle oben ohne unterwegs.

Er hielt Ausschau nach Slag, konnte ihn aber nirgends entdecken. Also ließ er sich an der Bar nieder und bestellte ein Bier.

Schlanke, rotlackierte Finger legten sich auf seinen Oberschenkel. „Na, Hübscher“, sagte eine rauchige Stimme an seinem Ohr. „Lust, mit mir zu spielen?“

Er wandte sich der Frau zu, deren Strumpfband sie als Mitarbeiterin auswies. Sie sah hübsch aus, wenn auch für seinen Geschmack zu stark geschminkt. Ihr Vorbau war auch gepimpt. „Gerade nicht, Süße. Ich warte auf jemanden.“

Im selben Moment fiel eine schwere Pranke auf seine Schulter und Caiden fuhr herum.

Da stand Slag und wow ...

Hölle, sah der Kerl heiß aus in dem enganliegenden schwarzen T-Shirt, das die extrem breiten Schultern und die

Gebirgskette, die Slag Brustmuskulatur nannte, sowie die schlanke Taille sehr gut zur Geltung brachte. Dazu trug er eine schlichte Jeans und Sneaker. Die unterschwellige Bedrohung troff Slag aus jeder Pore. Kein Mensch mit einer Gehirnzelle legte sich freiwillig mit ihm an. Die muskulösen Arme hatte Slag jetzt vor der Brust verschränkt. Wie immer wirkte er völlig beherrscht, beinahe kalt. Doch mittlerweile wusste Caiden es besser. Er suchte nach den Anzeichen und fand sie in Slags Gletscheraugen, die ihn intensiv musterten. In den Tiefen brannte ein Feuer. Zane war nicht so neutral, wie er sich gab.

Caidens Kehle wurde trocken. Zeitgleich erhob sich ein Schwarm Hummeln in seinem Bauch und sein Herzschlag beschleunigte sich. „Hi“, krächzte er.

„Komm mit“, befahl Slag emotionslos. Dann wandte er sich an die Frau, die ihn mit offenem Mund musterte. „Sorry, Süße, aber ich muss dir den Casanova entführen. Wir haben was zu bereden.“

Sie nickte eilig, schnappte sich ein Tablett und stöckelte hastig davon.

Wie an einem Seil gezogen, erhob sich sein Körper und folgte Slag zu einer Nische, die kaum einsehbar war.

Bevor er sich jedoch auf die Eckcouch aus Leder setzen konnte, packte Slag ihn, drückte ihn gegen die Wand und presste den Mund auf seinen. Saugte seine Unterlippe ein und stöhnte genussvoll, als würde er eine langersehnte Delikatesse kosten.

Schlagartig loderte ein wildes Feuer mit geradezu vulkanischer Hitze in Caiden auf.

Slags Hände rutschten in seinen Nacken und Rücken und pressten ihn an sich und die harte Wölbung in der Hose. Nachdem er sich ausgiebig die Unterlippe vorgenommen hatte, ließ Slag sie in Ruhe und fiel stattdessen mit der Zunge in Caidens Mund ein.

Der salzige Geschmack nach Meer und der erdige wie bei einem Whiskey berauschten seine Geschmacksnerven. Mhm, so verdammt köstlich! Sein Schwanz war ebenfalls granithart geworden. Sie rieben ihre Erektionen gierig aneinander. Doch es war nicht genug! Keuchend klammerte er sich an Slag und erwiderte dessen ungestümen Kuss genauso wild. Fuck, er hatte den riesigen, rauen Kerl so verdammt vermisst, dass es wehtat.

Fahrig fummelten Slags Hände an Caidens Cargoshorts rum, öffneten Knopf und Reißverschluss. Kraftvolle Finger legten sich um Caidens Erektion. Laut stöhnte er in Slags Mund. Es war ihm völlig egal, dass irgendwer sie entdecken könnte. Er brauchte das jetzt einfach! Wie ein Virtuose auf einem Instrument spielte Slag auf ihm und wie im Prinzip jedes Mal wurde er zu Wachs in Slags Händen, während sein Körper gleichzeitig bretthart wurde.

Slag wirbelte ihn plötzlich herum, drehte mit einer Hand Caidens Kopf zur Seite, um erneut über die Schulter seinen Mund zu beschlagnahmen. Gleichzeitig fuhr die andere Hand wieder in Caidens Hose, holte den Schwanz hervor und pumpte ihn kraftvoll.

Mit bebenden Beinen lehnte er sich an Slags mächtige Brust, die eine Hand an der Wand abstützend, die andere wanderte nach hinten zur Wölbung in Slags Hose. Er rieb ihn durch den Stoff, bis dieser an seinem Mund knurrte. Zur Hölle, gab es etwas Heißeres?

Slags Hand ließ von seinem Gesicht ab und schob Caidens T-Shirt hoch. Mit einem Mal hielt er inne. „Scheiße“, keuchte der Hüne heiser. „Sorry!“

Nach einigen Sekunden der Verwirrung kapierte er, dass Slags Finger auf der Kompresse ruhten – beinahe sanft.

„Es ist okay. Tut nicht weh.“ Jedoch war die Stelle nach wie vor sehr berührungsempfindlich.

„Ist es nicht“, brummte Slag, rührte sich jedoch nicht. Offenbar brauchte er Zeit, um aus dem Nebel der Lust wieder in der Realität anzukommen. Denn sie verharrten noch einige Sekunden in der Position. Slags Arm, der seine Brust umschlungen hielt, strich behutsam über seine Taille. Ihre Münder teilten sich den Atem. Ihm war es nur recht. Er genoss Slags Nähe.

Auf einmal vernahm er Schritte von Stöckelschuhen. Er ließ Slags Schwanz los und das war das Signal. Slag ließ auch von ihm ab, nicht ohne vorher immerhin seinen Schwanz zurück in die Hose zu stopfen. Dann drehte der Wikinger sich zur Bedienung um und schirmte ihn mit dem Rücken ab. Während er zwei Bier bestellte, schloss Caiden seine Hose.

Slag wandte sich ihm wieder zu und ein seltener warmer Ausdruck lag in dem Blick. Er hob eine Hand an Caidens Wange und rieb mit dem Daumen übers Jochbein. „Das bringen wir später zu Ende. Ich bin froh, dass du gekommen bist und vor allem, dass es dir gutgeht, Des. Lass uns reden.“ Slag wies zu den Polstern.

Sie nahmen über Eck Platz, sodass sich ihre Knie berührten.

♦♦♦

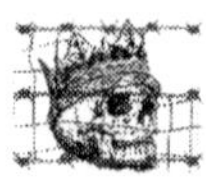

SLAG

Er konnte den Blick nicht von Caiden abwenden, der wieder gesund oder zumindest nahe dran war und fantastisch aussah. Die feinen Linien um die Mundwinkel ließen ihn etwas reifer erscheinen. Das schwarze Shirt klebte förmlich auf dem sehnigen Körper. Die schwarzen Locken hatte er im Nacken zusammengefasst und die außergewöhnlichen Augen funkelten.

Als am späten Nachmittag das Pling eine eingehende E-Mail angekündigt hatte, hatte er sich erstmal setzen müssen, nachdem er sie geöffnet hatte. Plötzlich war ihm ganz schwindelig geworden. Caiden war aufgewacht und hatte ihm geschrieben:

Hey Z.,
ich dachte schon, du hättest mich wieder vergessen ;-)
Ich bin raus. Treffen wir uns?
C.

Slag hatte sofort eine Antwort verfasst.
22:15 Uhr im Dark Desire!

Als Slag ihn dann vorhin an der Bar hatte sitzen sehen, war der schlagende Muskel in seiner Brust doch prompt ins Stolpern geraten. Außerdem war seine Libido mit Macht erwacht. Die Vernunft hatte jedoch gesiegt und er hatte sich beherrscht, bis die Intimität dieser Nische den letzten Rest in Rauch auflöste. Dann war er über Caiden hergefallen, ohne an dessen Verletzung zu denken. Echte Glanzleistung. Aber in Caidens Nähe verabschiedete sich seine viel gerühmte Beherrschung jedes Mal. Wenigstens hatte er sich wieder am Riemen reißen können, als er die Gaze unter den Kuppen gefühlt hatte.

„Was hast du getrieben?“, fragte Caiden jetzt.

Er berichtete ihm, was er alles unternommen hatte, und endete mit den Worten: „Du kannst bei mir wohnen.“

„Ist das eine Frage oder ein Befehl?“

Herrgott, da war es wieder. Der Kerl reizte ihn ständig bis aufs Blut. Alles an ihm reizte ihn, und zwar positiv gemeint. Auch dieses störrische Widersetzen. „Was hättest du lieber, Des? Du kannst es dir aussuchen. Fakt ist, du wirst da übernachten, wo ich auf uns beide achtgeben kann. Also bei mir.“

Caiden schürzte die Lippen. Dann nickte er. „Was soll's? Du gibst ja sonst eh keine Ruhe. Außerdem habe ich nichts Besseres zu tun und das Motel ist alles andere als gemütlich.“

„Dann sind wir uns ja einig.“ Er reichte Caiden ein Prepaid-Handy. „Hier ist meine Nummer eingespeichert und deine habe ich auch gespeichert. In meinem Schrank warten übrigens schon diverse Klamotten auf dich.“

„Du warst dir ja verdammt sicher.“

Er nickte. „Ja, Mister Desmond Tylor, war ich. Jedenfalls hätte ich nichts anderes akzeptiert.“

„Desmond Tylor?!“, echote Caiden.

„Hm hm“, stimmte er zu. „Ich dachte mir, dann kann ich dich weiter Des nennen. Ich mag den Namen. Ich bin übrigens Brian Slaughter. Dann kannst du mich weiter Slag nennen.

Morgen kannst du dir ein Konto auf den Namen eröffnen. Wenn du Geld brauchst ...“

„Brauche ich nicht. Ich habe genug Eigenes, auch wenn ich mir keine Insel kaufen könnte.“

Er musterte Caiden. „Den Plan habe ich erstmal auf Eis gelegt. Zunächst kümmere ich mich um die Wichser.“

Caidens Augen umwölkten sich und er runzelte die Stirn. „Sollten wir nicht einfach untertauchen?“

„Du ja, ich nicht. Die Arschgeigen haben dich schwer verletzt. Sie werden keine Ruhe geben. Außerdem ist Gifs Sohn noch in Gefahr.“

„Aber ...“

„Kein Aber, Des. Ich will dich aus der Gefahrenzone wissen, damit ich mich voll auf meine Mission konzentrieren kann.“

„Was ist mit dir? Was, wenn dir was passiert? Meinst du, das ist nicht so schlimm? Ich will mir auch keine Sorgen um dich machen müssen.“

„Brauchst du nicht.“

„Herrgott, du arroganter Idiot. Denkst du, du bist ein kugelsicherer Superheld? Sie haben dich schon mal einkassiert.“

„Da war ich unvorsichtig“, knurrte Slag. „Das wird nie wieder vorkommen. Versprochen.“ Damit beugte er sich vor und küsste Caiden. Gemächlich, beinahe träge, umschmeichelte er dessen Zunge. „Komm mit mir nach Hause“, murmelte er leise an Caidens Lippen.

♦♦♦

CAIDEN

Dieser gottverdammte selbstsichere Idiot. Scheiße, wie er diesen Kerl liebte, das wurde ihm schmerzhaft bewusst. Er war nicht bloß verknallt. Er war rettungslos verloren. Es war viel zu viel. Caiden hatte das Gefühl, sein Brustkorb wäre zu klein für das riesengroße, überschäumende, prickelnd warme Gefühl, das von seinem Herzen aus den gesamten Körper, selbst die Zehen, erfasste. Gleichzeitig erfüllte ihn das Ausmaß dieses Gefühls mit Furcht, nicht nur im Hinblick auf das Dilemma, in dem er steckte. Wenn Slag je genug von ihm hatte oder ihm etwas geschehen würde oder er die gesamte Wahrheit herausfand, bevor Caiden alles regeln konnte, würde das Caiden vernichten. Rasch schloss er die Augen, damit Slag nicht in ihm las wie in einem Buch.

„Hey“, raunte Slag. „Alles klar, Des?“

„Ja“, krächzte er. Dann räusperte er sich. „Ja!“ Das klang fester.

„Sicher?“ Slag betrachtete ihn forschend, den Laseraugen schien kein Fitzel zu entgehen.

„Ja, doch“, erwiderte er unwirsch. „Lass uns nach Hause gehen“, schob er versöhnlich hinterher. „Ich bin ausgelaugt.“

Noch ein letztes Mal schien Slag etwas in seinem Gesicht zu suchen, aber dann nickte er.

♦♦♦

SLAG

Er lauschte den Atemzügen. Wie häufig lag Caiden auf dem Rücken, eine Hand auf der nackten Brust, die andere überm Kopf, ein Bein angewinkelt.

Als sie in Slags Wohnung gekommen waren, hatte er ihm alles gezeigt, dann war der Desperado duschen gegangen und anschließend todmüde in Shorts ins Bett gefallen. Slag hatte sich hinter ihn gelegt und ihn in den Arm genommen, so waren sie eingeschlafen. Zumindest Caiden.

Er hatte Caiden unsagbar vermisst. Die Worte auf dem Boot brannten immer noch Löcher in seine Seele. Und als er glaubte, ihn zu verlieren, hatte er begriffen, dass er sich tatsächlich in ihn verknallt hatte. Ihn dann gesund und in einem dermaßen appetitlichen Outfit wiederzutreffen, nach all den Sorgen, die er sich um Caiden gemacht hatte, hatte nicht nur das Ding in seiner Brust zu einem Trommelwirbel veranlasst, sondern auch seine Libido in die Stratosphäre gejagt. Nur mit Mühe hatte er sich beherrschen können, sowohl im Club als auch hier zuhause. Caiden zuliebe hatte er Rücksicht genommen.

Seit dem Club war der Bursche allerdings verflucht schweigsam. Für einige Sekunden hatte Caiden in der Bar verdammt traurig ausgesehen, bevor er die Augen ge- und Slag damit ausgeschlossen hatte. Lag es an den Sorgen, die sich Caiden aufgrund der Mission um ihn machte? Oder noch an etwas anderem?

Er hob die Hand und strich ihm eine Locke aus der Stirn.

Prompt öffnete Caiden die Lider. „Hi!"

„Hi!" Slags Stimme klang wie mit Teer belegt. Immer wieder raubten ihm Caidens Augen den Atem.

„Was ist?" Aufmerksam musterte Caiden ihn.

„Nichts. Ich betrachte dich nur."

„Wolltest du nicht schlafen?"

„Ich kann nicht. Du machst mich verrückt."

Caidens Mundwinkel hoben sich zu einem trägen Lächeln. „Ist das ein Kompliment oder ein Vorwurf?"

„Kompliment … und Vorwurf. Ich komme damit nicht klar."

„Da sind wir schon zu zweit."

„Ach ja?"

Caiden nickte.

Wie von selbst fuhr sein Zeigefinger über Caidens feste Brust und verfolgte die Linien der präzise ausgebildeten Muskeln.

Ein Schauder ließ Caiden kurz erzittern und eine Gänsehaut erschien auf seinem Körper.

„Warum warst du gestern am Ende so nachdenklich?"

„Oh das. Ich ... ich ... Ach scheiße." Caiden kniff sich mit Daumen und Zeigefinger in die Nasenwurzel. „Mir ist bewusst geworden, dass ich mich ziemlich an dich gewöhnt habe und echt ein Problem hätte, wenn dir etwas zustieße."

Er spürte, dass das nur ein Teil der Wahrheit war, aber er bedrängte Caiden nicht weiter. Er war ja selbst nicht bereit zuzugeben, wie sehr ihm etwas an Caiden lag. „Okay, dann verspreche ich dir jetzt, dass mir nichts passiert."

„Wie kannst du das?"

„Glaub mir, ein zweites Mal werden sie mich nicht bekommen." Es sei denn, sie schnappten sich Caiden, aber das sprach er nicht aus. „Tu mir aber den Gefallen und halte deinen Kopf aus der Schusslinie, ja?"

Lange betrachtete Caiden ihn, offensichtlich nicht zufrieden.

Slag seufzte. „Du hast nicht mal den Bruchteil einer Ahnung von meinen Fähigkeiten, Des. Man zählt mich zu einem der gefährlichsten Männer der Welt. Sie kriegen mich kein zweites Mal, ich schwöre es dir." Dann beugte er sich herab und küsste Caiden. Langsam und bedächtig, spürte den Bewegungen ihrer Zungen nach. „Mhm, ich schmecke dich gerne", raunte er an Caidens Lippen. Seine Hand wanderte zurück zu Caidens Hals, die Handfläche legte sich über die Grube unten am Hals, Daumen und Zeigefinger auf die Schlagadern. Unter seinem Daumen, der winzige Kreis beschrieb, fühlte er, wie sich Caidens Puls bei dem Kuss beschleunigte.

Siebenundzwanzig

CAIDEN

Unentschlossen drehte er das Handy zwischen den Fingern. Elendig beschissen, elendig oberoberbeschissen, so fühlte er sich. Er fuhr sich mit der Hand durch die Haare und seufzte. Dann drückte er auf die Ruftaste, obwohl er das eigentlich nicht wollte. Aber ihm blieb keine andere Wahl.

Beinahe sofort wurde der Ruf angenommen. „Meldest du dich auch mal?!“ Sein Gegenüber wirkte äußerst gereizt.

„Du hast mir eine Nachricht zukommen lassen.“

„Das war vor zwei Wochen, du Wichser.“

„Ich habe im Krankenhaus gelegen.“

„Das weiß ich, aber du bist seit zehn Tagen draußen.“

Woher zur Hölle wusste der Kerl das? Das war ihm echt ein Rätsel. Ständig wusste sein Gegenüber, wann er wo war. Man könnte meinen, er hätte ihm einen Peilsender untergejubelt. Aber da er, seit er draußen war, ständig andere Klamotten trug, konnte das nicht sein. Außerdem war es schon immer so. Man könnte meinen, sie hätten ihn gechipt wie einen Hund. Wenig beruhigender Gedanke. Seiner Familie traute er jedoch alles zu. Aber wann hätten sie das tun sollen und wie? Ihm fiel keine Gelegenheit ein. Bis zum siebten Lebensjahr hatte er zusammen mit seiner Zwillingsschwester Lorena bei seiner Mutter gelebt, die dann bei einem Autounfall gestorben war. Er hatte nicht mal gewusst, dass er mit Esteban Gonzalez verwandt war, er hieß auch anders: Caiden Byrne. Byrne war der Mädchenname seiner Mutter. Doch dann stand da plötzlich sein Vater mit seinem Bruder, der zu dem Zeitpunkt bereits neunzehn war, und nahmen Lori und ihn mit. Damit nahm das Unglück seinen Lauf.

„Bring mir endlich El Demonio!“

„Er ist tot“, brummte er.

„Erzähl mir keinen Scheiß. El Demonio hat erst vor kurzem einige alte Kontakte reaktiviert. Die Unterwelt ist in Aufruhr. Alle fragen sich, ob er wieder aktiv wird.“

Shit. Der Affenarsch wusste natürlich Bescheid. „Dann weißt du mehr als ich. Ich bin im Krankenhaus aufgewacht. Allein.“

„Du wirst ihn finden.“

„Wie soll ich das machen? Du weißt, dass mir nur der Deckname bekannt ist, den er auf der Insel trug: Slag.“ Bisher hatte er seinen Bruder erfolgreich davon überzeugen können, nur diesen Namen zu kennen.

„Streng dich an! Denk an Lorena! Du bist der Einzige, der weiß, wie er aussieht, und dem er wahrscheinlich vertraut. Immerhin hast du ihm zur Flucht verholfen.“

„Ich denke an nichts anderes.“ Sonst würde er diesen beschissenen Eiertanz niemals aufführen.

„Gut, sieh zu, dass du mir das Arschloch endlich lieferst. Ich will, dass der Bastard durch meine Hände stirbt.“

Allein hätte Enrique niemals eine Chance gegen Slag. Aber er war nicht allein. Gegen Kugeln war auch Slag nicht gefeit. „Mann, Enrique, ich habe dir in den letzten Monaten schon zigmal gesagt, dass er lebend viel nützlicher ist.“ Außerdem konnte er Slag nicht seinem verbohrten Bruder überlassen. Erst recht nicht, nachdem er ihn besser kannte und noch weniger, seit er sich in diesen großen Blödmann verliebt hatte. Aber es gab da dieses verfickte Dilemma: Lori.

„Er hat unseren Vater getötet, Cay.“

Wie er diesen Namen verabscheute, auch die Kurzform davon. Cayetanos Gonzalez war der Name, mit dem ihn sein verfluchter Erzeuger gerufen hatte.

Purer Hass sprach aus Enrique. Dabei ging es dem Mistkerl gar nicht darum, dass er Rache für den Vater üben wollte, sondern einzig und allein, dass es jemand geschafft hatte, unbemerkt in die vermeintlich so sichere Festung des Gonzalez-

Anwesens einzudringen und praktisch im Beisein aller das Oberhaupt der Familie auszuschalten. Das war es, was Enrique nicht auf sich sitzen lassen konnte.

Er seufzte. „Ja, aber damit hat er uns einen Gefallen getan." Gedankenverloren rieb er über die Narbe auf Höhe seiner Niere. Die war zwar von einer abgebrochenen Flasche, aber nicht bei einem Straßenkampf, genauso wenig wie ein Großteil der anderen Narben. Einige waren allerdings tatsächlich von Straßenkämpfen: zu Trainingszwecken, wie sein Vater später behauptete. Doch diese kam daher, dass sein Erzeuger ihn mit gerade mal dreizehn Jahren in einen Kampf mit einem seiner Hundert-Kilo-Bodyguards gezwungen hatte, weil er angeblich wollte, dass er lernte, sich zu verteidigen. Damals hatte er bloß dreiundfünfzig Kilo gewogen. In Wirklichkeit hatte sein Vater sich nur daran aufgegeilt.

Nachdem er es dann nicht geschafft hatte, die Flasche abzuwehren, hatte sein Vater ihn zur Strafe mit dem Gürtel zusätzlich grün und blau geprügelt. Außer natürlich sein Gesicht, das hatte sein Vater außen vor gelassen - der Bastard nannte es sein Kapital. Anschließend hatte der Alte ihn bei Wasser und Brot drei Tage in einen fensterlosen Raum eingeschlossen. Das war wie gesagt nicht das einzige Mal gewesen. Er hatte viele Tage in diesem beschissenen Zimmer zugebracht, sowohl vor als auch nach diesem Vorfall.

„So siehst du das!?" Sein Bruder riss ihn aus den Grübeleien.

„Hör auf, so zu tun, als ginge es dir um den Spender deiner Gene. Du bist doch froh, dass der Alte weg ist. Dir geht's doch nur um deinen Ruf. Also erspar mir das Geschwafel. Wie würde es deiner Reputation wohl zugutekommen, wenn du El Demonio befehligst, hm? Hast du darüber schon mal nachgedacht?"

Tatsächlich schwieg Enrique am anderen Ende.

Er konnte die Zahnräder förmlich rattern hören. Plötzlich kam ihm ein neuer ungeheuerlicher Gedanke und sein Blut gefror zu Eis. Mal angenommen, sie hatten ihm wie auch immer tatsächlich einen Sender verpasst ... vielleicht hatte Gif sie gar nicht verraten, sondern er – unfreiwillig. Die Rakete, die das

Boot zerstört hatte ... Heilige Scheiße! Sein Bruder hatte nicht einmal nachgefragt, warum er im Krankenhaus gewesen war. Gut möglich, dass es ihn nicht interessierte. Aber auch genauso gut möglich, dass er Bescheid wusste, weil er die Finger im Spiel und Caidens Tod billigend in Kauf genommen hatte. „Wenn du weißt, dass ich im Krankenhaus war, weißt du dann auch warum?"

„Natürlich nicht."

„Woher weißt du es überhaupt?"

„Du weißt doch, kleiner Bruder, ich habe meine Augen und Ohren überall."

„Hast du sie auch auf hoher See?"

Es folgte ein zögerliches Schweigen. „Was meinst du damit?"

Der Arsch wollte Zeit gewinnen. Natürlich wusste Enrique Bescheid. Blieb bloß die Frage, woher. „Vergiss es." Immer mehr befürchtete er, dass er einen Sender in sich trug. Die Klamotten konnten es nicht sein. Scheiße, er musste das Ding finden und loswerden, sonst präsentierte er Slag auf dem Silbertablett. Ein Wunder, dass sein Bruder noch nicht oder vielleicht auch nicht nochmal zugeschlagen hatte. Wahrscheinlich war es auf dem Boot weit draußen im Meer einfach eine gute Möglichkeit gewesen, deshalb hatte Enrique es dort versucht und seinen Bruder gleich mitverklappt.

Nachdem Caiden letztes Jahr geschnappt worden war, konnte er nicht mehr so agieren wie früher, die nächsten drei Jahre erst recht nicht. Aber danach wurde es auch nicht wesentlich besser. Er hatte keinen Nutzen mehr für Enrique. Womöglich hatte Enrique seine Meinung geändert, was Slag anging, und ihn direkt tot sehen oder einfach die leichte Gelegenheit nutzen wollen. Fuck! Wie zur Hölle fand man so ein Ding?

„Falls es dich interessiert", schob er hinterher. „Mein Boot wurde abgeschossen und ich wäre fast gestorben. Ohne Slag wäre ich tot."

„Oh, leidest du jetzt unter einem Gewissenskonflikt? Falls das so ist, denk an die Familie. Blut ist dicker als Wasser. Wie gesagt, denk an Lorena." Mit keinem Wort ging der Bruder auf seinen Beinahe-Tod ein.

Er ignorierte Enriques Einwand. „Er hat ein Leben genommen und eins gerettet. Denk wenigstens über seinen Nutzen für die Firma nach."

„Oh, das tue ich."

„Lebend!"

Sein Bruder schwieg, doch Caiden glaubte, dass er tatsächlich abwog. Natürlich hatte das nichts mit ihm zu tun, wenn sein Verdacht korrekt war, sondern lediglich damit, ob Slag lebend von größerem Nutzen war als tot.

„Schaff ihn her, dann sehen wir weiter."

Bestimmt nicht! „Gib mir noch Zeit, lass mich ihn für uns rekrutieren."

„Du hast noch genau fünf Tage, mir El Demonio zu liefern, danach hole ich ihn mir."

Fuck! Er schloss die Augen.

„Ach und Cay, sollte ich ihn mir selbst holen müssen, werde ich dich ebenfalls beseitigen lassen ..." Enrique ließ die Maske fallen, legte jedes Getue ab, mit dem er der Umwelt in der Regel vorgaukelte, ein versnobter reicher Schnösel mit mehr Geld und Glück als Verstand zu sein, damit sie nicht erkannte, dass er in Wirklichkeit ein perfider Teufel war. Seine Stimme hatte die Temperatur der Arktis und die Härte von Stahl angenommen. „... genauso wie Lorena." Dann war die Leitung tot.

Scheiße! Er schloss die Augen. Das Handy wog plötzlich Tonnen in seiner Hand und er hätte es beinahe fallen lassen. Bevor es dazu kam, schob er es zurück ins Versteck.

Was sollte er bloß tun? Er liebte Slag. Er konnte ihn unmöglich ausliefern. Ihm die Wahrheit zu sagen, kam aber auch nicht infrage. Dann verlor er sehr wahrscheinlich auch sein Leben und noch schlimmer, er verlor ihn.

Aber er liebte auch Lorena, die völlig arglos war und jetzt in Lebensgefahr schwebte.

Er hatte nur noch fünf Tage Zeit. Das war zu knapp.

Stöhnend ließ Caiden den Kopf in die Hände sinken. Wie er dieses beschissene Kartellleben verfluchte, das ihm sein Vater aufgezwungen hatte. Erinnerungen, wie er in dieser katastrophalen Situation gelandet war, fluteten sein Gehirn.

Fünf Wochen nach dem Vorfall mit der Flasche hatte sein Vater damals verlangt, dass er seine Begeisterung fürs Klettern nutzte, perfektionierte. Er hatte ihn zu einem Dieb erzogen, weil er seinerzeit klein, wendig, äußerst geschickt und erfindungsreich war und darüber hinaus so unschuldig wirkte. Das Kleine hatte sich irgendwann gegeben. Der Rest war geblieben. Sein Erzeuger nahm ihn mit zu irgendwelchen Treffen und setzte ihn zum Stehlen von Informationen ein. Denn die großen Unterweltbosse verwahrten heikle Infos früher wie heute in der Regel auf externen Datenspeichern im Safe - in Form von Papier, Festplatten oder Sticks. Keiner hatte brisantes Material auf dem PC und ganz bestimmt nicht in irgendwelchen Clouds. Da außerdem niemand außerhalb der engsten Vertrauten seines Vaters ihn je zu Gesicht bekam, war Cayetano Gonzalez ein Geist, von dessen Existenz maximal zwei Handvoll Personen des Gonzalez-Kartells wussten. Erst recht kannte niemand außer seinem Vater und seinem Bruder die Verbindung zu Caiden Byrne, der Name, unter welchem er offiziell lebte. Somit konnte er ziemlich unbehelligt agieren, während sein Alter irgendwelche Verhandlungen führte.

Er hegte den Verdacht, dass sein Wichser von Erzeuger ihn zum Stehlen gezwungen hatte, weil er einfach Spaß daran hatte, ihn zu quälen. Schließlich war er ein sadistisches, brutales Arschloch. Und das Druckmittel hieß: Lori. Anfangs war es ihm zuwider, andere zu beklauen, irgendwann hatte er sich jedoch damit abgefunden. Immerhin genoss er mittlerweile den Kick dabei.

Allerdings hatte Caiden seinem Vater eine Sache zu verdanken. Seit er sieben war, hatte dieser ihn gelehrt, mit Schusswaffen aller Art umzugehen. Als er sechzehn war, hatte sein Erzeuger aufgehört, ihn zu quälen – wenigstens körperlich -, was daran liegen konnte, dass er dem letzten Bodyguard in einem

Trainingskampf die Waffe abgenommen und die Knie zerschossen hatte, ohne mit der Wimper zu zucken. Danach hatte Caiden sich allerdings hundsmiserabel gefühlt, weil ihm bewusst geworden war, dass in ihm ein blutrünstiges Monster existierte, das völlig skrupellos handeln konnte – zumindest im Moment der Tat. Aber hinterher hatte sein Gewissen fünffach zurückgeschlagen und er wollte dieses Ungeheuer in sich nie wieder an die Oberfläche lassen, es ver- und zerstörte ihn.

Immerhin war sein Vater zufrieden gewesen, zumindest sagte er das. Vielleicht hatte er auch Angst vor seinen Fertigkeiten bekommen. Ab da brauchte er nicht mehr zu kämpfen. Stattdessen hatte sein Erzeuger versucht, ihn ins Familienimperium einzuführen, das der alte Mann gemeinsam mit seinem zwölf Jahre älteren Bruder Enrique seit Jahren leitete.

Die Erpressungen jedoch blieben: Immer, wenn er nicht spurte, brachte sein Erzeuger Lorenas Gesundheit ins Spiel oder dass er sie den Männern zum Fraß vorwerfen würde. Für Caiden war der Tod des alten Kerls vor zehn Jahren vorübergehend eine Wohltat gewesen.

Leider war Enrique dem Alten sehr ähnlich. Er quälte ihn zwar nicht mehr, setzte Lori aber immer noch als Druckmittel gegen ihn ein, um zu erreichen, dass er bei der Stange blieb. Doch alles in allem hatten sie sich arrangiert. Enrique war geil auf die alleinige Macht, deshalb hatte der dem Vater nicht wirklich hinterher getrauert, und Caiden hatte kein Interesse daran. Er wollte nur weitgehend seine Ruhe. Sein Bruder setzte ihn nach wie vor zum Stehlen von Informationen ein und benutzte dazu Lori wie der Alte vor ihm. Doch ganz so verkommen wie ihr Erzeuger war er nicht. Er drohte nicht damit, Lori töten oder vergewaltigen zu lassen, sondern nur, ihr die Wahrheit über ihn zu sagen. Denn Lorena glaubte immer noch, Caiden, aber auch sein Bruder wären rechtschaffene Männer. Leider war er das schon lange nicht mehr und sein Bruder hatte allerlei Beweise gegen ihn. Neben seiner erfolgreichen Karriere als Dieb hatte er außerdem noch eine Leiche im Keller, im wahrsten Sinne des Wortes.

Er war kein eiskalter Mörder, aber er hatte vor sieben Jahren einen anderen Kerl getötet, als es hieß der oder er. Die Kugel des anderen hatte ihn verfehlt, seine getroffen. Der andere war der psychopathische Leibwächter eines Kartellbosses, mit dem sein Bruder im Clinch lag. Sie hatten ihn beim Einbruch ertappt und gedacht, wenn sie ihn einkassierten, könnten sie ihn gegen seinen Bruder als Druckmittel einsetzen.

Zwar wusste niemand von Cayetano Gonzalez, aber dass ein Geist wichtige Informationen stahl, über die später plötzlich Enrique verfügte, machte die Unterweltbosse zunehmend misstrauisch, so dass es für Caiden immer schwieriger wurde. Letzten Endes also wohl doch kein Wunder, dass er geschnappt worden und es bereits in dieser damaligen Situation äußerst brenzlig war.

Pech, dass seinem Bruder sein Wohlergehen so wichtig war wie ein Haufen Scheiße. Folglich hatte sich Caiden vor sieben Jahren nicht gefangen nehmen lassen wollen, hatte sich gewehrt und war geflohen. Sie hatten daraufhin versucht, ihn zu töten, doch er war schneller gewesen. Leider war der Psycho nicht sofort tot gewesen und hatte versucht, ihn im letzten Moment noch aufzuschlitzen. Im Rahmen des Handgemenges hatte er dem anderen dann das Messer in die Drosselgrube gerammt – auch wieder ohne eine Sekunde des Zögerns oder Bedauerns in diesem einen Augenblick. Ihm war endgültig klargeworden, dass in ihm das Blut seines Vaters floss. Das Beängstigende war nicht, dass er einen Mann – in Notwehr – getötet hatte, sondern die völlige Skrupellosigkeit, die ihn dabei ergriffen hatte. Erst etwa zehn Minuten später hatte es ihn total entsetzt.

Da diese Operation, bei der er eigentlich lediglich die Festplatte des Kartellbosses stehlen sollte, unmittelbar nach dem Tod ihres Erzeugers stattgefunden hatte, hatte sein Bruder darauf bestanden, dass ihn jemand begleitete. Der Wichser hatte ihm nicht einen Moment beigestanden. Im Gegenteil, er hatte das Ganze unbemerkt mit dem Handy gefilmt, ebenso wie Caiden später die Maske aufrollte, und seinem Bruder übergeben. Damit hatte der Arsch ein weiteres Druckmittel in jeder

Hinsicht: bei Lorena, aber auch bei den Bullen. Seitdem war Caiden von dem Saftsack abhängig.

Außerdem war er sich sicher, dass sein Bruder die Hände im Spiel gehabt hatte, als sie ihn letztes Jahr geschnappt hatten, sowohl bei der Festnahme – aufgrund eines *anonymen* Tipps -, als auch bei der Wahl des Knastes. Enrique hatte zwar überrascht und entsetzt getan und dann von Schicksal gesprochen, weil er bei dem Mörder ihres Vaters eingebuchtet werden würde. Jedoch glaubte er ihm kein Wort.

Sein Bruder hatte verlangt, dass er den Mörder, El Demonio, finden und ausspionieren sollte, da absolut nichts über den Kerl bekannt war. Enrique wollte seiner habhaft werden, um ein Exempel zu statuieren. Was würde das für seinen Ruf bedeuten? Nicht nur, dass er diesen gefürchteten Killer zur Strecke brachte, nein, auch alle anderen würden vor ihm zittern, vor der Reichweite seines Armes und der Grausamkeit, die er zweifellos an den Tag legen würde.

Erst kurz zuvor hatte sein Bruder herausgefunden, dass El Demonio den Vater umgebracht hatte und wo er zu finden war. Allerdings kannte er den realen Namen nicht.

Caiden über die Klinge springen zu lassen, machte Enrique nichts aus. Deshalb kaufte er ihm auch nicht ab, dass er mit seiner Festnahme nichts zu tun hatte.

Als er ein gutes halbes Jahr später begnadigt worden war, war er bereits in Slag verliebt gewesen. Seitdem versuchte er, seinen Bruder davon zu überzeugen, dass der Kerl nützlich für das Gonzalez-Kartell war.

Sein Plan, Slag zu befreien, war beim Verlassen der Insel entstanden, weil er ihn unbedingt wiedersehen wollte, aber auch, weil er Sorge hatte, dass sein Bruder versuchen würde, Slag weitere Killer auf den Hals zu hetzen.

Zwar war Slag einer der gefährlichsten Menschen der Welt, aber eben nur einer. Sein Bruder konnte problemlos alle anderen engagieren. Er stand dem zweitgrößten Kartell Kolumbiens vor.

Auch wenn Enrique Slag gerne in die Finger bekommen und persönlich ein Exempel statuieren wollte, würde sein Bruder im Zweifel auch mit der Leiche oder einem verstümmelten Slag vorliebnehmen, sollte der sich nicht einfangen lassen.

Deshalb hatte Caiden alles darangesetzt und es irgendwie geschafft, den Bruder hinzuhalten und zu überzeugen, dass er Slag ohne solch drastische Maßnahmen zu ihm führen konnte. Er hatte die Flucht organisiert, jedoch ohne dass er seinen Bruder über das Wie eingeweiht hatte. Der wusste lediglich, dass er El Demonio alias Slag dort irgendwann rausholen würde, um ihn angeblich auszuliefern. Überhaupt bemühte er sich, seinen Bruder mit möglichst wenig Infos zu füttern. Zum Glück ahnte Enrique nicht im Entferntesten, dass er sich in Slag verliebt hatte. Er glaubte, dass Caiden hetero war. Somit schöpfte Enrique keinen Verdacht, dass er nicht zum Wohl der Firma oder Familie handelte und sei es nur, weil er keine andere Wahl hatte, da Enrique ihn mit Lorena erpresste.

Fuck! Warum hatte der Kerl unbedingt alte Kontakte aufleben lassen müssen? Was für eine Riesenscheiße! Er hatte einfach keine Zeit mehr, eine Lösung zu finden.

Er nahm sich einen Moment, um sich zu sammeln, bevor er das Gesicht aus den Händen hob und wieder zu dem Mann wurde, als der er geboren war und die meiste Zeit sein Leben führte: Caiden Byrne. Das war ER, nicht Cayetano Gonzalez, der Kartellprinz, der hatte er nie sein wollen. Und erst recht kein Mörder. Er hasste das Blut, das durch seine Adern floss, jedenfalls das väterliche. Seine Mutter und Lorena waren gute Menschen.

Er musste etwas unternehmen! Wenn Slag je erführe, dass Caiden darauf angesetzt worden war, ihn zum Schafott zu führen, wäre das das Ende … für sie beide. Im Prinzip belog er Slag schlimmer als Gif und der bemerkte es nicht, weil er nicht mehr objektiv war, sondern sich etwas aus ihm machte und ihm zunehmend vertraute.

Würde Slag allerdings alles herausfinden, da war sich Caiden sicher, würde es den großen Mann in den Grundfesten erschüttern. Sein eigenes Ende wäre es sowieso. Damit meinte er nicht den sicheren Tod, den Slag ihm angedeihen lassen würde, sondern die Verachtung, die er ihm entgegenbringen würde, den Hass.

Ihm wurde speiübel.

Als er auf der Insel erfahren hatte, dass Slag El Demonio war, war es bereits zu spät. Deshalb hatte er es ignoriert und sich stattdessen immer mehr in Slag verknallt – entgegen seiner bisherigen Orientierung. Trotz der furchterregenden Erlebnisse mit dem Arier, hatte er die Zeit genossen, vor allem, weil er dachte, vier Jahre mit Slag und ohne die mörderischen und erpresserischen Absichten seines Bruders zu haben. Denn es war das erste Mal in seinem Leben, dass er in seinen Handlungen auf eine Art frei war.

Er hatte angenommen, dass er genug Zeit hatte, eine Lösung zu finden – Slags Vertrauen zu gewinnen und ihn womöglich einzuweihen, gemeinsam einen Plan zu schmieden - oder sogar gehofft, sein Bruder würde nach vier Jahren das Interesse verloren haben. Wie naiv! Der Kerl hatte es ja schon zehn Jahre zuvor nicht vergessen.

Aber er war so mit *Verliebt-sein* beschäftigt gewesen, dass er versäumt hatte, sein Hirn einzuschalten. Seit sie sich vor drei Tagen wiedergetroffen hatten, fielen sie in jeder verfügbaren Minute übereinander her.

Jetzt setzte ihm sein Bruder das Ultimatum. Hinzu kam, dass Gifs Verrat schwer wog. Vorher wäre es Caiden vielleicht noch möglich gewesen, Slag einzuweihen, ohne getötet zu werden, ohne ihn zu verlieren. Aber ein weiterer Verrat …? Durch jemanden, der Slag mittlerweile so nahestand wie zuvor wahrscheinlich nie jemand? Unmöglich!

Im Prinzip blieb nur eine Lösung. Sie würde ihm das Herz in Stücke reißen, aber es gab keine andere Möglichkeit. Seine Entscheidung fiel in dieser Sekunde.

Er konnte Slag einfach nicht ausliefern, aber er musste Lorena schützen. Also musste er sie bei Enrique rausholen und auf Nimmerwiedersehen mit ihr untertauchen, und sich von seiner Liebe zu Slag verabschieden. Keine Ahnung, was Slag empfinden würde. Wahrscheinlich würde es ihm nur halb so viel ausmachen wie ihm selbst.

Außerdem musste er dringend herausfinden, ob er wirklich einen Peilsender trug. Auch in dieser Hinsicht war es sinnvoll, sich von Slag zu trennen. Dann schwebte der nicht weiter in Gefahr. Das Gleiche galt für Lori.

Er musste sich von allen trennen, die er liebte.

Schwerfällig wie ein Greis erhob er sich. Der anstehende Verlust erdrückte ihn fast. Er konnte Slag nicht mehr unter die Augen treten, ohne sich zu verraten. Er würde sofort verschwinden. Natürlich nachdem er alles vorbereitet hatte. Allerdings konnte er Slag nicht ohne Warnung zurücklassen.

Caiden schrieb Lori eine Nachricht, dass sie sich mit ihm in achtundzwanzig Stunden am privaten Flughangar der Familie in Bogotá treffen und Enrique auf keinen Fall etwas erzählen sollte, weil es eine Überraschung werden würde.

Ihre Antwort kam prompt. Sie freute sich, ihn zu sehen, und würde da sein.

Dann packte er seine Sachen. Slag würde erst morgen früh nach Hause kommen. Doch da wäre Caiden bereits seit Stunden über alle Berge. Wie ein Roboter tat er alles, was nötig war: orderte den Privatjet, besorgte Lorena auf die Schnelle eine neue Identität, sich selbst direkt vor dem Abflug noch einen Arzttermin, um herauszufinden, ob er einen Sender in sich trug, und schrieb Slag einen Brief, den er ihm aufs Kopfkissen legte.

Als er alles erledigt hatte, tigerte er ruhelos durch die Wohnung. An Schlaf war nicht zu denken. Einem plötzlichen Impuls folgend, trat er an den Wäschekorb heran, auf dem zuoberst das gestrige T-Shirt von Slag lag. Er nahm es, sog den Duft nach Meer und Erde ein. Dann stopfte er es in seinen Seesack. Sein einziges Erinnerungsstück. In etwa einer Stunde kam sein Taxi.

♦♦♦

SLAG

Er hatte sich mit Gif getroffen, der ihm tatsächlich eine Nachricht geschickt hatte. So sehr er den Verräter verabscheute, er würde ihm helfen, den Sohn aus den Fingern der Hintermänner zu bekommen und dann seine Rache nehmen. Niemand verarschte ihn. Allerdings würde es noch eine gewisse Zeit dauern. Sie hatten besprochen, dass Gif noch eine Weile abwarten würde, um Kontakt aufzunehmen, damit die Wichser keinen Verdacht schöpften.

Mittlerweile befand sich Slag wieder auf dem Weg zum Auto.

Ein Pling kündigte eine Nachricht auf dem Handy an. Er öffnete die Message, die ihn überraschte. Eine Anfrage für eine Auftragsübernahme, vermittelt durch seinen alten Kontaktmann, der ihm auch früher Aufträge hatte zukommen lassen. Bei Interesse würde er die Infos über einen Link erhalten, wie in alten Zeiten.

Slag antwortete, dass er erst mehr wissen müsse, aber grundsätzlich nicht abgeneigt wäre. Auch wie in alten Zeiten. Er suchte sich seine Aufträge grundsätzlich aus.

Prompt erhielt er den Link, der sich innerhalb von zehn Minuten selbst löschte. Am Wagen angekommen, glitt er auf den Fahrersitz und öffnete ihn neugierig.

Schlagartig wich alle Luft mit heftig ausgestoßenem Atem aus seiner Lunge und es kam keine neue nach, als wäre ein Vakuum im Auto. Ihm wurde fast schwarz vor Augen. Dann setzte der Atemreflex ein.

Stöhnend betrachtete er das Bild.

Caiden! Alias Cayetano Gonzalez, zweiter Prinz des Gonzalez-Kartells, geborener Caiden Byrne, Bruder von Lorena Gonzalez, geborene Lorena Byrne, Bruder von Enrique Gonzalez, aktueller König des Kartells, und Sohn von Esteban Gonzalez.

Das Reißen in seiner Brust wurde schlimmer und schlimmer, während er wie paralysiert die Fotos von Caiden und seinem Vater betrachtete. Esteban ...

Caiden hatte ihn verarscht.

Er suchte nach dem Auftraggeber, aber der war unbekannt.

In ihm breitete sich arktischer Winter aus. Geradezu stoisch sendete er seine Antwort ab, beruhigte seinen Atem, und ließ den Motor an. Dann änderte er sein Ziel und fuhr in die Nacht hinein.

♦♦♦

CAIDEN

Er schulterte den Seesack, um die Wohnung zu verlassen.

„Setz den scheiß Sack ab“, ertönte es eiskalt in seinem Rücken.

Sein Herz setzte aus. *Er weiß es!* Verdammt, wo kam Slag jetzt schon her? Langsam ließ er das Gepäckstück zu Boden gleiten und blieb mit dem Rücken zu ihm stehen, schloss die Augen. Er wusste, was jetzt kam.

„Dreh dich um!“, erklang es gefährlich leise.

Caiden wandte sich um.

Vor ihm lehnte Slag in der Wohnungstür, die muskulösen Arme vor der mächtigen Brust verschränkt.

Doch er ließ sich nicht von der vermeintlich lässigen Haltung täuschen. Er wusste, wie unglaublich schnell sich der Wikinger bewegen konnte.

„Du willst also weg?!“ In Slags Gesicht regte sich nichts. Nur die Verachtung in den gletscherkalten Augen durchbohrte ihn wie ein Laserschwert, schnitt direkt sein Herz entzwei.

Darauf gab es nichts zu sagen. Es war eine rhetorische Frage, denn es war ja offensichtlich. Er hob den Blick und schaute Slag ruhig an. In ihm war keine Angst mehr, nur noch das Wissen um das Unvermeidliche.

Sie starrten einander an.

„Hattest du Spaß, ja?“

„Meine Gefühle für dich sind echt“, antwortete er tonlos, den Blick fest mit Slags verhakt.

„Interessiert mich nicht mehr. Ich habe heute einen Auftrag über einen Hit erhalten für Cayetano Gonzalez. Sagt dir das was?“ Etwas Lauerndes trat in Slags Blick.

„Hast du ihn angenommen?“

Lange schaute Slag ihn an. Anders als meistens wirbelten die wildesten Emotionen durch die Augen. Doch beim nächsten Blinzeln wurde der Blick vollkommen abweisend. „Ja.“

Caidens Herz wurde schwer, obwohl er nichts anderes erwartet hatte. „Dann solltest du ihn umsetzen“, sagte er heiser, breitete leicht die Arme aus und schloss ergeben die Augen.

„Sieh mich an!“ Die Stimme erklang unmittelbar vor ihm.

Er öffnete die Lider und musste den Kopf in den Nacken legen, um Slag in die Augen sehen zu können.

Slags Blick tastete über sein Gesicht. „Warum, Caiden?“

„Du glaubst mir sowieso nicht. Also ist es auch egal“, flüsterte er. „Bringen wir es hinter uns.“ Dann wäre auch Lorena frei.

Slag nickte und legte die Hand an Caidens Hals.

Ihre Blicke verflochten sich. Für eine Sekunde entdeckte er rohen Schmerz in Slags Augen.

„Ich weiß, du glaubst mir nicht. Aber ich liebe dich.“ Ein letztes Mal prägte er sich Slags Gesicht ein. Gerne hätte er ihn noch einmal geküsst. Aber das war natürlich unmöglich. „Tu es“, bat er.

Slag nickte. Dann drückte er zu.

♦♦♦

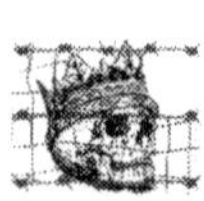

SLAG

Caiden starrte ihn aus den schönen Augen an, in denen tiefe, ehrliche Trauer lag. Er wusste, dass sich diese Trauer nicht auf das Ende von Caidens Leben, sondern darauf bezog, dass es so zwischen ihnen enden musste. Im Gesicht des Desperados lag das Wissen um das Unausweichliche. Er wusste, dass er sterben würde, und hatte keinerlei Angst.

Slags Finger unterbrachen die Blutzufuhr der Schlagadern. Ein letztes Mal sah er in diese unvergleichliche Iris, dieses irritierende Farbgemisch aus hellem Braun und klarem Grün, das ihn anleuchtete, umrahmt von dichten Wimpern. Gott, er wünschte sich so sehr, dass es anders wäre. Schließlich flatterten Caidens Lider. Irgendwann verdrehte er die Augen, die Knie gaben nach und er wäre die Wand runtergerutscht, hätte Slag ihn nicht festgehalten und zu Boden sinken lassen.

Ein klagender Laut erfüllte die Luft und ihm wurde bewusst, dass er es war. Mit Caiden zu seinen Füßen wurde aus der Klage ein Schrei, der weiter und weiter anschwoll. Er wiegte vor und zurück. Seine Hände griffen sich in die Haare und rissen daran, während er den Kopf in den Nacken legte und brüllte und brüllte.

Tief in ihm zerbrach etwas. Er schlug gegen die Wand, einmal, zweimal, dreimal, viermal ... zwanzigmal ...

Blut tropfte auf den Boden und er schnallte, dass das von seinen Knöcheln kam.

Er riss Caiden in die Arme, presste ihn gegen seinen Körper und brüllte erneut, wiegte sie beide hin und her. Dann ließ er Caiden zurück auf den Boden gleiten und stürmte aus dem Raum.

Achtundzwanzig

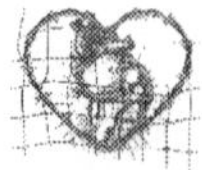

CAIDEN

Ein Brennen und Stechen in seiner Kehle riss ihn aus der Dunkelheit. Nach Luft schnappend schrak er hoch. Mühsam wälzte er sich auf den Bauch, japste röchelnd nach Luft. Shit, er lebte noch! Wie einfach wäre es sonst gewesen ...

Slags maskenhafter Ausdruck und der kurze Augenblick unverhohlener Pein in dessen hellgrauen Augen schob sich vor sein geistiges Auge. Es war dem Wikinger nicht leichtgefallen, ihn zu … würgen.

Lorena! Dieser Gedanke brachte Energie in seinen kraftlosen Körper. Wo auch immer Slag jetzt war, er musste hier weg. Eine zweite Chance würde Slag ihm nicht geben. Caiden vermutete, dass Slag emotional so involviert war, dass er zu früh aufgehört und das Ergebnis nicht kontrolliert hatte.

Er rappelte sich auf. Der Hals schmerzte, als hätte er Glas gegurgelt. An der Wand abgestützt, packte er den Seesack und zerrte ihn hinter sich her die Treppe hinunter. Unten schleppte er sich aus der Tür und zu einem Taxi. Er nannte krächzend die Adresse. Dann sank er vollkommen ausgelaugt auf die Rückbank.

Noch mehr als seine Kehle schmerzte sein Herz.

♦♦♦

SLAG

Er konnte nicht zurück in die Wohnung. Auf keinen Fall. Er war nicht bereit, sich um Caidens Leiche zu kümmern.

OH GOTT, er hatte ihn wirklich getötet. Er schloss die Augen und sah wieder die Trauer und Reue in Caidens Augen vor sich, bevor sich diese ergeben schlossen. Caiden hatte sich nicht gewehrt. Noch nie war ihm etwas so schwergefallen. Er war ein vollkommen abgebrühter Wichser, normalerweise, aber natürlich nicht, wenn es um Caiden ging.

Doch Caidens Verrat wog unbeschreiblich schwer. Scheiße! Er hatte genau zwei Menschen vertraut und beide hatten ihn hintergangen. Seine Menschenkenntnis war echt im Arsch. NIE wieder würde er jemandem trauen.

Aber war er wirklich so verdammt blind gewesen? War alles nur gespielt, um an ihn ranzukommen?

Ich weiß, du glaubst mir nicht. Aber ich liebe dich. Wieder hörte er Caidens Worte. Sie hatten so verdammt ehrlich geklungen. War der Desperado so ein guter Schauspieler?

FUCK! Aber es brachte nichts. Er musste zurück.

~~~

Er schob die Tür auf und sah sofort, dass der Seesack weg war.

Alarmiert ging er zügig in den Wohnraum. Caiden war fort.

Oh Scheiße! Offenbar war er nicht gründlich genug gewesen. Es war das erste Mal, dass ihm ein derartiger Fehler unterlaufen war. Aber er war auch noch nie emotional involviert gewesen.

Von all den Gefühlen erschöpft, sank er aufs Sofa und starrte dumpf geradeaus. Ein seltsames Gefühl schlich sich ein. Es dauerte eine ganze Weile, bis er begriff, dass es Erleichterung war. Caiden war ihm entkommen und lebte noch. Natürlich würden sie sich nie wiedersehen.

Irgendwann erhob er sich, schloss die Wohnungstür und ging duschen.

Danach wollte er nur noch ins Bett.

Auf dem Kissen lag ein Umschlag. Er öffnete ihn.

Zane,
ich musste weg.
~~~

Vermutlich wirst Du mich am Ende des Briefes hassen und töten wollen.

Leider konnte ich nicht ganz aufrichtig zu dir sein, aber du sollst wissen, dass meine Gefühle für dich nie gespielt waren und ich auch sonst versucht habe, so offen und ehrlich wie möglich zu sein. Du bist mir verdammt wichtig und deshalb musste ich gehen.

Mein Geburtsname ist Caiden Byrne. Byrne ist der Mädchenname meiner Mutter, einer blonden, grünäugigen US-Amerikanerin. Mein Erzeuger allerdings ist Esteban Gonzalez. Du weißt, wer das ist. Ich denke, dass er auch für dich ein Begriff ist, obwohl ich bezweifle, dass du alle Namen der Menschen, die du getötet hast, behältst.

Slag starrte auf das Papier. Natürlich wusste er, wer Esteban Gonzalez war: Er hatte dem Gonzalez-Kartell, einem der größten Kartelle der Welt, vorgestanden, bis er ihn getötet hatte.

Er las weiter.

Warum du ihn getötet hast oder jemand ihn tot sehen wollte, interessiert mich nicht. Außerdem liegt es auf der Hand.

Ich trauere auch nicht um Esteban. Er war ein sadistisches Schwein.

Aber mein Bruder will deinen Tod.

Vor zweieinhalb Jahren fand er heraus, wer damals seinen Vater tötete: El Demonio, und auch, wo der zu finden war. Aber da von dir kein Bild existierte, sorgte er – wie ich mittlerweile überzeugt bin - dafür, dass ich bei dir landete, indem er mich über die Klinge springen ließ. Der Arsch.

Ich möchte, dass du weißt, dass ich es nicht freiwillig getan habe. Aber natürlich übernehme ich für meine Handlungen die volle Verantwortung.

Mein Bruder ist von deinem Tod besessen. Doch ich habe mich in dich verliebt und zunächst gedacht, ich hätte vier Jahre Zeit, eine Lösung zu finden.

Fakt ist, ich kann dich nicht ans Messer liefern und bin eine Gefahr für dich geworden.

Ich kann nicht bleiben und mich dir stellen, nicht aus Angst vor deiner Rache, aber deine Verachtung und deinen Hass könnte ich nicht ertragen. Außerdem muss ich dringend meine Schwester retten.

Nimm dich in Acht vor meinem Bruder Enrique und suche dir am besten auch eine neue Wohnung. Ich fürchte, er hat mir irgendwie einen Peilsender untergejubelt. Mich würde es auch nicht wundern, dass deshalb der Angriff auf das Boot möglich war.

C.

PS: Dich zu verlassen, ist der schwerste Schritt meines Lebens.

Plötzlich waren seine Finger nicht mehr in der Lage, das fünf Gramm schwere Blatt Papier zu halten. Es fiel ihm aus der kraftlosen Hand und er schloss gequält die Augen. Das entsprach schon eher dem Mann, den er kennengelernt hatte. Offenbar hatte er sich doch nicht vollkommen in Caiden getäuscht. Sein notleidender, armseliger, schmerzender Herzmuskel pumpte mit Macht Wellen der Trauer durch ihn hindurch. Scheiße, Caiden, warum?

Eines war sicher: Er würde Caidens Warnung ernstnehmen und untertauchen.

Neunundzwanzig

CAIDEN

Der nächste Hieb traf ihn in der verletzten Seite und er konnte einen Schmerzlaut nicht unterdrücken.

Sie prügelten ihn windelweich – mal wieder. Sogar sein Gesicht ließen sie dieses Mal nicht aus.

Er hatte keine Ahnung, wie lange er schon hier war. Einen Tag, vier oder mehr.

Sie hatten ihn geschnappt, als er das Land verlassen wollte, zwei Tage, nachdem er Lorena nach einer zehntägigen Odyssee endlich sicher untergebracht und ihr eingebläut hatte, sich zu verkriechen. Und das Einzige, was sie bisher taten, war, ihn auf Teufel komm raus zu verdreschen.

Lorena hatte ihn traurig angesehen, als er ihr reinen Wein eingeschenkt und alles erzählt hatte. Dabei hatte er weder die Rolle des Vaters, Enriques noch seine ausgelassen. Insbesondere auf seine Verfehlungen war er eingegangen und sie hatte erstaunlich entspannt reagiert. *„Glaubst du wirklich, ich wäre so blöd, nicht zu merken, dass hier nicht alles mit rechten Dingen zugeht? Oder dass Enrique ein Arschloch ist oder wie du in all den Jahren unter ihnen gelitten hast?"* Mitleidig hatte sie ihn angesehen. Auf ihn hatte sich das Mitleid allerdings nicht bezogen, sondern darauf, dass sie sie für so weltfremd hielten.

„Ich habe immer darauf gewartet, dass du dich mir öffnest und alles erzählst. Allerdings muss ich sagen, dass ich nicht erwartet hätte, dass du jemanden ... jemanden getötet hast. Aber Caiden -" Sie hatte sein Gesicht in die Hände genommen. *„Wenn du mir sagst, dass es Notwehr war, glaube ich dir. Ich kenne dich. Wir sind Zwillinge! Umso schlimmer, dass du auch nur eine Sekunde angenommen hast, ich wäre ein naives*

Dummchen. Aber das verzeihe ich dir. Ich liebe dich, du bist mein Bruder!"

Sie hatte ihm versichert, auf der Hut zu sein, ihn zum Abschied umarmt und einen Kuss auf seine Stirn gedrückt.

Der Gedanke an Lorena, die in Sicherheit war, ließ ihn trotz der brutalen Behandlung lächeln. Genauso wie der tröstliche Gedanke, dass er Slag gerettet hatte. Denn er hatte dafür gesorgt, dass Enrique Slags Spur verloren hatte, zumindest wenn Slag seinem Rat gefolgt und abgehauen war. Ansonsten war der Hüne intelligent, stark, böse und brutal und würde auf sich selbst aufpassen.

Caidens eigene Gesundheit war zweitrangig. Oder gar sein Leben. Wenn er es hier verlieren würde, wäre ihm das egal. Denn eine Zukunft, in der Slag ihn hasste und die er ohne ihn bestreiten musste, kam ihm verdammt sinnlos vor.

Plötzlich ging die Tür auf und Enrique stand im Rahmen.

Caiden grinste ihn an, was mit dem Blut zwischen den Zähnen wahrscheinlich grotesk aussah. „Wusste ich's doch, dass du dahintersteckst." Er spuckte dem Bruder die Worte samt eines Blutschleimgemischs vor die edlen Treter.

„Cay, schön, dich zu sehen, auch wenn du heute mal nicht wie von Michelangelo gemeißelt aussiehst. Obwohl dir das Rot im Gesicht auch gut steht. Erinnert mich an einen Hermann Nitsch." Enrique nahm sich einen Stuhl, gab dem Schläger einen Wink, aufzuhören, und hockte sich vor ihn. Dann verlor das Gesicht jede aufgesetzte Freundlichkeit. „Also, wo ist er?"

„Keine Ahnung." Sein Grinsen wurde breiter. Enrique hatte nichts mehr gegen ihn in der Hand und das wusste der Penner auch. Denn Caiden hatte ziemliche Nehmerqualitäten, erst recht seit dem Training mit Slag, und um nichts in der Welt würde er Lori oder den Mann, den er liebte, verraten, da würde er lieber sterben – wortwörtlich.

„Er hat dich töten wollen, das weißt du hoffentlich?!"

„Jepp, weiß ich. Ich nehme an, du hast ihn beauftragt."

„Er hat keine Sekunde gezögert. Kein Grund, ihn zu schützen."

„Tue ich nicht. Ich habe einfach keinen Schimmer."

„Wo war er zuletzt?"

„Wie, das weißt du nicht?", verhöhnte er seinen Bruder.

„Wenn du es mir nicht sagst, werde ich dich zurück auf die Insel bringen lassen. Was letztes Mal funktioniert hat, klappt auch wieder. Dieses Mal ohne einen großen Aufpasser, der dich fickt, du elende Schwuchtel. Oder einen Fluchtweg und ein Boot, dafür aber neue arische Freunde." Enrique grinste schadenfroh. „Die ficken bestimmt auch gerne so einen hübschen Bengel mit gut gebräuntem Teint wie dich, erst recht, wenn niemand da ist, der dich rettet."

Heilige Scheiße, sein Bruder wusste Bescheid. Doch er ließ sich nicht provozieren. „Interessant. Ich dachte schon, du wolltest mich totprügeln lassen."

„Nur beinahe und dann ab auf die Insel." Mit Daumen und Zeigefinger formte Enrique ein Loch, mit dem Zeigefinger der anderen Hand stieß er rhythmisch in das Loch.

„Du hast damals das Boot beschießen lassen." Caiden sprach das aus, was er schon die ganze Zeit dachte. Er glaubte einfach nicht daran, dass es die Typen von der Knastinsel gewesen waren.

Gleichmütig zuckte Enrique die Achseln. „Ursprünglich wollte ich mir das Vergnügen gönnen, den Wichser selbst langsam zu töten. Das war ja auch der Grund, weshalb ich dich beauftragt hatte, ihn zu mir zu führen. Doch du hast dir zu viel Zeit gelassen. Anfangs habe ich noch geglaubt, dass Lori als Druckmittel reicht." Böse grinste sein Bruder. „Bis mir der Gedanke kam, dass das eine Fehleinschätzung ist und ich dir nicht mehr trauen kann. Dass du allen Ernstes glaubst, mich hinhalten und hintergehen zu können. Ich fand es plötzlich sehr viel sinnvoller, den Kerl auszuschalten, bevor er das Festland erreicht und vielleicht auf Nimmerwiedersehen untertaucht, womöglich noch mit deiner Hilfe. Tja, und der praktische Ansatz der gesamten Aktion hat mich endgültig überzeugt: Der Mörder meines Vaters stirbt, ebenso die nichtsnutzige Schwuchtel von meinem Bruder. Noch dazu ziemlich spurlos auf hoher See.

Aber leider habt ihr überlebt. Das werde ich ändern. Mit dir fange ich an."

„Nur zu, ich habe nichts mehr zu verlieren."

„So, glaubst du?" Die Art, wie Enrique das sagte, ließ ihm das Blut in den Adern gefrieren. Dann drehte sein Bruder sich zu einem der Lakaien. „Bring sie rein!"

Entsetzt starrte Caiden auf die Tür, durch die der Typ jetzt Lorena schleifte.

„Lorena", säuselte sein Bruder. „Wie schön du bist. Ich hoffe, es geht dir gut. Vielleicht kannst du Caiden ja überzeugen, kooperativ zu sein. Ich glaube sogar, ziemlich sicher." Damit strich er ihr die Haare aus dem Nacken und packte hart zu.

Sie biss die Zähne aufeinander. Tränen traten in die schönen grünen Augen, als sie Caiden erblickte.

„Es ist okay", sagte Caiden tonlos.

„Du willst doch, dass es ihr weiterhin gut geht, oder? Also rede. Wo ist El Demonio?"

„Wie hast du sie gefunden?", krächzte er

„Genau wie dich, du kleiner Scheißer!" Sein Bruder verhöhnte ihn. „Dank des Peilsenders[7], der in euch ist, seit ihr sieben seid."

Das konnte nicht sein. Er hatte sich direkt, bevor er den Flug zu Lorena angetreten hatte, röntgen und scannen lassen und nichts Auffälliges war gefunden worden.

„Überrascht? Erinnerst du dich an die Schutzimpfungen damals? Nun, eine war keine. Du hast versucht, ihn zu finden, hab ich Recht? Tja, das Ding ist hochentwickelt, selbst nach zwanzig Jahren noch. Es bewegt sich in euren Körpern, du kriegst ihn nie da raus."

---

[7] Ein solcher Peilsender existiert bisher nicht. Auch wenn ich mich stets um möglichst realistische Details bemühe, so ist dies doch (m)eine fiktive Geschichte, in der ich mir auch mal erlaube, eine solch frei erfundene Möglichkeit zu schaffen. Schauspieler in Actionfilmen können ja auch auf der Frontscheibe eines rasenden Zuges liegen, während das Rotorblatt des explodierenden Helikopters haarscharf an der Kehle vorbei kratzt, und überleben es, ohne dass die Zuschauer „unrealistisch" brüllen :)

Scheiße, was sollte er tun? Wenn es nur um ihn gegangen wäre, hätte er alles ertragen, aber Lori ... Er wusste wirklich nicht, wo Slag war. „Ich kann dir nicht helfen."

„Oh, ich denke schon. Du wirst ihn kontaktieren."

♦♦♦

SLAG

Lautlos bewegte er sich den Gang entlang. Vor ihm standen zwei Typen mit dem Rücken zu ihm - groß wie Schrankwände.

Mit drei Schritten war er bei dem Linken, hob die Hände und verdrehte blitzschnell und ruckartig dessen Kopf.

Im selben Moment wirbelte der Rechte herum, doch Slag schnellte ihm entgegen, rammte ihm den Unterarm gegen die Kehle, presste ihn an die Wand und gleichzeitig das Messer mit aller Macht ins Herz.

Noch bevor der erste mit einem dumpfen Geräusch auf den Boden sackte, war auch der zweite tot. Slag ließ ihn an der Wand runterrutschen, wischte das Messer an dessen Klamotten ab und trat auf die geöffnete Tür zu, hielt sich jedoch für die Leute im Innern außer Sichtweite.

Eine Stimme drang heraus. „Du willst doch, dass es ihr weiterhin gut geht, oder? Also rede. Wo ist El Demonio?"

„Wie hast du sie gefunden?"

Scheiße, Caiden! Wie kam der hierher? Aber was ihn noch mehr irritierte: Er konnte das Entsetzen in Caidens Stimme hören.

„Genau wie dich, du kleiner Scheißer! Dank des Peilsenders, der in euch ist, seit ihr sieben seid ... Überrascht? Erinnerst du dich an die Schutzimpfungen damals? Nun, eine war keine. Du hast versucht, ihn zu finden, hab ich Recht? Tja, das Ding ist hochentwickelt, selbst nach zwanzig Jahren noch. Es bewegt sich in euren Körpern, du kriegst es nie da raus."

„Ich kann dir nicht helfen." Caiden klang angestrengt, als habe er starke Schmerzen, und war kaum zu verstehen.

„Oh, ich denke schon. Du wirst ihn kontaktieren."

„Ich habe nur eine E-Mail-Adresse, er wird nicht reagieren."

Vorsichtig linste Slag um den Türrahmen.

Caiden war an einen Stuhl gefesselt. Sein Kopf blutete an diversen Stellen, ein Auge war geschwollen, die Lippe aufgeplatzt und sein nackter Oberkörper mit Blutergüssen übersät.

Wie lange hatten sie ihn schon in der Mangel?

In dem Moment nickte Enrique Gonzalez – er wusste sofort, welcher der fünf Kerle im Raum das war - und der Typ unmittelbar vor Caiden hieb dem Desperado eine Gerade ins Gesicht, die sich gewaschen hatte.

Caidens Schädel flog zur Seite, dass es knackte. Er keuchte vor Schmerz.

„Tja, dann lass dir etwas einfallen", forderte Enrique.

Caiden atmete schwer, der Kopf hing auf der Brust. Mühsam hob er das offene Auge.

Noch nie hatte er einen derartig bösartigen Ausdruck in Caidens Blick gesehen. Purer Hass loderte darin.

„Fass sie ja nicht an", knurrte der Desperado.

„Was willst du dagegen tun, du kleiner Wichser?" Enrique riss an den Haaren einer blondgelockten, schlanken, wunderschönen Frau, die abgesehen von ihrer Haar- und hellen Hautfarbe große Ähnlichkeit mit Caiden aufwies. Sie stieß einen erstickten Schrei aus und Caiden riss wütend an den Fesseln. Prompt traf ihn ein neuer Boxhieb, diesmal hart in den Magen. Er wäre zusammengeklappt, wenn er nicht gefesselt wäre. Ein Würgen drang aus dem Hals.

„Du sorgst besser dafür, dass er Kontakt aufnimmt."

Slag schob das Messer zurück in die Scheide an seinem Gürtel, zog eine Pistole und trat lautlos in den Raum.

„Wie soll ich ...?", setzte Caiden röchelnd an.

„Das braucht er nicht", grollte Slag, hob die Waffe und feuerte blitzschnell mehrere Kugeln ab. Vier der Typen fielen wie die Fliegen um.

Nur Caidens Bruder schaffte es, sich hinter der Schwester zu verschanzen. Er hielt sie wie einen Schild vor den Körper und legte über ihre Schulter auf Slag an. Lediglich der halbe Kopf linste hinter ihrem hervor.

Sie zielten aufeinander: Er auf Enriques Teil der Stirn, der sichtbar war und Enrique auf ihn.

Er zuckte mit keiner Wimper, als er Enrique anvisierte.

Die Frau zitterte.

Er hatte genug Angriffsfläche, schätzte die Verhaltensweisen der beiden ein und kniff ein Auge zu.

„NEIN!“, schrie Caiden einen Sekundenbruchteil, bevor Slag abdrückte. Offensichtlich hatte der Desperado erkannt, dass er nicht zögern würde, zu schießen. Der Schrei hatte ihn allerdings tatsächlich eine Nanosekunde stocken lassen. Prompt verfehlte er sein Ziel. Verdammt!

Enrique jedoch, der einen Hauch später abgedrückt hatte, traf ihn in die Schulter.

Er wurde nach hinten geworfen, weg von der Tür, verriss die Waffe und traf Enriques Arm, aber nur als Streifschuss.

Dann geschahen mehrere Dinge gleichzeitig. Enrique zerrte die Frau mit sich hinaus. Caiden brüllte: „LORENA!“ Slag krachte mit dem Rücken hart auf den Boden und musste erstmal zu Luft kommen. Er rollte sich herum und rappelte sich schnell wieder auf, nahm die Waffe in Anschlag, den Schmerz ignorierend.

Wild zerrte Caiden an den Fesseln.

Slag ging zu ihm und zückte das Messer.

Caidens Augen wurden groß.

„Keine Sorge, Des.“ Mit einem schnellen Schnitt löste er die Fessel der rechten Hand, dann drückte er Caiden das Messer in selbige.

Während Caiden selbst die restlichen Fesseln durchtrennte, schlich Slag zur Tür und schaute in den Flur. Enrique verschwand mit Lorena um die Ecke. Drei Männer erschienen im Laufschritt im Gang. Er eröffnete das Feuer. Der erste sank sofort tot zu Boden. Den zweiten verfehlte er, was noch nie vorgekommen war. Aber der Treffer in der Schulter schränkte ihn ein. Nach mehreren Fehlschüssen hatte er es geschafft, die restlichen beiden zu erledigen.

Das Blut lief ihm am Arm hinab. Keuchend drehte er sich zu Caiden um, der sich gerade wankend und zitternd vom Stuhl erhob, eine Hand fest auf den Bauch gepresst. Mit unsicheren Schritten kam Caiden auf ihn zu. Slag fing ihn auf, als er stolperte.

„Töten kannst du mich später", quetschte Caiden heiser hervor, während er schwer gegen Slag sackte. „Erst muss ich meine Schwester retten."

Sein Blick glitt über Caidens misshandeltes Gesicht und er nickte. Nur mit Mühe konnte er den Impuls unterdrücken, dessen Wange zu berühren. Ein seltsames Ziehen setzte in seiner Brust ein. „Zuerst deine Schwester." Seine Stimme klang, als hätte er rostige Nägel geschluckt. „Warte hier."

Doch Caiden schüttelte den Kopf. „Den Teufel werde ich", japste er, rappelte sich auf, humpelte zu den Wachmännern und sammelte deren Waffen auf. Zwei warf er ihm zu und zwei steckte er selbst ein.

Slag schlich vorweg und Caiden tappte hinter ihm her, leider nicht sehr lautlos, aber er nahm an, dass es nichts änderte. Enrique würde sie trotzdem kaum hören. Denn von oben drang plötzlich ein Brummen zu ihnen.

„Scheiße", fluchte Caiden. „Der Heli."

Sofort rannte er los, Caiden hatte Mühe mitzuhalten. Slag stürmte aufs Dach.

Augenblicklich eröffnete Enrique das Feuer.

Er rollte ab, kam auf die Knie, zielte und drückte ab. Im selben Moment trafen ihn zwei harte Schläge, einer von hinten, einer von vorne, die ihm den Atem raubten.

Enrique starrte ihn an.

Röchelnd erkannte er, dass Enrique die Waffe verlor. Er hatte den Waffenarm getroffen, aber ansonsten war der Mistkerl unverletzt geblieben. Plötzlich entstand ein Loch in Enriques Stirn.

Im selben Moment kippte Slag um und hatte Schwierigkeiten zu atmen. Außerdem brannte ein Höllenfeuer in seinem Bauch.

♦♦♦

CAIDEN

Er erreichte das Dach und sah, wie Slag vor ihm – auf einem Knie, das andere Bein aufgestellt - abdrückte. Eine Sekunde später zuckte der große Körper unter zwei Einschlägen. Caiden wirbelte herum und zog den Abzug durch.

Rechts von ihm fiel einer von Enriques Bodyguards, der von hinten auf Slag geschossen hatte, tot zu Boden, als Caidens Kugel ihn traf.

Dann legte er auf seinen Bruder an, dessen Waffe aus der Hand gefallen war. Slags Werks. Caiden zielte ein zweites Mal - auf Enriques Stirn. Es wurde der Schuss seines Lebens, denn Loris hing davon ab. Eiskalte Ruhe überkam ihn wie eine Decke. Gleichzeitig verspürte er so etwas wie Vorfreude. Sein Monster erwachte und er empfing es mit offenen Armen. Er traf, bevor sein Bruder es schaffte, Lori vor sich zu ziehen. Enrique kippte nach hinten.

Caiden schwenkte die Waffe auf den Piloten und brüllte: „STOPP!“ Der Kerl nahm die Hände von den Steuerknüppeln und Lori sprang heraus. Im selben Moment bemerkte er, dass Slag zur Seite kippte. Sein Herz setzte aus.

Da er Lori in Sicherheit wusste, eilte er so schnell es mit den Verletzungen ging zu Slag. Er legte die Hand an dessen Rücken, um ihn umzudrehen. Doch als er die Nässe spürte, zog er sie rasch zurück. Sie war rot. Entsetzt rollte er den großen Mann herum, doch auch vorne spürte er Nässe auf der selben Höhe, ebenfalls Blut. Ein Durchschuss. „Zane“, krächzte er, während er die Hand auf Slags Brust drückte, im verzweifelten Versuch, die Blutung aufzuhalten. Was ein reichlich sinnloses

Unterfangen war, da der Wikinger im Rücken nicht minder bluten musste. Dann entdeckte er einen weiteren feuchten Fleck, tiefer am Bauch. „Lorena, hilf mir!“

Seine Schwester eilte herbei und riss sich das Shirt vom Leib, um es auf Slags Bauch zu drücken.

Der Hüne lag mit geschlossenen Augen vor ihnen und atmete immer flacher. Schließlich hob er mühsam die Lider und ein winziges Lächeln zupfte an dem Mundwinkel. „Caiden“, keuchte er. Dann hob er eine Hand an Caidens Gesicht. „Du … getroffen?“ Der Atem ging pfeifend.

Er ergriff die Hand und presste sie sich auf die Brust. „Nein.“

„Gut!“ Slags Stimme wurde schwächer. „Bin … froh.“ Dann rutschte Slags Hand aus Caidens und der Kopf fiel zur Seite.

„Nein! NEIIN!!!!“ Sein Herz wurde von der eisigen Faust eines Riesen zerquetscht. Im selben Moment landete unerwartet eine schmale Hand auf seiner Schulter. „Sie kommen gleich, Caiden.“

Es dauerte einen Moment, bis er begriff, was seine Schwester meinte: der Notarzt. Sie hatte ihn gerufen, aber er war so auf Slag konzentriert gewesen, dass er nichts mitbekommen hatte.

Dreißig

SLAG

Slag starrte an die Decke. Er konnte nicht schlafen.

Vor zwölf Tagen war er in diesem feudalen Krankenzimmer der Privatklinik des Gonzalez-Kartells – nahm er jedenfalls an – aufgewacht. Seit zwei Tagen schaffte er es, allein pinkeln zu gehen.

Mehrfach hatte er sich nach Caiden erkundigt. Doch der Arzt konnte ihm nichts sagen, außer, dass sie ihm in einer Operation vor vierzehn Tagen Schulter, Lunge und Bauch – hier war wie durch ein Wunder kein Organ getroffen worden - zusammengeflickt hatten.

Caiden hatte sich in der ganzen Zeit nicht blicken lassen. Aber das wunderte ihn nicht. Bei ihrem letzten Aufeinandertreffen hatte er Caiden immerhin töten wollen und es auch beinahe geschafft. Freiwillig würde er auch nicht zu seinem Henker gehen. Wenn er Caiden jedoch nicht zu Gesicht bekam, konnte er ihm auch nicht sagen, dass er ihm nichts mehr antun wollte. Als Thema für eine E-Mail fand er so etwas Bedeutsames auf alle Fälle nicht geeignet.

Nachdem Caiden aus Slags Wohnung verschwunden war, hatte er alle Beziehungen spielen lassen, um herauszufinden, wo sich Enrique Gonzalez aktuell aufhielt. Der elende Mistkerl wechselte ständig die Standorte, was offenbar nicht nur daran lag, dass Slag vor einem Jahrzehnt seinen Alten ins Jenseits befördert hatte, sondern auch wieder auf freiem Fuß war. Enrique blieb nie lange an einem Ort, hatte eine echte Paranoia entwickelt, was ihm am Ende aber nichts genutzt hatte. Denn wenn Slag sich erstmal an eine Spur heftete, ließ er nicht locker, bis er die Zielperson zur Strecke gebracht hatte. Einzige Ausnahme:

Caiden. Aber Ausnahmen bestätigten ja bekanntlich die Regel. Jedenfalls war er zu dem Schluss gekommen, dass er Enrique besser ausschaltete, bevor der ihn seinerseits erwischte.

Als er erfuhr, wo er den Kerl finden konnte, hatte er alles vorbereitet und war, begleitet von einer Schneise aus Leichen, in das Haus eingedrungen.

Umso überraschter war er für zwei, drei Schrecksekunden gewesen, Caiden dort vorzufinden, noch dazu in so einem Zustand.

Ohne Deckung war er schließlich aufs Dach gestürzt, weil er nicht zulassen konnte, dass Enrique davonkam, sich verkroch und unerreichbar für ihn wurde. Außerdem war ihm Caidens verzweifelter Blick durch Mark und Bein gegangen, als der erklärte, seine Schwester retten zu müssen. Also hatte er alle Vorsicht und Vernunft fahren lassen.

Vage erinnerte er sich an das plötzliche Loch in Enriques Stirn. Caiden musste geschossen haben, und zwar verdammt gut. Gerne würde er auch darüber mit ihm reden.

Seine Lider wurden immer schwerer ...

~~~

Jemand beobachtete ihn. Slag schrak hoch. Offenbar war er doch noch eingeschlafen. Eine Gestalt stand am Fußende des Bettes.

In der schummrigen Dunkelheit konnte er nur Konturen erkennen. Doch er wusste, wer das war. „Was machst du da?“ Er kniff die Augen zusammen, um besser sehen zu können.

„Dir beim Schlafen zusehen.“

„Hast du nichts Besseres zu tun?“

„In den letzten Nächten nicht“, räumte Caiden ein.

„Du warst schon öfters hier?“ Und er rühmte sich für seinen leichten Schlaf. Na gut, er war auch wirklich angeschlagen.

„Jede verdammte Nacht. Seit du eingeliefert wurdest.“

„Hm. Und wieso nicht tagsüber?“

„Nicht, solange ich nicht weiß, wie es weitergeht.“

„Caiden.“ Slags Stimme bekam einen samtenen Anstrich. „Komm her.“
~~~

Doch Caiden schüttelte den Kopf. „Ich bin doch nicht lebensmüde. Du bist vielleicht verletzt, aber immer noch schnell wie eine Kobra und außerdem nachtragend, launisch und ein Prinzipienreiter. Du hast gesagt, du tötest mich, also wirst du es tun, vor allem jetzt, wo meine Schwester in Sicherheit ist."

„Werde ich nicht. Komm her! Ich tue dir nichts an. Ich schwöre es dir." Noch mehr Samt.

Zögernd kam Caiden ums Bettende herum.

Slag rückte etwas zur Seite und klopfte auf den freien Platz neben sich auf der Matratze. „Setz dich."

Caiden blieb stehen.

„Bitte", raunte er.

Wie ein Pferd kurz vor der Flucht spannte Caiden den Körper an und ließ sich auf einer Pobacke nieder.

Er legte seine Pranke auf Caidens Brust und drückte ihn langsam, aber bestimmt nach hinten, bis der auf dem Rücken neben ihm lag.

Caiden ließ ihn nicht aus den Augen und spannte sich noch mehr an, aber er ließ es geschehen.

Seine Hand rutschte langsam vom Solarplexus hoch zu Caidens Hals und kam auf der Drosselgrube zu liegen, Daumen und Finger legten sich auf die Schlagadern.

In Caidens Wange zuckte ein Muskel, die Lippen presste er aufeinander und schluckte hart.

Völlig fasziniert beobachtete er, wie Caiden vor Misstrauen fast verging, es aber trotzdem zuließ. Irgendwo tief in sich drin vertraute Caiden ihm trotz allem noch, wenn auch unbewusst. Das war ein verflucht wertvolles Geschenk!

Mit dem Daumen zog er träge, behutsame Kreise auf Caidens Hals. Die restlichen Finger ließ er locker ruhen. Er beugte sich an Caidens Ohr und raunte mit weicher Stimme: „Wenn ich dich ernsthaft hätte tot sehen wollen, wärst du es, Des." Er zog sich zurück, um Caiden in die spektakulären Augen zu blicken. Ein warmes Gefühl sprudelte in ihm hoch. Es war mehr als die Erleichterung darüber, dass Caiden noch lebte. „Mein Unterbewusstsein war da wohl schneller als mein Verstand.

Zum Glück!" Seine Stimme klang rau wie Sand. Die Vorstellung, dass Caiden nicht mehr atmete, noch dazu durch seine Hand, ließ kaltes Grauen in ihm aufsteigen. Er schüttelte sich, als ihn eine Gänsehaut überlief, die weit entfernt von wohlig lag.

Nachdenklich sog Caiden die Unterlippe ein.

Sofort wurde Slags Blick magnetisch angezogen. „Lass das, verdammt!" Seine Stimme rutschte eine Oktave tiefer.

„Und jetzt?", fragte Caiden leise. „Jetzt ist alles vergeben und vergessen?"

Er nickte, um sofort darauf den Kopf zu schütteln, nicht nur, um ihn freizubekommen. „Vergeben ja, von meiner Seite aus. Ich weiß allerdings nicht, ob du mir verzeihen kannst? Aber vergessen ist es nicht."

„Ich habe verstanden, wieso du es getan hast. Vermutlich wäre ich andersherum genauso enttäuscht, wenn du mich hintergangen hättest. Allerdings greife ich nicht zu so drastischen Maßnahmen. Ich hingegen hätte und habe dich *nur* verlassen. Was übrigens doch irgendwie drastisch war … so gesehen. Ich hatte das Gefühl, meinen eigenen Arm zu amputieren." Wieder kaute der Kerl nachdenklich auf der Lippe.

„Lass uns später darüber reden. Ich kann nicht über so schwerwiegende Dinge nachdenken, wenn du deine verfluchte Lippe mit den Zähnen bearbeitest", sagte Slag kehlig. „Das macht mich verrückt. Du machst mich verrückt."

Ohne die Hand von Caidens Kehle zu nehmen und ohne das Streicheln seines Daumens zu unterbrechen, beugte er sich langsam zu ihm hinab. Sehr langsam, um ihm die Chance zu geben, ihn aufzuhalten, sollte der Desperado ihn nicht mehr wollen. Auch wenn dessen Worte eigentlich etwas anderes ausdrückten.

Zwei Millimeter vor Caidens Mund hielt er inne und sie atmeten die gleiche Luft – im wahrsten Sinne des Wortes.

„Letzte Chance, Des, abzuhauen oder mir in die Eier zu treten, je nachdem, was du lieber willst."

Caiden sah ihn nur an und die Augen wurden dunkel.

Nach zehn Sekunden hatte sich immer noch keiner von ihnen gerührt.

Er bewegte sich als Erster, zupfte vorsichtig mit den Zähnen an Caidens Unterlippe, anschließend leckte er darüber und ein tiefes, langgezogenes „Mhm“, vibrierte in seinem Brustkorb. Dann nahm er die Hand von Caidens Hals, stützte sich neben dessen Kopf ab und legte leicht die Lippen auf Caidens, der ihn ohne jedes Zögern einließ, tauchte genüsslich in dessen Mund ein und erkundete diesen gemächlich und ausgiebig mit der Zunge. So höllisch gut! Teufel, hatte er das vermisst. Zum Glück hatte er jetzt alle Zeit der Welt. Caidens warmer fester Körper, presste sich der Länge nach an ihn, rieb sich an ihm. Sein Blut kochte!

Trotzdem zügelte er die aufsteigende Glut und nahm sich Zeit, Caiden weiterhin intensiv zu küssen, sich an dessen Geschmack nach Sandelholz und Minze zu ergötzen und den geschmeidigen Capoeira-Tanz ihrer Zungen zu genießen.

Caidens schneller werdender Atem und die leisen Seufzer, die ihm entkamen, entlockten Slag genüsslich brummende Laute. Hatte er sich schon jemals derart Zeit genommen, ihn so ausgiebig zu erkunden? Nope, bisher nicht. Eine Schande, wie er jetzt feststellte. Er presste sich seinerseits an Caiden, fühlte dessen harten Schwanz, der gegen seinen drückte.

Seine Finger krallten sich in Caidens dunkle Lockenpracht und dirigierten den Kopf in die Position, die er brauchte, um noch besser mit dessen Mund verschmelzen zu können. Gleichzeitig vergruben sich Caidens kräftige lange Finger in Slags Schultern und zogen ihn an sich.

Sie stöhnten synchron auf, pressten sich aneinander, als wollten sie verschmelzen, während sie den Kontakt ihrer Münder aufrechthielten.

„Teufel, Caiden“, murmelte er schließlich an dessen Lippen. „Du raubst mir echt den Verstand.“ Er küsste ihn erneut. Dabei legte er sich zurück auf die Seite, schob zeitgleich den Arm unter Caidens Nacken und zog ihn mit sich, sodass sie voreinander lagen - alles, ohne von Caidens Lippen abzulassen. Er zerrte das T-Shirt des anderen hoch, unterbrach für fünf Sekunden den Kuss, um es ihm über den Kopf zu ziehen. Endlich traf Haut auf Haut. Gierig wanderten seine rauen Finger über dessen Brust, den Bauch hinab bis in die Shorts, die der Desperado trug, und stießen dort auf dessen Erektion. Fest schloss er die Hand um die samtige Härte. Caiden stöhnte. Der Laut war Musik in seinen Ohren.

Ihr Kuss wurde drängender.

Er spürte Caidens Finger auf dem nackten Oberkörper, wo sie ebenfalls tastend dran hinabglitten und sich in seiner Hose um seinen Schwanz legten. Ein tiefes Keuchen brach aus Slag heraus. Er brauchte mehr. Alles!

Ihre Fäuste massierten im selben Rhythmus, wurden hektischer, arbeiteten schneller und härter.

Ihr Schnaufen, Keuchen und Stöhnen wurde lauter und lauter. Er zog Caiden enger an seine Brust, musste ihn noch näher spüren, und mit einem heiseren Schrei, den Caiden schluckte, stürzte Slag haltlos über die Klippe. Caiden folgte ihm unmittelbar.

♦♦♦

CAIDEN

Slag ruhte auf dem Rücken, einen Arm über den Augen döste er vor sich hin.

Er lag immer noch neben ihm und fuhr mit dem Zeigefinger das Muster des Cuttings auf Slags Brust nach. Die vernarbte Haut fühlte sich rau und knotig an, so außergewöhnlich. Jedes Mal faszinierte es ihn, wie der Mann selbst. Eine glatte Haut hätte nicht zu Slag gepasst.

Er strich über die Gebirgskette der Brustmuskulatur und Slag erschauerte. Vorsichtig umrundete er die Kompresse.

Zwei Wochen lang hatte er Nacht für Nacht Slags Genesung verfolgt. Dabei war ihm immer mehr bewusst geworden, wie sehr er diesen Hünen, der ihn tatsächlich hatte umbringen wollen, trotzdem liebte.

In den ersten zwei Tagen hatte er große Ängste ausgestanden, dass Slag es nicht schaffte. Aber diesem verdammt zähen Hund ging es zunehmend besser. Ihn jedoch so geschwächt zu sehen, hatte ihn erschüttert. Der gewaltige, kraftstrotzende Mann lag an Schläuchen angeschlossen im Bett und konnte sich nicht rühren. Doch es ging täglich bergauf. Slag fand zurück zu alter Form, wenn auch langsam.

Damit war natürlich das Risiko gestiegen, dass der Wikinger seinen Auftrag zu Ende führen wollte. Deshalb war er nur nachts gekommen und hatte ihn betrachtet. Über ihn gewacht.

Das Gefühl, das gerade seine Brust zu zerreißen drohte, war so gewaltig, dass er die Augen zusammenpressen und heftig die Luft ausstoßen musste. Er. LIEBTE. Slag! So sehr, dass es wehtat. Aber es machte ihn auch todunglücklich, da Slag seine Gefühle nicht auf die gleiche Weise erwiderte. Sonst hätte er nicht ernsthaft versucht, ihn zu erwürgen.

„Was ist los, Des?“

Caiden öffnete die Augen und bemerkte, dass Slag den Arm runtergenommen hatte und ihn forschend anblickte. Er schüttelte nur den Kopf. Die Enge in seinem Hals drohte ihn zu ersticken.

Slag drehte sich auf die Seite und betrachtete ihn noch aufmerksamer. Die Laseraugen scannten jeden Millimeter von Caidens Gesicht.

Der scharfe Blick durchdrang all seine Schichten. Er wappnete sich dagegen und mit dem nächsten harten Ausatmen hatte er sich wieder im Griff. „Nichts, wirklich.“ Caiden richtete sich auf, schwang die Füße aus dem Bett, um sich aufzusetzen. Er würde nicht um Liebe betteln. Was nicht da war, konnte er kaum erzwingen. Natürlich war ihm klar, dass Slag etwas für ihn empfand, sonst wäre er wohl wirklich tot, aber nicht auf dieselbe Art wie Caiden.

Er wollte sich erheben, doch Slags Pranke erwischte sein Handgelenk und zog ihn mit einem Ruck zurück, sodass er rücklings wieder ins Bett fiel. „Lügner“, raunte Slag, während er sich über ihn beugte und seine Beine mit den eigenen fixierte. „Was ist es?“, fragte Slag eindringlich. „Nochmal, Caiden: Ich schwöre dir, ich werde niemals wieder versuchen, dir etwas anzutun.“ Slags Stimme klang weich und warm. Eine Hand legte er an Caidens Wange, in die er sich schmiegte und für einen Moment die Augen schloss – wegen der warmen Hand an seinem Gesicht und all der Gefühle, die durch ihn tobten.

Nein, aber mich verletzen.

Slags Ausdruck wurde hart. „Das habe ich eigentlich nicht vor.“

Er begriff, dass er diesen Gedanken laut ausgesprochen hatte.

„Fuck! Das habe ich wohl verdient – dein Misstrauen. Caiden, ich habe noch nie in meinem Leben jemanden geliebt. Ich weiß nicht, wie sich das anfühlt. Deshalb kann ich diese Worte nicht zu dir sagen, wenn es das ist, was du willst. Aber ich versichere dir, du bist der wichtigste Mensch in meinem Leben.“

Genau das war es. Er hatte auch noch nie geliebt, nicht so, und trotzdem wusste er, dass das, was er für Slag empfand, Liebe war. Aber andersherum reichte es nicht dazu. Er rang alle Unsicherheiten und Sorgen nieder und zwang sich, anzunehmen, was Slag ihm bot. „Ich bin der einzige Mensch in deinem Leben“, spottete er.

„Stimmt!“ Slags Augen blitzten und er wuschelte spielerisch durch Caidens Haare. Dann wurde er ernst. „Du bist der Einzige für mich“, sagte er rau, beugte sich herab und küsste Caiden ein weiteres Mal um den Verstand.

♦♦♦

SLAG

Als sie wieder klar denken konnten, stützte er sich seitlings auf den Ellbogen und betrachtete Caiden. „Du hast mir das Leben gerettet, Caiden. Dafür danke ich dir.“ Mit der freien Hand zwirbelte er Caidens Locken zwischen den Fingern. „Noch nie hat jemand so etwas für mich getan. Außerdem hast du deinen eigenen Bruder erschossen."

„Der war ein Arsch und hatte es verdient. Abgesehen davon, dass er mich verprügelt, Lorena bedroht und dich schließlich angeschossen hat, war er es, der unser Boot torpediert hat."

In seiner Brust loderte heißer Zorn auf. Wenn der Wichser nicht schon tot wäre, würde Slag ihn spätestens jetzt zur Strecke bringen. Enrique hätte ihm Caiden fast entrissen. Ein Knurren kam aus seiner Brust. Dann atmete er mehrfach bewusst ein und aus. Der Kerl war ja schon tot, kein Grund mehr, sich aufzuregen. „Du schießt wirklich gut."

Caiden nickte. „Jepp. Das hat mir *Daddy* beigebracht", wobei er das Wort wie ein Schimpfwort aussprach.

Ups, das war ja eine intakte Familie. „War es schwer, hier aufzuwachsen?"

Caiden zuckte die Achseln. „Wie man's nimmt, wenn täglich Prügel, Wasser, Brot und dunkle Räume zur Tagesordnung gehören."

„Shit, hast du daher die Narben?" Er nahm es Caiden nicht mehr krumm, dass er ihm die Straßenkampfstory aufgetischt hatte.

„Größtenteils."

„Und die im Rücken?"

Caiden erzählte ihm die Geschichte und auch, wie er zum König der Diebe und Kletterer wurde.

„Wirst du das Kartell weiterführen?"

„Nope! Sollen sie sich darum reißen. Ich meine, irgendwer hat dich damals beauftragt, Esteban zu ermorden. Vermutlich, um die absolute Macht an sich zu reißen. Deshalb hat mein Bruder riesige Paranoia geschoben und das Sicherheitssystem zu Fort Knox ausgebaut und noch mehr Wachen um sich geschart …"

„Was ihm nichts genutzt hat."

„Na ja, er hat nicht mit DIR gerechnet. Nicht damit, dass du den Spieß umdrehst und er dich gar nicht suchen braucht, sondern DU zu ihm kommst. Trotz all seinem Hass und seinem Wissen hat er dich unterschätzt und sich zu sicher gefühlt." Caiden rieb sich übers Gesicht. „Ich will jedenfalls nicht irgendwann im Schlaf ermordet werden. Ich hatte noch nie Interesse am Kartell. Was hattest du eigentlich bei Enrique zu suchen? Retten wolltest du mich ja wohl kaum?"

„Du hast es schon richtig erfasst: Ich wollte ihn ausschalten, bevor er mich erwischt. Deine Warnung habe ich sehr ernst genommen, Des."

„Hm. Mein Glück … irgendwie."

Slags Blick wurde warm wie geschmolzenes Silber. „Auch meines." Er durfte gar nicht darüber nachdenken, dass er Caiden beinahe verloren hätte, sowohl durch die eigene Hand als auch durch Enriques. „Da hatte das Schicksal anscheinend einmal ein Einsehen. Sonst wären wir uns nicht wieder über den Weg gelaufen." Verdammt, was saß da in seinem Hals?

Caiden nickte mit undeutbarem Blick, sagte jedoch nichts. Stattdessen wechselte er das Thema. „Weißt du eigentlich, wer dich damals beauftragt hat, Esteban aus dem Weg zu räumen?"

„Das hat mich nie interessiert. So wie du nehme ich an, die Konkurrenz."

„Vermutlich. Ich meine, das Gonzalez-Kartell ist das zweitgrößte Kolumbiens und war mit Esteban an der Spitze auf dem Weg zum größten. Sein Tod hat den Vormarsch gestoppt. Hast du eine Ahnung, wie die Behörden damals auf deine Spur gekommen sind?"

Slag konnte nur den Kopf schütteln. „Das frage ich mich schon seit über einem Jahrzehnt. Niemand wusste zu meiner aktiven Zeit, dass ich El Demonio bin. Ich habe niemals eine Spur hinterlassen." Dann erzählte er Caiden von dem Unfall und dass er in dem Polizeikrankenhaus erwacht war. „Der Unfall war das einzig Ungewöhnliche. Aber es gab auch da absolut keinen Zusammenhang zu meinem Auftrag."

„Und wenn es eine Falle war?"

„Von wem? Den Behörden? Dazu hätten sie ja ansatzweise einen Anhaltspunkt haben müssen. Doch ich habe NIE eine nachverfolgbare Spur hinterlassen. Niemand wusste, wer ich bin, wann ich zuschlage, wie ich es ausübe oder wo. Selbst wenn sie auf gut Glück Estebans Haus beobachtet hätten, hätten sie mich nicht aufgespürt. Ich habe keine Waffen dabeigehabt, sondern ihn mit seinem eigenen Küchenmesser ermordet. Die letzten zwei Kilometer bin ich zu Fuß querfeldein unterwegs gewesen. Glaub mir, NIEMAND konnte mir auflauern oder mich verfolgen. Ich war verdammt gut in meinem Job."

„Aber es muss etwas gegeben haben."

Slag nickte bedächtig. Das war ihm auch klar. Das Auto war gemietet, natürlich auf falschen Namen. Er hatte unauffällige Alltagskleidung getragen und die beim Auftrag benutzte zuvor auf dem Weg zum Wagen im Wald entsorgt, wo er bereits die neue deponiert hatte. Selbst das Wegwerfhandy konnte keine Anhaltspunkte geliefert haben, wenn man nicht wusste, wonach man suchte. Das alles erzählte er Caiden.

„Wer hätte etwas davon, dich aus dem Verkehr zu ziehen, abgesehen von der Staatsmacht? Vielleicht lag es an dem Unfall. Vielleicht hat der Auftraggeber kalte Füße bekommen, dass sie dich überführen und dadurch an ihn gelangen könnten."

„Aber dazu hätte er meine Person mit dem Mord in Verbindung bringen müssen, was auch dem Auftraggeber nicht möglich war. Wir wussten keine persönlichen Details voneinander und hatten nur über das Handy Kontakt, welches wiederum inklusive der Nummern regelmäßig ausgetauscht wurde."

Caiden seufzte. „Na ja, ist ja auch lange her und mittlerweile egal."

Ganz richtig lag der Desperado mit seiner Vermutung nicht. Denn Wissen war Macht und irgendwer hatte von El Demonio gewusst – wie auch immer derjenige an dieses Wissen gelangt war. Er hingegen war bis heute unwissend. Das war eine Bedrohung für ihn, zumindest dann, wenn Gefahr bestand, dass diese Person noch lebte und wusste, dass er frei war.

„Du giltst übrigens offiziell als tot. Zane Neville alias El Demonio, alias Slag ist auf dem Dach beim Helikopter durch zwei

Schüsse in Lunge und Bauch gestorben. Dafür habe ich gesorgt. Du kannst ein neues Leben anfangen."

So viel zu seinen Gedanken. Trotzdem schmeckte es Slag nicht, dass er nicht wusste, wer ihn seinerzeit ausgeliefert hatte. Außerdem hatte er noch eine Rechnung offen – mit den Arschlöchern der Gefängnisinsel. Er hatte sein Versprechen gegenüber Gif nicht vergessen. Schlagartig kam ihm etwas anderes in den Sinn.

„Was ist mit dir? Dein Name ... auf dem Schiff." Das Kreuzfahrtschiff, auf dem Caiden operiert worden war. Slag schloss die Augen: Er hatte Caidens richtigen Namen angegeben. Damit bestand das Risiko, dass der Desperado wieder ins Visier der Bullen geriet. Zumindest wenn die Betreiber der Knastinsel weitergegeben hatten, dass er Slag und Gif zur Flucht verholfen hatte. Auf der anderen Seite würde es ihn nicht wundern, wenn sie das vertuschen wollten. Blieb die Frage, ob sie auf eigene Faust nach Caiden suchen würden, um es tief unter den Teppich zu kehren. Aber mit alldem befasste er sich später. Das waren alles offene Punkte auf seiner To-do-Liste.

„Ich werde meinen Tod arrangieren." Jetzt blickte Caiden ihn eindringlich an. „Lass El Demonio bei den Toten ruhen, Slag. Kauf dir eine Insel, vergiss die Rache und fang neu an."

„Und du?", fragte er leise. „Bist du dabei?" *Bleibst du bei mir?*

Caiden blickte zur Seite, dann hob er den Blick und bohrte ihn in seinen. „So lange du mich lässt, werde ich an deiner Seite sein."

Erleichterung durchströmte ihn. Etwas lastete schwer auf Caiden und er wusste auch was. Er hatte keine Ahnung, was ihn davon abhielt, sich Caiden vollkommen zu öffnen und ihm die drei magischen Worte zu sagen. Er wusste, dass er nicht mehr ohne Caiden durchs Leben gehen wollte, und trotzdem konnte er sie nicht aussprechen. Aber nicht wegen Caiden, sondern weil er nicht daran glaubte, dass er zu echter Liebe in der Lage war oder sie gar verdient hätte.

Er spürte, dass er irgendwann nichts mehr zurückhalten durfte, weil er Caiden sonst noch mehr verletzte, als er es jetzt schon tat, und ihn dadurch vielleicht vertreiben würde – eine Vorstellung, die ihm Übelkeit bereitete. Aber noch war er nicht so weit.

So verlockend Caidens Angebot auch war, dessen Sicherheit, seine eigene Rache und das Versprechen gegenüber Gif würde er nicht vergessen. Den Weg musste er beschreiten. Damit ein für alle Mal Ruhe war: für Caiden, für Gifs Sohn, für sich selbst.

Einunddreißig

Sieben Wochen später.

SLAG

Von hinten trat er an den dunkelhäutigen Mann heran.

Gif wirbelte herum und erstarrte.

„Gut, dass ich dich immer noch brauche“, brummte Slag. „Sonst wärst du bereits seit der letzten Sekunde tot.“

Vor drei Tagen hatte Gif ihm eine E-Mail geschickt.

Gestern war er aufgebrochen und heute lange vor der verabredeten Uhrzeit an diesem vereinbarten Treffpunkt angekommen, um das Terrain zu sondieren.

„Slag!“ Das Wort Bruder schwang in der Betonung mit.

Doch zum Glück sprach Gif es nicht aus, sonst hätte er dem elenden Verräter den Hals umgedreht. Stattdessen neigte er kurz den Kopf zum Gruß und war sich sicher, dass sein mörderischer Blick die Aufgabe übernahm und seine ganze Verachtung ausdrückte, denn in Gifs Augen las er so etwas wie Schmerz.

„Hier!“ Gif drückte ihm einen Zettel mit Koordinaten in die Hand. „Dort werden wir den stellvertretenden Leiter der Gefängnisinsel antreffen. Wie sich herausgestellt hat, ist er mein Kontakt – immer gewesen. Wenn ich dich ausliefere, will er den Kontakt zum obersten Guru herstellen, damit der mir die Sicherheit meines Sohnes garantiert. Ich verlasse mich auf dich, ja! Du schaltest die Arschlöcher aus!“

Er nickte knapp.

Gif rieb sich übers Gesicht. „Gut, lass uns fahren.“ Er folgte Slag zum Pick-up und Slag gab die Koordinaten ins Navi ein.

Nachdem sie sich über das Vorgehen verständigt hatten, sprach niemand mehr von ihnen. Sie hatten sich nichts mehr zu sagen. Stattdessen hing er seinen eigenen Gedanken nach. Verdammt, er hatte sich mit Caiden gestritten, weil der dagegen gewesen war, dass er aufbrach und damit möglicherweise preisgab, dass er noch lebte. Slag hatte es trotzdem getan, auch wenn er Caiden dadurch vor den Kopf stieß. Doch er musste es tun, damit Caiden sicher war. Außerdem hatte er nicht vor, irgendetwas preiszugeben, und er hoffte, dass der Desperado ihm hinterher verzieh. Gestern war er losgefahren. Sie hatten seitdem nicht miteinander gesprochen und er würde Caiden auch nicht anrufen. Er musste sich auf den Job konzentrieren. Das konnte er nicht, wenn er Caiden nicht aus dem Kopf bekam oder sie sich weiter stritten.

~~~

Slag hatte die Umgebung des vereinbarten Ortes, einen Steinbruch, zwei Stunden unter die Lupe genommen und nichts Ungewöhnliches entdeckt.

Als sich eine schwarze Limousine näherte, tauschten sie die Plätze und Gif fuhr den Pick-up aus ihrem Versteck zum Treffpunkt. Der Afro-Mann stieg aus, umrundete das Auto und hielt Slag wie verabredet die Waffe an den Kopf.

Er folgte Gif mit vermeintlich gefesselten Händen. Doch die Plastikhandschellen waren so locker, dass er sie problemlos abstreifen konnte.

Aus dem anderen Auto stiegen drei Personen aus. Der Fahrer blieb sitzen. Ein schlankerer, blonder Mann wurde von zwei deutlich breiteren eskortiert. „Ah, Señor Neville und Señor Kruger. Schön, dass Sie beide meiner Einladung gefolgt sind. Noch erfreulicher, dass Sie so kooperativ sind, Señor Neville."

Slag knurrte lediglich.

„Wenn Sie so freundlich wären und auf die Knie gehen würden", forderte der blonde Schmierlappen ihn auf.

Er setzte einen Schritt vor – damit war er schon mal näher an dem anderen – und … wie ungeschickt … er stolperte beim Versuch sich hinzuknien. Verlor doch glatt das Gleichgewicht,
~~~

krümmte den Oberkörper und streifte sich im Sichtschutz seines vorgebeugten Kopfes die Fesseln ab. Blitzartig schnellte er auf die Füße, riss in einer einzigen fließenden Bewegung mit einem Arm den Bubi mit dem Rücken zu sich heran, mit dem anderen die Pistole aus seinem hinteren Hosenbund und drückte zweimal ab. Das Ganze hatte höchstens zwei Sekunden gedauert. Die beiden Schrankwände fielen wie gefällte Eichen.

Neben ihm schoss Gif dem Fahrer durch die Scheibe eine Kugel in die Stirn.

Bis auf die hektischen Atemzüge des blonden Speichelleckers legte sich gespenstische Stille über den Platz.

„Wer ich bin, weißt du ja. Mit wem habe ich die zweifelhafte Ehre?“ Um zu verdeutlichen, wie das Spiel hier lief, spannte er den mächtigen Bizeps an und der Kerl fing an zu röcheln.

Schließlich entspannte Slag den Arm.

„B-Benicio G-Garcia!“

„Dein Name interessiert mich nicht. Der ist sowieso gleich Geschichte. Was ist deine Funktion?“

Blondie schwieg. Slag zerrte ihn zu den riesigen Reifen des abgestellten, gigantischen Minenlasters, an den er ihn ohne viel Federlesens mit zwei Messern durch die Handflächen im harten Gummi anpflockte.

Der Kerl schrie wie am Spieß. Pech für ihn, dass ihn hier niemand hörte.

„Du kannst es schnell und relativ schmerzlos haben oder lang und grauenvoll. Deine Entscheidung. Je schneller du singst, desto leichter mache ich es dir.“ Zur Bekräftigung seiner Worte zog Slag die Machete aus dem Rückenholster und hieb dem anderen mit einem gezielten Schlag den Daumen der linken Hand ab.

Noch mehr Geschrei.

Als es verebbte und der Penner wieder sprechen konnte, sprudelten die Worte nur so aus ihm heraus. „St-Stellvertretender Leiter von Isla de las almas condenadas oder, wie ihr es nennt, Island of Damned Souls …“

„Weiß ich bereits“, fiel Slag ihm ins Wort und hob die Machete erneut.

Panik trat in die Augen. „W-Warte! B-Bitte! R-Rechte Hand von Alejandro Ramirez!“ Der Kerl zitterte vor Pein und Angst.

Was??? Fassungslos starrte er den Typen an. Neben ihm stieß Gif hart den Atem aus. Plötzlich fielen einige Puzzleteile an ihren Platz und Slag kam ein Verdacht.

„Der K-Knast gehört Alejandro. I-Inoffiziell versteht sich. Er sch-schmiert die Behörden mit hohen S-Summen. Sie sind froh, den A-Abschaum loszuwerden und er kann mit den Leuten machen, w-was er will, zum Beispiel sie zu seinem Ver-Vergnügen quälen. T-Teilweise verkauft er das gefilmte Geschehen dort a-als Snuffvideos o-oder P-Pornos. D-Du und B-Byrne habt ihm mit der Brünetten damals beispielsweise ei-eine gute Show geliefert. Oder d-dein Kampf gegen die drei H-Hünen.“

Sein Blut begann zu kochen. Natürlich war ihm das damals bewusst gewesen, da überall Kameras waren. Aber jetzt, wo Caiden ihm nicht mehr gleichgültig war, schmeckte es verdammt bitter, dass irgendwelche kranken Ärsche sich an ihnen aufgeilten. Ein weiterer Grund, sich um Ramirez zu kümmern. „Wie komme ich an Ramirez ran? Ich will alles wissen.“

„I-Ich k-kann ihn nicht verraten.“

Slag hob eine Braue und die Machete. „Doch, kannst du!“ Er schlug zu. Der kleine und der Ringfinger fielen.

Der Kerl brüllte erneut los. Danach sang er wie ein Vogel, nannte keuchend eine Adresse, wie Slag das Sicherheitssystem umgehen konnte, wie viele Wachen vor Ort waren, welchen Tagesroutinen Ramirez folgte. Als er fertig war, beförderte ihn Slag ohne jedes Mitleid mit einem gezielten Schuss ins Jenseits.

Dann wandte er sich an Gif. „Dieser Job ist erledigt. Um den anderen kümmere ich mich allein, du bist nicht mehr von Nutzen. Du weißt, was das bedeutet?! Hast du mir noch irgendetwas zu sagen?“

Gif blickte ihn an: offen und ehrlich. Reue und Trauer traten in seinen Blick. In der Wange zuckte ein Muskel. „Es tut mir leid!“ Dann senkte er ergeben den Kopf.

Slag nickte knapp und bewegte den Finger am Abzug.

Zweiunddreißig

SLAG

Er presste dem Mistkerl vor sich die Pistole an den Hinterkopf. „Langsam absetzen!“

Der Bastard erstarrte in der Bewegung und die Flasche in dessen Hand füllte das Glas zunehmend mit Whiskey.

Scheinbar musste er deutlicher werden. Nachdrücklich drückte er den Lauf gegen den Schädel. „Ich sagte absetzen! Langsam!“ Er wusste, dass der Kerl keine Waffen mehr trug. Sie befanden sich in dem Privatsalon, den laut Garcia nur Ramirez aufsuchte und in dem er sich vom Tagesgeschäft entspannte. Der Mann trug lediglich eine Jogginghose und ein T-Shirt und nichts beulte eine der Seitentaschen aus. Vorsichtshalber klopfte er sie trotzdem ab. „Geh zum Sessel und setz dich.“

Der Kerl folgte seiner Anweisung.

Slag setzte sich in den Sessel gegenüber. Die Kapuze des Hoodies, die er aufgesetzt hatte, um seine langen Haare zu verbergen, schlug er zurück und die Maske rollte er zu einem Beanie auf.

Wie schon bei Esteban vor etwas mehr als einem Jahrzehnt war er wie ein Schatten in dieses Gemäuer eingedrungen. Doch dieses Mal musste er seine Vorgehensweise ändern und es wie einen Unfall aussehen lassen. Zum einen, weil er keinen Bedarf hatte, sich erneut den Zorn eines ganzen Kartells zuzuziehen. Zum anderen Caiden zuliebe. Der Desperado war zwar hart im Nehmen und konnte ohne zu zögern austeilen, wie er mit dem Schuss auf seinen Bruder bewiesen hatte, doch er war im Grundsatz kein Mörder. Er tötete aus Notwehr, aus keinem anderen Grund. Auch deshalb hatte Slag sich vorgenommen, niemanden umzubringen, solange es nicht nötig war. Bei Garcia und seinen drei Begleitern gestern Nachmittag war es allerdings notwendig gewesen, da sie sein Gesicht gesehen hatten. Doch an Ramirez‘ Wachposten hatte er sich heute Abend vorbeigeschlichen, statt sie auszuschalten. Das hatte wesentlich mehr Zeit in Anspruch genommen, auch um das Risiko, entdeckt zu werden, möglichst gering zu halten. Aber für Caiden hatte er das auf sich genommen.

Ramirez‘ Augen weiteten sich. „DU! Was willst du? Wie bist du hier reingekommen?“ Die Stimme klang allerdings erstaunlich ruhig für jemanden, der seinem Henker gegenübersaß. Doch ein Hauch Atemlosigkeit, der die Angst verriet, schwang durchaus darin mit.

„Sieh mal an, du fragst nicht mal, wer ich bin. Aber wir beide wissen, dass dir das bekannt ist. Mich interessiert, woher? Und damit meine ich nicht, dass du Spanner mich von deiner gottverdammten Knastinsel kennst!“ Obwohl niemand je das Gesicht von El Demonio zu sehen bekommen hatte, war Slag in Anbetracht der Tatsache, wen er da vor sich hatte, klar, dass Ramirez es trotz aller Vorsicht irgendwie herausbekommen haben musste. Denn die Verbindung zu Esteban lag so deutlich auf der Hand wie ein Kondensstreifen am strahlend blauen Himmel. Ramirez stand dem größten Kartells Kolumbiens vor. Damit stand für Slag unumstößlich fest, dass Ramirez Esteban Gonzalez hatte ausschalten lassen, so wie Caiden vermutet hatte. Deshalb hatte Ramirez Slag engagiert.

„Du wurdest zu einem Risiko. Durch den Unfall.“

Slag hob eine Augenbraue. „Niemand kannte mich. Es gab absolut keine Verbindung.“

„Doch! Jemand hat die richtigen Schlüsse gezogen.“

„Nichts hätte mich mit dem Mord oder dir in Verbindung bringen können.“

Ramirez betrachtete ihn abschätzig. „Meine zu dem Zeitpunkt verwendete Nummer in deinem Wegwerfhandy hat beinahe die Bullen zu mir geführt. Da bei dir keinerlei Ausweispapiere gefunden wurden und das Telefon das Einzige war, was du beim Unfall bei dir trugst, hat die Polizei es unter die Lupe genommen, um herauszufinden, wer du warst oder ob jemand benachrichtigt werden konnte. Dabei fand der fleißige Bulle jedoch nur eine Nummer im Gerät. Meine. Zum Glück stand dieser Bulle auf meiner Gehaltsliste, erkannte die aktuelle Nummer und informierte mich. Ich wiederum erkannte natürlich deine Nummer und damit wusste ich, dass du El Demonio warst. Das steckte ich meinem Polizeispitzel. Es lenkte von mir ab. Die Bullen stürzten sich darauf und hatten gleichzeitig den Mörder von Esteban."

„Dann hast du dafür gesorgt, dass ich auf deiner Insel lande."

Er nickte. „Dort hatte ich dich im Blick, bis du abgehauen bist."

„Du hättest mich vorher auch einfach beseitigen lassen können."

„Wo wäre da der Spaß geblieben?"

Krankes Arschloch! Aber er ging nicht darauf ein. „Ein Fehler, der sich jetzt rächen wird. Garcia hat mir ausführlich Bericht erstattet, wie ich dich am besten mit meiner Anwesenheit beehren kann."

„Der Mann ist tot!", knurrte Ramirez.

„Jepp, ist er!" Natürlich war ihm klar, dass Ramirez die Drohung anders gemeint hatte.

Ramirez Augen wurden groß wie Untertassen. „D-Du hast ihn umgebracht."

Da es keine Frage war, reagierte er auch nicht darauf. Er stand auf und trat hinter Ramirez. Dann hielt er dem Bastard dessen Handy hin. „Nimm es. Du hast noch Arbeit vor dir."

„Wieso sollte ich. Du bringst mich eh um."

„Weil ich dir dann vorher nicht jeden einzelnen Knochen breche."

Das schien Ramirez zu überzeugen. Zögerlich griff er nach dem Gerät.

Slag war sofort bewusst gewesen, dass dieser Mann ein abgebrühter Wichser war und mit allen Wassern gewaschen, wenn es um die Geschäfte des Kartells ging. Dass er eiskalt Morde befahl oder sich am Leid der Männer auf der Insel aufgeilte, aber selbst nur wenig körperliche Gewalt erfahren hatte, wenn überhaupt je. Davor hatte der Typ folglich Angst. „So ist es brav. Als Allererstes gibst du die Anweisung, dass die Familie von Rouven Kruger in Ruhe gelassen wird.“

Er hatte sich von Gif … getrennt, nachdem er Garcia ausgeschaltet hatte. Gif hatte mit seinem Sohn und dessen Mutter abtauchen wollen … und Slag … hatte es ihm gestattet. Hatte entgegen jeder Regel Milde walten lassen und den Finger vom Abzug genommen. Nun war Gif schon der Zweite, der in den Genuss seiner Nachsicht kam. Außer bei Caiden hatte er sonst noch nie jemandem Gnade gewährt. Slag seufzte. Irgendwie wurde er wohl weich auf seine alten Tage. Er stellte fest, dass er seltsamerweise kein Bedürfnis mehr hatte, Gif für den Verrat zu töten. Vielleicht, weil er begriffen hatte, dass Gif tatsächlich nicht anders handeln konnte, um die Personen, die er liebte, zu schützen. Und weil er von Caiden gelernt hatte, dass es Graustufen zwischen Schwarz und Weiß gab. Auch Caiden hatte ihn hintergehen müssen, obwohl er es nicht wollte und sogar etwas für ihn empfand. Letzten Endes hatte Slag Gif ziehen lassen.

Er legte dem anderen eine behandschuhte Hand in den Nacken - als Warnung. Damit der Bastard nicht auf die Idee kam, irgendwelchen Bullshit zu verzapfen. Mit Argusaugen verfolgte er über Ramirez‘ Schulter, wie der in einem Messenger eine Nachricht an seine Truppe verfasste.

„Gib mir deine linke Hand!“, befahl er, als Ramirez fertig war und er ihm das Smartphone wieder abgenommen hatte.

Zögerlich streckte Ramirez die Hand aus.

Blitzschnell schnappte sich Slag den kleinen Finger und brach ihn, während er ihm gleichzeitig eine Frage stellte. „Lässt du oder sonst wer aus deinem Team immer noch nach Caiden Byrne suchen?“ Zwar existierte Caiden Byrne nicht mehr, nachdem Caiden den eigenen Tod arrangiert hatte, aber er wollte sichergehen.

Ehe Ramirez vor Schmerz losbrüllen konnte, presste er ihm von hinten die Hand auf den Mund und mit der anderen die Knarre gegen die Schläfe.

Das metallische Argument führte dazu, dass sich Ramirez erstaunlich zügig in den Griff bekam und mit tränenden Augen nickte. „I-Ich wollte B-Beweise, ob er wirklich tot ist."

„Warum hast du überhaupt nach ihm gesucht? Weil er das Sicherheitssystem deiner verdammten, seelenlosen Insel umgangen hat? Und damit ein Beispiel für andere hätte sein können, es nachzuahmen …?"

Der Kerl vor ihm nickte erneut, bevor er seine Fragen fertig gestellt hatte.

„… Oder weil er der Sohn von Esteban ist?"

„W-W A S ??? … Estebans Sohn?" Ramirez klang absolut ungläubig.

„Das hast du also nicht gewusst." Befriedigung ergriff ihn.

„N-Nein! So-Sonst hätte i-ich ihn nie-niemals entlassen. Im G-Gegenteil, ich hä-hätte ihn b-benutzt, um an Enrique h-heranzukommen."

Slag war froh, dass Caidens Geheimnis über all die Jahre so gut gehütet gewesen war. „Wieso hast du ihn überhaupt früher entlassen?" Obwohl er sich das denken konnte.

Ramirez bestätigte seine Vermutung. „E-Einfach, weil ich es k-konnte. Ich f-fand es einen ge-gelungenen Sch-Schachzug von mir, d-damit du d-dich nicht plötzlich wohl a-auf meiner I-Insel fühlst."

„Tja, Pech! Du hast, wie alle anderen auch, Caiden völlig unterschätzt. Das wird jetzt dein Bumerang." Eine gewisse Genugtuung schwang in seinen Worten mit, doch dann bekam seine Stimme wieder den Anstrich von Stahl. „Übrigens hast du jetzt deine Beweise bekommen. Deshalb hast du nochmal Arbeit vor dir und teilst deinen Leuten mit, dass du erfahren hast, dass sich Byrnes Tod als wahr herausgestellt hat und die Suche eingestellt wird."

Ramirez nickte ergeben. Als Slag ihm das Handy erneut hinhielt, tippte er mit bebenden Fingern. Anschließend nahm Slag das Gerät wieder an sich und hielt Ramirez stattdessen das Glas Whiskey vom Sideboard hin. „Austrinken!“

Irritiert schaute Ramirez ihn an.

Doch er starrte ungerührt zurück. Sezierte Ramirez Seele mit dem stechenden Blick seiner Laseraugen. „Sofort!“

Ramirez nahm das Glas und trank es leer.

Slag schenkte neu ein und gab ihm das nächste.

„Du willst mich betrunken machen.“

„Falsch! Ich will, dass du reichlich Alkohol im Blut hast. Denn du wirst einen Unfall haben. Deine Treppe ist verflucht hoch und im vermeintlichen Suff kann man schon mal stolpern … Aber so schnell, wie du den Alkohol zu dir nehmen wirst, wirst du nicht betrunken. Leider wirst du noch ziemlich nüchtern sein, wenn es so weit ist.“

Ramirez erbleichte. „Du hast gesagt …“

„Dass ich es kurz und schmerzlos mache? Stimmt! Aber ich habe nicht gesagt, dass du keine Angst haben wirst.“ Er grinste teuflisch. „Los jetzt, sonst schnappe ich mir den nächsten Finger …“ Er legte eine bedeutungsschwere Pause ein. „Und du hast noch so viele Körperteile.“

Hastig nahm Ramirez das Glas und goss es sich in den Rachen.

Sofort füllte Slag es wieder auf. Dieses Spiel wiederholte er mehrfach, bis die Whiskeyflasche so gut wie leer war. Das Ganze hatte nicht mal zehn Minuten gedauert. So eine Sig gepaart mit Angst vor körperlicher Gewalt war schon ein echtes Totschlagargument.

Er trat hinter Ramirez. „Noch irgendwelche letzten Worte?“

„Ich … Was? Nein … Oh Gott, bitte nicht!“

„Doch! So leid es mir NICHT tut!“ Damit schob Slag die Waffe ins Holster und packte den Kopf des wimmernden Ramirez, der augenblicklich versteifte, was es für sie beide nicht gerade leichter machte. Er würde mehr Kraft aufwenden müssen. Allerdings war ihm das reichlich egal. So oder so würde der Bastard sterben. Mittlerweile schluchzte Ramirez haltlos.

Schwächling! Slag bewegte blitzschnell die Hände und Ramirez Gejammer erstarb.

Er sah sich im Raum um. Alles sah normal aus. Das Glas auf dem Tisch, die Flasche geöffnet auf dem Sideboard. Er ließ alles so, setzte sich wieder gegenüber Ramirez in den Sessel und wartete, weil er ein wenig Zeit überbrücken musste. Es wäre wohl reichlich unglaubwürdig, wenn Ramirez nur fünfzehn Minuten, nachdem er solche Nachrichten versandt hatte, verstarb. Also würde er hier eine Stunde warten. Niemand würde reinkommen. Wie er von Garcia wusste, war dies Ramirez absoluter Rückzugsort.

Seine Gedanken wanderten zu Caiden. Zum Teufel, der Streit und diese Funkstille machten etwas mit ihm. Er war es nicht gewohnt, jemanden zu … zu … vermissen. Aber genau das passierte ihm gerade. Fuck! Er konnte nicht einordnen, was das mit ihnen war. Seit einiger Zeit fragte er sich ernsthaft, ob er tatsächlich homo- oder bisexuell war. Ja, er hatte reichlich Sex mit Frauen gehabt, geliebt hatte er aber keine. Doch für Männer hatte er sich vor Caiden noch weniger interessiert. Und das nicht, weil er schwul war, sich aber nicht traute, sich dies einzugestehen, sondern weil er schlichtweg wirklich kein Interesse an ihnen gehabt hatte. Nie hatte ihn irgendetwas an einem Mann gereizt, bis er Caiden kennengelernt hatte. Aber musste er seine sexuelle Orientierung oder gar seine Gefühle für jemanden überhaupt einordnen? War das notwendig? Für ihn persönlich war die Einordnung in heterosexuell, heteroflexibel, homosexuell, bi oder was auch immer ehrlich gesagt ziemlich unerheblich geworden. Ja, früher hatte er das auch gemacht, weil er so aufgewachsen war. Wenn er sich außerdem erinnerte, wie er mit Caiden anfangs umgegangen war, wurde ihm übel. Die Gesellschaft brauchte so etwas anscheinend auch. Doch er nicht. Nicht mehr. Er wollte nicht mehr in solchen Rastern denken oder von anderen *einsortiert* werden. Fakt war, er liebte den MENSCHEN Caiden! Wow, hatte er das gerade wirklich gedacht? Er. Liebte. Caiden? Verdammt, ja! Für einen Moment sprudelte ein unbekanntes wildes Gefühl durch seine Brust, bevor er es unterdrückte. Dafür hatte er jetzt keine Zeit. Damit befasste er sich morgen, sobald er sich auf dem Rückweg befand.

Als die Zeit gekommen war, schulterte er Ramirez, lief mit ihm ins Treppenhaus, stellte ihn am oberen Treppenabsatz auf die Füße und ließ ihn los. Laut polternd überschlug sich der Körper die Treppe hinab.

Er achtete nicht weiter darauf, sondern begab sich zügig zurück in den Salon, von wo aus er seinen Rückweg nach draußen antrat, während im Haus Stimmen laut wurden, die das Gepolter aufgerührt hatte. Dann vernahm Slag helle Aufregung, Schreie, Hektik, während er sich in aller Seelenruhe die Schatten nutzend aus dem Haus schlich.

Dreiunddreißig

CAIDEN

Er starrte aufs Wasser. Das tägliche Fitnessprogramm hatte er bereits durchgezogen: dreißig Meter Klippen rauf- und runterklettern, zehn Kilometer laufen und drei Kilometer schwimmen. Nun trocknete sein Körper in der Sonne, obwohl es langsam kühler wurde, da der Herbst im Anmarsch war.

Slag, der elende Mistkerl, war vor vier Tagen aufgebrochen und er hatte keine Ahnung, wann er zurückkam. Er war dagegen gewesen, dass der große Blödmann ihr neues Zuhause verließ und sich in Gefahr begab. Aber Slag hatten seine Befürchtungen nicht interessiert und er war trotzdem losgezogen.

Seitdem hatte er aus Sorge um diesen Hornochsen kaum geschlafen. Hatte sich im Bett rumgewälzt und war mittlerweile stocksauer auf den großen störrischen Idioten. Was dachte der sich nur dabei? Was, wenn sie ihn fassten oder gar töteten? Caiden würde es nie erfahren. Oder was, wenn er die Behörden auf ihre Spur brachte? Es war in seinen Augen unverantwortlich, dass Slag wegen des persönlichen Rachefeldzugs unterwegs war.

Vor einigen Wochen hatte Slag über Strohmänner nicht wie geplant eine kleine Insel gekauft, sondern ein Stück Land in den Tiefen der kanadischen Wälder, damit sie seiner Aussage nach nicht auf dem Präsentierteller saßen, sondern im Zweifel abhauen konnten. Es gab einen großen See in unmittelbarer Nähe, reichlich frisches Wasser, Tiere, Fische, Kräuter und Beeren sowie Brennholz in Massen. Außerdem waren bereits Gebäude vorhanden gewesen: ein großes schönes Wohnhaus, ein kleines Außengebäude und ein Bootshaus, alles gefertigt aus Holzstämmen. Slag hatte alles instand setzen, sanieren und renovieren lassen, inklusive des kleinen hauseigenen Klärwerks und der Wasserleitungen. Strom kam über einen Generator sowie Sonnenkollektoren. Und hey, sie hatten WLAN. Alle zehn Tage bestellten sie Vorräte, Lebensmittel und was sie so brauchten, übers Internet, ließen es an eine Packstation in den nächstgelegenen Ort liefern und fuhren für einen Tag dorthin, um es abzuholen. Nachts fuhren sie los, um im Prinzip vierundzwanzig Stunden später wieder zurück zu sein.

Er skypte regelmäßig mit Lori. Ansonsten blieben sie ganz für sich. Schließlich hatte er seinen eigenen Tod arrangiert. Es war ein einsames Leben, aber er kam damit klar, denn alles, was er brauchte, war Slag. Glaubte er zumindest. Andererseits benahm sich Slag immer noch so, als wäre ihre Beziehung für ihn nur vorübergehend.

Auch wenn er dadurch jeden Tag ein kleines bisschen mehr starb, fühlte er sich aktuell nicht in der Lage, sich von seiner Liebe zu Slag zu lösen. Er liebte diesen großen Mistkerl. Wie es umgekehrt aussah, konnte er nicht beurteilen. Zwar gab es Momente, in denen Slag sich durchaus so benahm, als würde er ihn lieben, aber es gab auch Situationen, in denen er Caidens Wünsche vollkommen ignorierte. So wie im Moment. Slag war losgezogen, um seinen persönlichen Kreuzzug durchzuziehen, egal, was es kostete. Dabei spielte es keine Rolle, dass sie beide als tot galten oder Caiden sich einfach nur Ruhe wünschte. Slag war bereit, das alles für seine Vendetta aufs Spiel zu setzen.

Das Röhren eines starken Motors ließ ihn aufhorchen.

Unendliche Erleichterung machte sich breit. Dicht gefolgt von seinem heiligen Zorn, weil der blöde Sack ihm diverse schlaflose Nächte beschert hatte.

Er erhob sich, um zum Blockhaus zu gehen.

Der Motor erstarb.

♦♦♦

SLAG

Er sprang aus dem Pick-Up, weil er es kaum erwarten konnte, Caiden zu sehen. Scheiße, er hatte diesen kleinen Bastard echt vermisst. Ohne den Desperado zu sein, fühlte sich an, als fehle ihm ein Bein. Er hatte sich so verdammt sehr an ihn gewöhnt. *Weichei!* Außerdem hatte er gute Nachrichten – hoffte er jedenfalls. Er ging ums große Blockhaus herum und sah Caiden auf sich zukommen.

Mit einem Schlag wurde sein Mund zur Wüste Gobi.

Caiden trug nur tiefsitzende Boardshorts auf den schlanken Hüften. Die feinen harten Muskeln spielten bei jedem Schritt unter Caidens bronzener, sonnenbeschienener Haut, als er geschmeidig wie eine Raubkatze auf ihn zuschritt. Letzte Tropfen glitzerten im Sonnenlicht auf dem Brustkorb. Die mittlerweile wieder deutlich kürzeren Locken waren noch feucht. Caidens Frisur glich wieder der zu Beginn ihres Kennenlernens: ohrlang und wuschelig, eine sogenannte Out-of-Bed-Frisur – wie Caiden ihm erklärt hatte. Dieses immer noch gemeißelt schöne Gesicht, das allerdings mittlerweile zwei kleine Narben im Mundwinkel und an der Augenbraue zierten, ließ ihn ehrfürchtig erstarren.

Sein Schwanz drückte plötzlich von innen gegen den Reißverschluss der Jeans, als wollte er ihn aufsprengen.

Doch leider befand sich Caiden aktuell in ganz anderen Sphären, als er bei ihm ankam und ihn mit ausdruckslosem Gesicht von oben bis unten musterte.

Slag räusperte sich. „Hey, Des.“ Seine Stimme klang, als hätte er rostige Nägel gefressen.

„Hi“, knurrte Caiden unwirsch „Geht’s dir gut?“ Ein weiteres Mal wanderte der Blick des Desperados kritisch über Slags Körper.

Er nickte, unfähig, etwas zu sagen.

„Gut.“ Caiden nickte ebenfalls einmal knapp. „Schön, dass du zurück bist.“ Er klang so begeistert, als rede er über Brechdurchfall. „Was ist mit Gif?“

Herrgott, über den wollte er nun wirklich in diesem Moment nicht sprechen. „Lebt!“

„Gut!“, wiederholte Caiden. „Ich muss duschen.“ Damit stapfte der Dieb los und ließ ihn einfach stehen.

Doch nicht mit ihm. Auch wenn er wusste, dass und warum Caiden sauer auf ihn war ... Er reagierte blitzschnell, erwischte Caidens Handgelenk und zerrte ihn zurück, drängte ihn mit seiner massigen Gestalt drei Schritte zum Baum hinter ihnen, packte Caidens Kinn und nahm dessen Lippen in Besitz.

Caiden versteifte, sperrte sich ... für zehn Sekunden, dann gab er nach.

Er wusste, dass Caiden ihm nicht viel entgegenzusetzen hatte, und das lag nicht an seiner Kraft. Jedes Mal, wenn er ernsthaft einen erotischen Angriff auf Caiden startete, konnte der Desperado ihm kaum widerstehen. So auch diesmal.

Deshalb presste er den Mund stärker auf Caidens, drängte die Zunge durch dessen Lippen, eroberte die heiße Höhle, berauschte sich an Caidens Geschmack. Zur Hölle, wie sehr hatte er das vermisst! Caiden vermisst!

Caiden stöhnte rau und sein Schwanz bohrte sich voller Gier in dessen Bauch. Seine Hände wanderten an Caidens Hinterkopf und Lendenwirbelbereich, pressten ihn an sich. Gott, dieser Kerl schmeckte so gut. Er war süchtig nach ihm. „Caiden“, keuchte er zwei Oktaven tiefer. Lust durchströmte ihn. Er brauchte ihn. Wollte ihn verwöhnen. Nichts erschien für eine kurze Zeit wichtiger, als Caiden zu demonstrieren, wie viel der Desperado ihm bedeutete ...

In dem Moment spürte er einen harten Druck auf der Brust. Irritiert ließ er von Caidens Lippen ab und schaute Des in die Augen.

„Du Arschloch“, japste Caiden außer Atem. „Du verpisst dich einfach für einige Tage, obwohl du weißt, dass ich dagegen bin. Mir Sorgen mache. Kommst zurück und glaubst, dich einfach so über mich hermachen zu können."

Caidens harte Worte trafen ihn. Bevor er etwas erwidern konnte, schob der Dieb ihn weg.

„Ich geh duschen", knurrte der Desperado ein weiteres Mal und ließ ihn stehen.

Doch er hatte weiterhin nicht vor, Des einfach so ziehen zu lassen. Er wusste, dass Caiden an seinen Gefühlen für ihn zweifelte. Aber anders als der Desperado annahm, wusste er mittlerweile sicher, was er für Caiden empfand, und um nichts in der Welt würde er den Kleinen gehen lassen. Ja, er wusste, dass er ein Risiko eingegangen war, als er sich aufgemacht hatte, die Scheißer zu töten, und dass er Caiden enttäuscht hatte. Doch er konnte sie nicht leben lassen. Er stürmte drei Schritte hinter Caiden her und erwischte erneut dessen Handgelenk. „Des", sagte er kehlig. „Ich weiß, dass du sauer bist. Komm mit." Er zerrte den Kartellprinzen hinter sich her, ins Haus, zum Fernsehen, schnappte sich die Fernbedienung und schaltete das Gerät ein.

Prompt flimmerten die News über den Bildschirm, dass Ramirez und Garcia das Zeitliche gesegnet hatten. Natürlich erregte der Tod der zwei Anführer eines der größten Kartelle der Welt internationales Aufsehen. Somit war die aktuelle Berichterstattung selbst in Kanada nicht verwunderlich.

Es dauerte einen Moment, bis Caiden begriff, um wen es sich handelte. Fassungslos drehte er sich zu Slag um. „Das waren ... waren …! Und du hast... du hast sie ... beseitigt!"

Er nickte. „Für dich, für mich, für uns. Die werden uns nichts mehr tun."

„Es werden andere kommen", seufzte Caiden. „Du hast nur der Hydra den Kopf abgeschlagen. Aber mir haben sie nichts bedeutet. Das war deine Party ...!" Damit ging Caiden. „Mir würde wichtiger sein, wenn du meine Bedenken nicht einfach ignorierst, losziehst und uns womöglich in Gefahr bringst", teilte er Slag über die Schulter mit.

Er hatte gewusst, das Caiden sauer sein würde. Nichtsdestotrotz hatte er das auch für ihn getan. Er rubbelte sich übers Gesicht. Fuck! „Des, warte!“

Caiden blieb stehen und schaute über die Schulter zu ihm zurück.

„Du weißt, was ich bin“, sagte Slag leise. „Das kann ich nicht einfach abstellen. Erst recht nicht, wenn du in Gefahr schwebst.“

Nun hatte er Caidens volle Aufmerksamkeit. Der Dieb drehte sich zu ihm um. „Willst du damit sagen, dass du weiterhin vorhast, als Killer zu arbeiten?“

„Nein!“ Dieses Wort brach so schnell und vehement aus ihm heraus, dass er sich selbst wunderte. Doch als er jetzt in sich hineinhörte, wusste er, dass er das ernst meinte. Er hatte genug Geld. Das oder vielmehr der Einzige, der ihn interessierte, war Caiden. „Nein“, wiederholte er ruhiger. „Das will ich nicht. Ich brauche dieses Leben nicht. Ich brauche dich. Aber wenn du in Gefahr gerätst, werde ich auf keinen Fall zusehen. Das kannst du nicht von mir verlangen.“

„Du kannst nicht einfach losziehen und unsere Sicherheit gefährden. Verdammt, Slag, durch deine Aktion ist womöglich irgendwer auf uns aufmerksam geworden. Wir gelten als tot!“, zischte Caiden.

„Niemand hat mich gesehen. Ich schwöre es dir. Alle, die mich hätten enttarnen können, sind tot.“

Caidens Augen weiteten sich. „Gif auch?“

Schnell schüttelte er den Kopf. „Der nicht.“

Caiden seufzte. „Das war unverantwortlich!“

„Dass er noch lebt?“

„Herrgott, du Idiot, natürlich nicht. Dass du einfach losgezogen bist, ohne an mich zu denken.“

„Ich denke nur an dich. Unentwegt!“

Lange musterte Caiden ihn, bevor er bedächtig nickte und den Atem aus den Wangen entließ. „Also gut! Einigen wir uns darauf: Ab jetzt keine Alleingänge mehr, die mich auch gefährden, und keine Gewalt gegen andere, um Geld zu verdienen.“

Er schlug in Caidens ausgestreckte Hand ein. „Damit habe ich absolut kein Problem. Das verspreche ich dir. Es sei denn, sie wollen dir oder mir an die Wäsche. Dann wird mich nichts und niemand davon abhalten. Auch du nicht."

Caiden verdrehte die Augen, nickte jedoch ein zweites Mal. Die Miene hellte sich ein wenig auf. Trotzdem schimmerten immer noch Schatten in den sonst so hellen Augen. Slag wusste, woran das lag.

Verflucht, Caiden litt unter seinem Unvermögen, sich vollkommen auf die Beziehung einzulassen. Gut, sie verbrachten jeden Tag zusammen und fickten teilweise mehrmals täglich. Stopp! Das war falsch. Sie liebten sich mehrmals täglich. Das, was sie miteinander teilten, ging weit übers Vögeln hinaus. Es bedeutete Nähe! Vertrauen! Das war ihm bei Ramirez absolut bewusst geworden. Trotzdem befürchtete Des, dass Slag ihn leid werden könnte. Nichts lag ihm ferner.

Der Desperado hatte es außerdem wirklich verdient, dass er zu einhundert Prozent zu ihm stand. Zwar hatte er das bisher immer wieder verkackt, weil er Dinge tat, die Caiden nicht nachvollziehen konnte, wie beispielsweise das mit Ramirez. Aber das war ab jetzt vorbei. Ohne Caiden an seiner Seite wollte er nicht mehr durchs Leben gehen. Absolut glasklar sah er vor sich, was er nun tun würde.

„Caiden, ich verspreche dir, dass ich nichts mehr unternehmen werde, ohne dich zu informieren. Solange du nicht bedroht wirst, werde ich lammfromm sein. Ich schwöre es dir!"

„Lammfromm?", echote der Desperado und grinste dreckig. „Kann ich mir bei dir nicht vorstellen. Bitte sei nicht lammfromm, wenn es um Sex geht!"

„Auf keinen Fall!" Er klang ganz heiser und ein mokantes Lächeln legte sich auf sein Gesicht. „Ich wüsste da schon was. In meiner Fantasie bettelst du mich an, es dir zu besorgen. Erinnerst du dich daran, dass du mir noch etwas schuldest?"

Caiden schluckte sichtlich. Ein wenig Unsicherheit schlich sich in seinen Blick. „Bin ich dem gewachsen?"

„Keine Sorge, Des, ich würde nie etwas tun, dass dich überfordert, aber an deine Grenzen bringen werde ich dich. Doch noch nicht heute. Heute will ich mich nur in dir vergraben und unser Wiedersehen feiern."

Caiden biss sich auf die Lippe und schaute ihn von unten her intensiv an. „Oookay. Die Dusche ruft. Hörst du sie?" Er drehte sich um und verschwand im Haus.

Ihm wurde heißer als heiß. Fuck! Der Kerl spielte mit ihm. Er folgte ihm, öffnete die Badezimmertür, stieg aus den Klamotten und unter den Wasserstrahl zu Caiden, der bereits darunter stand.

Von hinten schlang er die Arme um ihn und drückte seine Erektion an dessen Po. Endlich hielt er Des wieder in seinen Armen, spürte den sehnigen Körper. Seine Hände glitten von allein durch den Seifenschaum über Caidens Oberkörper, zogen träge Kreise, glitten tiefer, wieder hinauf und hinab. Jedes Mal ein Stück weiter, bis Des sich gegen ihn sacken ließ und den Kopf gegen seine Schulter. Caiden stieß einen Seufzer aus, der in ein langgezogenes Stöhnen überging, als er dessen harten Schwanz umfasste. So verflucht heiß!

„Ich brauche dich", sagte Slag mit rauer Stimme. „Ich will nicht mehr ohne dich sein." Jedes Wort unterstrich er mit einer Aufwärtsbewegung der Hand.

Mehrere Minuten standen sie so unter dem heißen Strahl, genossen die intensive gegenseitige Nähe und die Lust.

Dann ließ er von Caiden ab, der protestierend schnaubte, drehte ihn an den Schultern zu sich herum und griff hinter sich, um die Dusche abzustellen. „Sieh mich an, Des", forderte er Caiden auf, der die Augen genießerisch geschlossen hatte. Wischte ihm die nassen Locken aus der Stirn und nahm das Gesicht in die Hände.

♦♦♦

CAIDEN

In Zeitlupe hob er die Lider, brauchte einen Moment, um zu fokussieren.

Slags Gletscherblick bohrte sich in seinen. Noch nie hatte der Hüne so ernst gewirkt. Natürlich lachte der Große kaum, insofern war er immer ernst, aber selten hatte er dabei so ... so zugewandt, offen, ja geradezu entblößt gewirkt. Slag hatte endlich seine Maske fallen lassen.

Völlig unverhüllt lag dessen Seele vor ihm und er begriff sofort, dass Slag ihn seine Gefühle lesen ließ und außerdem, dass Slag immer noch in all den Monaten, die hinter ihnen lagen, etwas vor ihm verborgen hatte. Unfassbar, wie beherrscht der Kerl war. Doch jetzt ließ der große Mann zu, dass er erkannte, wie ernst es Slag mit ihm war.

Er war überwältigt. Im Leben hätte er nicht damit gerechnet, dass Slag anscheinend so viel für ihn empfand.

„Ich habe noch nie jemanden geliebt. Ich weiß nicht, wie sich das anfühlt, deshalb tue ich mich so schwer. Die ganze Zeit habe ich mich gefragt, ob das, was ich für dich empfinde, Liebe ist“, sagte Slag in feierlichem Ernst. „Aber, verdammt, Caiden, ich liebe dich!“ Die Stimme war rau wie eine schroffe Felswand. Slag presste die Lippen auf seine, schob ihm die Zunge in den Mund und umzingelte Caidens, tanzte, kämpfte und verwob sich mit ihr.

Whiskey und Salz fluteten seine Geschmacksnerven. Mhm, er liebte Slags Aroma. Endlich schaffte er es, sich einen Millimeter zu lösen. „W-W-Was?“, stammelte er.

„ICH. Liebe. DICH!“, wiederholte Slag nachdrücklich. „Und zwar so sehr, dass es mir selbst manchmal Angst macht. Lass mich dir zeigen wie sehr.“ Mit diesen Worten sank Slag in Zeitlupe vor ihm auf die Knie, zog dabei mit Lippen und Zunge eine glühende Spur über Caidens Brust und Bauch. Die starken Hände glitten an Caidens Seiten hinab bis an die Hüften. Dann schaute Slag zu ihm auf, verhakte den Blick seiner gerade alles andere als kalten Augen - im Gegenteil in ihnen tobte ein Hurrikan an Gefühlen - mit Caidens, während er die Lippen um seine Erektion schloss.

„Fuck", keuchte Caiden und schlug den Kopf leicht gegen die Wand hinter sich, als Slag ihn tief in sich aufnahm, um ihn nach allen Regeln der Kunst zu verwöhnen. Doch dann neigte er ihn wieder, um Slag zu beobachten, denn er musste ihm unbedingt zusehen, wie sich dessen Mund um seine Härte dehnte, wie die Wangen hohl wurden, wenn er an ihm saugte. Ein verflucht heißes Bild! Ein verflucht geiles Gefühl! Als Slag um ihn herum schluckte, stand das untere Ende seiner Wirbelsäule schlagartig in Flammen und das Feuer breitete sich in Schallgeschwindigkeit aus, bis es sich in einer gewaltigen Eruption und mit einem laut gebrüllten „ZANE!" in dessen Mund entlud.

Ohne ihn aus dem Blick zu entlassen, schluckte Slag alles, was er gab, hielt ihn mit den starken Händen dicht an sich gepresst, während die Wellen des Orgasmus' Caiden fast zerrissen. Um ihn drehte sich alles, ihm wurde beinahe schwarz vor Augen, aber nach wie vor hing sein Blick wie festgetackert an Slags.

Ganz langsam zog sich Slag zurück und sofort gaben Caidens Beine nach. Wenn Slag ihn nicht reflexartig an den Hüften gepackt und gestützt hätte, wäre er hart auf die Knie gefallen. So aber sackte er nur langsam und heftig schnaufend zu Boden.

Sie knieten voreinander und Caidens Kopf sank gegen Slags Schulter, als dieser ihn in eine feste Umarmung zog.

„Ich liebe dich, Caiden", raunte Slag an seinem Ohr. „Hast du das jetzt endlich kapiert?" Slags Lippen kitzelten seine Ohrmuschel.

„Jaaaa", keuchte er atemlos und gedehnt. Er legte ebenfalls die Arme um Slag.

Mehrere Minuten hielten sie sich einfach eng umschlungen. Waren sich unbeschreiblich nah!

Dann hob er den Kopf und sah Slag tief in die eisgrauen Augen. „Und ich liebe dich, du großer Teufel, auch wenn du mich manchmal in den Wahnsinn treibst mit deiner langen Leitung und irgendwelchen eigenmächtigen oder sonst wie gearteten todessehnsüchtigen Aktionen." Er lehnte die Stirn gegen Slags und umfasste dessen Hinterkopf. „Und ich liebe dich ebenfalls so stark, dass es mir Angst und manchmal auch Schmerzen bereitet ..." Dann zog er Slag in einen leidenschaftlichen Kuss. Wie beinahe jedes Mal, regte sich sein Schwanz erneut, was Slag natürlich nicht entging.

Der Hüne löste die Lippen von ihm. „Komm", sagte Slag heiser, erhob sich und hielt Caiden die Hand hin, die er ergriff, aufstand und Slag ins Schlafzimmer folgte.

Dort drehte Slag sich zu ihm um, immer noch die Hand haltend.

♦♦♦

SLAG

„Lass uns Liebe machen", sagte er feierlich und zog Caiden mit sich aufs Bett. Das hier würde etwas Großes, weit über die übliche Leidenschaft hinaus. Er hatte sich Caiden offenbart und jetzt würden sie nicht bloß Sex haben.

Caiden legte sich neben ihn und er konnte nicht anders, als den schönen Kerl zu betrachten. Mit dem Daumen fuhr er dessen Kiefer- und Kinnlinie entlang, was Caiden veranlasste, die Unterlippe zwischen die Zähne zu ziehen.

Aus seiner Kehle kam ein gieriges Knurren. *Alles meins!* Doch er würde sich Caidens heißen Mund schon noch vornehmen.

Seine Hand wanderte vom Kinn an den Hals, legte sich um die Kehle, Daumen und Mittelfinger auf die Schlagadern. Er betrachtete die Szene, denn er liebte es, wenn seine Hand so an dieser Stelle verweilte, wenn sich Caidens Kehlkopf unter der Handfläche vernehmlich bewegte und er heftig den Atem ausstieß, ob vor Verlangen oder vor leichtem Misstrauen, was Slag im Schilde führte, und er noch heftiger auf der Lippe kaute.

Er spürte, wie Caidens Erektion gegen seinen Bauch stieß. Himmel, der Bursche war schon wieder voll auf Sendung. Von seiner eigenen brauchte er gar nicht erst reden: Er war so verflucht scharf, dass sich seine Eier schmerzhaft zusammenzogen.

Caiden vorhin kommen zu sehen, ihm dabei in die Augen zu blicken, die in dem Augenblick, als der Orgasmus über ihn kam, wie Smaragde strahlten, und zu erleben, wie der Dieb beinahe ohnmächtig geworden wäre, das hatte ihn sowas von heiß gemacht.

Er löste die Hand und fuhr gemächlich mit den Fingerspitzen über Caidens Oberkörper, spürte all den harten Muskeln und den kleinen Narben nach, die das Leben dem hübschen Gauner beschert hatte. Langsam wanderte er tiefer, bis er an seinem Ziel ankam und die Faust um Caidens herrlichen Schwanz schloss.

Nach Luft schnappend drückte der Desperado den Rücken durch und hob ihm gierig die Hüften entgegen.

Slag überwand die Distanz und gönnte sich endlich Caidens Mund. Gierig saugte er dessen Unterlippe ein, fuhr in dessen heiße Höhle und labte sich am Aroma von Sandelholz und Minze, während er ihn gleichzeitig mit der geschlossenen Faust massierte.

Aus Caiden brachen ekstatische Laute hervor, eine Mischung aus Keuchen, Stöhnen und Knurren.

Diese Töne waren Musik in seinen Ohren. Dieses Konzert wollte er die ganze Nacht hören. Liebe, Wärme, Weite und Leichtigkeit sprudelten in ihm um die Wette. Endlich hat er etwas ganz Elementares kapiert – hatte ja auch lange genug gedauert: Dieser wunderbare, innerlich wie äußerlich schöne Mann war sein Zuhause.

♦♦♦

CAIDEN

Er erwachte davon, dass er fest an eine starke Brust gepresst wurde und Slag die Nase in seinem Haar vergraben hatte. Seine Nase wiederum inhalierte den Duft an Slags Halsbeuge.

Sie hatten sich geliebt. Hatten sich so viel Zeit gelassen wie noch nie. Hatten sich erforscht, als wäre es das erste Mal. So behutsam und zugewandt war Slag noch nie gewesen.

Wieder drückte der Hüne ihn an sich. „Fuck, Caiden, du bist unglaublich!“ Mit der freien Hand strich Slag über seine Seite, fuhr die kreisrunde Narbe entlang. „Du bist wirklich ein verfluchter Bandit und Meisterdieb, weißt du das? Du hast das blöde klopfende Ding in meiner Brust gestohlen, ohne dass ich es gemerkt habe.“ So etwas wie Ehrfurcht klang aus seiner dunklen Stimme heraus.

Er drückte sich leicht hoch, um Slag betrachten zu können.

Das harte Gesicht, gezeichnet durch die grobe Narbe, die ihn jedes Mal magnetisch anzog, sie zu berühren, war zu einem kleinen seltenen Lächeln verzogen.

Er konnte nicht anders: Mit Zeige- und Mittelfinger fuhr er leicht über das knotige Gewebe.

Ein warmer Schimmer ließ die Gletscheraugen beinahe ein wenig Golden erstrahlen, vor allem bei Caidens zärtlicher Geste.

„Hm“, murmelte Caiden leise. „Meines ist mir auch geklaut worden, allerdings habe ich es recht schnell gemerkt.“

Jetzt lachte Slag tatsächlich, so dass der Brustkorb unter ihm vibrierte und das Lachen ansteckend war.

„Tja“, Slags Hand wuschelte durch Caidens Locken. „Ich bin eben kein Meisterdieb wie du, sondern eher der Kerl fürs Grobe.“ Plötzlich glühte Slags Blick und er wurde wieder ernst. „Apropos grob. Ich werde dich jetzt so lange hemmungslos ficken, bis du nie wieder den kleinsten Zweifel an mir hegst, deinen Namen vergisst und tatsächlich bewusstlos wirst. Ist das klar?“

Caidens Zunge klebte bei dieser heiser hervorgestoßenen, hocherotischen Drohung mit einem Mal am staubtrockenen Gaumen fest, unfähig noch etwas zu sagen. Er konnte nur hilflos nicken.

Da ging Slag auch schon zum ultimativen Angriff auf seinen Körper, seinen Geist und seine Seele über und Caiden war klar, dass er am Ende wohl wirklich das Bewusstsein verlieren würde.

Epilog

Special Content Note

Der Epilog enthält besondere spicy Scenes. Wenn du nicht allzu tief ins DARK von Dark Romance eintauchen möchtest, dir Dominanz zuwider ist, lass diesen Epilog weg. Das Happy End der Geschichte hast du gerade schon gelesen.

Aber alle, die gerne eine dominante und extrem heiße Szene lesen möchten, lade ich ein, fortzufahren.

Wochen später

‚Your deepest Fantasy' - ein Club, dunkler als das Dark Desire.

CAIDEN

„Was stellst du dir jetzt vor?", fragte er.

„Jetzt gerade?"

Er nickte.

Slag zuckte gleichmütig die Achseln. „Fakt ist, gerade würde ich dich liebend gerne an der Wand oder noch besser vor allen Augen vögeln. Markieren, was mir gehört. Erinnerst du dich an meine Fantasie ...? Und dass du mir was schuldest? Hier sind wir, um deine Schuld einzulösen."

Scheiße! Seine Kehle wurde trocken wie die Atacamawüste. Und wie er sich erinnerte. Slag war so selbstherrlich attraktiv, dass Caiden ihm nichts entgegenzusetzen hatte. „Dann tu es doch", raunte er herausfordernd.

Slag starrte ihn an, als wüchse ihm ein Horn aus der Stirn. „Oookaaayy … Bist du sicher? Wir sind hier übrigens in einem besonderen Club."

Nein, was er nicht sagte! „Wäre mir beinahe nicht aufgefallen", erklärte Caiden schnoddrig. „Übrigens war ich mir bei etwas noch nie so sicher, Slag."

„Oh, Fuck!", stöhnte Slag. „Komm mit!" Er packte Caiden am Ellbogen.

Caiden folgte ihm durch eine Tür in einen anderen Teil des Clubs. Vor ihnen eröffnete sich eine Fläche. Zunächst nahm er an, es handelte sich um eine Tanzfläche, denn um sie herum befanden sich lauter zuckende Leiber. Erst beim zweiten Hinsehen erkannte er im schummrigen Licht, dass nicht alle Personen voll bekleidet waren und nicht alle zum harten Beat … tanzten. Manche vögelten auch. In der Mitte der Fläche blieb Slag stehen. Über ihnen hingen an langen Ketten Ledermanschetten für Handgelenke von der Decke. Wollte er eigentlich wissen, woher und wieso sich Slag hier so gut auskannte?

Slag musterte ihn intensiv. „Wirklich sicher? Egal, was ich vorhin gesagt habe …"

Er sah förmlich Slags Zahnrädchen rattern. Wahrscheinlich fragte sich der Wikinger, ob diese Szenerie Caiden in einen Flashback zurück zum Arier beförderte. Doch mittlerweile war so viel geschehen und Zeit vergangen, dass es Caiden vorkam, als läge ein ganzes Leben dazwischen. Er hatte keinerlei Zweifel. „Einhundert Prozent."

Slag hob Caidens Shirt an und zog es ihm aus. „Nimm die Hände nach oben!", befahl der Wikinger rau.

Er tat wie geheißen.

Um sie herum begannen die Leute, sie interessiert zu beobachten. „Streck dich höher!" Slag zog die Manschetten heran und fesselte Caidens Handgelenke damit. Schließlich musterte er Caidens Gesicht mit einem weiteren forschenden Blick. „Vertraust du mir?"

„Einhundert Prozent", wiederholte er.

Slag nickte. „Also okay. Es wird verdammt heiß werden."

Caidens Zehen berührten so gerade eben den Boden. Lang gestreckt hing er in den Fesseln und krallte seine Hände um die Ketten, damit sein Gewicht nicht nur auf den Handgelenken lastete. Sein Blick klebte an Slag und seine Zunge im trockenen Gaumen.

Slag nahm sich einen Stuhl und setzte sich vor ihn, spreizte die Beine, legte die Arme auf die Stuhllehnen und betrachtete ihn ausgiebig.

Allein wie Slags nun gar nicht beherrschter Blick lüstern über seinen Körper kroch und an seinem Schritt hängen blieb, die Vorstellung, was gleich alles passieren könnte, ließ Caiden hart werden.

Eine Frau kam zu Slag und wisperte ihm etwas ins Ohr. Er nickte und sagte etwas zurück. Sie zückte einen Chip und gab ihn Slag.

Was zur Hölle tat Slag da? Vermietete er ihn etwa?

Die Frau kam auf Caiden zu, sank vor ihm auf die Knie. „Dein Kumpel hat gesagt, ich darf dich ausziehen." Langsam schob sie ihm mit diesen Worten die Shorts samt Pants über die Hüften.

Sein Schwanz sprang gierig hervor und zuckte erwartungsvoll. Jedoch weniger wegen der Frau, sondern vielmehr wegen der Gesamtsituation und natürlich in erster Linie wegen Slag, dem Mistkerl, der ihm geradewegs in die Augen starrte.

„Fünfhundert Dollar, wenn du ihn anfasst", bestimmte Slag. „Tausend, wenn du ihn in den Mund nimmst."

Oh Fuck! Er schluckte. Slag verkaufte allen Ernstes seinen Körper. Doch statt empört zu sein, schwoll seine Erektion weiter an und sein Leib vibrierte vor Spannung.

Die bereits vor ihm knieende Frau warf Slag einen weiteren Jeton zu. Er konnte nicht erkennen, welche Zahl darauf abgebildet war. Sie legte ihre zierlichen Hände um seinen großen Schwanz und er konnte nicht anders, als Slags Blick zu bannen. Sie begann, ihn kräftig zu massieren und er musste heftig nach Luft zu schnappen. Wie sollte er das bloß aushalten?

„Wer will noch?" Slag wirkte völlig unbeteiligt.

Doch Caiden wusste es besser, sah das Feuer in dessen Laserblick und die weiß hervortretenden Knöchel von Slags Fingern, als sie die Armlehnen umklammerten, und natürlich die riesige Wölbung in dessen Hose.

Weitere Frauen und Männer hoben die Hände.

„Ihr nicht!“, bestimmte Slag mit Blick zu den Kerlen.

Interessant! Tat er das aus Eifersucht heraus? Oder wollte Slag ihn nach seinem schlimmsten Fessel-Alptraum, an dem ausschließlich Männer beteiligt gewesen waren, nur vor möglichen Flashbacks bewahren? Vermutlich ein wenig von Beidem.

„Okay, Ladies, für jeweils tausend Dollar gehört er euch. Lecken und Fummeln ist erlaubt. Mehr nicht.“

Vier weitere Frauen gaben Slag Jetons, dann kamen sie auf Caiden zu.

Verdammt! Verdammt! verdammt! Slag würde irgendwann noch sein Untergang sein.

Eine zweite Frau ging neben der ersten vor ihm in die Knie. Während die erste ihre Lippen über seine Eichel stülpte, leckte die Zweite an seinen Eiern.

„Arrrgh!“, brach es aus ihm heraus. Automatisch fiel sein Kopf in den Nacken und er schloss die Augen, um sich den überwältigenden Empfindungen hinzugeben. Welcher in irgendeiner Form heterointeressierte Kerl träumte nicht davon, gleich von mehreren Frauen bearbeitet zu werden? Jeder, der auch auf Frauen stand! Selbst er, obwohl er mittlerweile Slag liebte. Vor allem, weil er das hier mit Slag teilte, war es heiß wie die Hölle.

„Sieh mich an!“ Slags Stimme peitschte durch den Raum.

Wie auf Knopfdruck senkte Caiden den Kopf wieder nach vorn, betrachtete einige Sekunden das Schauspiel zu seinen Füßen. Heilige Scheiße! Wie geil war das bitte?! Er war den Frauen ausgeliefert, sie labten sich an ihm. Sein Schwanz wurde noch härter im Mund der Brünetten. Die andere nahm jetzt einen Hoden in den Mund und saugte daran. OH FUCK! Mühsam riss er sich von dem Anblick los und traf Slags Blick. In dessen gesunder Wange zuckte ein Muskel, seine Kiefer mahlten vor Verlangen und in Slags Augen tobte ein wahrer Sturm.

Eine dritte Frau trat hinter ihn. Er spürte, wie sie an seinem Körper hinunterglitt und ihre Brüste über seinen Rücken und den Po bis zu seinen Oberschenkeln strichen. Sie knabberte und leckte an seinen Pobacken.

Er keuchte laut, sein Atem beschleunigte sich – genau wie der von Slag, doch er ließ den Hünen nicht aus den Augen.

Eine vierte stellte sich vor Caiden, zwirbelte und lutschte seine Nippel.

Plötzlich schob sich ein äußerst feuchter Finger in seinen hinteren Kanal und er konnte ein lautes Stöhnen nicht unterdrücken, obwohl er sich auf die Lippe biss.

Sofort kam ein Knurren vom Stuhl vor ihm und Slags Blick hing wie gebannt an Caidens Mund.

Die Frauen bearbeiteten ihn nach allen Regeln der Kunst, streichelten außerdem sich selbst und gegenseitig. Schon bald bebte sein Körper vor aufgestauter Lust, aber den Einzigen, den er wirklich wollte, war Slag, der immer noch beinahe unbeteiligt auf dem Stuhl saß.

Am Rande registrierte Caiden, dass sich um ihn herum eine Traube gebildet hatte, die das Schauspiel beobachtete. Einige Männer legten Hand an sich an, einige Frauen ebenso, vor anderen knieten Männer oder Frauen und nahmen Schwänze in den Mund beziehungsweise leckten Muschis, einige begannen zu vögeln, entweder das andere Geschlecht oder das eigene. Immer mehr gesellten sich zu der ausartenden Orgie dazu.

Caidens Atem ging abgehackt und schnell. Gier brandete durch seine Adern, füllte ihn bis in die letzte Zelle.

Schließlich kniete sich eine Frau vor Slag, sagte etwas, reichte ihm einen Chip, als er nickte, und holte den riesigen, erigierten Schwanz aus der Hose. Die Frau nahm ihn in den Mund und Slag entwich ein heiseres Stöhnen.

Caiden durchfuhr ein seltsamer Stich. Wie festgetackert hing sein Blick an dem Mund der Frau, die Slag tief einsaugte.

Slags Finger krallten sich um die Armlehnen, während er Caiden unter halbgeschlossenen Lidern aus diesen Sturmaugen anstarrte.

Irgendwann hielt er es kaum noch aus – sowohl vor Lust als auch vor ... Eifersucht?! „Slag, komm zu mir."

Doch Slag schüttelte den Kopf, während die Frau ihn weiterhin lutschte. Slag bohrte den Laserblick herausfordernd in seinen. Er wusste, was Slag wollte. Damals hatte er davon gesprochen, dass Caiden ihn eines Tages darum anbetteln würde ...

Während die Frauen sie weiter bearbeiteten, verwob sich Slags brennender Blick mit seinem.

Caiden hielt dem Angriff auf seinen Körper und sein Herz so lange stand, wie er konnte. Doch dann brach es gegen seinen Willen aus ihm heraus. „Bitte ... Slag", stöhnte er und ärgerte sich, dass er nachgegeben hatte. Dementsprechend klang seine Bitte wie ein Befehl.

Slag hob eine Braue „Bitte was?"

„Nimm mich, verdammt!" Er wollte diesen gottverfluchten Bastard in sich spüren.

„Na na na, nicht fluchen, sondern brav bitten"

„Fuck, ich weiß, dass du mich betteln hören willst."

Ein selbstgefälliges Grinsen hob Slags einen Mundwinkel und in den Augen brannte Feuer.

„Also: bitte!", fauchte Caiden.

„Das hört sich immer noch nicht nach bravem Bitten an. Versuch's nochmal."

„Fick dich!" So sehr er Slag auch wollte, er war in diesem Augenblick nicht bereit, in ihrem Spiel nachzugeben. Irgendetwas reizte ihn plötzlich, Slag die Stirn zu bieten. Womöglich, weil es sie beide noch weiter anstachelte?

„Lieber würde ich dich ficken." Dann richtete Slag das Wort an die Frauen. „Okay, Ladies, ihr bekommt fünfhundert Dollar zurück, wenn ihr es ihm bis zum Happy-End besorgt."

Sofort legten sich die Frauen noch mehr ins Zeug und Caiden war ihrem Ansturm hilflos ausgeliefert. Grimmig starrte er

Slag an, der jetzt mit einer Hand die Frau zwischen seinen Beinen auf seinen Schoß zog. Mit einem Mal hatte der Kerl ein Kondom in der Hand, das er sich überrollte, dann stieß er in die Frau hinein, ohne ihn aus den Augen zu lassen. „Das könnte ich mit dir machen“, sagte Slag rau, aber mit einem diabolischen Grinsen in dem verfluchten Gesicht. „Doch wie gesagt, du musst mich ernsthaft bitten.“

Immer wieder glitt Slag in die Frau hinein, die laut stöhnend auf seinem Schoß die Hüften rollte.

Caiden wurde alles zu viel. Die Frauen hingen an ihm wie Bienen am Honig. Sein Körper pulsierte vor Lust und trotzdem fehlte ein letzter Rest. Er hatte das Gefühl, in einem Kochtopf kurz vor dem Überkochen zu stecken. Aber er kochte nicht über. Die Erlösung kam nicht, solange Slags Schwanz in einer anderen Frau steckte und sie sich nicht berührten. Heftig biss er sich auf die Lippe, damit die Worte nicht ungebeten aus ihm herauspurzelten.

„Lass das“, grollte Slag. Seine Augen glühten plötzlich unheilvoll.

Da wusste er, wie er Slag kriegen konnte. „Steh auf“, befahl er der Brünetten. „Und küss mich.“

„NEIN!“ Slags Stimme donnerte durch den Saal, aber die Kleine war schon auf den Beinen und saugte prompt an Caidens Unterlippe, die so ziemlich auf jeden die Wirkung eines Magneten mit einem Tesla[8] hatte.

Seine Augen blitzten Slag über den Kopf der Frau hinweg an - Herausforderung angenommen. „Das könntest du haben“, keuchte er sinngemäß Slags Worte nachahmend und hob eine Augenbraue.

---

[8] Die Maßeinheit Tesla hatte ursprünglich nichts mit der Firma/Marke bzw. den Fahrzeugen zu tun. Tesla ist eine Maßeinheit, mit der die Stärke von Magneten gemessen wird, benannt nach Nikola Tesla (1856 – 1943), einem Physiker, Elektronikingenieur und Erfinder. Beispielsweise hat ein Kühlschrankmagnet in der Regel 5 mT (Millitesla), also 0,005 Tesla. Ein MRT hat z. B. 1 Tesla. E. Musk wollte mit seiner Markenbezeichnung für seine Autos wiederum den o. g. Physiker ehren.

„Du kleiner Bastard!“ Slag schob die Frau von seinem Schoß, rupfte das Kondom ab, erhob sich und trat dicht an ihn heran, packte sein Kinn und biss ihm fest in die Lippe. „Meins“, verkündete er grimmig. „Du gehörst mir!“ Slag biss so fest zu, dass Caiden vor Schmerz stöhnte und Blut leckte. Sein Schwanz zuckte im Mund der Frau.

„Geht weg“, befahl Slag. „Alle.“

Caiden wurde berauscht von der Macht. Er hatte Slag die Stirn geboten, auch wenn es nur ein Spiel war und ihn all sein Stehvermögen und seine Kraft gekostet hatte, standhaft zu bleiben. Liebend gern hätte er sich als bettelnder Haufen Slag dargeboten. Aber er wusste, dass er so einen echten Sieg errungen hatte und dass ihm das noch mehr von Slags Gunst verschaffen würde. Dafür nahm er die blutende Lippe gerne in Kauf. Außerdem hätte Slag ihn nie ernsthaft verletzt.

„Du diebischer Mistkerl, das wirst du mir büßen!“

Die Drohung fuhr ihm direkt in den Schwanz.

Slag packte ihn grob in den Nacken und presste den Mund auf seinen. Ein Hauch von Zorn lag in dem Kuss, als Slags Zunge roh seine Lippen durchbrach und Caidens gierig verschlang. Der Wikinger küsste ihn rau und wild, bis ihm Hören und Sehen verging und er kaum noch Luft bekam.

Schweratmend ließ Slag nach langen Minuten von ihm ab. Mit funkensprühenden Augen löste er die Fesseln und führte Caiden zum Stuhl. „Stütz dich ab“.

Caiden beugte sich runter und krallte sich an die Armlehnen.

Slag zog Caidens Hüften zurück und stieß ihm die Beine auseinander. Dabei ging er nicht gerade zimperlich vor, aber er beschwerte sich nicht.

Einerseits war das Slags *Strafe*, außerdem war er ein Mann und kein zartes Pflänzchen. Andererseits törnte ihn Slags dominantes Verhalten an. Nicht zu vergessen, die Wut, die in Slag schwelte, hatte er heraufbeschworen. Slag verhielt sich so, wie Caiden es beabsichtigt hatte.

„Festhalten“, befahl Slag rau und drückte seinen nassen, granitharten Schwanz zwischen Caidens Arschbacken, langte um ihn herum und schloss die Faust um seine Erektion, bewegte sich aber nicht weiter.

Caiden stöhnte vor Begierde und Erwartung. Er spürte, wie Slags pralle Eichel gegen seinen Anus drückte, aber nicht weiter vordrang. So verharrten sie einige Zeit.

Um sie herum war die Orgie mittlerweile in vollem Gange. Auch die Frauen, die vorher mit ihnen beschäftigt gewesen waren, leckten und befummelten sich gegenseitig oder hatten sich anderen zugewandt. Trotzdem wurden Slag und er von vielen Augenpaaren hungrig beobachtet.

Die schwitzenden, ekstatischen Leiber und die Starre, in der er sich befand, ließen seinen Schwanz ungeduldig in Slags Hand zucken, doch der Hüne rührte sich nicht. Sein Schwanz hingegen rieb sich zwischen Caidens Gesäßhälften.

Er hörte Slags schweren Atem. Der Mistkerl würde sich doch nicht ohne ihn zum Orgasmus bringen? Oder doch? Slags Atmung in seinem Nacken ging immer schneller. Dann biss der Hüne ihm in die Schulter. Die Faust um seinen Schaft drückte immer mal wieder reflexartig zu und presste Caidens Schwanz hart zusammen, während Slag sich immer stärker und schneller an ihm rieb.

Mit völliger Klarheit wurde ihm bewusst, dass es Slag im Zweifel tatsächlich für sich selbst zu Ende bringen würde, ohne ihn mitzunehmen. Strafe halt. Dieser Bastard! Doch er konnte und wollte nicht länger warten. Dazu war er, genauso wie die Stimmung um sie herum, viel zu aufgeheizt. Da geschah es, die Worte purzelten aus seinem Mund. „B-Bitte Slag, fick m-mich.“ Seine Stimme bebte, als er die Worte laut aussprach.

Ein überraschtes Keuchen antwortete ihm. „Endlich!“, raunte Slag. „Willst du, dass ich dich hier vor allen Augen nehme, Des?“

„J-J-Ja!“ Caiden konnte nur stottern, aufgrund all der Emotionen, die ihn durchströmten: Lust, Wut, Verlangen, Geilheit ... Liebe! Holy Shit!

Slag drehte sie beide um und ließ sich auf den Stuhl nieder. Der Schwanz stand aufrecht.

Caiden leckte sich über die Lippen.

„Setz dich", forderte Slag.

Als er auf Slag sank, glitt dessen Krone langsam vorwärts, dehnte ihn. Caiden konnte den heiseren Schrei, der aus ihm herausbrach, nicht zurückhalten.

„Fuck, Caiden", japste Slag hinter ihm. Dann langte dessen Arm um ihn herum und nahm ihn wieder in die Hand.

Sein Kopf fiel nach hinten auf Slags Schulter, während der ihn der Gänze nach füllte und sie sich beide dem Gefühl hingaben.

„Zur Hölle, Des. Das will ich schon so lange mit dir machen."

Caiden blinzelte.

„Dein enger knackiger Arsch lacht mich schon die ganze Zeit an und ich musste so tun, als wäre ich Herr der Lage. Fast hättest du mich überführt", raunte Slag ihm ins Ohr. „Gib dich mir hin. Vor allen Leuten. Ich will, dass alle hier wissen, dass du mir gehörst."

Er konnte nur noch nicken. Seine Kehle war zugeschnürt. Slag hatte definitiv keine Probleme damit, dazu zu stehen, Männer zu vögeln.

Da drehte Slag Caidens Kopf zu sich, um ihn zu küssen, sein freier Arm umschlang ihn und plötzlich packte er Caidens Kehle, drückte leicht zu.

Caidens Atmung stockte.

„Vertrau mir", krächzte Slag an seinen Lippen, während er begann in einem gemächlichen Tempo von unten in ihn zu gleiten. „Vollkommen ... bitte."

Wow, er war baff: Slag hatte Bitte gesagt. Das gab es nicht oft. „Das ... tue ... ich", keuchte er ehrfürchtig, ein Wort pro Stoß.

Und dann ließ er sich fallen ...

Vor allen Augen ließ er sich immer schneller von Slag stoßen, immer stürmischer küssen und immer kräftiger massieren, während der Große ihm zunehmend die Luft abdrückte bis sich dunkle Schatten am Rand seines Gesichtsfelds bildeten und der

Sauerstoffmangel ihn schwindelig machte. Trotzdem spürte er nichts als Verlangen und grenzenloses Vertrauen in und grenzenlose Liebe für diesen Ex-Killer, der ihn problemlos von der Erde wischen könnte, und damit völlige Macht über ihn ausübte.

Er keuchte heftig aufgrund des Luftmangels.

Immer schneller fickte Slag ihn und stöhnte immer lauter in seinen Mund, während Slags Schwanz immer mehr anschwoll und in ihm zuckte.

„Komm für mich, Caiden! Jetzt!“ Damit drückte Slag mit beiden Händen fest zu.

Ihm wurde schwarz vor Augen und er explodierte in Slags Hand.

Im selben Moment verströmte sich Slag, laut seinen Namen brüllend, in ihm.

Caidens Körper bäumte sich wild auf und er hörte nur noch Blutrauschen und Knistern. Dann barst ein Funkenregen hinter seinen Lidern. Keuchend sank er gegen Slag, dessen reibende Hand beinahe sanft die Wellen von Caidens nicht enden wollendem Orgasmus begleitete.

Den anderen Arm immer noch um ihn geschlungen, presste Slag ihn gegen seine betonharte Brust. Nach wie vor lag dessen Hand an seiner Kehle, aber jetzt beschrieb der Daumen träge Kreise über die Halsschlagader.

„Scheiße, Des. Das war abgefahren. Weißt du eigentlich, wie leicht ich dich hätte töten können? Danke, dass du mir vertraut hast.“

„I.M.M.E.R!!!“

Slag küsste ihn erneut. Gemächlich, beinahe träge, umschmeichelte er seine Zunge, leckte über die gepeinigte Unterlippe. Der Kuss schmeckte nach Ehrfurcht und Liebe!

ENDE

Spicy Outtake aus Dreiunddreißig[9]

Für alle, die noch nicht genug von spicy Scenes haben. Doch auch hier gilt die Special Content Note:
Wenn du nicht allzu tief in die ein oder andere erotische Praktik (z. B. des Anilingus'/Rimmings) eintauchen möchtest, lass dieses Outtake weg. Das Happy End der Geschichte hast du bereits gelesen.

Aber alle, die gerne eine sehr heiße Szene mit Anilingus lesen möchten, lade ich ein, hier fortzufahren. By the way: Anilingus ist eine Spielart, die völlig unabhängig vom Geschlecht bzw. der Orientierung in jedem Akt angewendet werden kann. Es ist wie mit allen Dingen, es gibt Menschen, die es mögen, andere nicht.

Wenn du nicht weißt, was Anilingus bedeutet, gib den Begriff in eine Suchmaschine ein und lies es nach. Danach entscheide, ob du weiterlesen möchtest oder nicht.

CAIDEN

Slag zog ihn auf seine Brust und schaute ihm tief in die Augen. „Nimm mich, Caiden", bat er ernst.

Caiden schluckte. Slag gab sich ihm selten hin. Er war der dominante Part in ihrer Beziehung, und Caiden ließ sich gerne

---

[9] Diese Szene habe ich aus dem letzten Kapitel dreiunddreißig herausgenommen, da ich befürchtet habe, dass die Geschichte sonst für manche Personen aus meiner Leserschaft zu sexlastig geworden wäre oder sie sich mit dieser Szene unwohl gefühlt hätten. Es kommen ja auch so schon reichlich heiße Szenen vor. In erster Linie geht es schließlich um die Geschichte. Trotzdem wollte ich sie neugierigen bzw. interessierten Leser*innen nicht vorenthalten.

von dem Hünen dominieren, sogar sehr gerne, jedenfalls beim Sex. Aber er genoss es auch, wenn er Slag nehmen konnte. Umso mehr bedeutete ihm dieses Angebot.

Mit einem Nicken stützte er sich rechts und links von Slags Kopf ab und küsste ihn ausgiebig, bevor er vom Mundwinkel zu dessen Hals wanderte und dort fest an der Stelle saugte, an der Slags rasender Puls sich noch mehr beschleunigte. Das entlockte dem Hünen ein tiefes Knurren. Caiden pflanzte einen Pfad aus Küssen auf die gewaltige Brust, um dort mit einer Brustwarze zu spielen, bis er mit den Zähnen daran zupfte.

Slags Hüften zuckten ihm auffordernd entgegen, dessen Hände legten sich auf seinen Po und er presste ihn an sich.

Stöhnend rieben sie sich aneinander, ohne dass Caiden vom Nippel abließ. Nach einer Weile widmete er sich der anderen Brustwarze.

Grollend wand sich Slag unter ihm und rieb sich heftiger an ihm. „Zur Hölle, Caiden ...“, brach es aus dem Wikinger hervor. Wieder presste er Schultern und Fersen ins Bett.

Gott, er liebte Slags Reaktionen auf seine Verführungen. Wie der Hüne zu Wachs in seinen Händen wurde.

Er reizte Slags Nippel, bis diese hart wie kleine Kiesel waren. Immer lauter stöhnte Slag und presste die wildzuckende Erektion fest gegen ihn, um sich noch besser reiben zu können.

Er ließ von dem Hünen ab, der frustriert den Atem ausstieß, und kniete sich dann über Slag. „Dreh dich um!“, keuchte er.

Slag brauchte sichtlich einige Momente, um zu kapieren, was er von ihm wollte. Dann folgte er seinem Befehl und erhob sich auf Hände und Knie.

„Heute gehört dieser Körper mir!“ Diese Vorstellung löste höllische Begierde in ihm aus, zumal er etwas Besonderes im Sinn hatte.

Slag knurrte.

Er beugte sich vor, leckte über Slags Po, bevor er daran knabberte. Vereinzelt biss er auch zu. Schließlich kam er an sein Ziel und liebkoste mit der Zunge Slags Pforte.

„Heilige Scheiße! Caiden! Was tust du?“ Unglauben lag in Slags Tonfall und er wollte sich ihm entziehen. Doch Caiden legte die Hände um Slags Hüften und hielt ihn an Ort und Stelle. Er setzte seinen schamlos heißen Kuss fort und schließlich gab Slag nach, bog sogar den Rücken durch und reckte sich ihm wieder entgegen. „Oh Gott, Caiden ...“, japste Slag. „Du ... machst ... mich verrückt.“

Mit seiner talentierten Zunge folterte er Slags wohl empfindsamste Stelle weiter. Der große Leib erbebte unter ihm vor Lust und heisere Schreie brachen aus dem Wikinger hervor. Das spornte ihn an, Slag dort noch intensiver zu küssen. Ausgiebig erkundete er den hochsensiblen Bereich von Slags Eingang.

Gierig zuckte sein eigener Schwanz. Genau da wollte er jetzt rein. Er ließ von Slags sündiger Stelle ab, nahm etwas Gleitgel und streichelte dessen nun sehr gut befeuchtete Öffnung mit dem Finger, bis er ihn durch die Pforte schob. Slag keuchte.

Gleichzeitig verteilte Caiden das Gel auf der eigenen Erektion. In rhythmischen Bewegungen massierte er sich selbst, während er Slag im selben Takt vorbereitete, bis dieser erneut laut stöhnte. Dann nahm er noch einen zweiten Finger hinzu.

„F-Fuck, Caiden. Ich will … dich in mir … spüren.“ Slags Stimme war so abgehackt und kratzig vor Begehren, dass er ihn kaum noch verstand.

Caiden ersetzte seine Finger durch seinen Schaft und schob sich behutsam in die Enge des Gangs, bis er vollkommen in Slag eingetaucht war.

Dieser erotische Anblick war beinahe zu viel. Er musste die Kiefer aufeinanderpressen und sich eine Pause gönnen, vor allem, als er begriff, dass Slags mächtiger Körper vor sexueller Leidenschaft immer stärker zitterte, als wäre er nicht mehr in der Lage, sich auf Händen und Knien zu halten. Unkontrollierte Laute brachen aus dem großen Kerl heraus.

Caiden zog sich ein paar Mal langsam zurück und schob sich wieder vor. „Alles ok?“, krächzte er.

„Ja!“, grollte Slag. „Halt dich nicht zurück, Des!“

Oookaay! Entschlossen packte er Slags Hüften, glitt zurück und bohrte sich wieder tief in den Gang.

Ein lautes Stöhnen war die Antwort.

Verdammt, war das geil! Er nahm einen schnellen Rhythmus auf und krallte sich an Slags Lenden. Ein Crescendo ihrer heiseren Schreie der Ekstase begleitete sie wie eine Symphonie, bis ihnen beiden Hören und Sehen verging.

In ihm baute sich der Höhepunkt wie eine Freakwave auf. Ausgangspunkt war seine Wirbelsäule, so dass er den Rücken noch mehr durchdrückte, um noch tiefer einzudringen. Es fühlte sich an, als hätte jemand sein Rückenmark an zehntausend Volt angeschlossen. Er sah nur noch Sterne. Zwei, drei Stöße vor dem Ziel, schaffte er es im letzten Moment, Slag nicht völlig zu vergessen, um ihn herum und dessen riesigen granitharten Schwanz zu ergreifen.

Slag kam augenblicklich mit einem ohrenbetäubend gebrüllten „C A I D E N!!!"

Prompt brach ein orgastischer Tsunami epischen Ausmaßes über ihn selbst herein. Er brüllte die Blockhütte zusammen, während er in Slag pulsierte. Immer wieder brandeten die heißen Wogen durch ihn hindurch und ließen ihn stöhnen. Als wären seine Knochen von Gelee ersetzt worden, brach er schließlich völlig ermattet und heftig keuchend auf Slags Rücken zusammen, was eine Kettenreaktion auslöste.

Offenbar war auch der wilde Kerl unter ihm endgültig seiner Kraft beraubt, denn seine Extremitäten gaben nach und sie fielen auf die Matratze.

Slag drehte sich um, so dass Caiden zur Seite rutschte, schlang einen Arm um seine Schultern und zog ihn an das Atlasgebirge von einer Brust.

Er spürte Slags donnernden Herzschlag an seinem Torso. Oder war es sein eigener Herzschlag?

Vorbei: Das war es endgültig mit Slag und Caiden.

STOPP! WARTE! Geh nicht einfach weg!

Du hast diese Geschichte zu Ende gelesen, dafür danke ich dir, und deshalb noch mal meine Bitte an dich: Nimm dir nur einen kleinen Moment Zeit, sei so lieb und gib mir ein Feedback. Am schönsten wäre eine Rezension, aber es reicht auch schon eine **Bewertung** (für dich ist es nur ein kleiner Klick auf die Sternchen, für mich bedeutet es viel).

Bedenke, dass in dieser Geschichte neben viel Herzblut und Leidenschaft auch viel Arbeit steckt. Deshalb freue ich mich über DEINE Rückmeldung, damit ich weiß, ob es dir gefallen hat oder was ich verbessern könnte. Feedback/Rezensionen/Bewertungen sind für uns Autor*innen (erst recht als Selfpublisher) wirklich wichtig. Du würdest mir eine sehr große Freude machen.

Dank

Ich bedanke mich ganz herzlich bei Sabine, die mir mit ihren positiven Feedbacks immer wieder Mut macht, und bei Christina, die sehr kritisch „testgelesen“ hat. Gerade dadurch hat die Geschichte gewonnen, weil ich einiges umgedacht und -geschrieben habe. Danke für eure Anregungen, Tipps und (kritischen) Rückmeldungen.

Lieben Dank auch an Artur für die Unterstützung beim Cover, an Brunhilde fürs Lektorat und all ihre SEHR hilfreichen Ratschläge, Hinweise und Ideen.

Außerdem geht ein Riesendank an Rapha, der mich in jeder Hinsicht füttert: mit Liebe, mit Essen, mit Sinneseindrücken, mit männlichen Sichtweisen oder Beschreibungen, wie sich bestimmte Sachen für Männer so anfühlen :-))).

Zu guter Letzt danke ich besonders euch, liebe Leserschaft, für euer Interesse an dieser Geschichte und eure Zeit, die ihr ihr gewidmet habt. Mein Ziel ist es, euch zu unterhalten, und ich hoffe, das ist mir gelungen. Wenn ja, freue ich mich über eure Rückmeldung und Weiterempfehlung.

Schreibt mir: kim-kristin-josephs@gmx.de
oder besucht mich www.kim-kristin-josephs.de
Folgt mir auf Instagram: @kim_kristin_josephs
oder Facebook: KiM Kristin Josephs

Die Autorin

KiM Kristin Josephs lebt mit Mann, dessen Sohn und leider nur noch einer Katze im südöstlichen Ruhrgebiet, wo sie auch geboren wurde und aufgewachsen ist. Nach einer mehrjährigen studienbedingten Auszeit in der wunderschönen Domstadt am Rhein hat es sie wieder aufs Land zurückgezogen. Obwohl sie sich schon als Kind nachts zum Einschlafen Geschichten ausgedacht hat, hat KiM erst spät mit dem Schreiben begonnen. Dies ist der zehnte Roman, den sie herausbringt. Darüber hinaus hat sie einige weitere Geschichten in der ersten Rohfassung fertig in der Schublade oder vielmehr auf der Festplatte liegen, die sie beabsichtigt zu veröffentlichen.

Der Roman ‚Island of Damned Souls · Stolen Hearts' ist eine eigenständige Geschichte und ihr erstes Gay Romance-Buch.

Bisher hat KiM in folgenden Genres Geschichten veröffentlicht: Dark Urban Romantasy, Dark Romantic Thrill bzw. Dark Thrill Romance und Dark Gay Romance.

KiM fährt leidenschaftlich Ski, mag Tauchen und bereist mit großer Freude Länder auf verschiedenen Kontinenten dieser Welt mit dem Rucksack. Außerdem verbringt sie gerne Zeit mit der Familie und guten Freunden.

Wenn sie nicht arbeitet, Zeit mit der Familie verbringt oder schreibt, inhaliert sie Bücher (als lesen kann man das schon nicht mehr bezeichnen) oder sieht sich bevorzugt Action-, Fantasy- und Science-Fiction-Filme an.

Schreibt mir: kim-kristin-josephs@gmx.de
oder besucht mich www.kim-kristin-josephs.de
Folgt mir auf Instagram: @kim_kristin_josephs
oder Facebook: KiM Kristin Josephs

Nachwort

Sollten in diesem Buch vereinzelt Kommentare zu Institutionen oder zur Hautfarbe, zur Frisur, zum Geschlecht, zur Sexualpräferenz oder zur Profession von Personen vorkommen, die von manchen Leserinnen, Lesern oder der diversen Leserschaft womöglich als negativ empfunden werden könnten, betont die Autorin, dass es nicht in ihrer Absicht liegt, Institutionen schlecht zu machen, Menschen vor den Kopf zu stoßen oder sie gar zu beleidigen. Solche Kommentare dienen lediglich der Zeichnung der Charaktere oder der Gestaltung der Handlung, sind frei erfunden und spiegeln NICHT die Ansichten der Autorin wider. **Im Gegenteil**, die Autorin ist eine äußerst tolerante Person, die auf keinen Fall bestimmte Professionen abwertet und die Diversität, Vielfalt und sexuelle Spielarten/Orientierungen aller Art befürwortet, solange die betreffenden/beteiligten Personen sich wohl dabei fühlen, kein Missbrauch erfolgt und es nicht gegen Gesetze verstößt. Dies belegen auch andere Geschichten aus ihrer Feder, die aber teilweise noch auf die Veröffentlichung warten.

Ausnahme: Gegenüber Menschen mit radikaler/fanatischer Gesinnung empfindet sie keine Toleranz!

Veröffentlichungen von KiM Kristin Josephs

Dark Urban Romantasy

<u>Bittersüßer Nachtschatten – Gift der Vergangenheit</u>

Band 1

Ex-Krisenspezialistin Mascha Benner ist eine gebrochene Frau. Als sie dem zwielichtigen Lucian Hunter begegnet, steht plötzlich ihr Leben auf dem Spiel. Welch gefährliches Geheimnis birgt er?
(erschienen Januar 2019)

www.kim-kristin-josephs.de/benner-hunter-dilogie

<u>Bittersüßer Nachtschatten – Weg ins Licht</u>

Band 2

Lucian hat Mascha verlassen. Auf der Jagd nach Maiks Mörder, kommt er diesem jedoch zu nahe. Als er in Lebensgefahr gerät, ist Mascha die Einzige, die ihn retten kann. Doch dafür muss sie es mit seiner Bestie aufnehmen.
(erschienen März 2019)

www.kim-kristin-josephs.de/benner-unter-dilogie2

V(PH)ENOMENON

Seit Daraya denken kann, versetzen der grausame Morgul und der finstere Hüne Venom sie in Angst und Schrecken. Und auf einmal steht ihre Welt … in Flammen. Unerklärliche Dinge geschehen. Daraya ist weit davon entfernt, eine Heldin zu sein. Doch dann muss sie plötzlich nicht nur um ihr eigenes Leben, sondern um das einer ganzen Art kämpfen. Und Venom entpuppt sich als ihr größter Widersacher … oder?

(erschienen Dezember 2020)

www.kim-kristin-josephs.de/v-ph-enomenon

Dark Thrill Romance

Das dunkle Mal des Bären

Milla erfüllt sich einen Kindheitstraum: eine Abenteuerreise im Yukon. Doch was als Abenteuer beginnt, wird zum Horrortrip, als Milla in das Visier eines Serienkillers gerät.
Ist der Scout Dean der Mörder oder ihre einzige Chance zu überleben?
(erschienen Oktober 2019)

www.kim-kristin-josephs.de/das-dunkle-mal-des-baren

Der bittere Geschmack der Lüge

Ryan DaSilva erhält den Auftrag, die arrogante Schauspielerin Mel D'Angelo für einen Werbedreh durch die kanadischen Wälder zu führen. Als es zu einem Anschlag kommt, beginnt eine Flucht auf Leben und Tod. Es stellt sich heraus, dass Mel Geheimnisse hat, die besser verborgen geblieben wären. Doch auch Ryans dunkle Vergangenheit wird zu einem Bumerang, der sie beide gnadenlos einholt.
(erschienen Juni 2020)

www.kim-kristin-josephs.de/der-bittere-geschmack-der-luge

STÄHLERNE HERZEN · UNORTHODOX

Die flippige Erotikclubbetreiberin Joe wirbelt das Leben des mürrischen „Rocky“ gehörig durcheinander. Sie schlittern von einer Katastrophe in die nächste, bis schließlich ihre Leben in Gefahr sind.
Eine zufällige Begegnung raubt der Erotikclubmitinhaberin Ami den Atem: Silja - verheiratet, Mutter. Doch die stockkonservative Heterofrau will nichts von ihr wissen. Erst als Ami Opfer eines Anschlags wird, wächst Silja über sich hinaus.
(erschienen Mai 2021)

www.kim-kristin-josephs.de/stahlerne-herzen-unorthodox

STÄHLERNE HERZEN · UNBEUGSAM

Seit Jahren vor dem sadistischen Huntington auf der Flucht, hat Claire es nun in der Hand, ihn für immer hinter Gitter zu bringen. Um sich bis zum Prozess aus der Schusslinie zu nehmen, begibt sie sich nach Deutschland in die Obhut des knallharten Bodyguards King - Chef der Dortmunder Firma Kingston Security -, der allerdings nichts für die verhuschte Claire übrighat. Als sie mehrfach in Huntingtons Visier geraten, erweist sich King als ebenbürtiger Gegner. Und auch Claire ist aus härterem Holz geschnitzt als gedacht. Plötzlich ziehen ihre Lippen King magisch an. Als sie jedoch sein Geheimnis aufdeckt, gerät alles ausden Fugen …
(erschienen November 2021)

www.kim-kristin-josephs.de/stahlerne-herzen-unbeugsam

STÄHLERNE HERZEN · UNMORALISCH

Der 22-jährige Leif und die reifere Jazz landen trotz des Altersunterschieds im Bett. Wochen später treffen sie sich unerwartet wieder und sind geschockt, denn Jazz ist Leifs neue Lehrerin im dualen Studium. Die an sich schon delikate Situation wird richtig übel, als Leif mit dieser Tatsache erpresst wird. Allerdings will die Erpresserin kein Geld von Leif, sondern IHN, mit Haut und Haaren. Und sie entpuppt sich als psychopatische Verrückte, die auch vor Mord nicht zurückschreckt. Leif muss an mehreren Fronten gleichzeitig kämpfen: um seine Liebe und gegen eine mordlüsterne Irre.
(erschienen Februar 2022).

www.kim-kristin-josephs.de/stahlerne-herzen-unmoralisch

STÄHLERNE HERZEN · UNBERECHENBAR

Die Chirurgin Dr. Ella Stark stolpert beim Joggen über einen Mann mit unfassbar blauen Augen … und Bauchschuss. Kurzerhand hilft sie ihm. Doch der Typ, der auf den ersten Blick aussieht wie Schwiegermamas Darling, entpuppt sich als psychopatischer Auftragskiller, der ein klares Ziel hat: SIE!
Als Fade zu sich kommt, muss er feststellen, dass die Person, die ihn gerettet hat, sein Zielobjekt ist. Ein Dilemma? Könnte man meinen, aber nicht für ihn.
(erschienen November 2022)

www.kim-kristin-josephs.de/stahlerne-herzen-unberechenbar

Dark Gay Romance

Island of Damned Souls · Stolen Hearts

Der clevere, attraktive und dunkelgelockte Caiden Byrne landet im härtesten illegalen Knast der Welt – auf der Island of Damned Souls. Jeden Tag muss er um sein Leben und seine Würde fürchten. Der hünenhafte, vernarbte und ungekrönte König der Insel, Slag, verspricht Sicherheit und … einiges mehr. Aber wie soll Caiden ihn von sich überzeugen?
Als dem gefürchteten Auftragskiller, Zane Neville alias Slag(ter), der attraktive Dieb Caiden vor die Nase gesetzt wird, weiß er sofort, dass Caiden nichts als Ärger bedeutet - nicht nur für sich selbst. Auch wenn er sich vehement sowohl gegen die Anziehung als auch die Verantwortung wehrt, die Caiden bedeutet, kann er ihn nicht komplett ignorieren.
(erschienen Dezember 2023)

www.kim-kristin-josephs.de/stahlerne-herzen-unberechenbar

Weitere Romane von KiM Kristin Josephs sind in Vorbereitung!

Ihr wollt nichts verpassen? Dann …
besucht mich www.kim-kristin-josephs.de
folgt mir auf Instagram: @kim_kristin_josephs
oder Facebook: KiM Kristin Josephs

LESEPROBEN

Dark Urban Romantasy

V(PH)ENOMENON

„Wer hat Angst vorm bösen Mann?“

Nichts könnte Darayas Furcht vor dem finsteren Hünen Venom, der in den Diensten des grausamen Morguls steht, besser beschreiben als die Frage aus dem alten Kinderspiel.

Seit sie denken kann, versetzen die beiden sie in lähmenden Schrecken und sie weiß wirklich nicht, wer die größere Gefahr darstellt.

Und auf einmal steht ihre Welt … in Flammen.

Nichts ist so, wie sie Zeit ihres Lebens angenommen hat.

Unerklärliche Dinge geschehen.

Auch Venom ist nicht der, der er vorgibt zu sein.

Daraya, die nicht mal einer Fliege etwas zuleide tun kann, ist weit davon entfernt, eine Heldin zu sein.

Nichts wünscht sie sich mehr, als in Ruhe und Frieden zu leben.

Doch dann muss sie plötzlich nicht nur um ihr eigenes Leben, sondern um das einer ganzen Art kämpfen.

Und Venom entpuppt sich als ihr größter Widersacher … oder?

LESEPROBE:

Eins

Venom lehnte neben dem Eingang an der Wand, die Arme vor der Brust verschränkt, den Blick auf Morgul gerichtet.

Morgul hielt sein Smartphone in der einen Hand und telefonierte mit irgendwem, während er mit der anderen parallel auf einem Tablet herumtippte, das auf dem Bürotisch lag. Wie meistens trug er dünne Lederhandschuhe.

Nicht, dass Venom das Gespräch interessierte. Es gab nur wenig - eigentlich sogar nichts -, was ihn ernsthaft interessierte.

Ein zaghaftes Klopfen erklang. Nur eine klopfte so an.

Venom verdrehte die Augen, genervt, nur durch dieses Klopfen. Gleich würde es wieder Stress geben. Es gab immer Stress, wenn sie kam.

Prompt grollte Morgul: „Herein!"

Langsam öffnete sich die Tür und eine Frau kam mit einem Tablett voller Kaffeetassen herein. Die Hände zitterten.

Er konnte nur hoffen, dass dieses ängstliche Weib es nicht wieder vor lauter Nervosität fallen ließ. Sie lebte zwar schon ihr gesamtes Leben in Morguls Dunstkreis, aber bisher hatte Morgul ihr keine Aufmerksamkeit geschenkt. Das hatte sich vor ein paar Monaten geändert. Da hatte er sie irgendwie entdeckt und zu seiner Bediensteten gemacht.

Venom war klar, wieso. Morgul wollte sie, und zwar mit Haut und Haar. Und da Morgul ein widerlicher, sadistischer und vor allem äußerst gefährlicher und mächtiger Kotzbrocken war, meinte er das nicht im Sinne von lieben, sondern von beherrschen, quälen, erniedrigen. Das kannte Venom bereits SEIN ganzes Leben.

Bedrohlich klirrten die Tassen auf dem Tablett.

„Wenn du auch nur einen Tropfen verschüttest, wirst du's bereuen", knurrte Morgul.

Die Augen der Frau weiteten sich noch mehr und die Tassen schepperten heftiger.

Venom konnte sich nicht an ihren Namen erinnern.

Der Blick der Frau wanderte zu ihm. Jetzt sah sie aus, als würde sie gleich einen Herzinfarkt bekommen.

Venom wusste, was für einen Anblick er bot. Eigentlich hatten alle vor ihm Angst, Männer wie Frauen. Und das zu Recht. Was nicht allein an seinem Äußeren lag. Er war über zwei Meter groß. 2,36 Meter, um genau zu sein, und musste sich durch die meisten Türen leicht seitlich quetschen, weil seine Schultern sonst nicht durchpassten. Seine Haut war dunkel wie bei einem gut gebräunten Südländer und spannte sich über wahre Muskelberge. Haare und Augen waren tiefschwarz. Pupillen und Iris konnte man nicht auseinanderhalten. Die linke Körperhälfte war von Kopf oder genauer Hals bis Fuß mit einem komplizierten Muster aus dunklen Flammen und Zeichen überzogen. Und seine Klamotten waren immer schwarz. Um den Hals, den rechten Oberarm und linken Oberschenkel trug er grob geschmiedete, mehrere Zentimeter breite Metallringe. Aber in erster Linie hatten die Leute Angst, weil sie die Bedrohung, die von ihm ausging und die er wie eine Bugwelle vor sich herschob, spürten. Und das war gut so.

Trotzdem müsste sich die Frau mittlerweile an seinen Anblick gewöhnt haben, aber jedes Mal, wenn sie ihn sah, reagierte sie zuerst mit großer Furcht, bevor sie sich dann zusammenriss. So auch jetzt.

Ein Ruck ging durch sie hindurch. Dann stellte sie hastig das Tablett ab und schenkte den Kaffee ein. Obwohl ihre Hände immer noch zitterten, schaffte die Frau es diesmal, nichts zu verschütten.

Venom war froh. Denn Morgul war ein Schwein und wenn sie ihm einen Grund lieferte, würde er ihn nutzen. Na ja, eigentlich brauchte Morgul keinen Grund. Prompt landete dessen Hand auf dem Hintern der Frau.

Zugegeben, wenn ihn so etwas reizen würde, könnte man sagen, sie war ganz passabel. Sie war etwa 1,85 Meter groß. Ziemlich groß für eine Frau, aber gegen ihn immer noch klein wie ein Kind. Ihre bronzefarbene Haut schimmerte, als hätte sie goldenen Puder aufgelegt. Die Nägel waren dunkelrot, wie auch ihr langes, in Wellen fallendes Haar, und die Augen außergewöhnlich: ein helles seltsames Rotbraun, wie Kupfer. Sie hatte gut ausgeprägte Rundungen. Aber ihre ständige Furcht nervte Venom nur.

Geschickt wich die Frau Morguls grapschenden Händen aus und brachte den Tisch zwischen sich und ihn.

Morguls Miene verdüsterte sich, die bösen Augen wurden zu Schlitzen. „Komm her!“

„Ich ... Also, ich müsste noch ...“

„KOMM. HER!“ Morgul klang unerbittlich. „Die Schonzeit ist vorbei.“

„Nein ... Bitte ... ich ...“ Die Frau war einige Schritte zurückgewichen. Jetzt drehte sie sich um und eilte zur Tür.

Venom streckte den Arm aus und hielt sie fest.

Panisch riss sie die Augen auf. „Bitte nicht ...“, flüsterte sie.

Aber von ihm konnte sie kein Mitleid erwarten. Unerbittlich schob er sie zurück in den Raum, Richtung Morgul, wobei er sie reglos musterte.

In dem Moment klopfte es und die Tür öffnete sich. „Mister Morgul, Ihr Besuch ist eingetroffen.“ Damit drehte sich der Butler um und entfernte sich wieder.

Abschätzig musterte Morgul die Frau, dann nickte er Venom zu „Lass sie.“

Venom ließ sie los und die Frau floh aus dem Raum.

„Heute Nacht bringst du sie mir“, knurrte Morgul leise ...

Weiter geht's in
V(PH)ENOMENON

Eine ausführliche Leseprobe findet ihr hier
www.kim-kristin-josephs.de/v-ph-enomenon

Bittersüßer Nachtschatten – Gift der Vergangenheit

Ex-Krisenspezialistin Mascha Benner verlor vor vier Jahren ihren Mann. Seitdem ist sie eine gebrochene Frau, die sich aus dem Leben zurückgezogen hat und sich nur noch ihrem Beruf als Lehrerin widmet. Doch plötzlich steht das Leben ihrer Schülerinnen und Schüler und auch ihr eigenes auf dem Spiel. Und dann begegnet sie dem zwielichtigen Lucian Hunter, der so vollkommen anders ist.

Ist er es, der es auf sie abgesehen hat? Auf jeden Fall birgt er ein gefährliches Geheimnis, genau wie sie.

Mascha bleibt nichts anderes übrig: Sie muss sich wohl oder übel der wachsenden Bedrohung aus der Vergangenheit stellen … und auch Lucian Hunter.

Keine Bonusgeschichte von Zlat und Luna

Liebe Leserschaft,

in vielen meiner Bücher wart ihr an dieser Stelle die sich regelmäßig fortsetzende Bonusgeschichte um Zlat und Luna gewohnt.

Die schlechte Nachricht ist: Sie wird sich HIER in diesem Buch NICHT fortsetzen.

Die gute ist: Ja, sie wird sich fortsetzen! Aber es dauert noch ein wenig. Denn Zlat und Luna haben mich überredet, ihnen einen eigenen Roman zu widmen, in dem natürlich ihre (gesamte) Geschichte zu Ende erzählt wird und an dem ich bereits fleißig schreibe.

Ihr müsst euch also noch ein bisschen gedulden. Somit gilt weiterhin:

FORTSETZUNG FOLGT

Für alle, die die Fantasy-Bonusgeschichte um Zlat und Luna noch nicht kennen:: Die Teile I bis VII findet ihr am Ende der Romane „Bittersüßer Nachtschatten – Gift der Vergangenheit“, „Bittersüßer Nachtschatten – Weg ins Licht“, „Das dunkle Mal des Bären“; „Der bittere Geschmack der Lüge“, „V(PH)ENOMENON“, „STÄHLERNE HERZEN · UNORTHODOX“ und „STÄHLERNE HERZEN · UNBEUGSAM“ sowohl in der Ebook- als auch erweiterten Taschenbuch- bzw. gebundenen Ausgabe.
Oder ihr wartet auf den kompletten Roman.

Dark Thrill Romance

STÄHLERNE HERZEN · UNBERECHENBAR

Beim Joggen stolpert die Chirurgin Dr. Ella Stark über einen Mann mit unfassbar blauen Augen … und Bauchschuss. Ums Verrecken will er nicht ins Krankenhaus. Kurzerhand hilft sie ihm. Doch der Typ, der auf den ersten Blick aussieht wie Schwiegermamas Darling, entpuppt sich als psychopatischer Auftragskiller, der ein klares Ziel hat: SIE!

Als Fade in einem freundlich eingerichteten Schlafzimmer zu sich kommt, muss er feststellen, dass die Person, die ihn gerettet hat, sein Zielobjekt ist. Ein Dilemma? Könnte man meinen, aber nicht für ihn. Skrupel und Gewissen hat er seit 15 Jahren nicht mehr. Doch Ella Stark erweist sich als harte Kontrahentin, die niemals aufgibt und wie auf einem Basar um ihr Leben feilscht. Leider hat sie zwei Trümpfe in der Hand: Nur sie kann ihm ein weiteres Mal das Leben retten und irgendwas an ihr lässt ihn zunehmend zögern.

Und wer zur Hölle hat es sowohl auf ihn als auch auf sie abgesehen? Denn dass es einen Zusammenhang gibt, sagt ihm sein Bauch…schuss.

LESEPROBE:

„Du … du elender Psychopath!“

Falls es ihr die Situation erleichterte, würde er ihr geben, was sie wollte. Wahrscheinlich war er tatsächlich einer, auch wenn er über die Hälfte seines Lebens nicht als solcher über die Erde gewandelt war. Vor DEM Ereignis war er völlig normal gewesen. Aber mittlerweile trafen einige Symptome auf ihn zu: oberflächlich, charmant, manipulativ, gewissenlos, gefühlskalt, promiskuitiv, unsozial. Deshalb grinste er Ella diabolisch an. „Stimmt!“

Ihre Pupillen waren mittlerweile so weit, dass ihre Augen schwarz wirkten. Interessant.

„W-w-was willst du von mir? Ich hab dir dein verfluchtes Leben gerettet“, brachte sie stotternd heraus.

Er ging nicht darauf ein. „Wer will dich tot sehen?“

Ihre Augen wurden noch größer, sofern das überhaupt möglich war. „M-Mich? Ich …“

„Du bist zum Abschuss freigegeben“, unterbrach er sie. „Glaub mir! Also wer?“

Sie keuchte, als die Erkenntnis sie wie ein Hammer traf. „D-du … du warst nicht zufällig im Wald. D-du warst da, um mich zu tö-töten“, sagte sie tonlos. „Aber wieso? Ich verstehe nicht. Ich kenne dich doch gar nicht.“ Nun flossen ihre Tränen ungehindert. Dann schniefte sie. „Moment mal, w-was heißt zum Abschuss f-freigegeben? D-du wurdest beauftragt. Du tötest Menschen für Geld.“

Jepp, sie zog die richtigen Schlüsse. Er brauchte ihr nichts erklären. „Wer?“, fragte er nur.

„Ohgottohgottohgott!“ Ihr Körper wurde von Schluchzern geschüttelt.

Mit dem eigenen Tod konfrontiert zu werden, würde wohl jeden umhauen, auch die kleine starke Ärztin. Fade ließ sie weinen, bis sie sich beruhigte, was erstaunlich schnell der Fall war. „Lady, wer?“

„Ich … ich … weiß nicht. Niemand.“

Er hob nur eine Augenbraue. Schließlich wussten sie jetzt beide, dass der Sachverhalt anders lag.

„Wirklich, ich habe keine Ahnung. I-ich war mal verheiratet. Ich h-habe mich gegen drei andere Bewerber bei meinem Job durchgesetzt. M-mein Ex-Mann hat s-seine letzte Frau f-für mich verlassen. E-es gibt viele Möglichkeiten, warum jemand wütend auf mich sein könnte, aber u-umbringen …“ Sie verstummte und blinzelte die Tränen weg. Dann legte sich der

Blick ihrer schönen, vor Tränen schwimmenden braunen Augen auf ihn. „Wirst d-du es t-tun?“

Shit. Er war ein elender Mistkerl und scherte sich nicht um die Gefühle anderer. Aber hier und jetzt hatte diese taffe kleine Lady die Wahrheit verdient. Deshalb nickte er einmal knapp.

„Oh Gott, ich habe meinen Mörder gerettet.“

Weiter geht's in
STÄHLERNE HERZEN · UNBERECHENBAR

Eine ausführliche Leseprobe findet ihr hier
www.kim-kristin-josephs.de/stahlerne-herzen-unberechenbar

STÄHLERNE HERZEN · UNMORALISCH

Auf einem Rockkonzert laufen sich der 22-jährige Leif und die reifere Jazz über den Weg. Sie finden sich auf Anhieb sympathisch und landen trotz des offensichtlichen Altersunterschieds am Ende der Nacht im Bett.

Wochen später treffen sie sich unerwartet wieder und sind geschockt, denn Jazz ist Leifs neue Lehrerin im dualen Studium.

Die an sich schon delikate Situation wird richtig übel, als Leif mit genau dieser Tatsache erpresst wird. Allerdings will die Erpresserin kein Geld von Leif, sondern IHN, mit Haut und Haaren.

Und sie entpuppt sich als psychopatische Verrückte, der jedes Mittel recht ist und die auch vor Mord nicht zurückschreckt. In seiner Not engagiert Leif den Personenschützer King von Kingston Security.

Doch bald weiß Leif kaum noch, wo ihm der Kopf steht, kämpft er doch an mehreren Fronten gleichzeitig: um seine Liebe und gegen eine mordlüsterne Irre.

Muss Leif die schwerste Schlacht seines Lebens allein schlagen oder kann er auf Jazz zählen?

Weiter geht's in
STÄHLERNE HERZEN · UNMORALISCH

Eine ausführliche Leseprobe findet ihr hier
www.kim-kristin-josephs.de/stahlerne-herzen-unmoralisch

STÄHLERNE HERZEN · UNBEUGSAM

Seit Jahren vor dem sadistischen Huntington auf der Flucht, lebt die völlig verängstigte Claire Harper aus genau einem Koffer. Doch nun hat sie es in der Hand, ihren Freunden Mel und Ryan beizustehen und den mächtigen Admiral durch ihre Aussage vor Gericht für immer hinter Gitter zu bringen. Ihr Entschluss gerät jedoch ins Wanken, als sie seinen Häschern nur äußerst knapp entkommt. Um sich bis zum Prozess möglichst weit aus Huntingtons Schusslinie zu bringen, begibt sie sich nach Deutschland in die Obhut des knallharten Bodyguards King, der nicht viel von ihr zu halten scheint und ein dunkles Geheimnis birgt. Als sie es herausfindet, weiß Claire nicht, wer schlimmer ist: King oder Huntington. Kann sie einem solchen Mann ihr Leben anvertrauen?

Der unbarmherzige King, Chef der Dortmunder Firma Kingston Security, hat für die verhuschte, zu Panikattacken neigende Claire nichts übrig. Doch um seinem alten Armee-Kumpel Ryan einen Gefallen zu tun, übernimmt er ihren Schutzauftrag. Mehr als einmal geraten sie in Huntingtons Visier. Allerdings hat der die Rechnung ohne den skrupellosen King gemacht, der ein ebenbürtiger Gegner ist. Und auch Claire scheint aus wesentlich härterem Holz geschnitzt als King, aber auch sie selbst ahnen. Plötzlich ziehen ihre Lippen ihn magisch an. Als sie jedoch sein Geheimnis aufdeckt, gerät alles aus den Fugen …

Weiter geht's in
<u>STÄHLERNE HERZEN · UNBEUGSAM</u>

Eine ausführliche Leseprobe findet ihr hier
www.kim-kristin-josephs.de/stahlerne-herzen-unbeugsam

STÄHLERNE HERZEN ·
UNORTHODOX

Zur Hölle, was soll sie bloß mit so einem Spießer wie Reiko „Rocky" Berger anfangen?

Als Mitinhaberin des Erotikclubs Ay-Jays macht die von Kopf bis Fuß tätowierte Joe Santer eigentlich einen riesigen Bogen um Biedermänner – eigentlich.

Bloß Rocky, sportlich, mürrisch und bürgerlich, lässt sie nicht kalt. Denn wie so oft, sind stille Wasser tiefer, als vermutet.

Das ruhige Leben von Rocky wird gehörig durcheinandergewirbelt, als sein Weg den der flippigen Joe kreuzt.

Nicht nur, dass sie ihn dazu bringt, mit sämtlichen Konventionen zu brechen, mit ihr schlittert er auch von einer Katastrophe in die nächste, bis schließlich ihre Leben in Gefahr sind.

Eine zufällige Begegnung im Supermarkt reißt Ami Phillips, Mitbetreiberin des Ay-Jays, beinahe den Boden unter den Füßen weg: Silja Winter, hetero, verheiratet, Mutter, stockkonservativ, raubt ihr den Atem.

Gegen alle Widerstände ersinnt Ami einen Plan, Silja für sich zu gewinnen.

Doch das Leben ist eine Bitch und Pläne sind dazu da, um über den Haufen geworfen zu werden.

Als sie auf den Paradiesvogel Ami trifft, kann Silja nichts mit dieser wilden Frau anfangen. Zu schrill, zu unkonventionell.

Erst als Ami Opfer eines Anschlags wird, erkennt Silja, was sie wirklich will.

Weiter geht's in
STÄHLERNE HERZEN · UNORTHODOX

Eine ausführliche Leseprobe findet ihr hier
www.kim-kristin-josephs.de/stahlerne-herzen-unorthodox

Der bittere Geschmack der Lüge

Ryan DaSilva, Ranger, Guide, Bodyguard … und Ex-Knacki, kann sich Besseres vorstellen, als die arrogante Schauspielerin Mel D'Angelo durch die kanadischen Wälder zu führen. Und als wäre das nicht schon schlimm genug, sagt er auch noch zu, als er aufgrund seiner Fähigkeiten als zusätzlicher Bodyguard für sie engagiert wird. Ihm ist wirklich nicht mehr zu helfen. Denn wie befürchtet macht ihn Mels herausfordernde Art wahnsinnig.

Als es tatsächlich zu einem Anschlag kommt, beginnt eine Flucht auf Leben und Tod.

Es stellt sich heraus, dass Mel Geheimnisse hat, die besser verborgen geblieben wären.

Um der Gefahr zu entkommen, müssen sie sich wohl oder übel zusammenraufen.

Doch Ryans dunkle Vergangenheit wird zu einem Bumerang, der sie beide gnadenlos einholt.

Weiter geht's in
Der bittere Geschmack der Lüge

Eine ausführliche Leseprobe findet ihr hier
www.kim-kristin-josephs.de/der-bittere-geschmack-der-luge

Das dunkle Mal des Bären

Urlaub vom Feinsten: Trekkingtour entlang des Yukon – hoch zu Ross!

Milla ist dabei, sich ihren Kindheitstraum zu erfüllen, als sie mit ihrer Freundin Lisa diese Abenteuerreise antritt. Doch die Freude wird getrübt, als ihr der Tourguide vorgestellt wird:

Dean – abgehalftert, zerrissen, hochaggressiv und gewaltbereit -, der Menschen im Allgemeinen und Frauen im Besonderen hasst und es auf Milla abgesehen zu haben scheint.

Deans Schikanen nehmen zu und Milla bekommt es immer mehr mit der Angst zu tun.

Was als Abenteuer begann, wird endgültig zum Horrortrip, als Milla begreift, dass sie in das Visier eines Serienkillers geraten ist.

Eine Jagd auf Leben und Tod beginnt.

Ist Dean der Mörder oder ihre einzige Chance zu überleben?

Weiter geht's in
Das dunkle Mal des Bären

Eine ausführliche Leseprobe findet ihr hier
www.kim-kristin-josephs.de/das-dunkle-mal-des-baren

Printed in Poland
by Amazon Fulfillment
Poland Sp. z o.o., Wrocław

31583915R00208